老舍 集

吴福辉 选编

骆驼祥子

南海出版公司

新经典文化股份有限公司
www.readinglife.com
出　品

目　录

骆驼祥子

一

我们所要介绍的是祥子，不是骆驼，因为"骆驼"只是个外号；那么，我们就先说祥子，随手儿把骆驼与祥子那点关系说过去，也就算了。

北平的洋车夫有许多派：年轻力壮，腿脚灵利的，讲究赁漂亮的车，拉"整天儿"，爱什么时候出车与收车都有自由；拉出车来，在固定的"车口"①或宅门一放，专等坐快车的主儿；弄好了，也许一下子弄个一块两块的；碰巧了，也许白耗一天，连"车份儿"也没着落，但也不在乎。这一派哥儿们的希望大概有两个：或是拉包车；或是自己买上辆车，有了自己的车，再去拉包月或散座就没大关系了，反正车是自己的。

比这一派岁数稍大的，或因身体的关系而跑得稍差点劲的，或因家庭的关系而不敢白耗一天的，大概就多数的拉八成新的车；人与车都有相当的漂亮，所以在要价儿的时候也还能保持住相当的尊严。这派的车夫，也许拉"整天"，也许拉"半天"。在后者的情形下，因为还有相当的精气神，所以无论冬天夏天总是"拉晚儿"②。夜间，当然比白天需要更多的留神与本事；钱自然也多挣一些。

年纪在四十以上，二十以下的，恐怕就不易在前两派里有个地位了。他们的车破，又不敢"拉晚儿"，所以只能早早的出车，希望能从清晨转到午后三四点钟，拉出"车份儿"和自己的嚼谷③。他

---

①车口，即停车处。
②拉晚儿，是下午四点以后出车，拉到天亮以前。
③嚼谷，即吃用。

们的车破，跑得慢，所以得多走路，少要钱。到瓜市，果市，菜市，去拉货物，都是他们；钱少，可是无须快跑呢。

在这里，二十岁以下的——有的从十一二岁就干这行儿——很少能到二十岁以后改变成漂亮的车夫的，因为在幼年受了伤，很难健壮起来。他们也许拉一辈子洋车，而一辈子连拉车也没出过风头。那四十以上的人，有的是已拉了十年八年的车，筋肉的衰损使他们甘居人后，他们渐渐知道早晚是一个跟头会死在马路上。他们的拉车姿势，讲价时的随机应变，走路的抄近绕远，都足以使他们想起过去的光荣，而用鼻翅儿扇着那些后起之辈。可是这点光荣丝毫不能减少将来的黑暗，他们自己也因此在擦着汗的时节常常微叹。不过，以他们比较另一些四十上下岁的车夫，他们还似乎没有苦到了家。这一些是以前决没想到自己能与洋车发生关系，而到了生和死的界限已经不甚分明，才抄起车把来的。被撤差的巡警或校役，把本钱吃光的小贩，或是失业的工匠，到了卖无可卖，当无可当的时候，咬着牙，含着泪，上了这条到死亡之路。这些人，生命最鲜壮的时期已经卖掉，现在再把窝窝头变成的血汗滴在马路上。没有力气，没有经验，没有朋友，就是在同行的当中也得不到好气儿。他们拉最破的车，皮带不定一天泄多少次气；一边拉着人还得一边儿央求人家原谅，虽然十五个大铜子儿已经算是甜买卖。

此外，因环境与知识的特异，又使一部分车夫另成派别。生于西苑海甸的自然以走西山，燕京，清华，较比方便；同样，在安定门外的走清河，北苑；在永定门外的走南苑……这是跑长趟的，不愿拉零座；因为拉一趟便是一趟，不屑于三五个铜子的穷凑了。可是他们还不如东交民巷的车夫的气儿长，这些专拉洋买卖的①讲究一气儿由交民巷拉到玉泉山，颐和园或西山。气长也还算小事，一般车夫万不能争这项生意的原因，大半还是因为这些吃洋饭的有点

①从前外国驻华使馆都在东交民巷。

与众不同的知识，他们会说外国话。英国兵，法国兵，所说的万寿山，雍和宫，"八大胡同"，他们都晓得。他们自己有一套外国话，不传授给别人。他们的跑法也特别，四六步儿不快不慢，低着头，目不旁视的，贴着马路边儿走，带出与世无争，而自有专长的神气。因为拉着洋人，他们可以不穿号坎，而一律的是长袖小白褂，白的或黑的裤子，裤筒特别肥，脚腕上系着细带；脚上是宽双脸千层底青布鞋；干净，利落，神气。一见这样的服装，别的车夫不会再过来争座与赛车，他们似乎是属于另一行业的。

有了这点简单的分析，我们再说祥子的地位，就像说——我们希望——一盘机器上的某种钉子那么准确了。祥子，在与"骆驼"这个外号发生关系以前，是个较比有自由的洋车夫，这就是说，他是属于年轻力壮，而且自己有车的那一类：自己的车，自己的生活，都在自己手里，高等车夫。

这可绝不是件容易的事。一年，二年，至少有三四年；一滴汗，两滴汗，不知道多少万滴汗，才挣出那辆车。从风里雨里的咬牙，从饭里茶里的自苦，才赚出那辆车。那辆车是他的一切挣扎与困苦的总结果与报酬，像身经百战的武士的一颗徽章。在他赁人家的车的时候，他从早到晚，由东到西，由南到北，像被人家抽着转的陀螺；他没有自己。可是在这种旋转之中，他的眼并没有花，心并没有乱，他老想着远远的一辆车，可以使他自由，独立，像自己的手脚的那么一辆车。有了自己的车，他可以不再受拴车的人们的气，也无须敷衍别人；有自己的力气与洋车，睁开眼就可以有饭吃。

他不怕吃苦，也没有一般洋车夫的可以原谅而不便效法的恶习，他的聪明和努力都足以使他的志愿成为事实。假若他的环境好一些，或多受着点教育，他一定不会落在"胶皮团"①里，而且无论是干什么，他总不会辜负了他的机会。不幸，他必须拉洋车；好，在这

---

①胶皮团，指拉车这一行。

个营生里他也证明出他的能力与聪明。他仿佛就是在地狱里也能作个好鬼似的。生长在乡间，失去了父母与几亩薄田，十八岁的时候便跑到城里来。带着乡间小伙子的足壮与诚实，凡是以卖力气就能吃饭的事他几乎全作过了。可是，不久他就看出来，拉车是件更容易挣钱的事；作别的苦工，收入是有限的；拉车多着一些变化与机会，不知道在什么时候与地点就会遇到一些多于所希望的报酬。自然，他也晓得这样的机遇不完全出于偶然，而必须人与车都得漂亮精神，有货可卖才能遇到识货的人。想了一想，他相信自己有那个资格：他有力气，年纪正轻；所差的是他还没有跑过，与不敢一上手就拉漂亮的车。但这不是不能胜过的困难，有他的身体与力气作基础，他只要试验个十天半月的，就一定能跑得有个样子，然后去赁辆新车，说不定很快的就能拉上包车，然后省吃俭用的一年二年，即使是三四年，他必能自己打上一辆车，顶漂亮的车！看着自己的青年的肌肉，他以为这只是时间的问题，这是必能达到的一个志愿与目的，绝不是梦想！

他的身量与筋肉都发展到年岁前边去；二十来的岁，他已经很大很高，虽然肢体还没被年月铸成一定的格局，可是已经像个成人了——一个脸上身上都带出天真淘气的样子的大人。看着那高等的车夫，他计划着怎样杀进他的腰①去，好更显出他的铁扇面似的胸，与直硬的背；扭头看看自己的肩，多么宽，多么威严！杀好了腰，再穿上肥腿的白裤，裤脚用鸡肠子带儿系往，露出那对"出号"的大脚！是的，他无疑的可以成为最出色的车夫；傻子似的他自己笑了。

他没有什么模样，使他可爱的是脸上的精神。头不很大，圆眼，肉鼻子，两条眉很短很粗，头上永远剃得发亮。腮上没有多余的肉，脖子可是几乎与头一边儿②粗；脸上永远红扑扑的，特别亮的是颧骨

①杀进腰，把腰部勒得细一些。
②一边儿，即同样的。

5

与右耳之间一块不小的疤——小时候在树下睡觉，被驴啃了一口。他不甚注意他的模样，他爱自己的脸正如同他爱自己的身体，都那么结实硬棒；他把脸仿佛算在四肢之内，只要硬棒就好。是的，到城里以后，他还能头朝下，倒着立半天。这样立着，他觉得，他就很像一棵树，上下没有一个地方不挺脱的。

他确乎有点像一棵树，坚壮，沉默，而又有生气。他有自己的打算，有些心眼，但不好向别人讲论。在洋车夫里，个人的委屈与困难是公众的话料，"车口儿"上，小茶馆中，大杂院里，每人报告着形容着或吵嚷着自己的事，而后这些事成为大家的财产，像民歌似的由一处传到一处。祥子是乡下人，口齿没有城里人那么灵便；设若口齿灵利是出于天才，他天生的不愿多说话，所以也不愿学着城里人的贫嘴恶舌。他的事他知道，不喜欢和别人讨论。因为嘴常闲着，所以他有工夫去思想，他的眼仿佛是老看着自己的心。只要他的主意打定，他便随着心中所开的那条路儿走；假若走不通的话，他能一两天不出一声，咬着牙，好似咬着自己的心！

他决定去拉车，就拉车去了。赁了辆破车，他先练练腿。第一天没拉着什么钱。第二天的生意不错，可是躺了两天，他的脚脖子肿得像两条瓠子似的，再也抬不起来。他忍受着，不管是怎样的疼痛。他知道这是不可避免的事，这是拉车必须经过的一关。非过了这一关，他不能放胆的去跑。

脚好了之后，他敢跑了。这使他非常的痛快，因为别的没有什么可怕的了：地名他很熟习，即使有时候绕点远也没大关系，好在自己有的是力气。拉车的方法，以他干过的那些推，拉，扛，挑的经验来领会，也不算十分难。况且他有他的主意：多留神，少争胜，大概总不会出了毛病。至于讲价争座，他的嘴慢气盛，弄不过那些老油子们。知道这个短处，他干脆不大到"车口儿"上去；哪里没车，他放在哪里。在这僻静的地点，他可以从容的讲价，而且有时候不肯要价，只说声："坐上吧，瞧着给！"他的样子是那么诚实，脸上是那么简单可爱，人们好像只好信任他，不敢想这个傻大个子是会敲人的。即使人们疑心，也只能怀疑他是新到城里来的乡下老儿，大概不认识路，所以讲不出价钱来。及至人们问到，"认识呀？"他就又像装傻，又像要俏的那么一笑，使人们不知怎样才好。

两三个星期的工夫，他把腿溜出来了。他晓得自己的跑法很好看。跑法是车夫的能力与资格的证据。那撇着脚，像一对蒲扇在地上扇乎的，无疑的是刚由乡间上来的新手。那头低得很深，双脚蹭地，跑和走的速度差不多，而颇有跑的表示的，是那些五十岁以上的老者们。那经验十足而没什么力气的却另有一种方法：胸向内含，度数很深；腿抬得很高；一走一探头；这样，他们就带出跑得很用力的样子，而在事实上一点也不比别人快；他们仗着"作派"去维持自己的尊严。祥子当然决不采取这几种姿态。他的腿长步大，腰里非常的稳，跑起来没有多少响声，步步都有些伸缩，车把不动，使座儿觉到安全，舒服。说站住，不论在跑得多么快的时候，大脚在地上轻蹭两蹭，就站住了；他的力气似乎能达到车的各部分。脊背微俯，双手松松拢住车把，他活动，利落，准确；看不出急促而跑得很快，快而没有危险。就是在拉包车的里面，这也得算很名贵的。

他换了新车。从一换车那天，他就打听明白了，像他赁的那辆——弓子软，铜活地道，雨布大帘，双灯，细脖大铜喇叭——值一百出头；若是漆工与铜活含忽一点呢，一百元便可以打住。大概的说吧，他只要有一百块钱，就能弄一辆车。猛然一想，一天要是能剩一角的话，一百元就是一千天，一千天！把一千天堆到一块，他几乎算不过来这该有多么远。但是，他下了决心，一千天，一万天也好，他得买车！第一步他应当，他想好了，去拉包车。遇上交际多，饭局①多的主儿②，平均一月有上十来个饭局，他就可以白落两三块的车饭钱。加上他每月再省出个块儿八角的，也许是三头五

———————————

①饭局，即宴会。
②主儿，即是人。这里是指包车的主人。

块的，一年就能剩起五六十块！这样，他的希望就近便多多了。他不吃烟，不喝酒，不赌钱，没有任何嗜好，没有家庭的累赘，只要他自己肯咬牙，事儿就没有个不成。他对自己起下了誓，一年半的工夫，他——祥子——非打成自己的车不可！是现打的，不要旧车见过新的。

　　他真拉上了包月。可是，事实并不完全帮助希望。不错，他确是咬了牙，但是到了一年半他并没还上那个愿。包车确是拉上了，而且谨慎小心的看着事情；不幸，世上的事并不是一面儿的。他自管小心他的，东家并不因此就不辞他；不定是三两个月，还是十天八天，吹①了；他得另去找事。自然，他得一边儿找事，还得一边儿拉散座；骑马找马，他不能闲起来。在这种时节，他常常闹错儿。他还强打着精神，不专为混一天的嚼谷，而且要继续着积储买车的钱。可是强打精神永远不是件妥当的事：拉起车来，他不能专心一志的跑，好像老想着些什么，越想便越害怕，越气不平。假若老这么下去，几时才能买上车呢？为什么这样呢？难道自己还算个不要强的？在这么乱想的时候，他忘了素日的谨慎。皮轮子上了碎铜烂磁片，放了炮；只好收车。更严重一些的，有时候碰了行人，甚至有一次因急于挤过去而把车轴盖碰丢了。设若他是拉着包车，这些错儿绝不能发生；一搁下了事，他心中不痛快，便有点楞头磕脑的。碰坏了车，自然要赔钱；这更使他焦躁，火上加了油；为怕惹出更大的祸，他有时候懊睡一整天。及至睁开眼，一天的工夫已白白过去，他又后悔，自恨。还有呢，在这种时期，他越着急便越自苦，吃喝越没规则；他以为自己是铁作的，可是敢情他也会病。病了，他舍不得钱去买药，自己硬挺着；结果，病越来越重，不但得买药，而且得一气儿休息好几天。这些个困难，使他更咬牙努力，可是买车的钱数一点不因此而加快的凑足。

---

①吹，就是散了，完了的意思。

8

整整的三年，他凑足了一百块钱！

他不能再等了。原来的计划是买辆最完全最新式最可心的车，现在只好按着一百块钱说了。不能再等；万一出点什么事再丢失几块呢！恰巧有辆刚打好的车（定作而没钱取货的）跟他所期望的车差不甚多；本来值一百多，可是因为定钱放弃了，车铺愿意少要一点。祥子的脸通红，手哆嗦着，拍出九十六块钱来："我要这辆车！"铺主打算挤到个整数，说了不知多少话，把他的车拉出去又拉进来，支开棚子，又放下，按按喇叭，每一个动作都伴着一大串最好的形容词；最后还在钢轮条上踢了两脚，"听听声儿吧，铃铛似的！拉去吧，你就是把车拉碎了，要是钢条软了一根，你拿回来，把它摔在我脸上！一百块，少一分咱们吹！"祥子把钱又数了一遍："我要这辆车，九十六！"铺主知道是遇见了一个心眼的人，看看钱，看看祥子，叹了口气："交个朋友，车算你的了；保六个月：除非你把大箱碰碎，我都白给修理；保单，拿着！"

祥子的手哆嗦得更厉害了，揣起保单，拉起车，几乎要哭出来。拉到个僻静地方，细细端详自己的车，在漆板上试着照照自己的脸！越看越可爱，就是那不尽合自己的理想的地方也都可以原谅了，因为已经是自己的车了。把车看得似乎暂时可以休息会儿了，他坐在了水簸箕的新脚垫儿上，看着车把上的发亮的黄铜喇叭。他忽然想起来，今年是二十二岁。因为父母死得早，他忘了生日是在哪一天。自从到城里来，他没过一次生日。好吧，今天买上了新车，就算是生日吧，人的也是车的，好记，而且车既是自己的心血，简直没什么不可以把人与车算在一块的地方。

怎样过这个"双寿"呢？祥子有主意：头一个买卖必须拉个穿得体面的人，绝对不能是个女的。最好是拉到前门，其次是东安市场。拉到了，他应当在最好的饭摊上吃顿饭，如热烧饼夹爆羊肉之类的东西。吃完，有好买卖呢就再拉一两个；没有呢，就收车；这是生日！

自从有了这辆车，他的生活过得越来越起劲了。拉包月也好，拉散座也好,他天天用不着为"车份儿"着急,拉多少钱全是自己的。心里舒服,对人就更和气,买卖也就更顺心。拉了半年,他的希望更大了:照这样下去,干上二年,至多二年,他就又可以买辆车,一辆,两辆……他也可以开车厂子了!

可是,希望多半落空,祥子的也非例外。

二

因为高兴，胆子也就大起来；自从买了车，祥子跑得更快了。自己的车，当然格外小心，可是他看看自己，再看看自己的车，就觉得有些不是味儿，假若不快跑的话。

他自己，自从到城里来，又长高了一寸多。他自己觉出来，仿佛还得往高里长呢。不错，他的皮肤与模样都更硬棒与固定了一些，而且上唇上已有了小小的胡子；可是他以为还应当再长高一些。当他走到个小屋门或街门而必须大低头才能进去的时候，他虽不说什么，可是心中暗自喜欢，因为他已经是这么高大，而觉得还正在发长，他似乎既是个成人，又是个孩子，非常有趣。

这么大的人，拉上那么美的车，他自己的车，弓子软得颤悠悠的，连车把都微微的动弹；车箱是那么亮，垫子是那么白，喇叭是那么响；跑得不快怎能对得起自己呢，怎能对得起那辆车呢？这一点不是虚荣心，而似乎是一种责任，非快跑，飞跑，不足以充分发挥自己的力量与车的优美。那辆车也真是可爱，拉过了半年来的，仿佛处处都有了知觉与感情，祥子的一扭腰，一蹲腿，或一直脊背，它都就马上应合着，给祥子以最顺心的帮助，他与它之间没有一点隔膜别扭的地方。赶到遇上地平人少的地方，祥子可以用一只手拢着把，微微轻响的皮轮像阵利飕的小风似的催着他跑，飞快而平稳。拉到了地点，祥子的衣裤都拧得出汗来，哗哗的，像刚从水盆里捞出来的。他感到疲乏，可是很痛快的，值得骄傲的，一种疲乏，如同骑着名马跑了几十里那样。

假若胆壮不就是大意，祥子在放胆跑的时候可并不大意。不快跑若是对不起人，快跑而碰伤了车便对不起自己。车是他的命，他知道怎样的小心。小心与大胆放在一处，他便越来越能自信，他深信自己与车都是铁作的。

因此，他不但敢放胆的跑，对于什么时候出车也不大去考虑。他觉得用力拉车去挣口饭吃，是天下最有骨气的事；他愿意出去，没人可以拦住他。外面的谣言他不大往心里听，什么西苑又来了兵，什么长辛店又打上了仗，什么西直门外又在拉伕，什么齐化门已经关了半天，他都不大注意。自然，街上铺户已都上了门，而马路上站满了武装警察与保安队，他也不便故意去找不自在，也和别人一样急忙收了车。可是，谣言，他不信。他知道怎样谨慎，特别因为车是自己的，但是他究竟是乡下人，不像城里人那样听见风便是雨。再说，他的身体使他相信，即使不幸赶到"点儿"上，他必定有办法，不至于吃很大的亏；他不是容易欺侮的，那么大的个子，那么宽的肩膀！

战争的消息与谣言几乎每年随着春麦一块儿往起长，麦穗与刺刀可以算作北方人的希望与忧惧的象征。祥子的新车刚交半岁的时候，正是麦子需要春雨的时节。春雨不一定顺着人民的盼望而降落，可是战争不管有没有人盼望总会来到。谣言吧，真事儿吧，祥子似乎忘了他曾经作过庄稼活；他不大关心战争怎样的毁坏田地，也不大注意春雨的有无。他只关心他的车，他的车能产生烙饼与一切吃食，它是块万能的田地，很驯顺的随着他走，一块活地，宝地。因为缺雨，因为战争的消息，粮食都长了价钱；这个，祥子知道。可是他和城里人一样的只会抱怨粮食贵，而一点主意没有；粮食贵，贵吧，谁有法儿教它贱呢？这种态度使他只顾自己的生活，把一切祸患灾难都放在脑后。

设若城里的人对于一切都没有办法，他们可会造谣言——有时完全无中生有，有时把一分真事说成十分——以便显出他们并不愚傻与不作事。他们像些小鱼，闲着的时候把嘴放在水皮上，吐出几个完全没用的水泡儿也怪得意。在谣言里，最有意思是关于战争的。别种谣言往往始终是谣言，好像谈鬼说狐那样，不会说着说着就真见了鬼。关于战争的，正是因为根本没有正确消息，谣言反倒能立竿见影。在小节目上也许与真事有很大的出入，可是对于战争本身的有无，十之八九是正确的。"要打仗了！"这句话一经出口，早晚准会打仗；至于谁和谁打，与怎么打，那就一个人一个说法了。祥子并不是不知道这个。不过，干苦工的人们——拉车的也在内——虽然不会欢迎战争，可是碰到了它也不一定就准倒霉。每逢战争一来，最着慌的是阔人们。他们一听见风声不好，赶快就想逃命；钱使他们来得快，也跑得快。他们自己可是不会跑，因为腿脚被钱赘的太沉重。他们得雇许多人作他们的腿，箱子得有人抬，老幼男女得有车拉；在这个时候，专卖手脚的哥儿们的手与脚就一律贵起来："前门，东车站！""哪儿？""东——车——站！""呕，干脆就给一块四毛钱！不用驳回，兵荒马乱的！"

就是在这个情形下，祥子把车拉出城去。谣言已经有十来天了，东西已都涨了价，可是战事似乎还在老远，一时半会儿不会打到北平来。祥子还照常拉车，并不因为谣言而偷点懒。有一天，拉到了西城，他看出点棱缝来。在护国寺街西口和新街口没有一个招呼"西苑哪？清华呀？"的。在新街口附近他转悠了一会儿。听说车已经都不敢出城，西直门外正在抓车，大车小车骡车洋车一齐抓。他想喝碗茶就往南放车；车口的冷静露出真的危险，他有相当的胆子，但是不便故意的走死路。正在这个接骨眼儿，从南来了两辆车，车上坐着的好像是学生。拉车的一边走，一边儿喊："有上清华的没有？嗨，清华！"

车口上的几辆车没有人答碴儿，大家有的看着那两辆车淡而厌的微笑，有的叼着小烟袋坐着，连头也不抬。那两辆车还继续的喊："都哑吧了？清华！"

"两块钱吧，我去！"一个年轻光头的矮子看别人不出声，开玩笑似的答应了这么一句。

"拉过来！再找一辆！"那两辆车停住了。

年轻光头的愣了一会儿，似乎不知怎样好了。别人还都不动。祥子看出来，出城一定有危险，要不然两块钱清华——平常只是二三毛钱的事儿——为什么会没人抢呢？他也不想去。可是那个光头的小伙子似乎打定了主意，要是有人陪他跑一趟的话，他就豁出去了；他一眼看中了祥子："大个子，你怎样？"

"大个子"三个字把祥子招笑了，这是一种赞美。他心中打开了转儿：凭这样的赞美，似乎也应当捧那身矮胆大的光头一场；再说呢，两块钱是两块钱，这不是天天能遇到的事。危险？难道就那样巧？况且，前两天还有人说天坛住满了兵；他亲眼看见的，那里连个兵毛儿也没有。这么一想，他把车拉过去了。

拉到了西直门，城洞里几乎没有什么行人。祥子的心凉了一些。光头也看出不妙，可是还笑着说："招呼吧①，伙计！是福不是祸②，今儿个就是今儿个③啦！"祥子知道事情要坏，可是在街面上混了这几年了，不能说了不算，不能耍老娘们脾气！

出了西直门，真是连一辆车也没遇上；祥子低下头去，不敢再看马路的左右。他的心好像直顶他的肋条。到了高亮桥，他向四围打了一眼，并没有一个兵，他又放了点心。两块钱到底是两块钱，他盘算着，没点胆子哪能找到这么俏的事。他平常很不喜欢说话，可是这阵儿他愿意跟光头的矮子说几句，街上清静得真可怕。"抄土道走吧？马路上——"

"那还用说，"矮子猜到他的意思，"自要一上了便道，咱们就算有点底儿了！"

还没拉到便道上，祥子和光头的矮子连车带人都被十来个兵捉

①招呼吧，即干吧，闯吧。
②俗语，还有下句：是祸躲不过。这里说话人未说下句，却意在下句。
③今儿个就是今儿个，意即到了严重关头，成败都在今天。

14

了去!

虽然已到妙峰山开庙进香的时节，夜里的寒气可还不是一件单衫所能挡得住的。祥子的身上没有任何累赘，除了一件灰色单军服上身，和一条蓝布军裤，都被汗沤得奇臭——自从还没到他身上的时候已经如此。由这身破军衣，他想起自己原来穿着的白布小褂与那套阴丹士林蓝的夹裤褂；那是多么干净体面！是的，世界上还有许多比阴丹士林蓝更体面的东西，可是祥子知道自己混到那么干净利落已经是怎样的不容易。闻着现在身上的臭汗味，他把以前的挣扎与成功看得分外光荣，比原来的光荣放大了十倍。他越想着过去便越恨那些兵们。他的衣服鞋帽，洋车，甚至于系腰的布带，都被他们抢了去；只留给他青一块紫一块的一身伤，和满脚的疱！不过，衣服，算不了什么；身上的伤，不久就会好的。他的车，几年的血汗挣出来的那辆车，没了！自从一拉到营盘里就不见了！以前的一切辛苦困难都可一眨眼忘掉，可是他忘不了这辆车！

吃苦，他不怕；可是再弄上一辆车不是随便一说就行的事；至少还得几年的工夫！过去的成功全算白饶，他得重打鼓另开张打头儿来！祥子落了泪！他不但恨那些兵，而且恨世上的一切了。凭什么把人欺侮到这个地步呢？凭什么？"凭什么？"他喊了出来。

这一喊——虽然痛快了些——马上使他想起危险来。别的先不去管吧，逃命要紧！

他在哪里呢？他自己也不能正确的回答出。这些日子了，他随着兵们跑，汗从头上一直流到脚后跟。走，得扛着拉着或推着兵们的东西；站住，他得去挑水烧火喂牲口。他一天到晚只知道怎样把最后的力气放在手上脚上，心中成了块空白。到了夜晚，头一挨地他便像死了过去，而永远不再睁眼也并非一定是件坏事。

最初，他似乎记得兵们是往妙峰山一带退却。及至到了后山，他只顾得爬山了，而时时想到不定哪时他会一交跌到山涧里，把骨

15

肉被野鹰们啄尽，不顾得别的。在山中绕了许多天，忽然有一天山路越来越少，当太阳在他背后的时候，他远远的看见了平地。晚饭的号声把出营的兵丁唤回，有几个扛着枪的牵来几匹骆驼。

骆驼！祥子的心一动，忽然的他会思想了，好像迷了路的人忽然找到一个熟识的标记，把一切都极快的想了起来。骆驼不会过山，他一定是来到了平地。在他的知识里，他晓得京西一带，像八里庄，黄村，北辛安，磨石口，五里屯，三家店，都有养骆驼的。难道绕来绕去，绕到磨石口来了吗？这是什么战略——假使这群只会跑路与抢劫的兵们也会有战略——他不晓得。可是他确知道，假如这真是磨石口的话，兵们必是绕不出山去，而想到山下来找个活路。磨石口是个好地方，往东北可以回到西山；往南可以奔长辛店，或丰台；一直出口子往西也是条出路。他为兵们这么盘算，心中也就为自己画出一条道儿来：这到了他逃走的时候了。万一兵们再退回乱山里去，他就是逃出兵的手掌，也还有饿死的危险。要逃，就得乘这个机会。由这里一跑，他相信，一步就能跑回海甸！虽然中间隔着那么多地方，可是他都知道呀；一闭眼，他就有了个地图；这里是磨石口——老天爷，这必须是磨石口！——他往东北拐，过金顶山，礼王坟，就是八大处；从四平台往东奔杏子口，就到了南辛庄。为是有些遮隐，他顶好还顺着山走，从北辛庄，往北，过魏家村；往北，过南河滩；再往北，到红山头，杰王府；静宜园了！找到静宜园，闭着眼他也可以摸到海甸去！他的心要跳出来！这些日子，他的血似乎全流到四肢上去；这一刻，仿佛全归到心上来；心中发热，四肢反倒冷起来；热望使他混身发颤！

一直到半夜，他还合不上眼。希望使他快活，恐惧使他惊惶，他想睡，但睡不着，四肢像散了似的在一些干草上放着。什么响动也没有，只有天上的星伴着自己的心跳。骆驼忽然哀叫了两声，离他不远。他喜欢这个声音，像夜间忽然听到鸡鸣那样使人悲哀，又觉得有些安慰。

远处有了炮声，很远，但清清楚楚的是炮声。他不敢动，可是马上营里乱起来。他闭住了气，机会到了！他准知道，兵们又得退却，而且一定是往山中去。这些日子的经验使他知道，这些兵的打仗方法和困在屋中的蜜蜂一样，只会到处乱撞。有了炮声，兵们一定得跑；那么，他自己也该精神着点了。他慢慢的，闭着气，在地上爬，目的是在找到那几匹骆驼。他明知道骆驼不会帮助他什么，但他和它们既同是俘虏，好像必须有些同情。军营里更乱了，他找到了骆驼——几块土岗似的在黑暗中趴伏着，除了粗大的呼吸，一点动静也没有，似乎天下都很太平。这个，教他壮起点胆子来。他伏在骆驼旁边，像兵丁藏在沙口袋后面那样。极快的他想出个道理来：炮声是由南边来的，即使不是真心作战，至少也是个"此路不通"的警告。那么，这些兵还得逃回山中去。真要是上山，他们不能带着骆驼。这样，骆驼的命运也就是他的命运。他们要是不放弃这几个牲口呢，他也跟着完事；他们忘记了骆驼，他就可以逃走。把耳朵贴在地上，他听着有没有脚步声儿来，心跳得极快。

　　不知等了多久，始终没人来拉骆驼。他大着胆子坐起来，从骆驼的双峰间望过去，什么也看不见，四外极黑。逃吧！不管是吉是凶，逃！

三

　　祥子已经跑出二三十步去，可又不肯跑了，他舍不得那几匹骆驼。他在世界上的财产，现在，只剩下了自己的一条命。就是地上的一根麻绳，他也乐意拾起来，即使没用，还能稍微安慰他一下，至少他手中有条麻绳，不完全是空的。逃命是要紧的，可是赤裸裸的一条命有什么用呢？他得带走这几匹牲口，虽然还没想起骆驼能有什么用处，可是总得算是几件东西，而且是块儿不小的东西。

　　他把骆驼拉了起来。对待骆驼的方法，他不大晓得，可是他不怕它们，因为来自乡间，他敢挨近牲口们。骆驼们很慢很慢的立起来，他顾不得细调查它们是不是都在一块儿拴着，觉到可以拉着走了，他便迈开了步，不管是拉起来一个，还是全"把儿"。

　　一迈步，他后悔了。骆驼——在口内负重惯了的——是走不快的。不但是得慢走，还须极小心的慢走，骆驼怕滑；一汪儿水，一片儿泥，都可以教它们劈了腿，或折扭了膝。骆驼的价值全在四条腿上；腿一完，全完！而祥子是想逃命呀！

　　可是，他不肯再放下它们。一切都交给天了，白得来的骆驼是不能放手的！

　　因拉惯了车，祥子很有些辨别方向的能力。虽然如此，他现在心中可有点乱。当他找到骆驼们的时候，他的心似乎全放在它们身上了；及至把它们拉起来，他弄不清哪儿是哪儿了，天是那么黑，心中是那么急，即使他会看看星，调一调方向，他也不敢从容的去这么办；星星们——在他眼中——好似比他还着急，你碰我，我碰你的在黑空中乱动。祥子不敢再看天上。他低着头，心里急而脚步不敢放快的往前走。他想起了这个：既是拉着骆驼，便须顺着大道走，不能再沿着山坡儿。由磨石口——假如这是磨石口——到黄村，是条直路。这既是走骆驼的大路，而且一点不绕远儿。"不绕远儿"在一个洋车夫心里有很大的价值。不过，这条路上没有遮掩！万一再遇上兵呢？即使遇不上大兵，他自己那身破军衣，脸上的泥，与那一脑袋的长头发，能使人相信他是个拉骆驼的吗？不像，绝不像个拉骆驼的！倒很像个逃兵！逃兵，被官中拿去还倒是小事；教村中的人们捉住，至少是活埋！想到这儿，他哆嗦起来，背后骆驼蹄子噗噗轻响猛然吓了他一跳。他要打算逃命，还是得放弃这几个累赘。可是到底不肯撒手骆驼鼻子上的那条绳子。走吧，走，走到哪里算哪里，遇见什么说什么；活了呢，赚几条牲口；死了呢，认命！

可是，他把军衣脱下来：一把，将领子扯掉；那对还肯负责任的铜钮也被揪下来，掷在黑暗中，连个响声也没发。然后，他把这件无领无钮的单衣斜搭在身上，把两条袖子在胸前结成个结子，像背包袱那样。这个，他以为可以减少些败兵的嫌疑；裤子也挽高起来一块。他知道这还不十分像拉骆驼的，可是至少也不完全像个逃兵了。加上他脸上的泥，身上的汗，大概也够个"煤黑子"①的谱儿①了。他的思想很慢，可是想得很周到，而且想起来马上就去执行。夜黑天里，没人看见他；他本来无须乎立刻这样办；可是他等不得。他不知道时间，也许忽然就会天亮。既没顺着山路走，他白天没有可以隐藏起来的机会；要打算白天也照样赶路的话，他必须使人相信他是个"煤黑子"。想到了这个，也马上这么办了，他心中痛快些，好似危险已过，而眼前就是北平了。他必须稳稳当当的快到城里，因为他身上没有一个钱，没有一点干粮，不能再多耗时间。想到这里，他想骑上骆驼，省些力气可以多挨一会儿饥饿。可是不敢去骑，即使很稳当，也得先教骆驼跪下，他才能上去；时间是值钱的，不

---

①谱儿，即样子。有近似的意思。

能再麻烦。况且，他要是上了那么高，便更不容易看清脚底下，骆驼若是摔倒，他也得陪着。不，就这样走吧。

　　大概的他觉出是顺着大路走呢；方向，地点，都有些茫然。夜深了，多日的疲乏，与逃走的惊惧，使他身心全不舒服。及至走出来一些路，脚步是那么平匀，缓慢，他渐渐的仿佛困倦起来。夜还很黑，空中有些湿冷的雾气，心中更觉得渺茫。用力看看地，地上老像有一岗一岗的，及至放下脚去，却是平坦的。这种小心与受骗教他更不安静，几乎有些烦躁。爽性不去管地上了，眼往平里看，脚擦着地走。四外什么也看不见，就好像全世界的黑暗都在等着他似的，由黑暗中迈步，再走入黑暗中；身后跟着那不声不响的骆驼。

　　外面的黑暗渐渐习惯了，心中似乎停止了活动，他的眼不由的闭上了。不知道是往前走呢，还是已经站住了，心中只觉得一浪一浪的波动，似一片波动的黑海，黑暗与心接成一气，都渺茫，都起落，都恍惚。忽然心中一动，像想起一些什么，又似乎是听见了一些声响，说不清；可是又睁开了眼。他确是还往前走呢，忘了刚才是想起什么来，四外也并没有什么动静。心跳了一阵，渐渐又平静下来。他嘱咐自己不要再闭上眼，也不要再乱想；快快的到城里是第一件要紧的事。可是心中不想事，眼睛就很容易再闭上，他必须想念着点儿什么，必须醒着。他知道一旦倒下，他可以一气睡三天。想什么呢？他的头有些发晕，身上潮渌渌的难过，头发里发痒，两脚发酸，口中又干又涩。他想不起别的，只想可怜自己。可是，连自己的事也不大能详细的想了，他的头是那么虚空昏胀，仿佛刚想起自己，就又把自己忘记了，像将要灭的蜡烛，连自己也不能照明白了似的。再加上四围的黑暗，使他觉得像在一团黑气里浮荡，虽然知道自己还存在着，还往前迈步，可是没有别的东西来证明他准是在哪里走，就很像独自在荒海里浮着那样不敢相信自己。他永远没尝受过这种惊疑不定的难过，与绝对的寂闷。平日，他虽不大喜欢交朋友，可是一个人在日光下，有太阳照着他的四肢，有各样东西呈现在目前，

20

他不至于害怕。现在，他还不害怕，只是不能确定一切，使他受不了。设若骆驼们要是像骡马那样不老实，也许倒能教他打起精神去注意它们，而骆驼偏偏是这么驯顺，驯顺得使他不耐烦；在心神最恍惚的时候，他忽然怀疑骆驼是否还在他的背后，教他吓一跳；他似乎很相信这几个大牲口会轻轻的钻入黑暗的岔路中去，而他一点也不晓得，像拉着块冰那样能渐渐的化尽。

不知道在什么时候，他坐下了。若是他就是这么死去，就是死后有知，他也不会记得自己是怎么坐下的，和为什么坐下的。坐了五分钟，也许是一点钟，他不晓得。他也不知道他是先坐下而后睡着，还是先睡着而后坐下的。大概他是先睡着了而后坐下的，因为他的疲乏已经能使他立着睡去的。

他忽然醒了。不是那种自自然然的由睡而醒，而是猛的一吓，像由一个世界跳到另一个世界，都在一眨眼的工夫里。看见的还是黑暗，可是很清楚的听见一声鸡鸣，是那么清楚，好像有个坚硬的东西在他脑中划了一下。他完全清醒过来。骆驼呢？他顾不得想别的。绳子还在他手中，骆驼也还在他旁边。他心中安静了。懒得起来。身上酸懒，他不想起来；可也不敢再睡。他得想，细细的想，好主意。就是在这个时候，他想起他的车，而喊出"凭什么？"

"凭什么？"但是空喊是一点用处没有的。他去摸摸骆驼，他始终还不知自己拉来几匹。摸清楚了，一共三匹。他不觉得这是太多，还是太少；他把思想集中到这三匹身上，虽然还没想妥一定怎么办，可是他渺茫的想到，他的将来全仗着这三个牲口。

"为什么不去卖了它们，再买上一辆车呢？"他几乎要跳起来了！可是他没动，好像因为先前没想到这样最自然最省事的办法而觉得应当惭愧似的。喜悦胜过了惭愧，他打定了主意：刚才不是听到鸡鸣么？即使鸡有时候在夜间一两点钟就打鸣，反正离天亮也不甚远了。有鸡鸣就必有村庄，说不定也许是北辛安吧？那里有养骆驼的，他得赶快的走，能在天亮的时候赶到，把骆驼出了手，他可以一进城就买上一辆车。兵荒马乱的期间，车必定便宜一些；他只顾了想买车，好似卖骆驼是件毫无困难的事。

想到骆驼与洋车的关系，他的精神壮了起来，身上好似一向没有什么不舒服的地方。假若他想到拿这三匹骆驼能买到一百亩地，或是可以换几颗珍珠，他也不会这样高兴。他极快的立起来，扯起骆驼就走。他不晓得现在骆驼有什么行市，只听说过在老年间，没有火车的时候，一条骆驼要值一个大宝①，因为骆驼力气大，而吃得比骡马还省。他不希望得三个大宝，只盼望换个百儿八十的，恰好够买一辆车的。

越走天越亮了；不错，亮处是在前面，他确是朝东走呢。即使他走错了路，方向可是不差；山在西，城在东，他晓得这个。四外由一致的漆黑，渐渐能分出深浅，虽然还辨不出颜色，可是田亩远树已都在普遍的灰暗中有了形状。星星渐稀，天上罩着一层似云又似雾的灰气，暗淡，可是比以前高起许多去。祥子仿佛敢抬起头来了。他也开始闻见路旁的草味，也听见几声鸟鸣；因为看见了渺茫的物形，他的耳目口鼻好似都恢复了应有的作用。他也能看到自己身上的一切，虽然是那么破烂狼狈，可是能以相信自己确是还活着呢；好像噩梦初醒时那样觉得生命是何等的可爱。看完了他自己，他回头看了看骆驼——和他一样的难看，也一样的可爱。正是牲口脱毛的时候，骆驼身上已经都露出那灰红的皮，只有东一缕西一块的挂着些零散的，没力量的，随时可以脱掉的长毛，像些兽中的庞大的乞丐。顶可怜的是那长而无毛的脖子，那么长，那么秃，弯弯的，愚笨的，伸出老远，像条失意的瘦龙。可是祥子不憎嫌它们，不管它们是怎样的不体面，到底是些活东西。他承认自己是世上最有运气的人，上天送给他三条足以换一辆洋车的活宝贝；这不是天天能遇到的事。他忍不住的笑了出来。

———————
①大宝，重五十两的银元宝。

灰天上透出些红色，地与远树显着更黑了；红色渐渐的与灰色融调起来，有的地方成为灰紫的，有的地方特别的红，而大部分的天色是葡萄灰的。又待了一会儿，红中透出明亮的金黄来，各种颜色都露出些光；忽然，一切东西都非常的清楚了。跟着，东方的早霞变成一片深红，头上的天显出蓝色。红霞碎开，金光一道一道的射出，横的是霞，直的是光，在天的东南角织成一部极伟大光华的蛛网：绿的田，树，野草，都由暗绿变为发光的翡翠。老松的干上染上了金红，飞鸟的翅儿闪起金光，一切的东西都带出笑意。祥子对着那片红光要大喊几声，自从一被大兵拉去，他似乎没看见过太阳，心中老在咒骂，头老低着，忘了还有日月，忘了老天。现在，他自由的走着路，越走越光明，太阳给草叶的露珠一点儿金光，也照亮了祥子的眉发，照暖了他的心。他忘了一切困苦，一切危险，一切疼痛；不管身上是怎样褴褛污浊，太阳的光明与热力并没将他除外，他是生活在一个有光有热力的宇宙里；他高兴，他想欢呼！

看看身上的破衣，再看看身后的三匹脱毛的骆驼，他笑了笑。就凭四条这么不体面的人与牲口，他想，居然能逃出危险，能又朝着太阳走路，真透着奇怪！不必再想谁是谁非了，一切都是天意，他以为。他放了心，缓缓的走着，自要老天保佑他，什么也不必怕。走到什么地方了？不想问了，虽然田间已有男女来作工。走吧，就是一时卖不出骆驼去，似乎也没大关系了；先到城里再说，他渴想再看见城市，虽然那里没有父母亲戚，没有任何财产，可是那到底是他的家，全个的城都是他的家，一到那里他就有办法。远处有个村子，不小的一个村子，村外的柳树像一排高而绿的护兵，低头看着那些矮矮的房屋，屋上浮着些炊烟。远远的听到村犬的吠声，非常的好听。他一直奔了村子去，不想能遇到什么俏事，仿佛只是表示他什么也不怕，他是好人，当然不怕村里的良民；现在人人都是在光明和平的阳光下。假若可能的话，他想要一点水喝；就是要不到水也没关系；他既没死在山中，多渴一会儿算得了什么呢？

村犬向他叫，他没大注意；妇女和小孩儿们的注视他，使他不大自在了。他必定是个很奇怪的拉骆驼的，他想；要不然，大家为什么这样呆呆的看着他呢？他觉得非常的难堪：兵们不拿他当个人，现在来到村子里，大家又看他像个怪物！他不晓得怎样好了。他的身量，力气，一向使他自尊自傲，可是在过去的这些日子，无缘无故的他受尽了委屈与困苦。他从一家的屋脊上看过去，又看见了那光明的太阳，可是太阳似乎不像刚才那样可爱了！

村中的唯一的一条大道上，猪尿马尿与污水汇成好些个发臭的小湖，祥子唯恐把骆驼滑倒，很想休息一下。道儿北有个较比阔气的人家，后边是瓦房，大门可是只拦着个木栅，没有木门，没有门楼。祥子心中一动；瓦房——财主；木栅而没门楼——养骆驼的主儿！好吧，他就在这儿休息会儿吧，万一有个好机会把骆驼打发出去呢！

"色！色！色！"祥子叫骆驼们跪下；对于调动骆驼的口号，他只晓得"色……"是表示跪下；他很得意的应用出来，特意叫村人们明白他并非是外行。骆驼们真跪下了，他自己也大大方方的坐在一株小柳树下。大家看他，他也看大家；他知道只有这样才足以减少村人的怀疑。

坐了一会儿，院中出来个老者，蓝布小褂敞着怀，脸上很亮，一看便知道是乡下的财主。祥子打定了主意：

"老者，水现成吧？喝碗！"

"啊！"老者的手在胸前搓着泥卷，打量了祥子一眼，细细看了看三匹骆驼。"有水！哪儿来的？"

"西边！"祥子不敢说地名，因为不准知道。

"西边有兵呀？"老者的眼盯住祥子的军裤。

"教大兵裹了去，刚逃出来。"

"啊！骆驼出西口没什么险啦吧？"

"兵都入了山，路上很平安。"

"嗯！"老者慢慢点着头。"你等等，我给你拿水去。"

祥子跟了进去。到了院中，他看见了四匹骆驼。

"老者，留下我的三匹，凑一把儿吧？"

"哼！一把儿？倒退三十年的话，我有过三把儿！年头儿变了，谁还喂得起骆驼！"老头儿立住，呆呆的看着那四匹牲口。待了半天："前几天本想和街坊搭伙，把它们送到口外去放青①。东也闹兵，西也闹兵，谁敢走啊！在家里拉夏吧，看着就焦心，看着就焦心，瞧这些苍蝇！赶明儿天大热起来，再加上蚊子，眼看着好好的牲口活活受罪，真！"老者连连的点头，似乎有无限的感慨与牢骚。

"老者，留下我的三匹，凑成一把儿到口外去放青。欢蹦乱跳的牲口，一夏天在这儿，准教苍蝇蚊子给拿个半死！"祥子几乎是央求了。

"可是，谁有钱买呢？这年头不是养骆驼的年头了！"

"留下吧，给多少是多少；我把它们出了手，好到城里去谋生！"

老者又细细看了祥子一番，觉得他绝不是个匪类。然后回头看了看门外的牲口，心中似乎是真喜欢那三匹骆驼——明知买到手中并没好处，可是爱书的人见书就想买，养马的见马就舍不得，有过三把儿骆驼的也是如此。况且祥子说可以贱卖呢；懂行的人得到个便宜，就容易忘掉东西买到手中有没有好处。

"小伙子，我要是钱富裕的话，真想留下！"老者说了实话。

"干脆就留下吧，瞧着办得了！"祥子是那么诚恳，弄得老头子有点不好意思了。

"说真的，小伙子；倒退三十年，这值三个大宝；现在的年头，又搭上兵荒马乱，我——你还是到别处吆喝吆喝去吧！"

"给多少是多少！"祥子想不出别的话。他明白老者的话很实在，可是不愿意满世界去卖骆驼——卖不出去，也许还出了别的毛病。

"你看，你看，二三十块钱真不好说出口来，可是还真不容易

———————
①放青，放牧牲口去吃青草。

往外拿呢；这个年头，没法子！"

祥子心中也凉了些，二三十块？离买车还差得远呢！可是，第一他愿脆快办完，第二他不相信能这么巧再遇上个买主儿。"老者，给多少是多少！"

"你是干什么的，小伙子；看得出，你不是干这一行的！"

祥子说了实话。

"呕，你是拿命换出来的这些牲口！"老者很同情祥子，而且放了心，这不是偷出来的；虽然和偷也差不远，可是究竟中间还隔着层大兵。兵灾之后，什么事儿都不能按着常理儿说。

"这么着吧，伙计，我给三十五块钱吧；我要说这不是个便宜，我是小狗子；我要是能再多拿一块，也是个小狗子！我六十多了；哼，还教我说什么好呢！"

祥子没了主意。对于钱，他向来是不肯放松一个的。可是，在军队里这些日子，忽然听到老者这番诚恳而带有感情的话，他不好意思再争论了。况且，可以拿到手的三十五块现洋似乎比希望中的一万块更可靠，虽然一条命只换来三十五块钱的确是少一些！就单说三条大活骆驼，也不能，绝不能，只值三十五块大洋！可是，有什么法儿呢！

"骆驼算你的了，老者！我就再求一件事，给我找件小褂，和一点吃的！"

"那行！"

祥子喝了一气凉水，然后拿着三十五块很亮的现洋，两个棒子面饼子，穿着将护到胸际的一件破白小褂，要一步迈到城里去！

四

祥子在海甸的一家小店里躺了三天,身上忽冷忽热,心中迷迷忽忽,牙床上起了一溜紫泡,只想喝水,不想吃什么。饿了三天,火气降下去,身上软得像皮糖似的。恐怕就是在这三天里,他与三匹骆驼的关系由梦话或胡话中被人家听了去。一清醒过来,他已经是"骆驼祥子"了。

自从一到城里来,他就是"祥子",仿佛根本没有个姓;如今,"骆驼"摆在"祥子"之上,就更没有人关心他到底姓什么了。有姓无姓,他自己也并不在乎。不过,三条牲口才换了那么几块钱,而自己倒落了个外号,他觉得有点不大上算。

刚能挣扎着立起来,他想出去看看。没想到自己的腿能会这样的不吃力,走到小店门口他一软就坐在了地上,昏昏沉沉的坐了好大半天,头上见了凉汗。又忍了一会儿,他睁开了眼,肚中响了一阵,觉出点饿来。极慢的立起来,找到了个馄饨挑儿。要了碗馄饨,他仍然坐在地上。呷了口汤,觉得恶心,在口中含了半天,勉强的咽下去;不想再喝。可是,待了一会儿,热汤像股线似的一直通到腹部,打了两个响嗝。他知道自己又有了命。

肚中有了点食,他顾得看看自己了。身上瘦了许多,那条破裤已经脏得不能再脏。他懒得动,可是要马上恢复他的干净利落,他不肯就这么神头鬼脸的进城去。不过,要干净利落就得花钱,剃剃头,换换衣服,买鞋袜,都要钱。手中的三十五元钱应当一个不动,连一个不动还离买车的数儿很远呢!可是,他可怜了自己。虽然被兵们拉去不多的日子,到现在一想,一切都像个噩梦。这个噩梦使他老了许多，好像他忽然的一气增多了好几岁。看着自己的大手大脚，明明是自己的，可是又像忽然由什么地方找到的。他非常的难过。他不敢想过去的那些委屈与危险，虽然不去想，可依然的存在，就好像连阴天的时候，不去看天也知道天是黑的。他觉得自己的身体是特别的可爱，不应当再太自苦了。他立起来，明知道身上还很软，可是刻不容缓的想去打扮打扮，仿佛只要剃剃头，换件衣服，他就能立刻强壮起来似的。

打扮好了，一共才花了两块二毛钱。近似搪布①的一身本色粗布裤褂一元，青布鞋八毛，线披儿织成的袜子一毛五，还有顶二毛五的草帽。脱下来的破东西换了两包火柴。

拿着两包火柴，顺着大道他往西直门走。没走出多远，他就觉出软弱疲乏来了。可是他咬上了牙。他不能坐车，从哪方面看也不能坐车：一个乡下人拿十里八里还能当作道儿吗，况且自己是拉车的。这且不提，以自己的身量力气而被这小小的一点病拿住，笑话；除非一交栽倒，再也爬不起来，他满地滚也得滚进城去，决不服软！今天要是走不进城去，他想，祥子便算完了；他只相信自己的身体，不管有什么病！

晃晃悠悠的他放开了步。走出海甸不远，他眼前起了金星。扶着棵柳树，他定了半天神，天旋地转的闹慌了会儿，他始终没肯坐下。天地的旋转慢慢的平静起来，他的心好似由老远的又落到自己的心口中，擦擦头上的汗，他又迈开了步。已经剃了头，已经换上新衣新鞋，他以为这就十分对得起自己了；那么，腿得尽它的责任，走！一气他走到了关厢。看见了人马的忙乱，听见了复杂刺耳的声音，闻见了干臭的味道，踏上了细软污浊的灰土，祥子想趴下去吻一吻那个灰臭的地，可爱的地，生长洋钱的地！没有父母兄弟，没有本家亲戚，他的唯一的朋友是这座古城。这座城给了他一切，就是在

---

①搪布，窄幅粗线织的很稀的一种布，旧时用作面巾。

这里饿着也比乡下可爱，这里有的看，有的听，到处是光色，到处是声音；自己只要卖力气，这里还有数不清的钱，吃不尽穿不完的万样好东西。在这里，要饭也能要到荤汤腊水的，乡下只有棒子面。才到高亮桥西边，他坐在河岸上，落了几点热泪！

太阳平西了，河上的老柳歪歪着，梢头挂着点金光。河里没有多少水，可是长着不少的绿藻，像一条油腻的长绿的带子，窄长，深绿，发出些微腥的潮味。河岸北的麦子已吐了芒，矮小枯干，叶上落了一层灰土。河南的荷塘的绿叶细小无力的浮在水面上，叶子左右时时冒起些细碎的小水泡。东边的桥上，来往的人与车过来过去，在斜阳中特别显着匆忙，仿佛都感到暮色将近的一种不安。这些，在祥子的眼中耳中都非常的有趣与可爱。只有这样的小河仿佛才能算是河；这样的树，麦子，荷叶，桥梁，才能算是树，麦子，荷叶，与桥梁。因为它们都属于北平。

坐在那里，他不忙了。眼前的一切都是熟习的，可爱的，就是坐着死去，他仿佛也很乐意。歇了老大半天，他到桥头吃了碗老豆腐：醋，酱油，花椒油，韭菜末，被热的雪白的豆腐一烫，发出点顶香美的味儿，香得使祥子要闭住气；捧着碗，看着那深绿的韭菜末儿，他的手不住的哆嗦。吃了一口，豆腐把身里烫开一条路；他自己下手又加了两小勺辣椒油。一碗吃完，他的汗已湿透了裤腰。半闭着眼，把碗递出去："再来一碗！"

站起来，他觉出他又像个人了。太阳还在西边的最低处，河水被晚霞照得有些微红，他痛快得要喊叫出来。摸了摸脸上那块平滑的疤，摸了摸袋中的钱，又看了一眼角楼上的阳光，他硬把病忘了，把一切都忘了，好似有点什么心愿，他决定走进城去。

城门洞里挤着各样的车，各样的人，谁也不敢快走，谁可都想快快过去，鞭声，喊声，骂声，喇叭声，铃声，笑声，都被门洞儿——像一架扩音机似的——嗡嗡的联成一片，仿佛人人都发着点声音，都嗡嗡的响。祥子的大脚东插一步，西跨一步，两手左右的拨落，像条瘦长的大鱼，随浪欢跃那样，挤进了城。一眼便看到新街口，道路是那么宽，那么直，他的眼发了光，和东边的屋顶上的反光一样亮。他点了点头。

他的铺盖还在西安门大街人和车厂呢，自然他想奔那里去。因为没有家小，他一向是住在车厂里，虽然并不永远拉厂子里的车。人和的老板刘四爷是已快七十岁的人了；人老，心可不老实。年轻的时候他当过库兵，设过赌场，买卖过人口，放过阎王账。干这些营生所应有的资格与本领——力气，心路，手段，交际，字号等等——刘四爷都有。在前清的时候，打过群架，抢过良家妇女，跪过铁索。跪上铁索，刘四并没皱一皱眉，没说一个饶命。官司教他硬挺了过来，这叫作"字号"。出了狱，恰巧入了民国，巡警的势力越来越大，刘四爷看出地面上的英雄已成了过去的事儿，即使黄天霸再世也不会有多少机会了。他开了个洋车厂子。土混混出身，他晓得怎样对付穷人，什么时候该紧一把儿，哪里该松一步儿，他有善于调动的天才。车夫们没有敢跟他要骨头①的。他一瞪眼，和他哈哈一笑，能把人弄得迷迷忽忽的，仿佛一脚登在天堂，一脚登在地狱，只好听他摆弄。到现在，他有六十多辆车，至坏的也是七八成新的，他不存破车。车租，他的比别家的大，可是到三节他比别家多放着两天的份儿。人和厂有地方住，拉他的车的光棍儿，都可以白住——可是得交上车份儿，交不上账而和他苦腻的，他扣下铺盖，把人当个破水壶似的扔出门外。大家若是有个急事急病，只须告诉他一声，他不含忽，水里火里他都热心的帮忙，这叫作"字号"。

刘四爷是虎相。快七十了，腰板不弯，拿起腿还走个十里二十里的。两只大圆眼，大鼻头，方嘴，一对大虎牙，一张口就像个老虎。个子几乎与祥子一边儿高，头剃得很亮，没留胡子。他自居老虎，可惜没有儿子，只有个三十七八岁的虎女——知道刘四爷的就

————————
① 要骨头，即调皮，捣乱。

30

必也知道虎妞。她也长得虎头虎脑，因此吓住了男人，帮助父亲办事是把好手，可是没人敢娶她作太太。她什么都和男人一样，连骂人也有男人的爽快，有时候更多一些花样。刘四爷打外，虎妞打内，父女把人和车厂治理得铁筒一般。人和厂成了洋车界的权威，刘家父女的办法常常在车夫与车主的口上，如读书人的引经据典。

在买上自己的车以前，祥子拉过人和厂的车。他的积蓄就交给刘四爷给存着。把钱凑够了数，他要过来，买上了那辆新车。

"刘四爷，看看我的车！"祥子把新车拉到人和厂去。

老头子看了车一眼，点了点头："不离！"

"我可还得在这儿住，多咱我拉上包月，才去住宅门！"祥子颇自傲的说。

"行！"刘四爷又点了点头。

于是，祥子找到了包月，就去住宅门；掉了事而又去拉散座，便住在人和厂。

不拉刘四爷的车，而能住在人和厂，据别的车夫看，是件少有的事。因此，甚至有人猜测，祥子必和刘老头子是亲戚；更有人说，刘老头子大概是看上了祥子，而想给虎妞弄个招门纳婿的"小人"。这种猜想里虽然怀着点妒羡，可是万一要真是这么回事呢，将来刘四爷一死，人和厂就一定归了祥子。这个，教他们只敢胡猜，而不敢在祥子面前说什么不受听的。其实呢，刘老头子的优待祥子是另有笔账儿。祥子是这样的一个人：在新的环境里还能保持着旧的习惯。假若他去当了兵，他决不会一穿上那套虎皮，马上就不傻装傻的去欺侮人。在车厂子里，他不闲着，把汗一落下去，他就找点事儿作。他去擦车，打气，晒雨布，抹油……用不着谁支使，他自己愿意干，干得高高兴兴，仿佛是一种极好的娱乐。厂子里靠常总住着二十来个车夫；收了车，大家不是坐着闲谈，便是蒙头大睡；祥子，只有祥子的手不闲着。初上来，大家以为他是向刘四爷献殷勤，狗事巴结人；过了几天，他们看出来他一点没有卖好讨俏的意思，他是那么真诚自然，也就无话可说了。刘老头子没有夸奖过他一句，没有格外多看过他一眼；老头子心里有数儿。他晓得祥子是把好手，即使不拉他的车，他也还愿意祥子在厂子里。有祥子在这儿，先不提别的，院子与门口永远扫得干干净净。虎妞更喜欢这个傻大个儿，她说什么，祥子老用心听着，不和她争辩；别的车夫，因为受尽苦楚，说话总是横着来；她一点不怕他们，可是也不愿多搭理他们；她的话，所以，都留给祥子听。当祥子去拉包月的时候，刘家父女都仿佛失去一个朋友。赶到他一回来，连老头子骂人也似乎更痛快而慈善一些。

祥子拿着两包火柴，进了人和厂。天还没黑，刘家父女正在吃晚饭。看见他进来，虎妞把筷子放下了：

"祥子！你让狼叼了去，还是上非洲挖金矿去了？"

"哼！"祥子没说出什么来。

刘四爷的大圆眼在祥子身上绕了绕，什么也没说。

祥子戴着新草帽，坐在他们对面。

"你要是还没吃了的话，一块儿吧！"虎妞仿佛是招待个好朋友。

祥子没动，心中忽然感觉到一点说不出的亲热。一向他拿人和厂当作家：拉包月，主人常换；拉散座，座儿一会儿一改；只有这里老让他住，老有人跟他说些闲话儿。现在刚逃出命来，又回到熟人这里来，还让他吃饭，他几乎要怀疑他们是否要欺弄他，可是也几乎落下泪来。

"刚吃了两碗老豆腐！"他表示出一点礼让。

"你干什么去了？"刘四爷的大圆眼还盯着祥子。"车呢？"

"车？"祥子啐了口吐沫。

"过来先吃碗饭！毒不死你！两碗老豆腐管什么事？！"虎妞一把将他扯过去，好像老嫂子疼爱小叔那样。

祥子没去端碗，先把钱掏了出来："四爷，先给我拿着，三十块。"把点零钱又放在衣袋里。

刘四爷用眉毛梢儿问了句，"哪儿来的？"

祥子一边吃，一边把被兵拉去的事说了一遍。

"哼，你这个傻小子！"刘四爷听完，摇了摇头。"拉进城来，卖给汤锅，也值十几多块一头；要是冬天驼毛齐全的时候，三匹得卖六十块！"

祥子早就有点后悔，一听这个，更难过了。可是，继而一想，把三只活活的牲口卖给汤锅去挨刀，有点缺德；他和骆驼都是逃出来的，就都该活着。什么也没说，他心中平静了下去。

虎姑娘把家伙撤下去，刘四爷仰着头似乎是想起点来什么。忽然一笑，露出两个越老越结实的虎牙："傻子，你说病在了海甸？为什么不由黄村大道一直回来？"

"还是绕西山回来的，怕走大道教人追上，万一村子里的人想过味儿来，还拿我当逃兵呢！"

刘四爷笑了笑，眼珠往心里转了两转。他怕祥子的话有鬼病，万一那三十块钱是抢了来的呢，他不便代人存着赃物。他自己年轻的时候，什么不法的事儿也干过；现在，他自居是改邪归正，不能不小心，而且知道怎样的小心。祥子的叙述只有这么个缝子，可是祥子一点没发毛咕的解释开，老头子放了心。

"怎么办呢？"老头子指着那些钱说。

"听你的！"

"再买辆车？"老头子又露出虎牙，似乎是说："自己买上车，还白住我的地方？！"

"不够！买就得买新的！"祥子没看刘四爷的牙，只顾得看自己的心。

"借给你？一分利，别人借是二分五！"

祥子摇了摇头。

"跟车铺打印子，还不如给我一分利呢！"

"我也不打印子，"祥子出着神说："我慢慢的省，够了数，现钱买现货！"

老头子看着祥子，好像是看着个什么奇怪的字似的，可恶，而没法儿生气。待了会儿，他把钱拿起来："三十？别打马虎眼！"

"没错！"祥子立起来："睡觉去。送给你老人家一包洋火！"他放在桌子上一包火柴，又楞了楞："不用对别人说，骆驼的事！"

五

刘老头子的确没替祥子宣传，可是骆驼的故事很快的由海甸传进城里来。以前，大家虽找不出祥子的毛病，但是以他那股子干偏的劲儿，他们多少以为他不大合群，别扭。自从"骆驼祥子"传开了以后，祥子虽然还是闷着头儿干，不大和气，大家对他却有点另眼看待了。有人说他拾了个金表，有人说他白弄了三百块大洋，那自信知道得最详确的才点着头说，他从西山拉回三十匹骆驼！说法虽然不同，结论是一样的——祥子发了邪财！对于发邪财的人，不管这家伙是怎样的"不得哥儿们"①，大家照例是要敬重的。卖力气挣钱既是那么不容易，人人盼望发点邪财；邪财既是那么千载难遇，所以有些彩气的必定是与众不同，福大命大。因此，祥子的沉默与不合群，一变变成了贵人语迟；他应当这样，而他们理该赶着他去拉拢。"得了，祥子！说说，说说你怎么发的财？"这样的话，祥子天天听到。他一声不响。直到逼急了，他的那块疤有点发红了，才说，"发财，妈的我的车哪儿去了？"

是呀，这是真的，他的车哪里去了？大家开始思索。但是替别人忧虑总不如替人家喜欢，大家于是忘记了祥子的车，而去想着他的好运气。过了些日子，大伙儿看祥子仍然拉车，并没改了行当，或买了房子置了地，也就对他冷淡了一些，而提到骆驼祥子的时候，也不再追问为什么他偏偏是"骆驼"，仿佛他根本就应当叫作这个似的。

①不得哥儿们，即在同伙里大家不怎么喜欢他，没有人缘。

祥子自己可并没轻描淡写的随便忘了这件事。他恨不得马上就能再买上辆新车，越着急便越想着原来那辆。一天到晚他任劳任怨的去干，可是干着干着，他便想起那回事。一想起来，他心中就觉得发堵，不由的想到，要强又怎样呢，这个世界并不因为自己要强而公道一些，凭着什么把他的车白白抢去呢？即使马上再弄来一辆，焉知不再遇上那样的事呢？他觉得过去的事像个噩梦，使他几乎不敢再希望将来。有时候他看别人喝酒吃烟跑土窑子，几乎感到一点羡慕。要强既是没用，何不乐乐眼前呢？他们是对的。他，即使先不跑土窑子，也该喝两盅酒，自在自在。烟，酒，现在仿佛对他有种特别的诱力，他觉得这两样东西是花钱不多，而必定足以安慰他；使他依然能往前苦奔，而同时能忘了过去的苦痛。

　　可是，他还是不敢去动它们。他必须能多剩一个就去多剩一个，非这样不能早早买上自己的车。即使今天买上，明天就丢了，他也得去买。这是他的志愿，希望，甚至是宗教。不拉着自己的车，他简直像是白活。他想不到作官，发财，置买产业；他的能力只能拉车，他的最可靠的希望是买车；非买上车不能对得起自己。他一天到晚思索这回事，计算他的钱；设若一旦忘了这件事，他便忘了自己，而觉得自己只是个会跑路的畜生，没有一点起色与人味。无论是多么好的车，只要是赁来的，他拉着总不起劲，好像背着块石头那么不自然。就是赁来的车，他也不偷懒，永远给人家收拾得干干净净，永远不去胡碰乱撞；可是这只是一些小心谨慎，不是一种快乐。是的，收拾自己的车，就如同数着自己的钱，才是真快乐。他还是得不吃烟不喝酒，爽性连包好茶叶也不便于喝。在茶馆里，像他那么体面的车夫，在飞跑过一气以后，讲究喝十个子儿一包的茶叶，加上两包白糖，为是补气散火。当他跑得顺"耳唇"往下滴汗，胸口觉得有点发辣，他真想也这么办；这绝对不是习气，作派，而是真需要这么两碗茶压一压。只是想到了，他还是喝那一个子儿一包的碎末。有时候他真想责骂自己，为什么这样自苦；可是，一个车夫而想月间剩下俩钱，不这么办怎成呢？他狠了心。买上车再说，买上车再说！有了车就足以抵得一切！

对花钱是这样一把死拿，对挣钱祥子更不放松一步。没有包月，他就拉整天，出车早，回来的晚，他非拉过一定的钱数不收车，不管时间，不管两腿；有时他硬逛下去，拉一天一夜。从前，他不肯抢别人的买卖，特别是对于那些老弱残兵；以他的身体，以他的车，去和他们争座儿，还能有他们的份儿？现在，他不大管这个了，他只看见钱，多一个是一个，不管买卖的苦甜，不管是和谁抢生意；他只管拉上买卖，不管别的，像一只饿疯的野兽。拉上就跑，他心中舒服一些，觉得只有老不站住脚，才能有买上车的希望。一来二去的骆驼祥子的名誉远不及单是祥子的时候了。有许多次，他抢上买卖就跑，背后跟着一片骂声。他不回口，低着头飞跑，心里说："我要不是为买车，决不能这么不要脸！"他好像是用这句话求大家的原谅，可是不肯对大家这么直说。在车口儿上，或茶馆里，他看大家瞪他；本想对大家解释一下，及至看到大家是那么冷淡，又搭上他平日不和他们一块喝酒，赌钱，下棋，或聊天，他的话只能圈在肚子里，无从往外说。难堪渐渐变为羞恼，他的火也上来了；他们瞪他，他也瞪他们。想起乍由山上逃回来的时候，大家对他是怎样的敬重，现在会这样的被人看轻，他更觉得难过了。独自抱着壶茶，假若是赶上在茶馆里，或独自数着刚挣到的铜子，设若是在车口上，他用尽力量把怒气纳下去。他不想打架，虽然不怕打架。大家呢，本不怕打架，可是和祥子动手是该当想想的事儿，他们谁也不是他的对手，而大家打一个又是不大光明的。勉强压住气，他想不出别的方法，只有忍耐一时，等到买上车就好办了。有了自己的车，每天先不用为车租着急，他自然可以大大方方的，不再因抢生意而得罪人。这样想好，他看大家一眼，仿佛是说：咱们走着瞧吧！

论他个人，他不该这样拚命。逃回城里之后，他并没等病好利落了就把车拉起来，虽然一点不服软，可是他时常觉出疲乏。疲乏，他可不敢休息，他总以为多跑出几身汗来就会减去酸懒的。对于饮食，他不敢缺着嘴，可也不敢多吃些好的。他看出来自己是瘦了好多，但是身量还是那么高大，筋骨还那么硬棒，他放了心。他老以为他的个子比别人高大，就一定比别人能多受些苦，似乎永没想到身量大，受累多，应当需要更多的滋养。虎姑娘已经嘱咐他几回了："你这家伙要是这么干，吐了血可是你自己的事！"

他很明白这是好话，可是因为事不顺心，身体又欠保养，他有点肝火盛。稍微棱棱着点眼："不这么奔，几儿能买上车呢？"

要是别人这么一棱棱眼睛，虎妞至少得骂半天街；对祥子，她真是一百一的客气，爱护。她只撇了撇嘴：

"买车也得悠停着来，当是你是铁作的哪！你应当好好的歇三天！"看祥子听不进去这个："好吧，你有你的老主意，死了可别怨我！"

刘四爷也有点看不上祥子：祥子的拚命，早出晚归，当然是不利于他的车的。虽然说租整天的车是没有时间的限制，爱什么时候出车收车都可以，若是人人都像祥子这样死啃，一辆车至少也得早坏半年，多么结实的东西也架不住钉着坑儿使！再说呢，祥子只顾死奔，就不大匀得出工夫来帮忙给擦车什么的，又是一项损失。老头心中有点不痛快。他可是没说什么，拉整天不限定时间，是一般的规矩；帮忙收拾车辆是交情，并不是义务；凭他的人物字号，他不能自讨无趣的对祥子有什么表示。他只能从眼角唇边显出点不满的神气，而把嘴闭得紧紧的。有时候他颇想把祥子撵出去；看看女儿，他不敢这么办。他一点没有把祥子当作候补女婿的意思，不过，女儿既是喜爱这个楞小子，他就不便于多事。他只有这么一个姑娘，眼看是没有出嫁的希望了，他不能再把她这个朋友赶了走。说真的，虎妞是这么有用，他实在不愿她出嫁；这点私心他觉得有点怪对不住她的，因此他多少有点怕她。老头子一辈子天不怕地不怕，到了老年反倒怕起自己的女儿来，他自己在不大好意思之中想出点道理来：只要他怕个人，就是他并非完全是无法无天的人的证明。有了这个事实，或者他不至于到快死的时候遭了恶报。好，他自己承认了应当怕女儿，也就不肯赶出祥子去。这自然不是说，他可以随便由着女儿胡闹，以至于嫁给祥子。不是。他看出来女儿未必没那个意思，可是祥子并没敢往上巴结。

那么，他留点神就是了，犯不上先招女儿不痛快。

祥子并没注意老头子的神气，他顾不得留神这些闲盘儿。假若他有愿意离开人和厂的心意，那决不是为赌闲气，而是盼望着拉上包月。他已有点讨厌拉散座儿了，一来是因为抢买卖而被大家看不起，二来是因为每天的收入没有定数，今天多，明天少，不能预定到几时才把钱凑足，够上买车的数儿。他愿意心中有个准头，哪怕是剩的少，只要靠准每月能剩下个死数，他才觉得有希望，才能放心。他是愿意一个萝卜一个坑的人。

他拉上了包月。哼，和拉散座儿一样的不顺心！这回是在杨宅。杨先生是上海人，杨太太是天津人，杨二太太是苏州人。一位先生，两位太太，南腔北调的生了不知有多少孩子。头一天上工，祥子就差点发了昏。一清早，大太太坐车上市去买菜。回来，分头送少爷小姐们上学，有上初中的，有上小学的，有上幼稚园的；学校不同，年纪不同，长相不同，可是都一样的讨厌，特别是坐在车上，至老实的也比猴子着两手儿。把孩子们都送走，杨先生上衙门。送到衙门，赶紧回来，拉二太太上东安市场或去看亲友。回来，接学生回家吃午饭。吃完，再送走。送学生回来，祥子以为可以吃饭了，大太太扯着天津腔，叫他去挑水。杨宅的甜水有人送，洗衣裳的苦水归车夫去挑。这个工作在条件之外，祥子为对付事情，没敢争论，一声没响的给挑满了缸。放下水桶，刚要去端饭碗，二太太叫他去给买东西。大太太与二太太一向是不和的，可是在家政上，二位的政见倒一致，其中的一项是不准仆人闲一会儿，另一项是不肯看仆人吃饭。祥子不晓得这个，只当是头一天恰巧赶上宅里这么忙，于是又没说什么，而自己掏腰包买了几个烧饼。他爱钱如命，可是为维持事情，不得不狠了心。

买东西回来，大太太叫他打扫院子。杨宅的先生，太太，二太太，当出门的时候都打扮得极漂亮，可是屋里院里整个的像个大垃圾堆。祥子看着院子直犯恶心，所以只顾了去打扫，而忘了车夫并不兼管打杂儿。院子打扫清爽，二太太叫他顺手儿也给屋中扫一扫。祥子也没驳回，使他惊异的倒是凭两位太太的体面漂亮，怎能屋里脏得下不去脚！把屋子也收拾利落了，二太太把个刚到一周岁的小泥鬼交给他。他没了办法。卖力气的事儿他都在行，他可是没抱过孩子。他双手托着这位小少爷，不使劲吧，怕滑溜下去，用力吧，又怕给伤了筋骨，他出了汗。他想把这个宝贝去交给张妈——一个江北的大脚婆子。找到她，劈面就被她骂了顿好的。杨宅用人，向来是三五天一换的，先生与太太们总以为仆人就是家奴，非把穷人的命要了，不足以对得起那点工钱。只有这个张妈，已经跟了他们五六年，唯一的原因是她敢破口就骂，不论先生，哪管太太，招恼了她就是一顿。以杨先生的海式咒骂的毒辣，以杨太太的天津口的雄壮，以二太太的苏州调的流利，他们素来是所向无敌的；及至遇到张妈的蛮悍，他们开始感到一种礼尚往来，英雄遇上了好汉的意味，所以颇能赏识她，把她收作了亲军。

祥子生在北方的乡间，最忌讳随便骂街。可是他不敢打张妈，因为好汉不和女斗；也不愿还口。他只瞪了她一眼。张妈不再出声了，仿佛看出点什么危险来。正在这个工夫，大太太喊祥子去接学生。他把泥娃娃赶紧给二太太送了回去。二太太以为他这是存心轻看她，冲口而出的把他骂了个花瓜。大太太的意思本来也是不乐意祥子替二太太抱孩子，听见二太太骂他，她也扯开一条油光水滑的嗓子骂，骂的也是他；祥子成了挨骂的藤牌。他急忙拉起车走出去，连生气似乎也忘了，因为他一向没见过这样的事，忽然遇到头上，他简直有点发晕。

一批批的把孩子们都接回来，院中比市场还要热闹，三个妇女的骂声，一群孩子的哭声，好像大栅栏在散戏时那样乱，而且乱得莫名其妙。好在他还得去接杨先生，所以急忙的又跑出去，大街上的人喊马叫似乎还比宅里的乱法好受一些。

　　一直转转到十二点，祥子才找到叹口气的工夫。他不止于觉着身上疲乏，脑子里也老嗡嗡的响；杨家的老少确是已经都睡了，可是他耳朵里还似乎有先生与太太们的叫骂，像三盘不同的留声机在他心中乱转，使他闹得慌。顾不得再想什么，他想睡觉。一进他那间小屋，他心中一凉，又不困了。一间门房，开了两个门，中间隔着一层木板。张妈住一边，他住一边。屋中没有灯，靠街的墙上有个二尺来宽的小窗户，恰好在一支街灯底下，给屋里一点亮。屋里又潮又臭，地上的土有个铜板厚，靠墙放着份铺板，没有别的东西。他摸了摸床板，知道他要是把头放下，就得把脚蹬在墙上；把脚放平，就得半坐起来。他不会睡元宝式的觉。想了半天，他把铺板往斜里拉好，这样两头对着屋角，他就可以把头放平，腿搭拉着点先将就一夜。

　　从门洞中把铺盖搬进来，马马虎虎的铺好，躺下了。腿悬空，不惯，他睡不着。强闭上眼，安慰自己：睡吧，明天还得早起呢！什么罪都受过，何必单忍不了这个！别看吃喝不好，活儿太累，也许时常打牌，请客，有饭局；咱们出来为的是什么，祥子？还不是为钱？只要多进钱，什么也得受着！这样一想，他心中舒服了许多，闻了闻屋中，也不像先前那么臭了，慢慢的入了梦；迷迷忽忽的觉得有臭虫，可也没顾得去拿。

　　过了两天，祥子的心已经凉到底。可是在第四天上，来了女客，张妈忙着摆牌桌。他的心好像冻实了的小湖上忽然来了一阵春风。太太们打起牌来，把孩子们就通通交给了仆人；张妈既是得伺候着烟茶手巾把，那群小猴自然全归祥子统辖。他讨厌这群猴子，可是偷偷往屋中瞭了一眼，大太太管着头儿钱，像是很认真的样子。他心里说：别看这个大娘们厉害，也许并不胡涂，知道乘这种时候给仆人们多弄三毛五毛的。他对猴子们特别的拿出耐心法儿，看在头儿钱的面上，他得把这群猴崽子当作少爷小姐看待。

牌局散了，太太叫他把客人送回家。两位女客急于要同时走，所以得另雇一辆车。祥子喊来一辆，大太太撩袍拖带的混身找钱，预备着代付客人的车资；客人谦让了两句，大太太仿佛要挤命似的喊：

"你这是怎么了，老妹子！到了我这儿啦，还没个车钱吗！老妹子！坐上啦！"她到这时候，才摸出来一毛钱。

祥子看得清清楚楚，递过那一毛钱的时候，太太的手有点哆嗦。

送完了客，帮着张妈把牌桌什么的收拾好，祥子看了太太一眼。太太叫张妈去拿点开水，等张妈出了屋门，她拿出一毛钱来："拿去，别拿眼紧扫搭着我！"

祥子的脸忽然紫了，挺了挺腰，好像头要顶住房梁，一把抓起那张毛票，摔在太太的胖脸上："给我四天的工钱！"

"怎吗札？"太太说完这个，又看了祥子一眼，不言语了，把四天的工钱给了他。拉着铺盖刚一出街门，他听见院里破口骂上了。

六

初秋的夜晚，星光叶影里阵阵的小风，祥子抬起头，看着高远的天河，叹了口气。这么凉爽的天，他的胸脯又是那么宽，可是他觉到空气仿佛不够，胸中非常憋闷。他想坐下痛哭一场。以自己的体格，以自己的忍性，以自己的要强，会让人当作猪狗，会维持不住一个事情，他不只怨恨杨家那一伙人，而渺茫的觉到一种无望，恐怕自己一辈子不会再有什么起色了。拉着铺盖卷，他越走越慢，好像自己已经不是拿起腿就能跑个十里八里的祥子了。

到了大街上，行人已少，可是街灯很亮，他更觉得空旷渺茫，不知道往哪里去好了。上哪儿？自然是回人和厂。心中又有些难过。作买卖的，卖力气的，不怕没有生意，倒怕有了照顾主儿而没作成买卖，像饭铺理发馆进来客人，看了一眼，又走出去那样。祥子明知道上工辞工是常有的事，此处不留爷，自有留爷处。可是，他是低声下气的维持事情，舍着脸为是买上车，而结果还是三天半的事儿，跟那些串惯宅门的老油子一个样，他觉着伤心。他几乎觉得没脸再进人和厂，而给大家当笑话说："瞧瞧，骆驼祥子敢情也是三天半就吹呀，哼！"

不上人和厂，又上哪里去呢？为免得再为这个事思索，他一直走向西安门大街去。人和厂的前脸是三间铺面房，当中的一间作为柜房，只许车夫们进来交账或交涉事情，并不准随便来回打穿堂儿，因为东间与西间是刘家父女的卧室。西间的旁边有一个车门，两扇绿漆大门，上面弯着一根粗铁条，悬着一盏极亮的，没有罩子的电灯，灯下横悬着铁片涂金的四个字——"人和车厂"。车夫们出车收车和随时来往都走这个门。门上的漆深绿，配着上面的金字，都被那支白亮亮的电灯照得发光；出来进去的又都是漂亮的车，黑漆的黄漆的都一样的油汪汪发光，配着雪白的垫套，连车夫们都感到一些骄傲，仿佛都自居为车夫中的贵族。由大门进去，拐过前脸的西间，才是个四四方方的大院子，中间有棵老槐。东西房全是敞脸的，是存车的所在；南房和南房后面小院里的几间小屋，全是车夫的宿舍。

大概有十一点多了，祥子看见了人和厂那盏极明而怪孤单的灯。柜房和东间没有灯光，西间可是还亮着。他知道虎姑娘还没睡。他想轻手蹑脚的进去，别教虎姑娘看见；正因为她平日很看得起他，所以不愿头一个就被她看见他的失败。他刚把车拉到她的窗下，虎姐由车门里出来了：

"哟，祥子？怎——"她刚要往下问，一看祥子垂头丧气的样子，车上拉着铺盖卷，把话咽了回去。

怕什么有什么，祥了心里的惭愧与气闷凝成一团，登时立住了脚，呆在了那里。说不出话来，他傻看着虎姑娘。她今天也异样，不知是电灯照的，还是擦了粉，脸上比平日白了许多；脸上白了些，就掩去好多她的凶气。嘴唇上的确是抹着点胭脂，使虎姐也带出些媚气；祥子看到这里，觉得非常的奇怪，心中更加慌乱，因为平日没拿她当过女人看待，骤然看到这红唇，心中忽然感到点不好意思。她上身穿着件浅绿的绸子小夹袄，下面一条青洋绉肥腿的单裤。绿袄在电灯下闪出些柔软而微带凄惨的丝光，因为短小，还露出一点点白裤腰来，使绿色更加明显素净。下面的肥黑裤被小风吹得微动，像一些什么阴森的气儿，想要摆脱开那贼亮的灯光，而与黑夜联成一气。祥子不敢再看了，茫然的低下头去，心中还存着个小小的带光的绿袄。虎姑娘一向，他晓得，不这样打扮。以刘家的财力说，她满可以天天穿着绸缎，可是终日与车夫们打交待，她总是布衣布裤，即使有些花色，在布上也就不惹眼。祥子好似看见一个非常新异的东西，既熟识，又新异，所以心中有点发乱。

心中原本苦恼，又在极强的灯光下遇见这新异的活东西，他没有了主意。自己既不肯动，他倒希望虎姑娘快快进屋去，或是命令他干点什么，简直受不了这样的折磨，一种什么也不像而非常难过的折磨。

　　"嗨！"她往前凑了一步，声音不高的说："别楞着！去，把车放下，赶紧回来，有话跟你说。屋里见。"

　　平日帮她办惯了事，他只好服从。但是今天她和往日不同，他很想要思索一下；楞在那里去想，又怪僵得慌；他没主意，把车拉了进去。看看南屋，没有灯光，大概是都睡了；或者还有没收车的。把车放好，他折回到她的门前。忽然，他的心跳起来。

　　"进来呀，有话跟你说！"她探出头来，半笑半恼的说。

　　他慢慢走了进去。

　　桌上有几个还不甚熟的白梨，皮儿还发青。一把酒壶，三个白磁酒盅。一个头号大盘子，摆着半只酱鸡，和些熏肝酱肚之类的吃食。

　　"你瞧，"虎姑娘指给他一个椅子，看他坐下了，才说："你瞧，我今天吃犒劳，你也吃点！"说着，她给他斟上一杯酒；白干酒的辣味，混合上熏酱肉味，显着特别的浓厚沉重。"喝吧，吃了这个鸡；我已早吃过了，不必让！我刚才用骨牌打了一卦，准知道你回来，灵不灵？"

　　"我不喝酒！"祥子看着酒盅出神。

　　"不喝就滚出去；好心好意，不领情是怎着？你个傻骆驼！辣不死你！连我还能喝四两呢。不信，你看看！"她把酒盅端起来，灌了多半盅，一闭眼，哈了一声。举着盅儿："你喝！要不我揪耳朵灌你！"

　　祥子一肚子的怨气，无处发泄；遇到这种戏弄，真想和她瞪眼。可是他知道，虎姑娘一向对他不错，而且她对谁都是那么直爽，他不应当得罪她。既然不肯得罪她，再一想，就爽性和她诉诉委屈吧。自己素来不大爱说话，可是今天似乎有千言万语在心中憋闷着，非说说不痛快。这么一想，他觉得虎姑娘不是戏弄他，而是坦白的爱护他。他把酒盅接过来，喝干。一股辣气慢慢的，准确的，有力的，往下走，他伸长了脖子，挺直了胸，打了两个不十分便利的嗝儿。

虎妞笑起来。他好容易把这口酒调动下去，听到这个笑声，赶紧向东间那边看了看。

"没人，"她把笑声收了，脸上可还留着笑容。"老头子给姑妈作寿去了，得有两三天的耽误呢；姑妈在南苑住。"一边说，一边又给他倒满了盅。

听到这个，他心中转了个弯，觉出在哪儿似乎有些不对的地方。同时，他又舍不得出去；她的脸是离他那么近，她的衣裳是那么干净光滑，她的唇是那么红，都使他觉到一种新的刺激。她还是那么老丑，可是比往常添加了一些活力，好似她忽然变成另一个人，还是她，但多了一些什么。他不敢对这点新的什么去详细的思索，一时又不敢随便的接受，可也不忍得拒绝。他的脸红起来。好像为是壮壮自己的胆气，他又喝了口酒。刚才他想对她诉诉委屈，此刻又忘了。红着脸，他不由的多看了她几眼。越看，他心中越乱；她越来越显出他所不明白的那点什么，越来越有一点什么热辣辣的力量传递过来，渐渐的她变成一个抽象的什么东西。他警告着自己，须要小心；可是他又要大胆。他连喝了三盅酒，忘了什么叫作小心。迷迷忽忽的看着她，他不知为什么觉得非常痛快，大胆；极勇敢的要马上抓到一种新的经验与快乐。平日，他有点怕她；现在，她没有一点可怕的地方了。他自己反倒变成了有威严与力气的，似乎能把她当作个猫似的，拿到手中。

屋内灭了灯。天上很黑。不时有一两个星刺入了银河，或划进黑暗中，带着发红或发白的光尾，轻飘的或硬挺的，直坠或横扫着，有时也点动着，颤抖着，给天上一些光热的动荡，给黑暗一些闪烁的爆裂。有时一两个星，有时好几个星，同时飞落，使静寂的秋空微颤，使万星一时迷乱起来。有时一个单独的巨星横刺入天角，光尾极长，放射着星花；红，渐黄；在最后的挺进，忽然狂悦似的把天角照白了一条，好像刺开万重的黑暗，透进并逗留一些乳白的光。余光散尽，黑暗似晃动了几下，又包合起来，静静懒懒的群星又复了原位，在秋风上微笑。地上飞着些寻求情侣的秋萤，也作着星样的游戏。

第二天，祥子起得很早，拉起车就出去了。头与喉中都有点发痛，这是因为第一次喝酒，他倒没去注意。坐在一个小胡同口上，清晨的小风吹着他的头，他知道这点头疼不久就会过去。可是他心中另有一些事儿，使他憋闷得慌，而且一时没有方法去开脱。昨天夜里的事教他疑惑，羞愧，难过，并且觉着有点危险。

他不明白虎姑娘是怎么回事。她已早不是处女，祥子在几点钟前才知道。他一向很敬重她，而且没有听说过她有什么不规矩的地方；虽然她对大家很随便爽快，可是大家没在背地里讲论过她；即使车夫中有说她坏话的，也是说她厉害，没有别的。那么，为什么有昨夜那一场呢？

这个既显着胡涂，祥子也怀疑了昨晚的事儿。她知道他没在车厂里，怎能是一心一意的等着他？假若是随便哪个都可以的话……祥子把头低下去。他来自乡间，虽然一向没有想到娶亲的事，可是心中并非没有个算计；假若他有了自己的车，生活舒服了一些，而且愿意娶亲的话，他必定到乡下娶个年轻力壮，吃得苦，能洗能作的姑娘。像他那个岁数的小伙子们，即使有人管着，哪个不偷偷的跑"白房子"①？祥子始终不肯随和，一来他自居为要强的人，不能把钱花在娘儿们身上；二来他亲眼得见那些花冤钱的傻子们——有的才十八九岁——在厕所里头顶着墙还撒不出尿来。最后，他必须规规矩矩，才能对得起将来的老婆，因为一旦要娶，就必娶个一清二白的姑娘，所以自己也得像那么回事儿。可是现在，现在……

---

①白房子，最下等妓院。

想起虎妞，设若当个朋友看，她确是不错；当个娘们看，她丑，老，厉害，不要脸！就是想起抢去他的车，而且几乎要了他的命的那些大兵，也没有像想起她这么可恨可厌！她把他由乡间带来的那点清凉劲儿毁尽了，他现在成了个偷娘们的人！

再说，这个事要是吵嚷开，被刘四知道了呢？刘四晓得不晓得他女儿是个破货呢？假若不知道，祥子岂不独自背上黑锅？假若早就知道而不愿意管束女儿，那么他们父女是什么东西呢？他和这样人搀合着，他自己又是什么东西呢？就是他们父女都愿意，他也不能要她；不管刘老头子是有六十辆车，还是六百辆，六千辆！他得马上离开人和厂，跟他们一刀两断。祥子有祥子的本事，凭着自己的本事买上车，娶上老婆，这才正大光明！想到这里，他抬起头来，觉得自己是个好汉子，没有可怕的，没有可虑的，只要自己好好的干，就必定成功。

让了两次座儿，都没能拉上。那点别扭劲儿又忽然回来了。不愿再思索，可是心中堵得慌。这回事似乎与其他的事全不同，即使有了解决的办法，也不易随便的忘掉。不但身上好像粘上了点什么，心中也仿佛多了一个黑点儿，永远不能再洗去。不管怎样的愤恨，怎样的讨厌她，她似乎老抓住了他的心，越不愿再想，她越忽然的从他心中跳出来，一个赤裸裸的她，把一切丑陋与美好一下子，整个的都交给了他，像买了一堆破烂那样，碎铜烂铁之中也有一二发光的有色的小物件，使人不忍得拒绝。他没和任何人这样亲密过，虽然是突乎其来，虽然是个骗诱，到底这样的关系不能随便的忘记，就是想把它放在一旁，它自自然然会在心中盘绕，像生了根似的。这对他不仅是个经验，而也是一种什么形容不出来的扰乱，使他不知如何是好。他对她，对自己，对现在与将来，都没办法，仿佛是碰在蛛网上的一个小虫，想挣扎已来不及了。

迷迷忽忽的他拉了几个买卖。就是在奔跑的时节，他的心中也没忘了这件事，并非清清楚楚的，有头有尾的想起来，而是时时想到一个什么意思，或一点什么滋味，或一些什么感情，都是渺茫，而又亲切。他很想独自去喝酒，喝得人事不知，他也许能痛快一些，不能再受这个折磨！可是他不敢去喝。他不能为这件事毁坏了自己。他又想起买车的事来。但是他不能专心的去想，老有一点什么拦阻着他的心思；还没想到车，这点东西已经偷偷的溜出来，占住他的心，像块黑云遮住了太阳，把光明打断。到了晚间，打算收车，他更难过了。他必须回车厂，可是真怕回去。假如遇上她呢，怎办？他拉着空车在街上绕，两三次已离车厂不远，又转回头来往别处走，很像初次逃学的孩子不敢进家门那样。

奇怪的是，他越想躲避她，同时也越想遇到她，天越黑，这个想头越来得厉害。一种明知不妥，而很愿试试的大胆与迷惑紧紧的捉住他的心，小的时候去用竿子捅马蜂窝就是这样，害怕，可是心中跳着要去试试，像有什么邪气催着自己似的。渺茫的他觉到一种比自己还更有力气的劲头儿，把他要揉成一个圆球，抛到一团烈火里去；他没法阻止住自己的前进。

他又绕回西安门来，这次他不想再迟疑，要直入公堂的找她去。她已不是任何人，她只是个女子。他的全身都热起来。刚走到门脸上，灯光下走来个四十多岁的男人，他似乎认识这个人的面貌态度，可是不敢去招呼。几乎是本能的，他说了声："车吗？"那个人楞了一楞："祥子？"

"是呀，"祥子笑了。"曹先生？"

曹先生笑着点了点头。"我说祥子，你要是没在宅门里的话，还上我那儿来吧？我现在用着的人太懒，他老不管擦车，虽然跑得也怪麻利①的；你来不来？"

"还能不来，先生！"祥子似乎连怎样笑都忘了，用小毛巾不住的擦脸。"先生，我几儿上工呢？"

---

①麻利，快的意思。

"那什么，"曹先生想了想，"后天吧。"

"是了，先生！"祥子也想了想："先生，我送回你去吧？"

"不用；我不是到上海去了一程子①吗，回来以后，我不在老地方住了。现今住在北长街；我晚上出来走走。后天见吧。"曹先生告诉了祥子门牌号数，又找补了一句："还是用我自己的车。"

祥子痛快得要飞起来，这些日子的苦恼全忽然一齐铲净，像大雨冲过的白石路。曹先生是他的旧主人，虽然在一块没有多少日子，可是感情顶好；曹先生是非常和气的人，而且家中人口不多，只有一位太太，和一个小男孩。

他拉着车一直奔了人和厂去。虎姑娘屋中的灯还亮着呢。一见这个灯亮，祥子猛的木在那里。

立了好久，他决定进去见她；告诉她他又找到了包月；把这两天的车份儿交上；要出他的储蓄；从此一刀两断——这自然不便明说，她总会明白的。

他进去先把车放好，而后回来大着胆叫了声刘姑娘。

"进来！"

他推开门，她正在床上斜着呢，穿着平常的衣裤，赤着脚。依旧斜着身，她说："怎样？吃出甜头来了是怎着？"

祥子的脸红得像生小孩时送人的鸡蛋。楞了半天，他迟迟顿顿的说："我又找好了事，后天上工。人家自己有车……"

她把话接了过来："你这小子不懂好歹！"她坐起来，半笑半恼的指着他："这儿有你的吃，有你的穿；非去出臭汗不过瘾是怎着？老头子管不了我，我不能守一辈女儿寡！就是老头子真犯牛脖子，我手里也有俩体己，咱俩也能弄上两三辆车，一天进个块儿八毛的，不比你成天满街跑臭腿去强？我哪点不好？除了我比你大一点，也大不了多少！我可是能护着你，疼你呢！"

---

①一程子，即一些日子。

"我愿意去拉车！"祥子找不到别的辩驳。

"地道窝窝头脑袋！你先坐下，咬不着你！"她说完，笑了笑，露出一对虎牙。

祥子青筋蹦跳的坐下。"我那点钱呢？"

"老头子手里呢；丢不了，甭害怕；你还别跟他要，你知道他的脾气？够买车的数儿，你再要，一个小子儿也短不了你的；现在要，他要不骂出你的魂来才怪！他对你不错！丢不了，短一个我赔你俩！你个乡下脑颏！别让我损你啦！"

祥子又没的说了，低着头掏了半天，把两天的车租掏出来，放在桌上："两天的。"临时想起来："今儿个就算交车，明儿个我歇一天。"他心中一点也不想歇息一天；不过，这样显着干脆；交了车，以后再也不住人和厂。

虎姑娘过来，把钱抓在手中，往他的衣袋里塞："这两天连车带人都白送了！你这小子有点运气！别忘恩负义就得了！"说完，她一转身把门倒锁上。

七

祥子上了曹宅。

对虎姑娘，他觉得有点羞愧。可是事儿既出于她的引诱，况且他又不想贪图她的金钱，他以为从此和她一刀两断也就没有什么十分对不住人的地方了。他所不放心的倒是刘四爷拿着他的那点钱。马上去要，恐怕老头子多心。从此不再去见他们父女，也许虎姑娘一怒，对老头子说几句坏话，而把那点钱"炸了酱"①。还继续着托老头子给存钱吧，一到人和厂就得碰上她，又怪难以为情。他想不出妥当的办法，越没办法也就越不放心。

他颇想向曹先生要个主意，可是怎么说呢？对虎姑娘的那一段是对谁也讲不得的。想到这儿，他真后悔了；这件事是，他开始明白过来，不能一刀两断的。这种事是永远洗不清的，像肉上的一块黑瘢。无缘无故的丢了车，无缘无故的又来了这层缠绕，他觉得他这一辈子大概就这么完了，无论自己怎么要强，全算白饶。想来想去，他看出这么点来：大概到最后，他还得舍着脸要虎姑娘；不为要她，还不为要那几辆车么？"当王八的吃俩炒肉"！他不能忍受，可是到了时候还许非此不可！只好还往前干吧，干着好的，等着坏的；他不敢再像从前那样自信了。他的身量，力气，心胸，都算不了一回事；命是自己的，可是教别人管着；教些什么顶混账的东西管着。

按理说，他应当很痛快，因为曹宅是，在他所混过的宅门里，顶可爱的。曹宅的工钱并不比别处多，除了三节的赏钱也没有很多

①炸了酱，即硬扣下，吞没。

的零钱，可是曹先生与曹太太都非常的和气，拿谁也当个人对待。祥子愿意多挣钱，拚命的挣钱，但是他也愿意有个像间屋子的住处，和可以吃得饱的饭食。曹宅处处很干净，连下房也是如此；曹宅的饭食不苦，而且决不给下人臭东西吃。自己有间宽绰的屋子，又可以消消停停的吃三顿饭，再加上主人很客气，祥子，连祥子，也不肯专在钱上站着了。况且吃住都合适，工作又不累，把身体养得好好的也不是吃亏的事。自己掏钱吃饭，他决不会吃得这么样好，现在既有现成的菜饭，而且吃了不会由脊梁骨下去，他为什么不往饱里吃呢；饭也是钱买来的，这笔账他算得很清楚。吃得好，睡得好，自己可以干干净净像个人似的，是不容易找到的事。况且，虽然曹家不打牌，不常请客，没什么零钱，可是作点什么临时的工作也都能得个一毛两毛的。比如太太叫他给小孩儿去买丸药，她必多给他一毛钱，叫他坐车去，虽然明知道他比谁也跑的快。这点钱不算什么，可是使他觉到一种人情，一种体谅，使人心中痛快。祥子遇见过的主人也不算少了，十个倒有九个是能晚给一天工钱，就晚给一天，表示出顶好是白用人，而且仆人根本是猫狗，或者还不如猫狗。曹家的人是个例外，所以他喜欢在这儿。他去收拾院子，浇花，都不等他们吩咐他，而他们每见到他作这些事也必说些好听的话，更乘着这种时节，他们找出些破旧的东西，教他去换洋火，虽然那些东西还都可以用，而他也就自己留下。在这里，他觉出点人味儿。

在祥子眼里，刘四爷可以算作黄天霸。虽然厉害，可是讲面子，叫字号，决不一面儿黑。他心中的体面人物，除了黄天霸，就得算是那位孔圣人。他莫名其妙孔圣人到底是怎样的人物，不过据说是认识许多的字，还挺讲理。在他所混过的宅门里，有文的也有武的；武的里，连一个能赶上刘四爷的还没有；文的中，虽然有在大学堂教书的先生，也有在衙门里当好差事的，字当然认识不少了，可是没遇到一个讲理的。就是先生讲点理，太太小姐们也很难伺候。只有曹先生既认识字，又讲理，而且曹太太也规规矩矩的得人心。所以曹先生必是孔圣人；假若祥子想不起孔圣人是什么模样，那就必应当像曹先生，不管孔圣人愿意不愿意。

其实呢，曹先生并不怎么高明。他只是个有时候教点书，有时候也作些别的事的一个中等人物。他自居为"社会主义者"，同时也是个唯美主义者，很受了维廉·莫利司[①]一点儿影响。在政治上，艺术上，他都并没有高深的见解；不过他有一点好处：他所信仰的那一点点，都能在生活中的小事件上实行出来。他似乎看出来，自己并没有惊人的才力，能够作出些惊天动地的事业，所以就按着自己的理想来布置自己的工作与家庭；虽然无补于社会，可是至少也愿言行一致，不落个假冒为善。因此，在小的事情上他都很注意，仿佛是说只要把小小的家庭整理得美好，那么社会怎样满可以随便。这有时使他自愧，有时也使他自喜，似乎看得明明白白，他的家庭是沙漠中的一个小绿洲，只能供给来到此地的一些清水与食物，没有更大的意义。

祥子恰好来到了这个小绿洲；在沙漠中走了这么多日子，他以为这是个奇迹。他一向没遇到过像曹先生这样的人，所以他把这个人看成圣贤。这也许是他的经验少，也许是世界上连这样的人也不多见。拉着曹先生出去，曹先生的服装是那么淡雅，人是那么活泼大方，他自己是那么干净利落，魁梧雄壮，他就跑得分外高兴，好像只有他才配拉着曹先生似的。在家里呢，处处又是那么清洁，永远是那么安静，使他觉得舒服安定。当在乡间的时候，他常看到老人们在冬日或秋月下，叼着竹管烟袋一声不响的坐着，他虽年岁还小，不能学这些老人，可是他爱看他们这样静静的坐着，必是——他揣摩着——有点什么滋味。现在，他虽是在城里，可是曹宅的清静足以让他想起乡间来，他真愿抽上个烟袋，咂摸着一点什么滋味。

不幸，那个女的和那点钱教他不能安心；他的心像一个绿叶，

---

①维廉·莫利司（1834-1896），英国诗人，美术家。

被个虫儿用丝给缠起来，预备作茧。为这点事，他自己放不下心；对别人，甚至是对曹先生，时时发楞，所答非所问。这使他非常的难过。曹宅睡得很早，到晚间九点多钟就可以没事了，他独自坐在屋中或院里，翻来覆去的想，想的是这两件事。他甚至想起马上就去娶亲，这样必定能够断了虎妞的念头。可是凭着拉车怎能养家呢？他晓得大杂院中的苦哥儿们，男的拉车，女的缝穷，孩子们捡煤核，夏天在土堆上拾西瓜皮啃，冬天全去赶粥厂。祥子不能受这个。再说呢，假若他娶了亲，刘老头子手里那点钱就必定要不回来；虎妞岂肯轻饶了他呢！他不能舍了那点钱，那是用命换来的！

他自己的那辆车是去年秋初买的。一年多了，他现在什么也没有，只有要不出来的三十多块钱，和一些缠绕！他越想越不高兴。

中秋节后十多天了，天气慢慢凉上来。他算计着得添两件穿的。又是钱！买了衣裳就不能同时把钱还剩下，买车的希望，简直不敢再希望了！即使老拉包月，这一辈子又算怎回事呢？

一天晚间，曹先生由东城回来的晚一点。祥子为是小心，由天安门前全走马路。敞平的路，没有什么人，微微的凉风，静静的灯光，他跑上了劲来。许多日子心中的憋闷，暂时忘记了，听着自己的脚步，和车弓子的轻响，他忘记了一切。解开了钮扣，凉风飕飕的吹着胸，他觉到痛快，好像就这么跑下去，一直跑到不知什么地方，跑死也倒干脆。越跑越快，前面有一辆，他"开"一辆，一会儿就过了天安门。他的脚似乎是两个弹簧，几乎是微一着地便弹起来；后面的车轮转得已经看不出条来，皮轮仿佛已经离开了地，连人带车都像被阵急风吹起来了似的。曹先生被凉风一飕，大概是半睡着了，要不然他必会阻止祥子这样的飞跑。祥子是跑开了腿，心中渺茫的想到，出一身透汗，今天可以睡痛快觉了，不至于再思虑什么。

已离北长街不远，马路的北半，被红墙外的槐林遮得很黑。祥子刚想收步，脚已碰到一些高起来的东西。脚到，车轮也到了。祥子栽了出去。咯喳，车把断了。"怎么了？"曹先生随着自己的话跌出来。祥子没出一声，就地爬起。曹先生也轻快的坐起来。"怎么了？"

新卸的一堆补路的石块，可是没有放红灯。

"摔着没有？"祥子问。

"没有；我走回去吧，你拉着车。"曹先生还镇定，在石块上摸了摸有没有落下来的东西。

祥子摸着了已断的一截车把："没折多少，先生还坐上，能拉！"说着，他一把将车从石头中扯出来。"坐上，先生！"

曹先生不想再坐，可是听出祥子的话带着哭音，他只好上去了。

到了北长街口的电灯下面，曹先生看见自己的右手擦去一块皮。"祥子你站住！"

祥子一回头，脸上满是血。

曹先生害了怕，想不起说什么好，"你快，快——"

祥子莫名其妙，以为是教他快跑呢，他一拿腰，一气跑到了家。

放下车，他看见曹先生手上有血，急忙往院里跑，想去和太太要药。

"别管我，先看你自己吧！"曹先生跑了进去。

祥子看了看自己，开始觉出疼痛，双膝，右肘全破了；脸蛋上，他以为流的是汗，原来是血。不顾得干什么，想什么，他坐在门洞的石阶上，呆呆的看着断了把的车。崭新黑漆的车，把头折了一段，秃碴碴的露着两块白木碴儿，非常的不调和，难看，像糊好的漂亮纸人还没有安上脚，光出溜的插着两根秫秸秆那样。祥子呆呆的看着这两块白木碴儿。

"祥子！"曹家的女仆高妈响亮的叫，"祥子！你在哪儿呢？"

他坐着没动，不错眼珠的钉着那破车把，那两块白木碴儿好似插到他的心里。

"你是怎个碴儿呀！一声不出，藏在这儿；你瞧，吓我一跳！先生叫你哪！"高妈的话永远是把事情与感情都掺合起来，显着既复杂又动人。她是三十二三岁的寡妇，干净，爽快，作事麻利又仔细。

在别处，有人嫌她太张道，主意多，时常有些神眉鬼道儿的。曹家喜欢用干净瞭亮的人，而又不大注意那些小过节儿①，所以她跟了他们已经二三年，就是曹家全家到别处去也老带着她。"先生叫你哪！"她又重了一句。及至祥子立起来，她看明他脸上的血："可吓死我了，我的妈！这是怎么了？你还不动换哪，得了破伤风还了得！快走！先生那儿有药！"

祥子在前边走，高妈在后边叨唠，一同进了书房。曹太太也在这里，正给先生裹手上药，见祥子进来，她也"哟"了一声。

"太太，他这下子可是摔得够瞧的。"高妈唯恐太太看不出来，忙着往脸盆里倒凉水，更忙着说话："我就早知道吗，他一跑起来就不顾命，早晚是得出点岔儿。果不其然！还不快洗洗哪？洗完好上点药，真！"

祥子托着右肘，不动。书房里是那么干净雅趣，立着他这么个满脸血的大汉，非常的不像样，大家似乎都觉出有点什么不对的地方，连高妈也没了话。

"先生！"祥子低着头，声音很低，可是很有力："先生另找人吧！这个月的工钱，你留着收拾车吧；车把断了，左边的灯碎了块玻璃；别处倒都好好的呢。"

"先洗洗，上点药，再说别的。"曹先生看着自己的手说，太太正给慢慢的往上缠纱布。

"先洗洗！"高妈也又想起话来。"先生并没说什么呀，你别先倒打一瓦！"

祥子还不动。"不用洗，一会儿就好！一个拉包月的，摔了人，碰了车，没脸再……"他的话不够帮助说完全了他的意思，可是他的感情已经发泄净尽，只差着放声哭了。辞事，让工钱，在祥子看就差不多等于自杀。可是责任，脸面，在这时候似乎比命还重要，

①小过节儿，细节，小规矩。

因为摔的不是别人，而是曹先生。假若他把那位杨太太摔了，摔了就摔了，活该！对杨太太，他可以拿出街面上的蛮横劲儿，因为她不拿人待他，他也不便客气；钱是一切，说不着什么脸面，哪叫规矩。曹先生根本不是那样的人，他得牺牲了钱，好保住脸面。他顾不得恨谁，只恨自己的命，他差不多想到：从曹家出去，他就永不再拉车；自己的命即使不值钱，可以拚上；人家的命呢？真要摔死一口子，怎办呢？以前他没想到过这个，因为这次是把曹先生摔伤，所以悟过这个理儿来。好吧，工钱可以不要，从此改行，不再干这背着人命的事。拉车是他理想的职业，搁下这个就等于放弃了希望。他觉得他的一生就得窝窝囊囊的混过去了，连成个好拉车的也不用再想，空长了那么大的身量！在外面拉散座的时候，他曾毫不客气的"抄"①买卖，被大家嘲骂，可是这样的不要脸正是因为自己要强，想买上车，他可以原谅自己。拉包月而惹了祸，自己有什么可说的呢？这要被人知道了，祥子摔了人，碰坏了车；哪道拉包车的，什么玩艺！祥子没了出路！他不能等曹先生辞他，只好自己先滚吧！

"祥子，"曹先生的手已裹好，"你洗洗！先不用说什么辞工。不是你的错儿，放石头就应当放个红灯。算了吧，洗洗，上点药。"

"是呀，先生，"高妈又想起话来，"祥子是磨不开；本来吗，把先生摔得这个样！可是，先生既说不是你的错儿，你也甭再别扭啦！瞧他这样，身大力不亏的，还和小孩一样呢，倒是真着急！太太说一句，叫他放心吧！"高妈的话很像留声机片，是转着圆圈说的，把大家都说在里边，而没有起承转合的痕迹。

"快洗洗吧，我怕！"曹太太只说了这么一句。

祥子的心中很乱，末了听到太太说怕血，似乎找到了一件可以安慰她的事；把脸盆搬出来，在书房门口洗了几把。高妈拿着药瓶在门内等着他。

---

①把别人正在进行的生意抢过来，叫"抄"。

"胳臂和腿上呢？"高妈给他脸上涂抹了一气。

祥子摇了摇头，"不要紧！"

曹氏夫妇去休息。高妈拿着药瓶，跟出祥子来。到了他屋中，她把药瓶放下，立在屋门口里："待会儿你自己抹抹吧。我说，为这点事不必那么吃心。当初，有我老头子活着的日子，我也是常辞工。一来是，我在外头受累，他不要强，教我生气。二来是，年轻气儿粗，一句话不投缘，散！卖力气挣钱，不是奴才；你有你的臭钱，我泥人也有个土性儿；老太太有个伺候不着！现在我可好多了，老头子一死，我没什么挂念的了，脾气也就好了点。这儿呢——我在这儿小三年子了；可不是，九月九上的工——零钱太少，可是他们对人还不错。咱们卖的是力气，为的是钱；净说好的当不了一回事。可是话又得这么说，把事情看长远了也有好处：三天两头的散工，一年倒歇上六个月，也不上算，莫若遇上个和气的主儿，架不住干日子多了，零钱就是少点，可是靠常儿混下去也能剩俩钱。今儿个的事，先生既没说什么，算了就算了，何必呢。也不是我攀个大，你还是小兄弟呢，容易挂火。一点也不必，火气壮当不了吃饭。像你这么老实巴焦的，安安顿顿的在这儿混些日子，总比满天打油飞①去强。我一点也不是向着他们说话，我是为你，在一块儿都怪好的！"她喘了口气："得，明儿见；甭犯牛劲，我是直心眼，有一句说一句！"

祥子的右肘很疼，半夜也没睡着。颠算了七开八得，他觉得高妈的话有理。什么也是假的，只有钱是真的。省钱买车；挂火当不了吃饭！想到这，来了一点平安的睡意。

①满天打油飞，即各处游荡，没个准地方落脚。

八

曹先生把车收拾好，并没扣祥子的工钱。曹太太给他两丸"三黄宝蜡"，他也没吃。他没再提辞工的事。虽然好几天总觉得不大好意思，可是高妈的话得到最后的胜利。过了些日子，生活又合了辙，他把这件事渐渐忘掉，一切的希望又重新发了芽。独坐在屋中的时候，他的眼发着亮光，去盘算怎样省钱，怎样买车；嘴里还不住的嘟囔，像有点心病似的。他的算法很不高明，可是心中和嘴上常常念着"六六三十六"；这并与他的钱数没多少关系，不过是这么念道，心中好像是充实一些，真像有一本账似的。

他对高妈有相当的佩服，觉得这个女人比一般的男子还有心路与能力，她的话是抄着根儿来的。他不敢赶上她去闲谈，但在院中或门口遇上她，她若有工夫说几句，他就很愿意听她说。她每说一套，总够他思索半天的，所以每逢遇上她，他会傻傻忽忽的一笑，使她明白他是佩服她的话，她也就觉到点得意，即使没有工夫，也得扯上几句。

不过，对于钱的处置方法，他可不敢冒儿咕咚的就随着她的主意走。她的主意，他以为，实在不算坏；可是多少有点冒险。他很愿意听她说，好多学些招数，心里显着宽绰；在实行上，他还是那个老主意——不轻易撒手钱。

不错，高妈的确有办法：自从她守了寡，她就把月间所能剩的一点钱放出去，一块也是一笔，两块也是一笔，放给作仆人的，当二三等巡警的，和做小买卖的，利钱至少是三分。这些人时常为一块钱急得红着眼转磨，就是有人借给他们一块而当两块算，他们

60

也得伸手接着。除了这样，钱就不会教他们看见；他们所看见的钱上有毒，接过来便会抽干他们的血，但是他们还得接着。凡是能使他们缓一口气的，他们就有胆子拿起来；生命就是且缓一口气再讲，明天再说明天的。高妈，在她丈夫活着的时候，就曾经受着这个毒。她的丈夫喝醉来找她，非有一块钱不能打发；没有，他就在宅门外醉闹；她没办法，不管多大的利息也得马上借到这块钱。由这种经验，她学来这种方法，并不是想报复，而是拿它当作合理的，几乎是救急的慈善事。有急等用钱的，有愿意借出去的，周瑜打黄盖，愿打愿挨！

在宗旨上，她既以为这没有什么下不去的地方，那么在方法上她就得厉害一点，不能拿钱打水上飘；干什么说什么。这需要眼光，手段，小心，泼辣，好不至都放了鹰①。她比银行经理并不少费心血，因为她需要更多的小心谨慎。资本有大小，主义是一样，因为这是资本主义的社会，像一个极细极大的筛子，一点一点的从上面往下筛钱，越往下钱越少；同时，也往下筛主义，可是上下一边儿多，因为主义不像钱那样怕筛眼小，它是无形体的，随便由什么极小的孔中也能溜下来。大家都说高妈厉害，她自己也这么承认；她的厉害是由困苦中折磨中锻炼出来的。一想起过去的苦处，连自己的丈夫都那样的无情无理，她就咬上了牙。她可以很和气，也可以很毒辣，她知道非如此不能在这个世界上活着。

她也劝祥子把钱放出去，完全出于善意；假若他愿意的话，她可以帮他的忙：

"告诉你，祥子，搁在兜儿里，一个子永远是一个子！放出去呢，钱就会下钱！没错儿，咱们的眼睛是干什么的？瞧准了再放手钱，不能放秃尾巴鹰。当巡警的到时候不给利，或是不归本，找他的巡官去！一句话，他的差事得搁下，敢！打听明白他们放饷的日

---

① 放了鹰，即全部丢失。

子，堵窝掏；不还钱，新新①！将一比十，放给谁，咱都得有个老底；好，放出去，海里摸锅，那还行吗？你听我的，准保没错！"

祥子用不着说什么，他的神气已足表示他很佩服高妈的话。及至独自一盘算，他觉得钱在自己手里比什么也稳当。不错，这么着是死的，钱不会下钱；可是丢不了也是真的。把这两三个月剩下的几块钱——都是现洋——轻轻的拿出来，一块一块的翻弄，怕出响声；现洋是那么白亮，厚实，起眼，他更觉得万不可撒手，除非是拿去买车。各人有各人的办法，他不便全随着高妈。

原先在一家姓方的家里，主人全家大小，连仆人，都在邮局有个储金折子。方太太也劝过祥子："一块钱就可以立折子，你怎么不立一个呢？俗言说得好，常将有日思无日，莫到无时盼有时；年轻轻的，不乘着年轻力壮剩下几个，一年三百六十天不能天天是晴天大日头。这又不费事，又牢靠，又有利钱，哪时别住还可以提点儿用，还要怎么方便呢？去，去要个单子来，你不会写，我给你填上，一片好心！"

祥子知道她是好心，而且知道厨子王六和奶妈子秦妈都有折子，他真想试一试。可是有一天方大小姐叫他去给放进十块钱，他细细看了看那个小折子，上面有字，有小红印；通共，哼，也就有一小打手纸那么沉吧。把钱交进去，人家又在折子上画了几个字，打上了个小印。他觉得这不是骗局，也得是骗局；白花花的现洋放进去，凭人家三画五画就算完事，祥子不上这个当。他怀疑方家是跟邮局这个买卖——他总以为邮局是个到处有分号的买卖，大概字号还很老，至少也和瑞蚨祥，鸿记差不多——有关系，所以才这样热心给拉生意。即使事实不是这样，现钱在手里到底比在小折子上强，强的多！折子上的钱只是几个字！

对于银行银号，他只知道那是出"座儿"的地方，假若巡警不

---

①新新，即新鲜，奇怪。

阻止在那儿搁车的话，准能拉上"买卖"。至于里面作些什么事，他猜不透。不错，这里必是有很多的钱；但是为什么单到这里来鼓逗①钱，他不明白；他自己反正不容易与它们发生关系，那么也就不便操心去想了。城里有许多许多的事他不明白，听朋友们在茶馆里议论更使他发胡涂，因为一人一个说法，而且都说的不到家。他不愿再去听，也不愿去多想，他知道假若去打抢的话，顶好是抢银行；既然不想去作土匪，那么自己拿着自己的钱好了，不用管别的。他以为这是最老到的办法。

高妈知道他是红着心想买车，又给他出了主意：

"祥子，我知道你不肯放账，为是好早早买上自己的车，也是个主意！我要是个男的，要是也拉车，我就得拉自己的车；自拉自唱，万事不求人！能这么着，给我个知县我也不换！拉车是苦事，可是我要是男的，有把子力气，我楞拉车也不去当巡警；冬夏常青，老在街上站着，一月才挣那俩钱，没个外钱，没个自由；一留胡子还是就吹，简直的没一点起色。我是说，对了，你要是想快快买上车的话，我给你个好主意：起上一只会，十来个人，至多二十个人，一月每人两块钱，你使头一会；这不是马上就有四十来的块？你横是②多少也有个积蓄，凑吧凑吧就弄辆车拉拉，干脆大局！车到了手，你干上一只黑签儿会③，又不出利，又是体面事，准得对你的心路！你真要请会的话，我来一只，决不含忽！怎样？"

这真让祥子的心跳得快了些！真要凑上三四十块，再加上刘四爷手里那三十多，和自己现在有的那几块，岂不就是八十来的？虽然不够买十成新的车，八成新的总可以办到了！况且这么一来，他就可以去向刘四爷把钱要回，省得老这么搁着，不像回事儿。八成新就八成新吧，好歹的拉着，等有了富余再换。

---

①鼓逗，有反复调弄的意思。
②横是，即大概是。
③干上一只黑签儿会，即只剩下上黑签会。第一次使钱的人，以后不会再使钱，只有拿钱的义务。

可是，上哪里找这么二十位人去呢？即使能凑上，这是个面子事，自己等钱用么就请会，赶明儿人家也约自己来呢？起会，在这个穷年月，常有哗啦①了的时候！好汉不求人；干脆，自己有命买得上车，买；不求人！

看祥子没动静，高妈真想俏皮他一顿，可是一想他的直诚劲儿，又不大好意思了："你真行！'小胡同赶猪——直来直去'；也好！"

祥子没说什么，等高妈走了，对自己点了点头，似乎是承认自己的一把死拿值得佩服，心中怪高兴的。

已经是初冬天气，晚上胡同里叫卖糖炒栗子，落花生之外，加上了低悲的"夜壶呕"。夜壶挑子上带着瓦的闷葫芦罐儿，祥子买了个大号的。头一号买卖，卖夜壶的找不开钱，祥子心中一活便，看那个顶小的小绿夜壶非常有趣，绿汪汪的，也撅着小嘴，"不用找钱了，我来这么一个！"

放下闷葫芦罐，他把小绿夜壶送到里边去："少爷没睡哪？送你个好玩艺！"

大家都正看着小文——曹家的小男孩——洗澡呢，一见这个玩艺都憋不住的笑了。曹氏夫妇没说什么，大概觉得这个玩艺虽然蠢一些，可是祥子的善意是应当领受的，所以都向他笑着表示谢意。高妈的嘴可不会闲着：

"你看，真是的，祥子！这么大个子了，会出这么高明的主意；多么不顺眼！"

小文很喜欢这个玩艺，登时用手捧澡盆里的水往小壶里灌："这小茶壶，嘴大！"

大家笑得更加了劲。祥子整着身子——因为一得意就不知怎么好了——走出来。他很高兴，这是向来没有经验过的事，大家的笑脸全朝着他自己，仿佛他是个很重要的人似的。微笑着，又把那几

———————————
①哗啦，散了伙。

块现洋搬运出来，轻轻的一块一块往闷葫芦罐里放，心里说：这比什么都牢靠！多咱够了数，多咱往墙上一碰；拍喳，现洋比瓦片还得多！

他决定不再求任何人。就是刘四爷那么可靠，究竟有时候显着别扭，钱是丢不了哇，在刘四爷手里，不过总有点不放心。钱这个东西像戒指，总是在自己手上好。这个决定使他痛快，觉得好像自己的腰带又杀紧了一扣，使胸口能挺得更直更硬。

天是越来越冷了，祥子似乎没觉到。心中有了一定的主意，眼前便增多了光明；在光明中不会觉得寒冷。地上初见冰凌，连便道上的土都凝固起来，处处显出干燥，结实，黑土的颜色已微微发些黄，像已把潮气散尽。特别是在一清早，被大车轧起的土棱上镶着几条霜边，小风尖溜溜的把早霞吹散，露出极高极蓝极爽快的天；祥子愿意早早的拉车跑一趟，凉风飕进他的袖口，使他全身像洗冷水澡似的一哆嗦，一痛快。有时候起了狂风，把他打得出不来气，可是他低着头，咬着牙，向前钻，像一条浮着逆水的大鱼；风越大，他的抵抗也越大，似乎是和狂风决一死战。猛的一股风顶得他透不出气，闭住口，半天，打出一个嗝，仿佛是在水里扎了一个猛子。打出这个嗝，他继续往前奔走，往前冲进，没有任何东西能阻止住这个巨人；他全身的筋肉没有一处松懈，像被蚂蚁围攻的绿虫，全身摇动着抵御。这一身汗！等到放下车，直一直腰，吐出一口长气，抹去嘴角的黄沙，他觉得他是无敌的；看着那裹着灰沙的风从他面前扫过去，他点点头。风吹弯了路旁的树木，撕碎了店户的布幌，揭净了墙上的报单，遮昏了太阳，唱着，叫着，吼着，回荡着；忽然直驰，像惊狂了的大精灵，扯天扯地的疾走；忽然慌乱，四面八方的乱卷，像不知怎好而决定乱撞的恶魔；忽然横扫，乘其不备的袭击着地上的一切，扭折了树枝，吹掀了屋瓦，撞断了电线；可是，祥子在那里看着；他刚从风里出来，风并没能把他怎样了！胜利是祥子的！及至遇上顺风，他只须拿稳了车把，自己不用跑，风会替他推转了车轮，像个很好的朋友。

　　自然，他既不瞎，必定也看见了那些老弱的车夫。他们穿着一阵小风就打透的，一阵大风就吹碎了的，破衣；脚上不知绑了些什么。在车口上，他们哆嗦着，眼睛像贼似的溜着，不论从什么地方钻出个人来，他们都争着问，"车？！"拉上个买卖，他们暖和起来，汗湿透了那点薄而破的衣裳。一停住，他们的汗在背上结成了冰。遇上风，他们一步也不能抬，而生生的要曳着车走；风从上面砸下来，他们要把头低到胸口里去；风从下面来，他们的脚便找不着了地；风从前面来，手一扬就要放风筝；风从后边来，他们没法管束住车与自己。但是他们设尽了方法，用尽了力气，死曳活曳得把车拉到了地方，为几个铜子得破出一条命。一趟车拉下来，灰土被汗合成了泥，糊在脸上，只露着眼与嘴三个冻红了的圈。天是那么短，那么冷，街上没有多少人；这样苦奔一天，未必就能挣上一顿饱饭；可是年老的，家里还有老婆孩了；年小的，有父母弟妹！冬天，他们整个的是在地狱里，比鬼多了一口活气，而没有鬼那样清闲自在；鬼没有他们这么多的吃累！像条狗似的死在街头，是他们最大的平安自在；冻死鬼，据说，脸上有些笑容！

　　祥子怎能没看见这些呢。但是他没工夫为他们忧虑思索。他们的罪孽也就是他的，不过他正在年轻力壮，受得起辛苦，不怕冷，不怕风；晚间有个干净的住处，白天有件整齐的衣裳，所以他觉得自己与他们并不能相提并论，他现在虽是与他们一同受苦，可是受苦的程度到底不完全一样；现在他少受着罪，将来他还可以从这里逃出去；他想自己要是到了老年，决不至于还拉着辆破车去挨饿受冻。他相信现在的优越可以保障将来的胜利。正如在饭馆或宅门外遇上驶汽车的，他们不肯在一块儿闲谈；驶汽车的觉得有失身分，要是和洋车夫们有什么来往。汽车夫对洋车夫的态度，正有点像祥子的对那些老弱残兵；同是在地狱里，可是层次不同。他们想不到大家须立在一块儿，而是各走各的路，个人的希望与努力蒙住了各个人的眼，每个人都觉得赤手空拳可以成家立业,在黑暗中各自去摸索个人的路。祥子不想别人,不管别人,他只想着自己的钱与将来的成功。

街上慢慢有些年下的气象了。在晴明无风的时候,天气虽是干冷,可是路旁增多了颜色:年画,纱灯,红素蜡烛,绢制的头花,大小蜜供,都陈列出来,使人心中显着快活,可又有点不安;因为无论谁对年节都想到快乐几天,可是大小也都有些困难。祥子的眼增加了亮光,看见路旁的年货,他想到曹家必定该送礼了;送一份总有他几毛酒钱。节赏固定的是两块钱,不多;可是来了贺年的,他去送一送,每一趟也得弄个两毛三毛的。凑到一块就是个数儿;不怕少,只要零碎的进手;他的闷葫芦罐是不会冤人的!晚间无事的时候,他钉坑儿看着这个只会吃钱而不愿吐出来的瓦朋友,低声的劝告:"多多的吃,多多的吃,伙计!多咱你吃够了,我也就行了!"

年节越来越近了,一晃儿已是腊八。欢喜或忧惧强迫着人去计划,布置;还是二十四小时一天,可是这些天与往常不同,它们不许任何人随便的度过,必定要作些什么,而且都得朝着年节去作,好像时间忽然有了知觉,有了感情,使人们随着它思索,随着它忙碌。祥子是立在高兴那一面的,街上的热闹,叫卖的声音,节赏与零钱的希冀,新年的休息,好饭食的想象……都使他像个小孩子似的欢喜,盼望。他想好,破出块儿八毛的,得给刘四爷买点礼物送去。礼轻人物重,他必须拿着点东西去,一来为是道歉,他这些日子没能去看老头儿,因为宅里很忙;二来可以就手要出那三十多块钱来。破费一块来钱而能要回那一笔款,是上算的事。这么想好,他轻轻的摇了摇那个扑满,想象着再加进三十多块去应当响得多么沉重好听。是的,只要一索回那笔款来,他就没有不放心的事了!

一天晚上,他正要再摇一摇那个聚宝盆,高妈喊了他一声:"祥子!门口有位小姐找你;我正从街上回来,她跟我直打听你。"等祥子出来,她低声找补了句:"她像个大黑塔!怪怕人的!"

祥子的脸忽然红得像包着一团火,他知道事情要坏!

九

祥子几乎没有力量迈出大门坎去。昏头打脑的，脚还在门坎内，借着街上的灯光，已看见了刘姑娘。她的脸上大概又擦了粉，被灯光照得显出点灰绿色，像黑枯了的树叶上挂着层霜。祥子不敢正眼看她。

虎妞脸上的神情很复杂：眼中带出些渴望看到他的光儿；嘴可是张着点，露出点儿冷笑；鼻子纵起些纹缕，折叠着些不屑与急切；眉棱棱着，在一脸的怪粉上显出妖媚而霸道。看见祥子出来，她的嘴唇撇了几撇，脸上的各种神情一时找不到个适当的归束。她咽了口吐沫，把复杂的神气与情感似乎镇压下去，拿出点由刘四爷得来的外场劲儿，半恼半笑，假装不甚在乎的样子打了句哈哈：

"你可倒好！肉包子打狗，一去不回头啊！"她的嗓门很高，和平日在车厂与车夫们吵嘴时一样。说出这两句来，她脸上的笑意一点也没有了，忽然的仿佛感到一种羞愧与下贱，她咬上了嘴唇。

"别嚷！"祥子似乎把全身的力量都放在唇上，爆裂出这两个字，音很小，可是极有力。

"哼！我才怕呢！"她恶意的笑了，可是不由她自己似的把声音稍放低了些。"怨不得你躲着我呢，敢情这儿有个小妖精似的小老妈儿；我早就知道你不是玩艺，别看傻大黑粗的，鞋子拔烟袋，不傻假充傻！"她的声音又高了起去。

"别嚷！"祥子唯恐怕高妈在门里偷着听话儿。"别嚷！这边来！"他一边说一边往马路上走。

"上哪边我也不怕呀，我就是这么大嗓儿！"嘴里反抗着，她可是跟了过来。

过了马路，来到东便道上，贴着公园的红墙，祥子——还没忘了在乡间的习惯——蹲下了。"你干吗来了？"

"我？哼，事儿可多了！"她左手插在腰间，肚子努出些来。低头看了他一眼，想了会儿，仿佛是发了些善心，可怜他了："祥子！我找你有事，要紧的事！"

这声低柔的"祥子"把他的怒气打散了好些，他抬起头来，看着她，她还是没有什么可爱的地方，可是那声"祥子"在他心中还微微的响着，带着温柔亲切，似乎在哪儿曾经听见过，唤起些无可否认的，欲断难断的，情分。他还是低声的，但是温和了些："什么事？"

"祥子！"她往近凑了凑："我有啦！"

"有了什么？"他一时蒙住了。

"这个！"她指了指肚子。"你打主意吧！"

楞头磕脑的，他"啊"了一声，忽然全明白了。一万样他没想到过的事都奔了心中去，来得是这么多，这么急，这么乱，心中反猛的成了块空白，像电影片忽然断了那样。街上非常的清静，天上有些灰云遮住了月，地上时时有些小风，吹动着残枝枯叶，远处有几声尖锐的猫叫。祥子的心里由乱而空白，连这些声音也没听见；手托住腮下，呆呆的看着地，把地看得似乎要动；想不出什么，也不愿想什么；只觉得自己越来越小，可又不能完全缩入地中去，整个的生命似乎都立在这点难受上；别的，什么也没有！他这才觉出冷来，连嘴唇都微微的颤着。

"别紧自蹲着，说话呀！你起来！"她似乎也觉出冷来，愿意活动几步。

他僵不吃的立起来，随着她往北走，还是找不到话说，混身都有些发木，像刚被冻醒了似的。

"你没主意呀？"她瞭了祥子一眼，眼中带出怜爱他的神气。

他没话可说。

"赶到二十七呀，老头子的生日，你得来一趟。"

"忙，年底下！"祥子在极乱的心中还没忘了自己的事。

"我知道你这小子吃硬不吃软，跟你说好的算白饶！"她的嗓门又高起去，街上的冷静使她的声音显着特别的清亮，使祥子特别的难堪。"你当我怕谁是怎着？你打算怎样？你要是不愿意听我的，我正没工夫跟你费吐沫玩！说翻了的话，我会堵着你的宅门骂三天三夜！你上哪儿我也找得着！我还是不论秧子①！"

"别嚷行不行？"祥子躲开她一步。

"怕嚷啊，当初别贪便宜呀！你是了味②啦，教我一个人背黑锅，你也不抒开死 ×× 皮看看我是谁！"

"你慢慢说，我听！"祥子本来觉得很冷，被这一顿骂骂得忽然发了热，热气要顶开冻僵巴的皮肤，混身有些发痒痒，头皮上特别的刺闹得慌。

"这不结啦！甭找不自在！"她撇开嘴，露出两个虎牙来。"不屈心，我真疼你，你也别不知好歹！跟我犯牛脖子，没你的好儿，告诉你！"

"不……"祥子想说"不用打一巴掌揉三揉"，可是没有想齐全；对北平的俏皮话儿，他知道不少，只是说不利落；别人说，他懂得，他自己说不上来。

"不什么？"

"说你的！"

"我给你个好主意，"虎姑娘立住了，面对面的对他说："你看，你要是托个媒人去说，老头子一定不答应。他是拴车的，你是拉车的，他不肯往下走亲戚。我不论，我喜欢你，喜欢就得了吗，管它娘的别的干什么！谁给我说媒也不行，一去提亲，老头子就当是算计着

---

①不论秧子，即不管是谁。
②是了味，即满意了。

他那几十辆车呢；比你高着一等的人物都不行。这个事非我自己办不可，我就挑上了你，咱们是先斩后奏；反正我已经有了，咱们俩谁也跑不了啦！可是，咱们就这么直入公堂的去说，还是不行。老头子越老越胡涂，咱俩一露风声，他会去娶个小媳妇，把我硬撅出来。老头子棒之呢，别看快七十岁了，真要娶个小媳妇，多了不敢说，我敢保还能弄出两三个小孩来，你爱信不信！"

"走着说，"祥子看站岗的巡警已经往这边走了两趟，觉得不是劲儿。

"就在这儿说，谁管得了！"她顺着祥子的眼光也看见了那个巡警："你又没拉着车，怕他干吗？他还能无因白故的把谁的××咬下来？那才透着邪行呢！咱们说咱们的！你看，我这么想：赶二十七老头子生日那天，你去给他磕三个头。等一转过年来，你再去拜个年，讨他个喜欢。我看他一喜欢，就弄点酒什么的，让他喝个痛快。看他喝到七八成了，就热儿打铁，你干脆认他作干爹。日后，我再慢慢的教他知道我身子不方便了。他必审问我，我给他个'徐庶入曹营——一语不发'。等他真急了的时候，我才说出个人来，就说是新近死了的那个乔二——咱们东边杠房的二掌柜的。他无亲无故的，已经埋在了东直门外义地里，老头子由哪儿究根儿去？老头子没了主意，咱们再慢慢的吹风儿，顶好把我给了你，本来是干儿子，再作女婿，反正差不很多；顺水推舟，省得大家出丑。你说我想的好不好？"

祥子没言语。

觉得把话说到了一个段落，虎妞开始往北走，低着点头，既像欣赏着自己的那片话，又仿佛给祥子个机会思索思索。这时，风把灰云吹裂开一块，露出月光，二人已来到街的北头。御河的水久已冻好，静静的，灰亮的，坦平的，坚固的，托着那禁城的城墙。禁城内一点声响也没有，那玲珑的角楼，金碧的牌坊，丹朱的城门，景山上的亭阁，都静悄悄的好似听着一些很难再听到的声音。小风吹过，似一种悲叹，轻轻的在楼台殿阁之间穿过，像要道出一点历史的消息。虎妞往西走，祥子跟到了金鳌玉蛛。桥上几乎没有了行人，微明的月光冷寂的照着桥左右的两大幅冰场，远处亭阁暗淡的带着些黑影，静静的似冻在湖上，只有顶上的黄瓦闪着点儿微光。树木微动，月色更显得微茫；白塔却高耸到云间，傻白傻白的把一切都带得冷寂萧索，整个的三海在人工的雕琢中显出北地的荒寒。到了桥头上，两面冰上的冷气使祥子哆嗦了一下，他不愿再走。平日，他拉着车过桥，把精神全放在脚下，唯恐出了错，一点也顾不得向左右看。现在，他可以自由的看一眼了，可是他心中觉得这个景色有些可怕：那些灰冷的冰，微动的树影，惨白的高塔，都寂寞的似乎要忽然的狂喊一声，或狂走起来！就是脚下这座大白石桥，也显着异常的空寂，特别的白净，连灯光都有点凄凉。他不愿再走，不愿再看，更不愿再陪着她；他真想一下子跳下去，头朝下，砸破了冰，沉下去，像个死鱼似的冻在冰里。

"明儿个见了！"他忽然转身往回走。

"祥子！就那么办啦，二十七见！"她朝着祥子的宽直的脊背说。说完，她瞭了白塔一眼，叹了口气，向西走去。

祥子连头也没回，像有鬼跟着似的，几溜便到了团城，走得太慌，几乎碰在了城墙上。一手扶住了墙，他不由的要哭出来。楞了会儿，桥上叫："祥子！祥子！这儿来！祥子！"虎妞的声音！

他极慢的向桥上挪了两步，虎妞仰着点身儿正往下走，嘴张着点儿："我说祥子，你这儿来；给你！"他还没挪动几步，她已经到了身前："给你，你存的三十多块钱；有几毛钱的零儿，我给你补足了一块。给你！不为别的，就为表表我的心，我惦念着你，疼你，护着你！别的都甭说，你别忘恩负义就得了！给你！好好拿着，丢了可别赖我！"

祥子把钱——一打儿钞票——接过来，楞了会儿，找不到话说。

"得，咱们二十七见！不见不散！"她笑了笑。"便宜是你的，你自己细细的算算得了！”她转身往回走。

他攥着那打儿票子，呆呆的看着她，一直到桥背把她的头遮下去。灰云又把月光掩住；灯更亮了，桥上分外的白，空，冷。他转身，放开步，往回走，疯了似的；走到了街门，心中还存着那个惨白冷落的桥影，仿佛只隔了一眨眼的工夫似的。

到屋中，他先数了数那儿张票子；数了两三遍，手心的汗把票子攥得发粘，总数不利落。数完，放在了闷葫芦罐儿里。坐在床沿上，呆呆的看着这个瓦器，他打算什么也不去想；有钱便有办法，他很相信这个扑满会替他解决一切，不必再想什么。御河，景山，白塔，大桥，虎妞，肚子……都是梦；梦醒了，扑满里却多了三十几块钱，真的！

看够了，他把扑满藏好，打算睡大觉，天大的困难也能睡过去，明天再说！

躺下，他闭不上眼！那些事就像一窝蜂似的，你出来，我进去，每个肚子尖上都有个刺！

不愿意去想，也实在因为没法儿想，虎妞已把道儿都堵住，他没法脱逃。

最好是跺脚一走。祥子不能走。就是让他去看守北海的白塔去，他也乐意；就是不能下乡！上别的都市？他想不出比北平再好的地方。他不能走，他愿死在这儿。

既然不想走，别的就不用再费精神去思索了。虎妞说得出来，就行得出来；不依着她的道儿走，她真会老跟着他闹哄；只要他在北平，她就会找得着！跟她，得说真的，不必打算耍滑。把她招急了，她还会抬出刘四爷来，刘四爷要是买出一两个人——不用往多里说——在哪个僻静的地方也能要祥子的命！

把虎妞的话从头至尾想了一遍，他觉得像掉在个陷阱里，手脚而且全被夹子夹住，决没法儿跑。他不能一个个的去批评她的主意，所以就找不出她的缝子来，他只感到她撒的是绝户网，连个寸大的小鱼也逃不出去！既不能一一的细想，他便把这一切作成个整个的，像千斤闸那样的压迫，全压到他的头上来。在这个无可抵御的压迫下，他觉出一个车夫的终身的气运是包括在两个字里——倒霉！一个车夫，既是一个车夫，便什么也不要作，连娘儿们也不要去粘一粘；一粘就会出天大的错儿。刘四爷仗着几十辆车，虎妞会仗着个臭×，来欺侮他！他不用细想什么了；假若打算认命，好吧，去磕头认干爹，而后等着娶那个臭妖怪。不认命，就得破出命去！

想到这儿，他把虎妞和虎妞的话都放在一边去；不，这不是她的厉害，而是洋车夫的命当如此，就如同一条狗必定挨打受气，连小孩子也会无缘无故的打它两棍子。这样的一条命，要它干吗呢？豁上就豁上吧！

他不睡了，一脚踢开了被子，他坐了起来。他决定去打些酒，喝个大醉；什么叫事情，哪个叫规矩，×你们的姥姥！喝醉，睡！二十七？二十八也不去磕头，看谁怎样得了祥子！披上大棉袄，端起那个当茶碗用的小饭碗，他跑出去。

风更大了些，天上的灰云已经散开，月很小，散着寒光。祥子刚从热被窝里出来，不住的吸溜气儿。街上简直已没了行人，路旁还只有一两辆洋车，车夫的手捂在耳朵上，在车旁跺着脚取暖。祥子一气跑到南边的小铺，铺中为保存暖气，已经上了门，由个小窗洞收钱递货。祥子要了四两白干，三个大子儿的落花生。平端着酒碗，不敢跑，而像轿夫似的疾走，回到屋中。急忙钻入被窝里去，上下牙磕打了一阵，不愿再坐起来。酒在桌上发着辛辣的味儿，他不很爱闻，就是对那些花生似乎也没心程去动。这一阵寒气仿佛是一盆冷水把他浇醒，他的手懒得伸出来，他的心也不再那么热。

躺了半天，他的眼在被子边上又看了看桌上的酒碗。不，他不能为那点缠绕而毁坏了自己，不能从此破了酒戒。事情的确是不好办，但是总有个缝子使他钻过去。即使完全无可脱逃，他也不应当先自己往泥塘里滚；他得睁着眼，清清楚楚的看着，到底怎样被别人把他推下去。

　　灭了灯，把头完全盖在被子里，他想就这么睡去。还是睡不着，掀开被看看，窗纸被院中的月光映得发青，像天要亮的样子。鼻尖觉到屋中的寒冷，寒气中带着些酒味。他猛的坐起来，摸住酒碗，吞了一大口！

十

个别的解决，祥子没那么聪明。全盘的清算，他没那个魄力。于是，一点儿办法没有，整天际圈着满肚子委屈。正和一切的生命同样，受了损害之后，无可如何的只想由自己去收拾残局。那斗落了大腿的蟋蟀，还想用那些小腿儿爬。祥子没有一定的主意，只想慢慢的一天天，一件件的挨过去，爬到哪儿算哪儿，根本不想往起跳了。

离二十七还有十多天，他完全注意到这一天上去，心里想的，口中念道的，梦中梦见的，全是二十七。仿佛 ·过了二十七，他就有了解决一切的办法，虽然明知道这是欺骗自己。有时候他也往远处想，譬如拿着手里的几十块钱到天津去；到了那里，碰巧还许改了行，不再拉车。虎妞还能追到他天津去？在他的心里，凡是坐火车去的地方必是很远，无论怎样她也追不了去。想得很好，可是他自己良心上知道这只是万不得已的办法，再分能在北平，还是在北平！这样一来，他就又想到二十七那一天，还是这样想近便省事，只要混过这一关，就许可以全局不动而把事儿闯过去；即使不能干脆的都摆脱清楚，到底过了一关是一关。

怎样混过这一关呢？他有两个主意：一个是不理她那回事，干脆不去拜寿。另一个是按照她所嘱咐的去办。这两个主意虽然不同，可是结果一样；不去呢，她必不会善罢甘休；去呢，她也不会饶了他。他还记得初拉车的时候，摹仿着别人，见小巷就钻，为是抄点近儿，而误入了罗圈胡同；绕了个圈儿，又绕回到原街。现在他又入了这样的小胡同，仿佛是：无论走哪一头儿，结果是一样的。

在没办法之中，他试着往好里想，就干脆要了她，又有什么不可以呢？可是，无论从哪方面想，他都觉着憋气。想想她的模样，他只能摇头。不管模样吧，想想她的行为；哼！就凭自己这样要强，这样规矩，而娶那么个破货，他不能再见人，连死后都没脸见父母！谁准知道她肚子里的小孩是他的不是呢？不错，她会带过几辆车来；能保准吗？刘四爷并非是好惹的人！即使一切顺利，他也受不了，他能干得过虎妞？她只须伸出个小指，就能把他支使的头晕眼花，不认识了东西南北。他晓得她的厉害！要成家，根本不能要她，没有别的可说的！要了她，便没了他，而他又不是看不起自己的人！没办法！

　　没方法处置她，他转过来恨自己，很想脆脆的抽自己几个嘴巴子。可是，说真的，自己并没有什么过错。一切都是她布置好的，单等他来上套儿。毛病似乎是在他太老实，老实就必定吃亏，没有情理可讲！

　　更让他难过的是没地方去诉诉委屈。他没有父母兄弟，没有朋友。平日，他觉得自己是头顶着天，脚踩着地，无牵无挂的一条好汉。现在，他才明白过来，悔悟过来，人是不能独自活着的。特别是对那些同行的，现在都似乎有点可爱。假若他平日交下几个，他想，像他自己一样的大汉，再多有个虎妞，他也不怕；他们会给他出主意，会替他拔创卖力气。可是，他始终是一个人；临时想抓朋友是不大容易的！他感到一点向来没有过的恐惧。照这么下去，谁也会欺侮他；独自一个是顶不住天的！

　　这点恐惧使他开始怀疑自己。在冬天，遇上主人有饭局，或听戏，他照例是把电石灯的水筒儿揣在怀里；因为放在车上就会冻上。刚跑了一身的热汗，把那个冰凉的小水筒往胸前一贴，让他立刻哆嗦一下；不定有多大时候，那个水筒才会有点热和劲儿。可是在平日，他并不觉得这有什么说不过去；有时候揣上它，他还觉得这是一种优越，那些拉破车的根本就用不上电石灯。现在，他似乎看出来，一月只挣那么些钱，而把所有的苦处都得受过来，连个小水筒也不许冻上，而必得在胸前抱着，自己的胸脯多么宽，仿佛还没有个小筒儿值钱。原先，他以为拉车是他最理想的事，由拉车他可以成家立业。现在他暗暗摇头了。不怪虎妞欺侮他，他原来不过是个连小水筒也不如的人！

在虎妞找他的第三天上，曹先生同着朋友去看夜场电影，祥子在个小茶馆里等着，胸前揣着那像块冰似的小筒。天极冷，小茶馆里的门窗都关得严严的，充满了煤气，汗味，与贱臭的烟卷的干烟。饶这么样，窗上还冻着一层冰花。喝茶的几乎都是拉包月车的，有的把头靠在墙上，借着屋中的暖和气儿，闭上眼打盹。有的拿着碗白干酒，让让大家，而后慢慢的喝，喝完一口，上面咂着嘴，下面很响的放凉气。有的攥着卷儿大饼，一口咬下半截，把脖子撑得又粗又红。有的绷着脸，普遍的向大家抱怨，他怎么由一清早到如今，还没停过脚，身上已经湿了又干，干了又湿，不知有多少回！其余的人多数是彼此谈着闲话，听到这两句，马上都静了一会儿，而后像鸟儿炸了巢似的都想起一日间的委屈，都想讲给大家听。连那个吃着大饼的也把口中匀出能调动舌头的空隙，一边儿咽饼，一边儿说话，连头上的筋都跳了起来：“你当他妈的拉包月的就不蘑菇哪？！我打他妈的——嗝！——两点起到现在还水米没打牙！竟说前门到平则门——嗝！——我拉他妈的三个来回了！这个天，把屁眼都他妈的冻裂了，一劲的放气！”转圈看了大家一眼，点了点头，又咬了一截饼。

这，把大家的话又都转到天气上去，以天气为中心各自道出辛苦。祥子始终一语未发，可是很留心他们说了什么。大家的话，虽然口气，音调，事实，各有不同，但都是咒骂与不平。这些话，碰到他自己心上的委屈，就像一些雨点儿落在干透了的土上，全都吃了进去。他没法，也不会，把自己的话有头有尾的说给大家听；他只能由别人的话中吸收些生命的苦味，大家都苦恼，他也不是例外；

认识了自己，也想同情大家。大家说到悲苦的地方，他皱上眉；说到可笑的地方，他也撇撇嘴。这样，他觉得他是和他们打成一气，大家都是苦朋友，虽然他一言不发，也没大关系。从前，他以为大家是贫嘴恶舌，凭他们一天到晚穷说，就发不了财。今天仿佛是头一次觉到，他们并不是穷说，而是替他说呢，说出他与一切车夫的苦处。

大家正说到热闹中间，门忽然开了，进来一阵冷气。大家几乎都怒目的往外看，看谁这么不得人心，把门推开。大家越着急，门外的人越慢，似乎故意的磨烦①。茶馆的伙计半急半笑的喊："快着点吧，我一个人的大叔！别把点热气儿都给放了！"

这话还没说完，门外的人进来了，也是个拉车的。看样子已有五十多岁，穿着件短不够短，长不够长，蓬蓬篓儿似的棉袄，襟上肘上已都露了棉花。脸似乎有许多日子没洗过，看不出肉色，只有两个耳朵冻得通红，红得像要落下来的果子。惨白的头发在一顶破小帽下杂乱的髼髼着；眉上，短须上，都挂些冰珠。一进来，摸住条板凳便坐下了，扎挣着说了句："沏一壶。"

这个茶馆一向是包月车夫的聚处，像这个老车夫，在平日，是决不会进来的。

大家看着他，都好像感到比刚才所说的更加深刻的一点什么意思，谁也不想再开口。在平日，总会有一两个不很懂事的少年，找几句俏皮话来拿这样的茶客取取笑，今天没有一个出声的。

茶还没有沏来，老车夫的头慢慢的往下低，低着低着，全身都出溜下去。

大家马上都立了起来："怎啦？怎啦？"说着，都想往前跑。

"别动！"茶馆掌柜的有经验，拦住了大家。他独自过去，把老车夫的脖领解开，就地扶起来，用把椅子戗在背后，用手勒着双肩：

---

①磨烦，即拖时间。

"白糖水,快!"说完,他在老车夫的脖子那溜儿听了听,自言自语的:"不是痰!"

大家谁也没动,可谁也没再坐下,都在那满屋子的烟中,眨巴着眼,向门儿这边看。大家好似都不约而同的心里说:"这就是咱们的榜样!到头发惨白了的时候,谁也有一个跟头摔死的行市!"

糖水刚放在老车夫的嘴边上,他哼哼了两声。还闭着眼,抬起右手——手黑得发亮,像漆过了似的——用手背抹了下儿嘴。

"喝点水!"掌柜的对着他耳朵说。

"啊?"老车夫睁开了眼。看见自己是坐在地上,腿蜷了蜷,想立起来。

"先喝点水,不用忙。"掌柜的说,松开了手。

大家几乎都跑了过来。

"哎!哎!"老车夫向四围看了一眼,双手捧定了茶碗,一口口的吸糖水。

慢慢的把糖水喝完,他又看了大家一眼:"哎,劳诸位的驾!"说得非常的温柔亲切,绝不像是由那个胡子拉碴的口中说出来的。说完,他又想往起立,过去三四个人忙着往起搀他。他脸上有了点笑意,又那么温和的说:"行,行,不碍!我是又冷又饿,一阵儿发晕!不要紧!"他脸上虽然是那么厚的泥,可是那点笑意教大家仿佛看到一个温善白净的脸。

大家似乎全动了心。那个拿着碗酒的中年人,已经把酒喝净,眼珠子通红,而且此刻带着些泪:"来,来二两!"等酒来到,老车夫已坐在靠墙的一把椅子上。他有一点醉意,可是规规矩矩的把酒放在老车夫面前:"我的请,您喝吧!我也四十望外了,不瞒您说,拉包月就是凑合事,一年是一年的事,腿知道!再过二三年,我也得跟您一样!您横是快六十了吧?"

"还小呢,五十五!"老车夫喝了口酒。"天冷,拉不上座儿。我呀,哎,肚子空;就有几个子儿我都喝了酒,好暖和点呀!走在这儿,我可实在撑不住了，想进来取个暖。屋里太热，我又没食，横是晕过去了。不要紧，不要紧！劳诸位哥儿们的驾！"

这时候，老者的干草似的灰发，脸上的泥，炭条似的手，和那个破帽头与棉袄，都像发着点纯洁的光，如同破庙里的神像似的，虽然破碎，依然尊严。大家看着他，仿佛唯恐他走了。祥子始终没言语，呆呆的立在那里。听到老车夫说肚子里空，他猛的跑出去，飞也似又跑回来，手里用块白菜叶儿托着十个羊肉馅的包子。一直送到老者的眼前，说了声：吃吧！然后，坐在原位，低下头去，仿佛非常疲倦。

"哎！"老者像是乐，又像是哭，向大家点着头。"到底是哥儿们哪！拉座儿，给他卖多大的力气，临完多要一个子儿都怪难的！"说着，他立了起来，要往外走。

"吃呀！"大家几乎是一齐的喊出来。

"我叫小马儿去，我的小孙子，在外面看着车呢！"

"我去，您坐下！"那个中年的车夫说，"在这儿丢不了车，您自管放心，对过儿就是巡警阁子。"他开开了点门缝："小马儿！小马儿！你爷爷叫你哪！把车放在这儿来！"

老者用手摸了好几回包子，始终没往起拿。小马儿刚一进门，他拿起来一个："小马儿，乖乖，给你！"

小马儿也就是十二三岁，脸上挺瘦，身上可是穿得很圆，鼻子冻得通红，挂两条白鼻涕，耳朵上戴着一对破耳帽儿。立在老者的身旁，右手接过包子来，左手又自动的拿起来一个，一个上咬了一口。

"哎！慢慢的！"老者一手扶在孙子的头上，一手拿起个包子，慢慢的往口中送。"爷爷吃两个就够，都是你的！吃完了，咱们收车回家，不拉啦。明儿个要是不这么冷呀，咱们早着点出车。对不对，小马儿？"

小马儿对着包子点了点头，吸溜了一下鼻子："爷爷吃三个吧，剩下都是我的。我回头把爷爷拉回家去！"

"不用！"老者得意的向大家一笑："回头咱们还是走着，坐在车上冷啊。"

老者吃完自己的份儿，把杯中的酒喝干，等着小马儿吃净了包子。掏出块破布来，擦了擦嘴，他又向大家点了点头："儿子当兵去了，一去不回头；媳妇——"

"别说那个！"小马儿的腮撑得像俩小桃，连吃带说的拦阻爷爷。

"说说不要紧！都不是外人！"然后向大家低声的："孩子心重，甭提多么要强啦！媳妇也走了。我们爷儿俩就吃这辆车；车破，可是我们自己的，就仗着天天不必为车份儿着急。挣多挣少，我们爷儿俩苦混，无法！无法！"

"爷爷，"小马儿把包子吃得差不离了，拉了拉老者的袖子，"咱们还得拉一趟，明儿个早上还没钱买煤呢！都是你，刚才二十子儿拉后门，依着我，就拉，你偏不去！明儿早上没有煤，看你怎样办！"

"有法子，爷爷会去赊五斤煤球。"

"还饶点劈柴？"

"对呀！好小子，吃吧；吃完，咱们该蹓跶着了！"说着，老者立起来，绕着圈儿向大家说："劳诸位哥儿们的驾啦！"伸手去拉小马儿，小马儿把未吃完的一个包子整个的塞在口中。

大家有的坐着没动，有的跟出来。祥子头一个跟出来，他要看看那辆车。

一辆极破的车，车板上的漆已经裂了口，车把上已经磨得露出木纹，一只唏哩哗啷响的破灯，车棚子的支棍儿用麻绳儿捆着。小马儿在耳朵帽里找出根洋火，在鞋底儿上划着，用两只小黑手捧着，点着了灯。老者往手心上吐了口唾沫，哎了一声，抄起车把来，"明儿见啦，哥儿们！"

祥子呆呆的立在门外，看着这一老一少和那辆破车。老者一边走还一边说话，语声时高时低；路上的灯光与黑影，时明时暗。祥子听着，看着，心中感到一种向来没有过的难受。在小马儿身上，他似乎看见了自己的过去；在老者身上，似乎看到了自己的将来！他向来没有轻易撒手过一个钱，现在他觉得很痛快，为这一老一少买了十个包子。直到已看不见了他们，他才又进到屋中。大家又说笑起来，他觉得发乱，会了茶钱，又走了出来，把车拉到电影园门外去等候曹先生。

天真冷。空中浮着些灰沙，风似乎是在上面疾走，星星看不甚真，只有那几个大的，在空中微颤。地上并没有风，可是四下里发着寒气，车辙上已有几条冻裂的长缝子，土色灰白，和冰一样凉，一样坚硬。祥子在电影园外立了一会儿，已经觉出冷来，可是不愿再回到茶馆去。他要静静的独自想一想。那一老一少似乎把他的最大希望给打破——老者的车是自己的呀！自从他头一天拉车，他就决定买上自己的车，现在还是为这个志愿整天的苦奔；有了自己的车，他以为，就有了一切。哼，看看那个老头子！

他不肯要虎姐，还不是因为自己有买车的愿望？买上车，省下钱，然后一清二白的娶个老婆；哼，看看小马儿！自己有了儿子，未必不就是那样。

这样一想，对虎姐的要胁，似乎不必反抗了；反正自己跳不出圈儿去，什么样的娘们不可以要呢？况且她还带过几辆车来呢，干吗不享几天现成的福！看透了自己，便无须小看别人，虎姐就是虎姐吧，什么也甭说了！

电影散了，他急忙的把小水筒安好，点着了灯。连小棉袄也脱了，只剩了件小褂，他想飞跑一气，跑忘了一切，摔死也没多大关系！

十一

一想到那个老者与小马儿，祥子就把一切的希望都要放下，而想乐一天是一天吧，干吗成天际咬着牙跟自己过不去呢？！穷人的命，他似乎看明白了，是枣核儿两头尖：幼小的时候能不饿死，万幸；到老了能不饿死，很难。只有中间的一段，年轻力壮，不怕饥饱劳碌，还能像个人儿似的。在这一段里，该快活快活的时候还不敢去干，地道的傻子；过了这村便没有这店！这么一想，他连虎妞的那回事儿都不想发愁了。

及至看到那个闷葫芦罐儿，他的心思又转过来。不，不能随便；只差几十块钱就能买上车了，不能前功尽弃；至少也不能把罐儿里那点积蓄瞎扔了，那么不容易省下来的！还是得往正路走，一定！可是，虎妞呢？还是没办法，还是得为那个可恨的二十七发愁。

愁到了无可如何，他抱着那个瓦罐儿自言自语的嘀咕：爱怎样怎样，反正这点钱是我的！谁也抢不了去！有这点钱，祥子什么也不怕！招急了我，我会跺脚一跑，有钱，腿就会活动！

街上越来越热闹了，祭灶的糖瓜摆满了街，走到哪里也可以听到"抚糖来，抚糖"的声音。祥子本来盼着过年，现在可是一点也不起劲，街上越乱，他的心越紧，那可怕的二十七就在眼前了！他的眼陷下去，连脸上那块疤都有些发暗。拉着车，街上是那么乱，地上是那么滑，他得分外的小心。心事和留神两气夹攻，他觉得精神不够用的了，想着这个便忘了那个，时常忽然一惊，身上痒刺刺的像小孩儿在夏天炸了痱子似的。

祭灶那天下午，溜溜的东风带来一天黑云。天气忽然暖了一些。

到快掌灯的时候，风更小了些，天上落着稀疏的雪花。卖糖瓜的都着了急，天暖，再加上雪花，大家一劲儿往糖上撒白土子，还怕都粘在一处。雪花落了不多，变成了小雪粒，刷刷的轻响，落白了地。七点以后，铺户与人家开始祭灶，香光炮影之中夹着密密的小雪，热闹中带出点阴森的气象。街上的人都显出点惊急的样子，步行的，坐车的，都急于回家祭神，可是地上湿滑，又不敢放开步走。卖糖的小贩急于把应节的货物轰出去，上气不接下气的喊叫，听着怪震心的。

　　大概有九点钟了，祥子拉着曹先生由西城回家。过了西单牌楼那一段热闹街市，往东入了长安街，人马渐渐稀少起来。坦平的柏油马路上铺着一层薄雪，被街灯照得有点闪眼。偶尔过来辆汽车，灯光远射，小雪粒在灯光里带着点黄亮，像洒着万颗金砂。快到新华门那一带，路本来极宽，加上薄雪，更教人眼宽神爽，而且一切都仿佛更严肃了些。"长安牌楼"，新华门的门楼，南海的红墙，都戴上了素冠，配着朱柱红墙，静静的在灯光下展示着故都的尊严。此时此地，令人感到北平仿佛并没有居民，直是一片琼宫玉宇，只些老松默默的接着雪花。祥子没工夫看这些美景，一看眼前的"玉路"，他只想一步便跑到家中；那直，白，冷静的大路似乎使他的心眼中一直的看到家门。可是他不能快跑，地上的雪虽不厚，但是拿脚，一会儿鞋底上就粘成一厚层；跺下去，一会儿又粘上了。霰粒非常的小，可是沉重有分量，既拿脚，又迷眼，他不能飞快的跑。雪粒打在身上也不容易化，他的衣肩上已积了薄薄的一层，虽然不算什么，可是湿渌渌的使他觉得别扭。这一带没有什么铺户，可是远处的炮声还继续不断，时时的在黑空中射起个双响或五鬼闹判儿。火花散落，空中越发显着黑，黑得几乎可怕。他听着炮声，看见空中的火花与黑暗，他想立刻到家。可是他不敢放开了腿，别扭！

　　更使他不痛快的是由西城起，他就觉得后面有辆自行车儿跟着他。到了西长安街，街上清静了些，更觉出后面的追随——车辆轧

85

着薄雪，虽然声音不大，可是觉得出来。祥子，和别的车夫一样，最讨厌自行车。汽车可恶，但是它的声响大，老远的便可躲开。自行车是见缝子就钻，而且东摇西摆，看着就眼晕。外带着还是别出错儿，出了错儿总是洋车夫不对，巡警们心中的算盘是无论如何洋车夫总比骑车的好对付，所以先派洋车夫的不是。好几次，祥子很想抽冷子闸住车，摔后头这小子一交。但是他不敢，拉车的得到处忍气。每当要跺一跺鞋底儿的时候，他得喊声："闸住！"到了南海前门，街道是那么宽，那辆脚踏车还紧紧的跟在后面。祥子更上了火，他故意的把车停住了，掸了掸肩上的雪。他立住，那辆自行车从车旁蹭了过去。车上的人还回头看了看。祥子故意的磨烦，等自行车走出老远才抄起车把来，骂了句："讨厌！"

曹先生的"人道主义"使他不肯安那御风的棉车棚子，就是那帆布车棚也非到赶上大雨不准支上，为是教车夫省点力气。这点小雪，他以为没有支起车棚的必要，况且他还贪图着看看夜间的雪景呢。他也注意到这辆自行车，等祥子骂完，他低声的说，"要是他老跟着，到家门口别停住，上黄化门左先生那里去；别慌！"

祥子有点慌。他只知道骑自行车的讨厌，还不晓得其中还有可怕的——既然曹先生都不敢家去，这个家伙一定来历不小！他跑了几十步，便追上了那个人；故意的等着他与曹先生呢。自行车把祥子让过去，祥子看了车上的人一眼。一眼便看明白了，侦缉队上的。他常在茶馆里碰到队里的人，虽然没说过话儿，可是晓得他们的神气与打扮。这个的打扮，他看着眼熟：青大袄，呢帽，帽子戴得很低。

到了南长街口上，祥子乘着拐弯儿的机会，向后溜了一眼，那个人还跟着呢。他几乎忘了地上的雪，脚底下加了劲。直长而白亮的路，只有些冷冷的灯光，背后追着个侦探！祥子没有过这种经验，他冒了汗。到了公园后门，他回了回头，还跟着呢！到了家门口，他不敢站住，又有点舍不得走；曹先生一声也不响，他只好继续往北跑。一气跑到北口，自行车还跟着呢！他进了小胡同，还跟着！

出了胡同，还跟着！上黄化门去，本不应当进小胡同，直到他走到胡同的北口才明白过来，他承认自己是有点迷头，也就更生气。

跑到景山背后，自行车往北向后门去了。祥子擦了把汗。雪小了些，可是雪粒中又有了几片雪花。祥子似乎喜爱雪花，大大方方的在空中飞舞，不像雪粒那么使人憋气。他回头问了声："上哪儿，先生？"

"还到左宅。有人跟你打听我，你说不认识！"

"是啦！"祥子心中打开了鼓，可是不便细问。

到了左家，曹先生叫祥子把车拉进去，赶紧关上门。曹先生还很镇定，可是神色不大好看。嘱咐完了祥子，他走进去。祥子刚把车拉进门洞来，放好，曹先生又出来了，同着左先生；祥子认识，并且知道左先生是宅上的好朋友。

"祥子，"曹先生的嘴动得很快，"你坐汽车回去。告诉太太我在这儿呢。教她们也来，坐汽车来，另叫一辆，不必教你坐去的这辆等着。明白？好！告诉太太带着应用的东西，和书房里那几张画儿。听明白了？我这就给太太打电话，为是再告诉你一声，怕她一着急，把我的话忘了，你好提醒她一声。"

"我去好不好？"左先生问了声。

"不必！刚才那个人未必一定是侦探，不过我心里有那回事儿，不能不防备一下。你先叫辆汽车来好不好？"

左先生去打电话叫车。曹先生又嘱咐了祥子一遍："汽车来到，我这给了钱。教太太快收拾东西；别的都不要紧，就是千万带着小孩子的东西，和书房里那几张画，那几张画！等太太收拾好，教高妈打电话要辆车，上这儿来。这都明白了？等她们走后，你把大门锁好，搬到书房去睡，那里有电话。你会打电话？"

"不会往外打，会接。"其实祥子连接电话也不大喜欢，不过不愿教曹先生着急，只好这么答应下。

"那就行！"曹先生接着往下说，说得还是很快："万一有个动静，你别去开门！我们都走了，剩下你一个，他们决不放手你！见事不好的话，你灭了灯，打后院跳到王家去。王家的人你认得？对！在王家藏会儿再走。我的东西，你自己的东西都不用管，跳墙就走，省得把你拿了去！你若丢了东西，将来我赔上。先给你这五块钱拿着。好，我去给太太打电话，回头你再对她说一遍。不必说拿人，刚才那个骑车的也许是侦探，也许不是；你也先别着慌！"

祥子心中很乱，好像有许多要问的话，可是因急于记住曹先生所嘱咐的，不敢再问。

汽车来了，祥子楞头磕脑的坐进去。雪不大不小的落着，车外边的东西看不大真，他直挺着腰板坐着，头几乎顶住车棚。他要思索一番，可是眼睛只顾看车前的红箭头，红得那么鲜灵可爱。驶车的面前的那把小刷子，自动的左右摆着，刷去玻璃上的哈气，也颇有趣。刚似乎把这看腻了，车已到了家门，心中怪不得劲的下了车。

刚要按街门的电铃，像从墙里钻出个人来似的，揪住他的腕子。祥子本能的想往出夺手，可是已经看清那个人，他不动了，正是刚才骑自行车的那个侦探。

"祥子，你不认识我了？"侦探笑着松了手。

祥子咽了口气，不知说什么好。

"你不记得当初你教我们拉到西山去？我就是那个孙排长。想起来了吧？"

"啊，孙排长！"祥子想不起来。他被大兵们拉到山上去的时候，顾不得看谁是排长，还是连长。

"你不记得我，我可记得你；你脸上那块疤是个好记号。我刚才跟了你半天，起初也有点不敢认你，左看右看，这块疤不能有错！"

"有事吗？"祥子又要去按电铃。

"自然是有事，并且是要紧的事！咱们进去说好不好！"孙排长——现在是侦探——伸手按了铃。

"我有事！"祥子的头上忽然冒了汗，心里发着狠儿说："躲他还不行呢，怎能往里请呢！”

"你不用着急，我来是为你好！"侦探露出点狡猾的笑意。赶到高妈把门开开，他一脚迈进去："劳驾劳驾！"没等祥子和高妈过一句话，扯着他便往里走，指着门房："你在这儿住？"进了屋，他四下里看了一眼："小屋还怪干净呢！你的事儿不坏！"

"有事吗？我忙！"祥子不能再听这些闲盘儿。

"没告诉你吗，有要紧的事！"孙侦探还笑着，可是语气非常的严厉。"干脆对你说吧，姓曹的是乱党，拿住就枪毙，他还是跑不了！咱们总算有一面之交，在兵营里你伺候过我；再说咱们又都是街面上的人，所以我担着好大的处分来给你送个信！你要是晚跑一步，回来是堵窝儿掏，谁也跑不了。咱们卖力气吃饭，跟他们打哪门子挂误官司？这话对不对？"

"对不起人呀！"祥子还想着曹先生所嘱托的话。

"对不起谁呀？"孙侦探的嘴角上带笑，而眼角棱棱着。"祸是他们自己闯的，你对不起谁呀？他们敢作敢当，咱们跟着受罪，才合不着！不用说别的，把你圈上三个月，你野鸟似的惯了，楞教你坐黑屋子，你受得了受不了？再说，他们下狱，有钱打点，受不了罪；你呀，我的好兄弟，手里没硬的，准拴在尿桶上！这还算小事，碰巧了他们花钱一运动，闹个几年徒刑；官面上交待不下去，要不把你垫了背才怪。咱们不招谁不惹谁的，临完上天桥吃黑枣，冤不冤？你是明白人，明白人不吃眼前亏。对得起人喽，又！告诉你吧，好兄弟，天下就没有对得起咱们苦哥儿们的事！"

祥子害了怕。想起被大兵拉去的苦处，他会想象到下狱的滋味。"那么我得走，不管他们？"

"你管他们，谁管你呢？！"

祥子没话答对。楞了会儿，连他的良心也点了头："好，我走！"

"就这么走吗？"孙侦探冷笑了一下。

祥子又迷了头。

"祥子，我的好伙计！你太傻了！凭我作侦探的，肯把你放了走？"

"那——"祥子急得不知说什么好了。

"别装傻！"孙侦探的眼盯住祥子的："大概你也有个积蓄，拿出来买条命！我一个月还没你挣的多，得吃得穿得养家，就仗着点外找儿，跟你说知心话！你想想，我能一撒巴掌把你放了不能？哥儿们的交情是交情，没交情我能来劝你吗？可是事情是事情，我不图点什么，难道教我一家子喝西北风？外场人用不着费话，你说真的吧！"

"得多少？"祥子坐在了床上。

"有多少拿多少，没准价儿！"

"我等着坐狱得了！"

"这可是你说的？可别后悔？"孙侦探的手伸入棉袍中，"看这个，祥子！我马上就可以拿你，你要拒捕的话，我开枪！我要马上把你带走，不要说钱呀，连你这身衣裳都一进狱门就得剥下来。你是明白人，自己合计合计得了！"

"有工夫挤我，干吗不挤挤曹先生？"祥子吭吃了半天才说出来。

"那是正犯，拿住呢有点赏，拿不住担'不是'。你，你呀，我的傻兄弟，把你放了像放个屁，把你杀了像抹个臭虫！拿钱呢，你走你的；不拿，好，天桥见！别磨烦，来干脆的，这么大的人！再说，这点钱也不能我一个人独吞了，伙计们都得沾补点儿，不定分上几个子儿呢。这么便宜买条命还不干，我可就没了法！你有多少钱？"

祥子立起来，脑筋跳起多高，攥上了拳头。

"动手没你的，我先告诉你，外边还有一大帮人呢！快着，拿钱！我看面子，你别不知好歹！"孙侦探的眼神非常的难看了。

"我招谁惹谁了？！"祥子带着哭音，说完又坐在床沿上。

"你谁也没招；就是碰在点儿上了！人就是得胎里富，咱们都是底儿上的。什么也甭再说了！"孙侦探摇了摇头，似有无限的感慨。

"得了，自当是我委屈了你，别再磨烦了！"

祥子又想了会儿，没办法。他的手哆嗦着，把闷葫芦罐儿从被子里掏了出来。

"我看看！"孙侦探笑了，一把将瓦罐接过来，往墙上一碰。

祥子看着那些钱洒在地上，心要裂开。

"就是这点？"

祥子没出声，只剩了哆嗦。

"算了吧！我不赶尽杀绝，朋友是朋友。你可也得知道，这些钱儿买一条命，便宜事儿！"

祥子还没出声，哆嗦着要往起裹被褥。

"那也别动！"

"这么冷的……"祥子的眼瞪得发了火。

"我告诉你别动，就别动！滚！"

祥子咽了口气，咬了咬嘴唇，推门走出来。

雪已下了寸多厚，祥子低着头走。处处洁白，只有他的身后留着些大黑脚印。

十二

祥子想找个地方坐下，把前前后后细想一遍，哪怕想完只能哭一场呢，也好知道哭的是什么；事情变化得太快了，他的脑子已追赶不上。没有地方给他坐，到处是雪。小茶馆们已都上了门，十点多了；就是开着，他也不肯进去，他愿意找个清静地方，他知道自己眼眶中转着的泪随时可以落下来。

既没地方坐一坐，只好慢慢的走吧；可是，上哪里去呢？这个银白的世界，没有他坐下的地方，也没有他的去处；白茫茫的一片，只有饿着肚子的小鸟，与走投无路的人，知道什么叫作哀叹。

上哪儿去呢？这就成个问题，先不用想到别的了！下小店？不行！凭他这一身衣服，就能半夜里丢失点什么，先不说店里的虱子有多么可怕。上大一点的店？去不起，他手里只有五块钱，而且是他的整部财产。上澡堂子？十二点上门，不能过夜。没地方去。

因为没地方去，才越觉得自己的窘迫。在城里混了这几年了，只落得一身衣服，和五块钱；连被褥都混没了！由这个，他想到了明天，明天怎办呢？拉车，还去拉车，哼，拉车的结果只是找不到个住处，只是剩下点钱被人家抢了去！作小买卖，只有五块钱的本钱，而连挑子扁担都得现买，况且哪个买卖准能挣出嚼谷呢？拉车可以平地弄个三毛四毛的，作小买卖既要本钱，而且没有准能赚出三餐的希望。等把本钱都吃进去，再去拉车，还不是脱了裤子放屁，白白赔上五块钱？这五块钱不能轻易放手一角一分，这是最后的指望！当仆人去，不在行：伺候人，不会；洗衣裳作饭，不会！什么也不行，什么也不会，自己只是个傻大黑粗的废物！

不知不觉的，他来到了中海。到桥上，左右空旷，一眼望去，全是雪花。他这才似乎知道了雪还没住，摸一摸头上，毛线织的帽子上已经很湿。桥上没人，连岗警也不知躲在哪里去了，有几盏电灯被雪花打的仿佛不住的眨眼。祥子看看四外的雪，心中茫然。

他在桥上立了许久，世界像是已经死去，没一点声音，没一点动静，灰白的雪花似乎得了机会，慌乱的，轻快的，一劲儿往下落，要人不知鬼不觉的把世界埋上。在这种静寂中，祥子听见自己的良心的微语。先不要管自己吧，还是得先回去看看曹家的人。只剩下曹太太与高妈，没一个男人！难道那最后的五块钱不是曹先生给的么？不敢再思索，他拔起腿就往回走，非常的快。

门外有些脚印，路上有两条新印的汽车道儿。难道曹太太已经走了吗？那个姓孙的为什么不拿她们呢？

不敢过去推门，恐怕又被人捉住。左右看，没人，他的心跳起来，试试看吧，反正也无家可归，被人逮住就逮住吧。轻轻推了推门，门开着呢。顺着墙根走了两步，看见了自己屋中的灯亮儿，自己的屋子！他要哭出来。弯着腰走过去，到窗外听了听，屋内咳嗽了一声，高妈的声音！他拉开了门。

"谁？哟，你！可吓死我了！"高妈捂着心口，定了定神，坐在了床上。"祥子，怎么回事呀？"

祥子回答不出，只觉得已经有许多年没见着她了似的，心中堵着一团热气。

"这是怎么啦？"高妈也要哭的样子的问："你还没回来，先生打来电话，叫我们上左宅，还说你马上就来。你来了，不是我给你开的门吗？我一瞧，你还同着个生人，我就一言没发呀，赶紧进去帮助太太收拾东西。你始终也没进去。黑灯下火的教我和太太瞎抓，少爷已经睡得香香的，生又从热被窝里往外抱。包好了包，又上书房去摘画儿，你是始终不照面儿，你是怎么啦？我问你！糊糊的收拾好了，我出来看你，好，你没影儿啦！太太气得——一半也是急得——直哆嗦。我只好打电话叫车吧。可是我们不能就这么'空城计'，全走了哇。好，我跟太太横打了鼻梁①，我说太太走吧，我看着。祥子回来呢，我马上赶到左宅去；不回来呢，我认了命！这是怎会说的！你是怎回事，说呀！"

祥子没的说。

"说话呀！楞着算得了事吗？到底是怎回事？"

"你走吧！"祥子好容易找到了一句话："走吧！"

"你看家？"高妈的气消了点。

"见了先生，你就说，侦探逮住了我，可又，可又，没逮住我！"

"这像什么话呀？"高妈气得几乎要笑。

"你听着！"祥子倒挂了气："告诉先生快跑，侦探说了，准能拿住先生。左宅也不是平安的地方。快跑！你走了，我跳到王家去，睡一夜。我把这块的大门锁上。明天，我去找我的事。对不起曹先生！"

"越说我越胡涂！"高妈叹了口气。"得啦，我走，少爷还许冻着了呢，赶紧看看去！见了先生，我就说祥子说啦，教先生快跑。今个晚上祥子锁上大门，跳到王家去睡；明天他去找事。是这么着不是？"

祥子万分惭愧的点了点头。

高妈走后，祥子锁好大门，回到屋中。破闷葫芦罐还在地上扔着，他拾起块瓦片看了看，照旧扔在地上。床上的铺盖并没有动。奇怪，到底是怎回事呢？难道孙侦探并非真的侦探？不能！曹先生要是没看出点危险来，何至于弃家逃走？不明白！不明白！他不知不觉的坐在床沿上。刚一坐下，好似惊了似的又立起来。不能在此久停！假若那个姓孙的再回来呢？！心中极快的转了转：对不住曹先生，不过高妈带回信去教他快跑，也总算过得去了。论良心，祥子并没立意欺人，而且自己受着委屈。自己的钱先丢了，没法再管曹先生的。

①横打了鼻梁，即保证。

94

自言自语的，他这样一边儿叨唠，一边儿往起收拾铺盖。

扛起铺盖，灭了灯，他奔了后院。把铺盖放下，手扒住墙头低声的叫："老程！老程！"老程是王家的车夫。没人答应，祥子下了决心，先跳过去再说。把铺盖扔过去，落在雪上，没有什么声响。他的心跳了一阵。紧跟着又爬上墙头，跳了过去。在雪地上拾起铺盖，轻轻的去找老程。他知道老程的地方。大家好像都已睡了，全院中一点声儿也没有。祥子忽然感到作贼并不是件很难的事，他放了点胆子，脚踏实地的走，雪很瓷实，发着一点点响声。找到了老程的屋子，他咳嗽了一声。老程似乎是刚躺下："谁？"

"我，祥子！你开开门！"祥子说得非常的自然，柔和，好像听见了老程的声音，就像听见个亲人的安慰似的。

老程开了灯，披着件破皮袄，开了门："怎么啦？祥子！三更半夜的！"

祥子进去，把铺盖放在地上，就势儿坐在上面，又没了话。

老程有三十多岁，脸上与身上的肉都一疙瘩一块的，硬得出棱儿。平日，祥子与他并没有什么交情，不过是见面总点头说话儿。有时候，王太太与曹太太一同出去上街，他俩更有了在一处喝茶与休息的机会。祥子不十分佩服老程，老程跑得很快，可是慌里慌张，而且手老拿不稳车把似的。在为人上，老程虽然怪好的，可是有了这个缺点，祥子总不能完全钦佩他。

今天，祥子觉得老程完全可爱了。坐在那儿，说不出什么来，心中可是感激，亲热。刚才，立在中海的桥上；现在，与个熟人坐在屋里；变动的急剧，使他心中发空；同时也发着些热气。

老程又钻到被窝中去，指着破皮袄说："祥子抽烟吧，兜儿里有，别野的。"别墅牌的烟自从一出世就被车夫们改为"别野"的。

祥子本不吸烟，这次好似不能拒绝，拿了支烟放在唇间吧唧着。

"怎么啦？"老程问："辞了工？"

"没有，"祥子依旧坐在铺盖上，"出了乱子！曹先生一家子全跑啦，我也不敢独自看家！"

"什么乱子？"老程又坐起来。

"说不清呢，反正乱子不小，连高妈也走了！"

"四门大开，没人管？"

"我把大门给锁上了！"

"哼！"老程寻思了半天，"我告诉王先生一声儿去好不好？"说着，就要披衣裳。

"明天再说吧，事情简直说不清！"祥子怕王先生盘问他。

祥子说不清的那点事是这样：曹先生在个大学里教几点钟功课。学校里有个叫阮明的学生，一向跟曹先生不错，时常来找他谈谈。曹先生是个社会主义者，阮明的思想更激烈，所以二人很说得来。不过，年纪与地位使他们有点小冲突：曹先生以教师的立场看，自己应当尽心的教书，而学生应当好好的交待功课，不能因为私人的感情而在成绩上马马虎虎。在阮明看呢，在这种破乱的世界里，一个有志的青年应当作些革命的事业，功课好坏可以暂且不管。他和曹先生来往，一来是为彼此还谈得来，二来是希望因为感情而可以得到够升级的分数，不论自己的考试成绩坏到什么地步。乱世的志士往往有些无赖，历史上有不少这样可原谅的例子。

到考试的时候，曹先生没有给阮明及格的分数。阮明的成绩，即使曹先生给他及格，也很富余的够上了停学。可是他特别的恨曹先生。他以为曹先生太不懂面子；面子，在中国是与革命有同等价值的。因为急于作些什么，阮明轻看学问。因为轻看学问，慢慢他习惯于懒惰，想不用任何的劳力而获得大家的钦佩与爱护；无论怎说，自己的思想是前进的呀！曹先生没有给他及格的分数，分明是不了解一个有志的青年；那么，平日可就别彼此套近乎呀！既然平日交情不错，而到考试的时候使人难堪，他以为曹先生为人阴险。成绩是无可补救了，停学也无法反抗，他想在曹先生身上泄泄怒气。既然自己失了学，那么就拉个教员来陪绑。这样，既能有些事作，而且可以表现出自己的厉害。阮明不是什么好惹的！况且，若是能由这回事而打入一个新团体去，也总比没事可作强一些。

他把曹先生在讲堂上所讲的，和平日与他闲谈的，那些关于政治与社会问题的话编辑了一下，到党部去告发——曹先生在青年中宣传过激的思想。

曹先生也有个耳闻，可是他觉得很好笑。他知道自己的那点社会主义是怎样的不彻底，也晓得自己那点传统的美术爱好是怎样的妨碍着激烈的行动。可笑，居然落了个革命的导师的称号！可笑，所以也就不大在意，虽然学生和同事的都告诉他小心一些。镇定并不能——在乱世——保障安全。

寒假是肃清学校的好机会，侦探们开始忙着调查与逮捕。曹先生已有好几次觉得身后有人跟着。身后的人影使他由嬉笑改为严肃。他须想一想了：为造声誉，这是个好机会；下几天狱比放个炸弹省事，稳当，而有同样的价值。下狱是作要人的一个资格。可是，他不肯。他不肯将计就计的为自己造成虚假的名誉。凭着良心，他恨自己不能成个战士；凭着良心，他也不肯作冒牌的战士。他找了左先生去。

左先生有主意："到必要的时候，搬到我这儿来，他们还不至于搜查我来！"左先生认识人；人比法律更有力。"你上这儿来住几天，躲避躲避。总算我们怕了他们。然后再去疏通，也许还得花上俩钱。面子足，钱到手，你再回家也就没事了。"

孙侦探知道曹先生常上左宅去，也知道一追紧了的时候他必定到左宅去。他们不敢得罪左先生，而得吓嚇就吓嚇曹先生。多咱把他赶到左宅去，他们才有拿钱的希望，而且很够面子。敲祥子，并不在侦探们的计划内，不过既然看见了祥子，带手儿的活，何必不先拾个十头八块的呢？

对了，祥子是遇到"点儿"上，活该。谁都有办法，哪里都有缝子，只有祥子跑不了，因为他是个拉车的。一个拉车的吞的是粗粮，冒出来的是血；他要卖最大的力气，得最低的报酬；要立在人间的最低处，等着一切人一切法一切困苦的击打。

把一支烟烧完，祥子还是想不出道理来，他像被厨子提在手中的鸡，只知道缓一口气就好，没有别的主意。他很愿意和老程谈一谈，可是没话可说，他的话不够表现他的心思的，他领略了一切苦处，他的口张不开，像个哑吧。买车，车丢了；省钱，钱丢了；自己一切的努力只为别人来欺侮！谁也不敢招惹，连条野狗都得躲着，临完还是被人欺侮得出不来气！

先不用想过去的事吧，明天怎样呢？曹宅是不能再回去，上哪里去呢？"我在这儿睡一夜，行吧？"他问了句，好像条野狗找到了个避风的角落，暂且先忍一会儿；不过就是这点事也得要看明白了，看看妨碍别人与否。

"你就在这儿吧，冰天雪地的上哪儿去？地上行吗？上来挤挤也行呀！"

祥了不肯上去挤，地上就很好。

老程睡去，祥子来回的翻腾，始终睡不着。地上的凉气一会儿便把褥子冰得像一张铁，他蜷着腿，腿肚子似乎还要转筋。门缝子进来的凉风，像一群小针似的往头上刺。他狠狠的闭着眼，蒙上了头，睡不着。听着老程的呼声，他心中急躁，恨不能立起来打老程一顿才痛快。越来越冷，冻得嗓子中发痒，又怕把老程咳嗽醒了。

睡不着，他真想偷偷的起来，到曹宅再看看。反正事情是吹了，院中又没有人，何不去拿几件东西呢？自己那么不容易省下的几个钱，被人抢去，为曹宅的事而被人抢去，为什么不可以去偷些东西呢。为曹宅的事丢了钱，再由曹宅给赔上，不是正合适么？这么一想，他的眼亮起来，登时忘记了冷；走哇！那么不容易得到的钱，丢了，再这么容易得回来，走！

已经坐起来，又急忙的躺下去，好像老程看着他呢！心中跳了起来。不，不能当贼，不能！刚才为自己脱干净，没去作到曹先生所嘱咐的，已经对不起人；怎能再去偷他呢？不能去！穷死，不偷！

怎知道别人不去偷呢？那个姓孙的拿走些东西又有谁知道呢？他又坐了起来。远处有个狗叫了几声。他又躺下去。还是不能去，别人去偷，偷吧，自己的良心无愧。自己穷到这样，不能再教心上多个黑点儿！

再说，高妈知道他到王家来，要是夜间丢了东西，是他也得是他，不是他也得是他！他不但不肯去偷了，而且怕别人进去了。真要是在这一夜里丢了东西，自己跳到黄河里也洗不清！他不冷了，手心上反倒见了点汗。怎办呢？跳回宅里去看着？不敢。自己的命是拿钱换出来的，不能再自投罗网。不去，万一丢了东西呢？

想不出主意。他又坐起来，弓着腿坐着，头几乎挨着了膝。头很沉，眼也要闭上，可是不敢睡。夜是那么长，只没有祥子闭一闭眼的时间。

坐了不知多久，主意不知换了多少个。他忽然心中一亮，伸手去推老程："老程！老程！醒醒！"

"干吗？"老程非常的不愿睁开眼："撒尿，床底下有夜壶。"

"你醒醒！开开灯！"

"有贼是怎着？"老程迷迷忽忽的坐起来。

"你醒明白了？"

"嗯！"

"老程，你看看！这是我的铺盖，这是我的衣裳，这是曹先生给的五块钱；没有别的了？"

"没了；干吗？"老程打了个哈欠。

"你醒明白了？我的东西就是这些，我没拿曹家一草一木？"

"没有！咱哥儿们，久吃宅门的，手儿粘赘还行吗？干得着，干；干不着，不干；不能拿人家东西！就是这个事呀？"

"你看明白了？"

老程笑了："没错儿！我说，你不冷呀？"

"行！"

十三

因有雪光，天仿佛亮得早了些。快到年底，不少人家买来鸡喂着，鸡的鸣声比往日多了几倍。处处鸡啼，大有些丰年瑞雪的景况。祥子可是一夜没睡好。到后半夜，他忍了几个盹儿，迷迷忽忽的，似睡不睡的，像浮在水上那样忽起忽落，心中不安。越睡越冷，听到了四外的鸡叫，他实在撑不住了。不愿惊动老程，他蜷着腿，用被子堵上嘴咳嗽，还不敢起来。忍着，等着，心中非常的焦躁。好容易等到天亮，街上有了大车的轮声与赶车人的呼叱，他坐了起来。坐着也是冷，他立起来，系好了钮扣，开开一点门缝向外看了看。雪并没有多么厚，大概在半夜里就不下了；天似乎已晴，可是灰渌渌的看不甚清，连雪上也有一层很淡的灰影似的。一眼，他看到昨夜自己留下的大脚印，虽然又被雪埋上，可是一坑坑的还看得很真。

一来为有点事作，二来为消灭痕迹，他一声没出，在屋角摸着把笤帚，去扫雪。雪沉，不甚好扫，一时又找不到大的竹帚，他把腰弯得很低，用力去刮揸；上层的扫去，贴地的还留下一些雪粒，好像已抓住了地皮。直了两回腰，他把整个的外院全扫完，把雪都堆在两株小柳树的底下。他身上见了点汗，暖和，也轻松了一些。跺了跺脚，他吐了口长气，很长很白。

进屋，把笤帚放在原处，他想往起收拾铺盖。老程醒了，打了个哈欠，口还没并好，就手就说了话："不早啦吧？"说得音调非常的复杂。说完，擦了擦泪，顺手向皮袄袋里摸出支烟来。吸了两口烟，他完全醒明白了。"祥子，你先别走！等我去打点开水，咱们热热的来壶茶喝。这一夜横是够你受的！"

“我去吧？”祥子也递个和气。但是，刚一说出，他便想起昨夜的恐怖，心中忽然堵成了一团。

“不；我去！我还得请请你呢！”说着，老程极快的穿上衣裳，钮扣通体没扣，只将破皮袄上拢了根褡包，叼着烟卷跑出去：“喝！院子都扫完了？你真成！请请你！”

祥子稍微痛快了些。

待了会儿，老程回来了，端着两大碗甜浆粥，和不知多少马蹄烧饼与小焦油炸鬼。“没沏茶，先喝点粥吧，来，吃吧；不够，再去买；没钱，咱赊得出来；干苦活儿，就是别缺着嘴，来！”

天完全亮了，屋中冷清清的明亮，二人抱着碗喝起来，声响很大而甜美。谁也没说话，一气把烧饼油鬼吃净。

“怎样？”老程剔着牙上的一个芝麻。

“该走了！”祥子看着地上的铺盖卷。

“你说说，我到底还没明白是怎回子事！”老程递给祥子一支烟，祥子摇了摇头。

想了想，祥子不好意思不都告诉给老程了。结结巴巴的，他把昨夜晚的事说了一遍，虽然很费力，可是说得不算不完全。

老程撇了半天嘴，似乎想过点味儿来。“依我看哪，你还是找曹先生去。事情不能就这么搁下，钱也不能就这么丢了！你刚才不是说，曹先生嘱咐了你，教你看事不好就跑？那么，你一下车就教侦探给堵住，怪谁呢？不是你不忠心哪，是事儿来得太邪，你没法儿不先顾自己的命！教我看，这没有什么对不起人的地方。你去，找曹先生去，把前后的事一五一十都对他实说，我想，他必不能怪你，碰巧还许赔上你的钱！你走吧，把铺盖放在这儿，早早的找他去。天短，一出太阳就得八点，赶紧走你的！”

祥子活了心，还有点觉得对不起曹先生，可是老程说得也很近情理——侦探拿枪堵住自己，怎能还顾得曹家的事呢？

“走吧！”老程又催了句。“我看昨个晚上你是有点绕住了；遇上急事，谁也保不住迷头。我现在给你出的道儿准保不错，我比你岁数大点，总多经过些事儿。走吧，这不是出了太阳？"

朝阳的一点光，借着雪，已照明了全城。蓝的天，白的雪，天上有光，雪上有光，蓝白之间闪起一片金花，使人痛快得睁不开眼！祥子刚要走，有人敲门。老程出去看，在门洞儿里叫："祥子！找你的！"

左宅的王二，鼻子冻得滴着清水，在门洞儿里跺去脚上的雪。老程见祥子出来，让了句："都里边坐！"三个人一同来到屋中。

"那什么，"王二搓着手说，"我来看房，怎么进去呀，大门锁着呢。那什么，雪后寒，真冷！那什么，曹先生，曹太太，都一清早就走了；上天津，也许是上海，我说不清。左先生嘱咐我来看房。那什么，可真冷！"

祥子忽然的想哭一场！刚要依着老程的劝告，去找曹先生，曹先生会走了。楞了半天，他问了句："曹先生没说我什么？"

"那什么，没有。天还没亮，就都起来了，简直顾不得说话了。火车是，那什么，七点四十分就开！那什么，我怎么过那院去？"王二急于要过去。

"跳过去！"祥子看了老程一眼，仿佛是把王二交给了老程，他拾起自己的铺盖卷来。

"你上哪儿？"老程问。

"人和厂子，没有别的地方可去！"这一句话说尽了祥子心中的委屈，羞愧，与无可如何。他没别的办法，只好去投降！一切的路都封上了，他只能在雪白的地上去找那黑塔似的虎妞。他顾体面，要强，忠实，义气；都没一点用处，因为有条"狗"命！

老程接了过来："你走你的吧。这不是当着王二，你一草一木也没动曹宅的！走吧。到这条街上来的时候，进来聊会子，也许我打听出来好事，还给你荐呢。你走后，我把王二送到那边去。有煤呀？"

"煤，劈柴，都在后院小屋里。"祥子扛起来铺盖。

街上的雪已不那么白了，马路上的被车轮轧下去，露出点冰的颜色来。土道上的，被马踏的已经黑一块白一块，怪可惜的。祥子没有想什么，只管扛着铺盖往前走。一气走到了人和车厂。他不敢站住，只要一站住，他知道就没有勇气进去。他一直的走进去，脸上热得发烫。他编好了一句话，要对虎妞说："我来了，瞧着办吧！怎办都好，我没了法儿！"及至见了她，他把这句话在心中转了好几次，始终说不出来，他的嘴没有那么便利。

虎妞刚起来，头发毿毿着，眼泡儿浮肿着些，黑脸上起着一层小白的鸡皮疙瘩，像拔去毛的冻鸡。

"哟！你回来啦！"非常的亲热，她的眼中笑得发了些光。

"赁给我辆车！"祥子低着头看鞋头上未化净的一些雪。

"跟老头子说去，"她低声的说，说完向东间一努嘴。

刘四爷正在屋里喝茶呢，面前放着个大白炉子，火苗有半尺多高。见祥子进来，他半恼半笑的说："你这小子还活着哪？！忘了我啦！算算，你有多少天没来了？事情怎样？买上车没有？"

祥子摇了摇头，心中刺着似的疼。"还得给我辆车拉，四爷！"

"哼，事又吹了！好吧，自己去挑一辆！"刘四爷倒了碗茶，"来，先喝一碗。"

祥子端起碗来，立在火炉前面，大口的喝着。茶非常的烫，火非常的热，他觉得有点发困。把碗放下，刚要出来，刘四爷把他叫住了。

"等等走，你忙什么？告诉你：你来得正好。二十七是我的生日，我还要搭个棚呢，请请客。你帮几天忙好了，先不必去拉车。他们，"刘四爷向院中指了指，"都不可靠，我不愿意教他们吊儿郎当的瞎起哄。你帮帮好了。该干什么就干，甭等我说。先去扫扫雪，晌午我请你吃火锅。"

"是了，四爷！"祥子想开了，既然又回到这里，一切就都交给刘家父女吧；他们爱怎么调动他，都好，他认了命！

"我说是不是？"虎姑娘拿着时候①进来了，"还是祥子，别人都差点劲儿。"

刘四爷笑了。祥子把头低得更往下了些。

"来，祥子！"虎姐往外叫他，"给你钱，先去买扫帚，要竹子的，好扫雪。得赶紧扫，今天搭棚的就来。"走到她的屋里，她一边给祥子数钱，一边低声的说："精神着点！讨老头子的喜欢！咱们的事有盼望！"

祥子没言语，也没生气。他好像是死了心，什么也不想，给它个混一天是一天。有吃就吃，有喝就喝，有活儿就作，手脚不闲着，几转就是一天，自己顶好学拉磨的驴，一问三不知，只会拉着磨走。

他可也觉出来，自己无论如何也不会很高兴。虽然不肯思索，不肯说话，不肯发脾气，但是心中老堵一块什么，在工作的时候暂时忘掉，只要有会儿闲工夫，他就觉出来这块东西——绵软，可是老那么大；没有什么一定的味道，可是噎得慌，像块海绵似的。心中堵着这块东西，他强打精神去作事，为是把自己累得动也不能动，好去闷睡。把夜里的事交给梦，白天的事交给手脚，他仿佛是个能干活的死人。他扫雪，他买东西，他去定煤气灯，他刷车，他搬桌椅，他吃刘四爷的犒劳饭，他睡觉，他什么也不知道，口里没话，心里没思想，只隐隐的觉到那块海绵似的东西！

地上的雪扫净，房上的雪渐渐化完，棚匠"喊高儿"上了房，支起棚架子。讲好的是可着院子②的暖棚，三面挂檐，三面栏杆，三面玻璃窗户。棚里有玻璃隔扇，挂面屏，见木头就包红布。正门旁门一律挂彩子，厨房搭在后院。刘四爷，因为庆九，要热热闹闹的办回事，所以第一要搭个体面的棚。天短，棚匠只扎好了棚身，上了栏杆和布，棚里的花活和门上的彩子，得到第二天早晨来挂。刘四爷为这个和棚匠大发脾气，气得脸上飞红。因为这个，他派祥

①拿着时候，即估量着到了一个适当的时刻。
②可着院子，即与院子的面积一样大小。

子去催煤气灯，厨子，千万不要误事。其实这两件绝不会误下，可是老头子不放心。祥子为这个刚跑回来，刘四爷又教他去给借麻将牌，借三四副，到日子非痛痛快快的赌一下不可。借来牌，又被派走去借留声机，作寿总得有些响声儿。祥子的腿没停住一会儿，一直跑到夜里十一点。拉惯了车，空着手儿走比跑还累得慌；末一趟回来，他，连他，也有点抬不起脚来了。

"好小子！你成！我要有你这么个儿子，少教我活几岁也是好的！歇着去吧，明天还有事呢！"

虎妞在一旁，向祥子挤了挤眼。

第二天早上，棚匠来找补活。彩屏悬上，画的是"三国"里的战景，三战吕布，长坂坡，火烧连营等等，大花脸二花脸都骑马持着刀枪。刘老头子仰着头看了一遍，觉得很满意。紧跟着家伙铺来卸家伙：棚里放八个座儿，围裙椅垫凳套全是大红绣花的。一份寿堂，放在堂屋，香炉蜡扦都是景泰蓝的，桌前放了四块红毡子。刘老头子马上教祥子去请一堂苹果，虎妞背地里掖给他两块钱，教他去叫寿桃寿面，寿桃上要一份儿八仙人，作为是祥子送的。苹果买到，马上摆好；待了不大会儿，寿桃寿面也来到，放在苹果后面，大寿桃点着红嘴，插着八仙人，非常大气。

"祥子送的，看他多么有心眼！"虎妞堵着爸爸的耳根子吹嘘，刘四爷对祥子笑了笑。

寿堂正中还短着个大寿字，照例是由朋友们赠送，不必自己预备。现在还没有人送来，刘四爷性急，又要发脾气："谁家的红白事，我都跑到前面，到我的事情上了，给我个干撂台，× 他妈妈的！"

"明天二十六，才落座儿，忙什么呀？"虎妞喊着劝慰。

"我愿意一下子全摆上；这么零零碎碎的看着揪心！我说祥子，水月灯[1]今天就得安好，要是过四点还不来，我剐了他们！"

---

[1]水月灯，即煤气灯。

"祥子，你再去催！"虎妞故意倚重他，总在爸的面前喊祥子作事。祥子一声不出，把话听明白就走。

"也不是我说，老爷子，"她撇着点嘴说，"要是有儿子，不像我就得像祥子！可惜我错投了胎。那可也无法。其实有祥子这么个干儿子也不坏！看他，一天连个屁也不放，可把事都作了！"

刘四爷没答碴儿，想了想："话匣子呢？唱唱！"

不知道由哪里借来的破留声机，每一个声音都像踩了猫尾巴那么叫得钻心！刘四爷倒不在乎，只要有点声响就好。

到下午，一切都齐备了，只等次日厨子来落座儿。刘四爷各处巡视了一番，处处花红柳绿，自己点了点头。当晚，他去请了天顺煤铺的先生给管账，先生姓冯，山西人，管账最仔细。冯先生马上过来看了看，叫祥子去买两份红账本，和一张顺红笺。把红笺裁开，他写了些寿字，贴在各处。刘四爷觉得冯先生真是心细，当时要再约两手，和冯先生打几圈麻将。冯先生晓得刘四爷的厉害，没敢接碴儿。

牌没打成，刘四爷挂了点气，找来几个车夫，"开宝，你们有胆子没有？"

大家都愿意来，可是没胆子和刘四爷来，谁不知道他从前开过宝局！

"你们这群玩艺，怎么活着来的！"四爷发了脾气。"我在你们这么大岁数的时候，兜里没一个小钱也敢干，输了再说；来！"

"来铜子儿的？"一个车夫试着步儿问。

"留着你那铜子吧，刘四不哄孩子玩！"老头子一口吞了一杯茶，摸了摸秃脑袋。"算了，请我来也不来了！我说，你们去告诉大伙儿：明天落座儿，晚半天就有亲友来，四点以前都收车，不能出来进去的拉着车乱挤！明天的车份儿不要了，四点收车。白教你们拉一天车，都心里给我多念道点吉祥话儿，别没良心！后天正日子，谁也不准拉车。早八点半，先给你们摆，六大碗，俩七寸，四个便碟，

106

一个锅子；对得起你们！都穿上大褂，谁短撅撅的进来把谁踢出去！吃完，都给我滚，我好招待亲友。亲友们吃三个海碗，六个冷荤，六个炒菜，四大碗，一个锅子。我先交待明白了，别看着眼馋。亲友是亲友；我不要你们什么。有人心的给我出十大枚的礼，我不嫌少；一个子儿不拿，干给我磕三个头，我也接着。就是得规规矩矩，明白了没有？晚上愿意还吃我，六点以后回来，剩多剩少全是你们的；早回来可不行！听明白了没有？"

"明天有拉晚儿的，四爷，"一个中年的车夫问，"怎么四点就收车呢？"

"拉晚的十一点以后再回来！反正就别在棚里有人的时候乱挤！你们拉车，刘四并不和你们同行，明白？"

大家都没的可说了，可是找不到个台阶走出去，立在那里又怪发僵；刘四爷的话使人人心中窝住一点气愤不平。虽然放一天车份是个便宜，可是谁肯白吃一顿，至少还不得出上四十铜子的礼；况且刘四的话是那么难听，仿佛他办寿，他们就得老鼠似的都藏起去。再说，正日子二十七不准大家出车，正赶上年底有买卖的时候，刘四牺牲得起一天的收入，大家陪着"泡"①一天可受不住呢！大家敢怒而不敢言的在那里立着，心中并没有给刘四爷念着吉祥话儿。

虎妞扯了祥子一下，祥子跟她走出来。

大家的怒气仿佛忽然找到了出路，都瞪着祥子的后影。这两天了，大家都觉得祥子是刘家的走狗，死命的巴结，任劳任怨的当碎催②。祥子一点也不知道这个，帮助刘家作事，为是支走心中的烦恼；晚上没话和大家说，因为本来没话可说。他们不知道他的委屈，而以为他是巴结上了刘四爷，所以不屑于和他们交谈。虎妞的照应祥子，在大家心中特别的发着点酸味，想到目前的事，刘四爷不准

①泡，消磨的意思。是一种故意的行动。
②碎催，即打杂儿的。

他们在喜棚里来往，可是祥子一定可以吃一整天好的；同是拉车的，为什么有三六九等呢？看，刘姑娘又把祥子叫出去！大家的眼跟着祥子，腿也想动，都搭讪着走出来。刘姑娘正和祥子在煤气灯底下说话呢，大家彼此点了点头。

十四

刘家的事办得很热闹。刘四爷很满意有这么多人来给他磕头祝寿。更足以自傲的是许多老朋友也赶着来贺喜。由这些老友，他看出自己这场事不但办得热闹，而且"改良"。那些老友的穿戴已经落伍，而四爷的皮袍马褂都是新作的。以职业说，有好几位朋友在当年都比他阔，可是现在——经过这二三十年来的变迁——已越混越低，有的已很难吃上饱饭。看着他们，再看看自己的喜棚，寿堂，画着长坂坡的挂屏，与三个海碗的席面，他觉得自己确是高出他们一头，他"改了良"。连赌钱，他都预备下麻将牌，比押宝就透着文雅了许多。

可是，在这个热闹的局面中，他也感觉到一点凄凉难过。过惯了独身的生活，他原想在寿日来的人不过是铺户中的掌柜与先生们，和往日交下的外场光棍。没想到会也来了些女客。虽然虎妞能替他招待，可是他忽然感到自家的孤独，没有老伴儿，只有个女儿，而且长得像个男子。假若虎妞是个男子，当然早已成了家，有了小孩，即使自己是个老鳏夫，或者也就不这么孤苦伶仃的了。是的，自己什么也不缺，只缺个儿子。自己的寿数越大，有儿子的希望便越小，祝寿本是件喜事，可是又似乎应落泪。不管自己怎样改了良，没人继续自己的事业，一切还不是白饶？

上半天，他非常的喜欢，大家给他祝寿，他大模大样的承受，仿佛觉出自己是傲里夺尊的一位老英雄。下半天，他的气儿塌下点去。看着女客们携来的小孩子们，他又羡慕，又忌妒，又不敢和孩子们亲近，不亲近又觉得自己别扭。他要闹脾气，又不肯登时发作，他知道自己是外场人，不能在亲友面前出丑。他愿意快快把这一天过去，不再受这个罪。

还有点美中不足的地方，早晨给车夫们摆饭的时节，祥子几乎和人打起来。

八点多就开了饭，车夫们都有点不愿意。虽然昨天放了一天的车份儿，可是今天谁也没空着手来吃饭，一角也罢，四十子儿也罢，大小都有份儿礼金。平日，大家是苦汉，刘四是厂主；今天，据大家看，他们是客人，不应当受这种待遇。况且，吃完就得走，还不许拉出车去，大年底下的！

祥子准知道自己不在吃完就滚之列，可是他愿意和大家一块儿吃。一来是早吃完好去干事，二来是显着和气。和大家一齐坐下，大家把对刘四的不满意都挪到他身上来。刚一落座，就有人说了："哎，您是贵客呀，怎和我们坐在一处？"祥子傻笑了一下，没有听出来话里的意味。这几天了，他自己没开口说过闲话，所以他的脑子也似乎不大管事了。

大家对刘四不敢发作，只好多吃他一口吧；菜是不能添，酒可是不能有限制，喜酒！他们不约而同的想拿酒杀气。有的闷喝，有的猜开了拳；刘老头子不能拦着他们猜拳。祥子看大家喝，他不便太不随群，也就跟着喝了两盅。喝着喝着，大家的眼睛红起来，嘴不再受管辖。有的就说："祥子，骆驼，你这差事美呀！足吃一天，伺候着老爷小姐！赶明儿你不必拉车了，顶好跟包去！"祥子听出点意思来，也还没往心中去；从他一进人和厂，他就决定不再充什么英雄好汉，一切都听天由命。谁爱说什么，就说什么。他纳住了气。有的又说："人家祥子是另走一路，咱们凭力气挣钱，人家祥子是内功！"大家全哈哈的笑起来。祥子觉出大家是"咬"他，但是那么大的委屈都受了，何必管这几句闲话呢，他还没出声。邻桌的人看出便宜来，有的伸着脖子叫："祥子，赶明儿你当了厂主，别忘了哥儿们哪！"祥子还没言语，本桌上的人又说了："说话呀，骆驼！"

祥子的脸红起来，低声说了句："我怎能当厂主？！"

"哼，你怎么不能呢，眼看着就咚咚嚓①啦！"

祥子没绕搭过来，"咚咚嚓"是什么意思，可是直觉的猜到那是指着他与虎妞的关系而言。他的脸慢慢由红而白，把以前所受过的一切委屈都一下子想起来，全堵在心上。几天的容忍缄默似乎不能再维持，像憋足了的水，遇见个出口就要激冲出去。正当这个工夫，一个车夫又指着他的脸说："祥子，我说你呢，你才真是'哑吧吃扁食——心里有数儿'呢。是不是，你自己说，祥子？祥子？"

祥子猛的立了起来，脸上煞白，对着那个人问："出去说，你敢不敢？"

大家全楞住了。他们确是有心"咬"他，撕些闲盘儿，可是并没预备打架。

忽然一静，像林中的啼鸟忽然看见一只老鹰。祥子独自立在那里，比别人都高着许多，他觉出自己的孤立。但是气在心头，他仿佛也深信就是他们大家都动手，也不是他的对手。他钉了一句："有敢出去的没有？"

大家忽然想过味儿来，几乎是一齐的："得了，祥子，逗着你玩呢！"

刘四爷看见了："坐下，祥子！"然后向大家，"别瞧谁老实就欺侮谁，招急了我把你们全踢出去！快吃！"

祥子离了席。大家用眼梢儿瞭着刘老头子，都拿起饭来。不大一会儿，又喊喊喳喳的说起来，像危险已过的林鸟，又轻轻的啾啾。

祥子在门口蹲了半天，等着他们。假若他们之中有敢再说闲话的，揍！自己什么都没了，给它个不论秧子吧！

可是大家三五成群的出来，并没再找寻他。虽然没打成，他到底多少出了点气。继而一想,今天这一举,可是得罪了许多人。平日,

①咚咚嚓，娶亲时鼓乐声，隐喻娶亲。

自己本来就没有知己的朋友，所以才有苦无处去诉；怎能再得罪人呢？他有点后悔。刚吃下去的那点东西在胃中横着，有点发痛。他立起来，管它呢，人家那三天两头打架闹饥荒的不也活得怪有趣吗？老实规矩就一定有好处吗？这么一想，他心中给自己另画出一条路来，在这条路上的祥子，与以前他所希望的完全不同了。这是个见人就交朋友，而处处占便宜，喝别人的茶，吸别人的烟，借了钱不还，见汽车不躲，是个地方就撒尿，成天际和巡警们耍骨头，拉到"区"里去住两三天不算什么。是的，这样的车夫也活着，也快乐，至少是比祥子快乐。好吧，老实，规矩，要强，既然都没用，变成这样的无赖也不错。不但是不错，祥子想，而且是有些英雄好汉的气概，天不怕，地不怕，绝对不低着头吃哑吧亏。对了！应当这么办！坏嘎嘎是好人削成的。

反倒有点后悔，这一架没能打成。好在不忙，从今以后，对谁也不再低头。

刘四爷的眼里不揉沙子。把前前后后所闻所见的都搁在一处，他心中已明白了八九成。这几天了，姑娘特别的听话，哼，因为祥子回来了！看她的眼，老跟着他。老头子把这点事存在心里，就更觉得凄凉难过。想想看吧，本来就没有儿子，不能火火炽炽的凑起个家庭来；姑娘再跟人一走！自己一辈子算是白费了心机！祥子的确不错，但是提到儿婿两当，还差得多呢；一个臭拉车的！自己奔波了一辈子，打过群架，跪过铁索，临完教个乡下脑袋连女儿带产业全搬了走？没那个便宜事！就是有，也甭想由刘四这儿得到！刘四自幼便是放屁崩坑儿的人！

下午三四点钟还来了些拜寿的，老头子已觉得索然无味，客人越称赞他硬朗有造化，他越觉得没什么意思。

到了掌灯以后，客人陆续的散去，只有十几位住得近的和交情深的还没走，凑起麻将来。看着院内的空棚，被水月灯照得发青，和撤去围裙的桌子，老头子觉得空寂无聊，仿佛看到自己死了的时候也不过就是这样，不过是把喜棚改作白棚而已，棺材前没有儿孙们穿孝跪灵，只有些不相干的人们打麻将守夜！他真想把现在未走的客人们赶出去；乘着自己有口活气，应当发发威！可是，到底不好意思拿朋友杀气。怒气便拐了弯儿，越看姑娘越不顺眼。祥子在棚里坐着呢，人模狗样的，脸上的疤被灯光照得像块玉石。老头子怎看这一对儿，怎别扭！

虎姑娘一向野调无腔惯了，今天头上脚下都打扮着，而且得装模作样的应酬客人，既为讨大家的称赞，也为在祥子面前露一手儿。上半天倒觉得这怪有个意思，赶到过午，因有点疲乏，就觉出讨厌，也颇想找谁叫骂一场。到了晚上，她连半点耐性也没有了，眉毛自己叫着劲，老直立着。

七点多钟了，刘四爷有点发困，可是不服老，还不肯去睡。大家请他加入打几圈儿牌，他不肯说精神来不及，而说打牌不痛快，押宝或牌九才合他的脾味。大家不愿中途改变，他只好在一旁坐着。为打起点精神，他还要再喝几盅，口口声声说自己没吃饱，而且抱怨厨子赚钱太多了，菜并不丰满。由这一点上说起，他把白天所觉到的满意之处，全盘推翻：棚，家伙座儿①，厨子，和其他的一切都不值那么些钱，都捉了他的大头，都冤枉！

管账的冯先生，这时候，已把账杀好：进了二十五条寿幛，三堂寿桃寿面，一坛儿寿酒，两对寿烛，和二十来块钱的礼金。号数不少，可是多数的是给四十铜子或一毛大洋。

听到这个报告，刘四爷更火啦。早知道这样，就应该预备"炒菜面"！三个海碗的席吃着，就出一毛钱的人情？这简直是拿老头子当冤大脑袋！从此再也不办事，不能赔这份窝囊钱！不用说，大家连亲带友，全想白吃他一口；六十九岁的人了，反倒聪明一世，胡涂一时，教一群猴儿王八蛋给吃了！老头子越想越气，连白天所

①家伙座儿，即成套的桌椅食具。

113

感到的满意也算成了自己的胡涂；心里这么想，嘴里就念道着，带着许多街面上已不通行的咒骂。

朋友们还没走净，虎姐为顾全大家的面子，想拦拦父亲的撒野。可是，一看大家都注意手中的牌，似乎并没理会老头子叨唠什么，她不便于开口，省得反把事儿弄明了。由他叨唠去吧，都给他个装聋，也就过去了。

哪知道，老头子说着说着绕到她身上来。她决定不吃这一套！他办寿，她跟着忙乱了好几天，反倒没落出好儿来，她不能容让！六十九，七十九也不行，也得讲理！她马上还了回去：

"你自己要花钱办事，碍着我什么啦？"

老头子遇到了反攻，精神猛然一振。"碍着你什么了？简直的就跟你！你当我的眼睛不管闲事哪？"

"你看见什么啦？我受了一天的累，临完拿我杀气呀，先等等！说吧，你看见了什么？"虎姑娘的疲乏也解了，嘴非常的灵便。

"你甭看着我办事，你眼儿热！看见？我早就全看见了，哼！"

"我干吗眼儿热呀？！"她摇晃着头说。"你到底看见什么？"

"那不是？！"刘四往棚里一指——祥子正弯着腰扫地呢。

"他呀？"虎姐心里哆嗦了一下，没想到老头的眼睛会这么尖。"哼！他怎样？"

"不用揣着明白的，说胡涂的！"老头子立了起来。"要他没我，要我没他，干脆的告诉你得了。我是你爸爸！我应当管！"

虎姐没想到事情破的这么快，自己的计划才使了不到一半，而老头子已经点破了题！怎办呢？她的脸红起来，黑红，加上半残的粉，与青亮的灯光，好像一块煮老了的猪肝，颜色复杂而难看。她有点疲乏；被这一激，又发着肝火，想不出主意，心中很乱。她不能就这么窝回去，心中乱也得马上有办法。顶不妥当的主意也比没主意好，她向来不在任何人面前服软！好吧，爽性来干脆的吧，好坏都凭这一锤子了！

"今儿个都说清了也好，就打算是这么笔账儿吧，你怎样呢？我倒要听听！这可是你自己找病，别说我有心气你！"

打牌的人们似乎听见他们父女吵嘴，可是舍不得分心看别的，为抵抗他们的声音，大家把牌更摔得响了一些，而且嘴里叫唤着红的，碰……

祥子把事儿已听明白，照旧低着头扫地，他心中有了底；说翻了，揍！

"你简直的是气我吗！"老头子的眼已瞪得极圆。"把我气死，你好去倒贴儿？甭打算，我还得活些年呢！"

"甭摆闲盘，你怎办呢？"虎妞心里噗通，嘴里可很硬。

"我怎办？不是说过了，有他没我，有我没他！我不能都便宜了个臭拉车的！"

祥子把笤帚扔了，直起腰来，看准了刘四，问："说谁呢？"

刘四狂笑起来："哈哈，你这小子要造反吗？说你哪，说谁！你给我马上滚！看着你不错，赏你脸，你敢在太岁头上动土，我是干什么的，你也不打听打听！滚！永远别再教我瞧见你，上他妈的这儿找便宜来啦，啊？"

老头子的声音过大了，招出几个车夫来看热闹。打牌的人们以为刘四爷又和个车夫吵闹，依旧不肯抬头看看。

祥子没个便利的嘴，想要说的话很多，可是一句也不到舌头上来。他呆呆的立在那里，直着脖子咽吐沫。

"给我滚！快滚！上这儿来找便宜？我往外掏坏的时候还没有你呢，哼！"老头子有点纯为唬吓祥子而唬吓了，他心中恨祥子并不像恨女儿那么厉害，就是生着气还觉得祥子的确是个老实人。

"好了，我走！"祥子没话可说，只好赶紧离开这里；无论如何，斗嘴他是斗不过他们的。

车夫们本来是看热闹，看见刘四爷骂祥子，大家还记着早晨那一场，觉得很痛快。及至听到老头子往外赶祥子，他们又向着他了——祥子受了那么多的累，过河拆桥，老头子翻脸不认人，他们替祥子不平。有的赶过来问："怎么了，祥子？"祥子摇了摇头。

"祥子你等等走！"虎妞心中打了个闪似的，看清楚：自己的计划是没多大用处了，急不如快，得赶紧抓住祥子，别鸡也飞蛋也打了！"咱们俩的事，一条绳拴着两蚂蚱，谁也跑不了！你等等，等我说明白了！"她转过头来，冲着老头子："干脆说了吧，我已经有了，祥子的！他上哪儿我也上哪儿！你是把我给他呢？还是把我们俩一齐赶出去？听你一句话！"

虎妞没想到事情来得这么快，把最后的一招这么早就拿出来。刘四爷更没想到事情会弄到了这步天地。但是，事已至此，他不能服软，特别是在大家面前。"你真有脸往外说，我这个老脸都替你发烧！"他打了自己个嘴巴。"呸！好不要脸！"

打牌的人们把手停住了，觉出点不大是味来，可是胡里胡涂，不知是怎回事，搭不上嘴；有的立起来，有的呆呆的看着自己的牌。

话都说出来，虎妞反倒痛快了："我不要脸？别教我往外说你的事儿，你什么屎没拉过？我这才是头一回，还都是你的错儿！男大当娶，女大当聘，你六十九了，白活！这不是当着大众，"她向四下里一指，"咱们弄清楚了顶好，心明眼亮！就着这个喜棚，你再办一通儿事得了！"

"我？"刘四爷的脸由红而白，把当年的光棍劲儿全拿了出来："我放把火把棚烧了，也不能给你用！"

"好！"虎妞的嘴唇哆嗦上了，声音非常的难听，"我卷起铺盖一走，你给我多少钱？"

"钱是我的，我爱给谁才给！"老头子听女儿说要走，心中有些难过，但是为斗这口气，他狠了心。

"你的钱？我帮你这些年了；没我，你想想，你的钱要不都填给野娘们才怪，咱们凭良心吧！"她的眼又找到祥子，"你说吧！"

祥子直挺挺的立在那里，没有一句话可说。

十五

讲动武，祥子不能打个老人，也不能打个姑娘。他的力量没地方用。耍无赖，只能想想，耍不出。论虎妞这个人，他满可以跺脚一跑。为目前这一场，她既然和父亲闹翻，而且愿意跟他走；骨子里的事没人晓得，表面上她是为祥子而牺牲；当着大家面前，他没法不拿出点英雄气儿来。他没话可说，只能立在那里，等个水落石出；至少他得作到这个，才能像个男子汉。

刘家父女只剩了彼此瞪着，已无话可讲；祥子是闭口无言。车夫们，不管向着谁吧，似乎很难插嘴。打牌的人们不能不说话了，静默得已经很难堪。不过，大家只能浮面皮的敷衍几句，劝双方不必太挂火，慢慢的说，事情没有过不去的。他们只能说这些，不能解决什么，也不想解决什么。见两方面都不肯让步，那么，清官难断家务事，有机会便溜了吧。

没等大家都溜净，虎姑娘抓住了天顺煤厂的冯先生："冯先生，你们铺子里不是有地方吗？先让祥子住两天。我们的事说办就快，不能长占住你们的地方。祥子你跟冯先生去，明天见，商量商量咱们的事。告诉你，我出回门子，还是非坐花轿不出这个门！冯先生，我可把他交给你了，明天跟你要人！"

冯先生直吸气，不愿负这个责任。祥子急于离开这里，说了句："我跑不了！"

虎姑娘瞪了老头子一眼，回到自己屋中，譇婪^①着嗓子哭起来，

---

①譇婪，念 zhālá，尖声。

把屋门从里面锁上。

冯先生们把刘四爷也劝进去，老头子把外场劲儿又拿出来，请大家别走，还得喝几盅："诸位放心，从此她是她，我是我，再也不吵嘴。走她的，只当我没有过这么个丫头。我外场一辈子，脸教她给丢净！倒退二十年，我把他们俩全活劈了！现在，随她去；打算跟我要一个小铜钱，万难！一个子儿不给！不给！看她怎么活着！教她尝尝，她就晓得了，到底是爸爸好，还是野汉子好！别走，再喝一盅！"

大家敷衍了几句，都急于躲避是非。

祥子上了天顺煤厂。

事情果然办得很快。虎妞在毛家湾一个大杂院里租到两间小北房；马上找了裱糊匠糊得四白落地；求冯先生给写了几个喜字，贴在屋中。屋子糊好，她去讲轿子：一乘满天星的轿子，十六个响器，不要金灯，不要执事。一切讲好，她自己赶了身红绸子的上轿衣；在年前赶得，省得不过破五就动针。喜日定的是大年初六，既是好日子，又不用忌门。她自己把这一切都办好，告诉祥子去从头至脚都得买新的："一辈子就这么一回！"

祥子手中只有五块钱！

虎妞又瞪了眼："怎么？我交给你那三十多块呢？"

祥子没法不说实话了，把曹宅的事都告诉了她。她眨巴着眼似信似疑的："好吧，我没工夫跟你吵嘴，咱们各凭良心吧！给你这十五块吧！你要是到日子不打扮得像个新人，你可提防着！"

初六，虎妞坐上了花轿。没和父亲过一句话，没有弟兄的护送，没有亲友的祝贺；只有那些锣鼓在新年后的街上响得很热闹，花轿稳稳的走过西安门，西四牌楼，也惹起穿着新衣的人们——特别是铺户中的伙计——一些羡慕，一些感触。

祥子穿着由天桥买来的新衣，红着脸，戴着三角钱一顶的缎小帽。他仿佛忘了自己，而傻傻忽忽的看着一切，听着一切，连自己好似也不认识了。他由一个煤铺迁入裱糊得雪白的新房，不知道是怎回事：以前的事正如煤厂里，一堆堆都是黑的；现在茫然的进到新房，白得闪眼，贴着几个血红的喜字。他觉到一种嘲弄，一种白的，渺茫的，闷气。屋里，摆着虎姐原有的桌椅与床；火炉与菜案却是新的；屋角里插着把五色鸡毛的掸子。他认识那些桌椅，可是对火炉，菜案，与鸡毛掸子，又觉得生疏。新旧的器物合在一处，使他想起过去，又担心将来。一切任人摆布，他自己既像个旧的，又像是个新的，一个什么摆设，什么奇怪的东西；他不认识了自己。他想不起哭，他想不起笑，他的大手大脚在这小而暖的屋中活动着，像小木笼里一只大兔子，眼睛红红的看着外边，看着里边，空有能飞跑的腿，跑不出去！虎姐穿着红袄，脸上抹着白粉与胭脂，眼睛溜着他。他不敢正眼看她。她也是既旧又新的一个什么奇怪的东西，是姑娘，也是娘们；像女的，又像男的；像人，又像什么凶恶的走兽！这个走兽，穿着红袄，已经捉到他，还预备着细细的收拾他。谁都能收拾他，这个走兽特别的厉害，要一刻不离的守着他，向他瞪眼，向他发笑，而且能紧紧的抱住他，把他所有的力量吸尽。他没法脱逃。他摘了那顶缎小帽，呆呆的看着帽上的红结子，直到看得眼花——一转脸，墙上全是一颗颗的红点，飞旋着，跳动着，中间有一块更大的，红的，脸上发着丑笑的虎姐！

婚夕，祥子才明白：虎姐并没有怀了孕。像变戏法的，她解释给他听："要不这么冤你一下，你怎会死心踏地的点头呢！我在裤腰上塞了个枕头！哈哈，哈哈！"她笑得流出泪来："你个傻东西！甭提了，反正我对得起你；你是怎个人，我是怎个人？我楞和爸爸吵了，跟着你来，你还不谢天谢地？"

第二天，祥子很早就出去了。多数的铺户已经开了市，可是还有些家关着门。门上的春联依然红艳，黄的挂钱却有被风吹碎了的。街上很冷静，洋车可不少，车夫们也好似比往日精神了一些，差不离的都穿着双新鞋，车背后还有贴着块红纸儿的。祥子很羡慕这些车夫，觉得他们倒有点过年的样子，而自己是在个葫芦里憋闷了这好几天；他们都安分守己的混着，而他没有一点营生，在大街上闲晃。他不安于游手好闲，可是打算想明天的事，就得去和虎妞——他的老婆商议；他是在老婆——这么个老婆！——手里计饭吃。空长了那么高的身量，空有那么大的力气，没用。他第一得先伺候老婆，那个红袄虎牙的东西，吸人精血的东西；他已不是人，而只是一块肉。他没了自己，只在她的牙中挣扎着，像被猫叼住的一个小鼠。他不想跟她去商议，他得走；想好了主意，给她个不辞而别。这没有什么对不起人的地方，她是会拿枕头和他变戏法的女怪！他窝心，他不但想把那身新衣扯碎，也想把自己从内到外放在清水里洗一回，他觉得混身都粘着些不洁净的，使人恶心的什么东西，教他从心里厌烦。他愿永远不再见她的面！

上哪里去呢？他没有目的地。平日拉车，他的腿随着别人的嘴走；今天，他的腿自由了，心中茫然。顺着西四牌楼一直往南，他出了宣武门：道是那么直，他的心更不会拐弯。出了城门，还往南，他看见个澡堂子。他决定去洗个澡。

脱得光光的，看着自己的肢体，他觉得非常的羞愧。下到池子里去，热水把全身烫得有些发术，他闭上了眼，身上麻麻酥酥的仿佛往外放射着一些积存的污浊。他几乎不敢去摸自己，心中空空的，头上流下大汗珠来。一直到呼吸已有些急促，他才懒懒的爬上来，混身通红，像个初生下来的婴儿。他似乎不敢就那么走出来，围上条大毛巾，他还觉得自己丑陋；虽然汗珠劈嗒啪嗒的往下落，他还觉得自己不干净——心中那点污秽仿佛永远也洗不掉：在刘四爷眼中，在一切知道他的人眼中，他永远是个偷娘们的人！

汗还没完全落下去，他急忙的穿上衣服，跑了出来。他怕大家看他的赤身！出了澡堂，被凉风一飕，他觉出身上的轻松。街上也比刚才热闹的多了。响晴的天空，给人人脸上一些光华。祥子的心还是揪揪着，不知上哪里去好。往南，往东，再往南，他奔了天桥去。

新年后，九点多钟，铺户的徒弟们就已吃完早饭，来到此地。各色的货摊，各样卖艺的场子，都很早的摆好占好。祥子来到，此处已经围上一圈圈的人，里边打着锣鼓。他没心去看任何玩艺儿，他已经不会笑。

平日，这里的说相声的，耍狗熊的，变戏法的，数来宝的，唱秧歌的，说鼓书的，练把式的，都能供给他一些真的快乐，使他张开大嘴去笑。他舍不得北平，天桥得算一半儿原因。每逢望到天桥的席棚，与那一圈一圈儿的人，他便想起许多可笑可爱的事。现在他懒得往前挤，天桥的笑声里已经没了他的份儿。他躲开人群，向清静的地方走，又觉得舍不得！不，他不能离开这个热闹可爱的地方，不能离开天桥，不能离开北平。走？无路可走！他还是得回去跟她——跟她！——去商议。他不能走，也不能闲着，他得退一步想，正如一切人到了无可如何的时候都得退一步想。什么委屈都受过了，何必单在这一点上叫真儿呢？他没法矫正过去的一切，那么只好顺着路儿往下走吧。

他站定了，听着那杂乱的人声，锣鼓响；看着那来来往往的人，车马，忽然想起那两间小屋。耳中的声音似乎没有了，眼前的人物似乎不见了，只有那两间白，暖，贴着红喜字的小屋，方方正正的立在面前。虽然只住过一夜，但是非常的熟习亲密，就是那个穿红袄的娘们仿佛也并不是随便就可以舍弃的。立在天桥，他什么也没有，什么也不是；在那两间小屋里，他有了一切。回去，只有回去才能有办法。明天的一切都在那小屋里。羞愧，怕事，难过，都没用；打算活着，得找有办法的地方去。

他一气走回来，进了屋门，大概也就刚交十一点钟。虎妞已把午饭作好：馏的馒头，熬白菜加肉丸子，一碟虎皮冻，一碟酱萝卜。别的都已摆好，只有白菜还在火上煨着，发出些极美的香味。她已把红袄脱去，又穿上平日的棉裤棉袄，头上可是戴着一小朵绒作的红花，花上还有个小金纸的元宝。祥子看了她一眼，她不像个新妇。

她的一举一动都像个多年的媳妇，麻利，老到，还带着点自得的劲儿。虽然不像个新妇，可是到底使他觉出一点新的什么来；她作饭，收拾屋子；屋子里那点香味，暖气，都是他所未曾经验过的。不管她怎样，他觉得自己是有了家。一个家总有它的可爱处。他不知怎样好了。

"上哪儿啦？你！"她一边去盛白菜，一边问。

"洗澡去了。"他把长袍脱下来。

"啊！以后出去，言语一声！别这么大咧咧的甩手一走！"

他没言语。

"会哼一声不会？不会，我教给你！"

他哼了一声，没法子！他知道娶来一位母夜叉，可是这个夜叉会作饭，会收拾屋子，会骂他也会帮助他，教他怎样也不是味儿！他吃开了馒头。饭食的确是比平日的可口，热火；可是吃着不香，嘴里嚼着，心里觉不出平日狼吞虎咽的那种痛快，他吃不出汗来。

吃完饭，他躺在了炕上，头枕着手心，眼看着棚顶。

"嗨！帮着刷家伙！我不是谁的使唤丫头！"她在外间屋里叫。

很懒的他立起来，看了她一眼，走过去帮忙。他平日非常的勤紧，现在他憋着口气来作事。在车厂子的时候，他常帮她的忙，现在越看她越讨厌，他永远没恨人像恨她这么厉害，他说不上是为了什么。有气，可是不肯发作，全圈在心里；既不能和她一刀两断，吵架是没意思的。在小屋里转转着，他感到整个的生命是一部委屈。

收拾完东西，她四下里扫了一眼，叹了口气。紧跟着笑了笑。"怎样？"

"什么？"祥子蹲在炉旁，烤着手；手并不冷，因为没地方安放，只好烤一烤。这两间小屋的确像个家，可是他不知道往哪里放手放脚好。

"带我出去玩玩？上白云观？不，晚点了；街上蹓蹓去？"她要充分的享受新婚的快乐。虽然结婚不成个样子，可是这么无拘无束的也倒好，正好和丈夫多在一块儿，痛痛快快的玩几天。在娘家，她不缺吃，不缺穿，不缺零钱；只是没有个知心的男子。现在，她要捞回来这点缺欠，要大摇大摆的在街上，在庙会上，同着祥子去玩。

祥子不肯去。第一他觉得满世界带着老婆逛是件可羞的事，第二他以为这么来的一个老婆，只可以藏在家中；这不是什么体面的事，越少在大家眼前显摆越好。还有，一出去，哪能不遇上熟人，西半城的洋车夫们谁不晓得虎妞和祥子，他不能去招大家在他背后嘀嘀咕咕。

"商量商量好不好？"他还是蹲在那里。

"有什么可商量的？"她凑过来，立在炉子旁边。

他把手拿下去，放在膝上，呆呆的看着火苗。楞了好久，他说出一句来："我不能这么闲着！"

"受苦的命！"她笑了一声。"一天不拉车，身上就痒痒，是不是？你看老头子，人家玩了一辈子，到老了还开上车厂子。他也不拉车，也不卖力气，凭心路吃饭。你也得学着点，拉一辈子车又算老几？咱们先玩几天再说，事情也不单忙在这几天上，奔什么命？这两天我不打算跟你拌嘴，你可也别成心气我！"

"先商量商量！"祥子决定不让步。既不能跺脚一走，就得想办法作事，先必得站一头儿，不能打秋千似的来回晃悠。

"好吧，你说说！"她搬过个凳子来，坐在火炉旁。

"你有多少钱？"他问。

"是不是？我就知道你要问这个嘛！你不是娶媳妇呢，是娶那点钱，对不对？"

祥子像被一口风噎住，往下连咽了好几口气。刘老头子，和人和厂的车夫，都以为他是贪财，才勾搭上虎妞；现在，她自己这么说出来了！自己的车，自己的钱，无缘无故的丢掉，而今被压在老婆的几块钱底下；吃饭都得顺脊梁骨下去！他恨不能双手掐住她的脖子，掐！掐！掐！一直到她翻了白眼！把一切都掐死，而后自己抹了脖子。他们不是人，得死；他自己不是人，也死；大家不用想活着！

祥子立起来，想再出去走走；刚才就不应当回来。

看祥子的神色不对，她又软和了点儿："好吧，我告诉你。我手里一共有五百来块钱。连轿子，租房——三份儿①，糊棚，做衣裳，买东西，带给你，归了包堆②花了小一百，还剩四百来块。我告诉你，你不必着急。咱们给它个得乐且乐。你呢，成年际拉车出臭汗，也该漂漂亮亮的玩几天；我呢，当了这么些年老姑娘，也该痛快几天。等到快把钱花完，咱们还是求老头子去。我呢，那天要是不跟他闹翻了，决走不出来。现在我气都消了，爸爸到底是爸爸。他呢，只有我这么个女儿，你又是他喜爱的人，咱们服个软，给他陪个'不是'，大概也没有过不去的事。这多么现成！他有钱，咱们正当正派的承受过来，一点没有不合理的地方；强似你去给人家当牲口！过两天，你就先去一趟；他也许不见你。一次不见，再去第二次；面子都给他，他也就不能不回心转意了。然后我再去，好歹的给他几句好听的，说不定咱们就能都搬回去。咱们一搬回去，管保挺起胸脯，谁也不敢斜眼看咱；咱们要是老在这儿忍着，就老是一对黑人儿，你说是不是？"

祥子没有想到过这个。自从虎妞到曹宅找他，他就以为娶过她来，用她的钱买上车，自己去拉。虽然用老婆的钱不大体面，但是他与她的关系既是种有口说不出的关系，也就无可如何了。他没想到虎妞还有这么一招。把长脸往下一拉呢，自然这的确是个主意，可是祥子不是那样的人。前前后后的一想，他似乎明白了点：自己有钱，可以教别人白白的抢去，有冤无处去诉。赶到别人给你钱呢，你就非接受不可；接受之后，你就完全不能再拿自己当个人，你空有心胸，空有力量，得去当人家的奴隶：作自己老婆的玩物，作老

①三份儿，租房第一月付三个月的房租。
②归了包堆，即总共一起。

丈人的奴仆。一个人仿佛根本什么也不是，只是一只鸟，自己去打食，便会落到网里。吃人家的粮米，便得老老实实的在笼儿里，给人家啼唱，而随时可以被人卖掉！

他不肯去找刘四爷。跟虎妞，是肉在肉里的关系；跟刘四，没有什么关系。已经吃了她的亏，不能再去央告她的爸爸！"我不愿意闲着！"他只说了这么一句，为是省得费话与吵嘴。

"受累的命吗！"她敲着撩着的说。"不爱闲着，作个买卖去。"

"我不会！赚不着钱！我会拉车，我爱拉车！"祥子头上的筋都跳起来。

"告诉你吧，就是不许你拉车！我就不许你混身臭汗，臭烘烘的上我的炕！你有你的主意，我有我的主意，看吧，看谁别扭得过谁！你娶老婆，可是我花的钱，你没往外掏一个小钱。想想吧，咱俩是谁该听谁的？"

祥子又没了话。

十六

闲到元宵节，祥子没法再忍下去了。

虎妞很高兴。她张罗着煮元宵，包饺子，白天逛庙，晚上逛灯。她不许祥子有任何主张，可是老不缺着他的嘴，变法儿给他买些做些新鲜的东西吃。大杂院里有七八户人家，多数的都住着一间房；一间房里有的住着老少七八口。这些人有的拉车，有的作小买卖，有的当巡警，有的当仆人。各人有各人的事，谁也没个空闲，连小孩子们也都提着小筐，早晨去打粥，下午去拾煤核。只有那顶小的孩子才把屁股冻得通红的在院里玩耍或打架。炉灰尘土脏水就都倒在院中，没人顾得去打扫，院子当中间儿冻满了冰，大孩子拾煤核回来拿这当作冰场，嚷闹着打冰出溜玩。顶苦的是那些老人与妇女。老人们无衣无食，躺在冰凉的炕上，干等着年轻的挣来一点钱，好喝碗粥，年轻卖力气的也许挣得来钱，也许空手回来，回来还要发脾气，找着缝儿吵嘴。老人们空着肚子得拿眼泪当作水，咽到肚中去。那些妇人们，既得顾着老的，又得顾着小的，还得敷衍年轻挣钱的男人。她们怀着孕也得照常操作，只吃着窝窝头与白薯粥；不，不但要照常工作，还得去打粥，兜揽些活计——幸而老少都吃饱了躺下，她们得抱着个小煤油灯给人家洗，作，缝缝补补。屋子是那么小，墙是那么破，冷风从这面的墙缝钻进来，一直的从那面出去，把所有的一点暖气都带了走。她们的身上只挂着些破布，肚子盛着一碗或半碗粥，或者还有个六七个月的胎。她们得工作，得先尽着老的少的吃饱。她们浑身都是病，不到三十岁已脱了头发，可是一时一刻不能闲着，从病中走到死亡；死了，棺材得去向"善人"们募化。

126

那些姑娘们，十六七岁了，没有裤子，只能围着块什么破东西在屋中——天然的监狱——帮着母亲作事，赶活。要到茅房去，她们得看准了院中无人才敢贼也似的往外跑；一冬天，她们没有见过太阳与青天。那长得丑的，将来承袭她们妈妈的一切；那长得有个模样的，连自己也知道，早晚是被父母卖出，"享福去"！

就是在个这样的杂院里，虎妞觉得很得意。她是唯一的有吃有穿，不用着急，而且可以走走逛逛的人。她高扬着脸，出来进去，既觉出自己的优越，并且怕别人沾惹她，她不理那群苦人。来到这里作小买卖的，几乎都是卖那顶贱的东西，什么刮骨肉，冻白菜，生豆汁，驴马肉，都来这里找照顾主。自从虎妞搬来，什么卖羊头肉的，熏鱼的，硬面饽饽的，卤煮炸豆腐的，也在门前吆喝两声。她端着碗，扬着脸，往屋里端这些零食，小孩子们都把铁条似的手指伸在口里看着她，仿佛她是个什么公主似的。她是来享受，她不能，不肯，也不愿，看别人的苦处。

祥子第一看不上她的举动，他是穷小子出身，晓得什么叫困苦。他不愿吃那些零七八碎的东西，可惜那些钱。第二，更使他难堪的，是他琢磨出点意思来：她不许他去拉车，而每天好菜好饭的养着他，正好像养肥了牛好往外挤牛奶！他完全变成了她的玩艺儿。他看见过：街上的一条瘦老的母狗，当跑腿的时候，也选个肥壮的男狗。想起这个，他不但是厌恶这种生活，而且为自己担心。他晓得一个卖力气的汉子应当怎样保护身体，身体是一切。假若这么活下去，他会有一天成为一个干骨头架子，还是这么大，而膛儿里全是空的。他哆嗦起来。打算要命，他得马上去拉车，出去跑，跑一天，回来倒头就睡，人事不知；不吃她的好东西，也就不伺候着她玩。他决定这么办，不能再让步；她愿出钱买车呢，好；她不愿意，他会去赁车拉。一声没出，他想好就去赁车了。

十七那天，他开始去拉车，赁的是"整天儿"。拉过两个较长的买卖，他觉出点以前未曾有过的毛病，腿肚子发紧，胯骨轴儿发酸。

他晓得自己的病源在哪里，可是为安慰自己，他以为这大概也许因为二十多天没拉车，把腿撅生了；跑过几趟来，把腿蹓开，或者也就没事了。

又拉上个买卖，这回是帮儿车，四辆一同走。抄起车把来，大家都让一个四十多岁的高个子在前头走。高个子笑了笑，依了实，他知道那三辆车都比他自己"棒"。他可是卖了力气，虽然明知跑不过后面的三个小伙子，可是不肯倚老卖老。跑出一里多地，后面夸了他句："怎么着，要劲儿吗？还真不离！"他喘着答了句："跟你们哥儿们走车，慢了还行？！"他的确跑得不慢，连祥子也得掏七八成劲儿才跟得上他。他的跑法可不好看：高个子，他塌不下腰去，腰和背似乎是块整的木板，所以他的全身得整个的往前扑着；身子向前，手就显着靠后；不像跑，而像是拉着点东西往前钻。腰死板，他的胯骨便非活动不可；脚几乎是拉拉在地上，加紧的往前扭。扭得真不慢，可是看着就知道他极费力。到拐弯抹角的地方，他整着身子硬拐，大家都替他攒着把汗；他老像是只管身子往前钻，而不管车过得去过不去。

拉到了，他的汗劈嗒啪嗒的从鼻尖上，耳朵唇上，一劲儿往下滴嗒。放下车，他赶紧直了直腰，咧了咧嘴。接钱的时候，手都哆嗦得要拿不住东西似的。

在一块儿走过一趟车便算朋友，他们四个人把车放在了一处。祥子们擦擦汗，就照旧说笑了。那个高个子独自蹓了半天，干嗽了一大阵，吐出许多白沫子来，才似乎缓过点儿来，开始跟他们说话儿：

"完了！还有那个心哪；腰，腿，全不给劲喽！无论怎么提腰，腿抬不起来；干着急！"

"刚才那两步就不离，你当是慢哪！"一个二十多岁矮身量的小伙子接过来："不屈心，我们三个都够棒的，谁没出汗？"

高个子有点得意，可又惭愧似的，叹了口气。

"就说你这个跑法,差不离的还真得教你给撅①了,你信不信?"另一个小伙子说。"岁数了,不是说着玩的。"

高个子微笑着,摇了摇头:"也还不都在乎岁数,哥儿们!我告诉你一句真的,干咱们这行儿的,别成家,真的!"看大家都把耳朵递过来,他放小了点声儿:"一成家,黑天白日全不闲着,玩完!瞧瞧我的腰,整的,没有一点活软气!还是别跑紧了,一咬牙就咳嗽,心口窝辣蒿蒿的!甭说了,干咱们这行儿的就得他妈的打一辈子光棍儿!连他妈的小家雀儿都一对一对儿的,不许咱们成家!还有一说,成家以后,一年一个孩子,我现在有五个了!全张着嘴等着吃!车份大,粮食贵,买卖苦,有什么法儿呢!不如打一辈子光棍,犯了劲上白房子,长上杨梅大疮,认命!一个人,死了就死了!这玩艺一成家,连大带小,好几口儿,死了也不能闭眼!你说是不是?"他问祥子。

祥子点了点头,没说出话来。

这阵儿,来了个座儿,那个矮子先讲的价钱,可是他让了,叫着高个子:"老大哥,你拉去吧!这玩艺家里还有五个孩子呢!"

高个子笑了:"得,我再奔一趟!按说可没有这么办的!得了,回头好多带回几个饼子去!回头见了,哥儿们!"

看着高个子走远了,矮子自言自语的说:"混他妈的一辈子,连个媳妇都摸不着!人家他妈的宅门里,一人搂着四五个娘们!"

"先甭提人家,"另个小伙子把话接过去。"你瞧干这个营生的,还真得留神,高个子没说错。你就这么说吧,成家为干吗?能摆着当玩艺儿看?不能!好,这就是楼子②!成天啃窝窝头,两气夹攻,多么棒的小伙子也得趴下!"

听到这儿,祥子把车拉了起来,搭讪着说了句:"往南放放,这儿没买卖。"

---

①撅,比输了。挫败了。
②楼子,即乱子,毛病。

"回见！"那两个年轻的一齐说。

祥子仿佛没有听见。一边走一边踢腿，胯骨轴的确还有点发酸！本想收车不拉了，可是简直没有回家的勇气。家里的不是个老婆，而是个吸人血的妖精！

天已慢慢长起来，他又转晃了两三趟，才刚到五点来钟。他交了车，在茶馆里又耗了会儿。喝了两壶茶，他觉出饿来，决定在外面吃饱再回家。吃了十二两肉饼，一碗红豆小米粥，一边打着响嗝一边慢慢往家走。准知道家里有个雷等着他呢，可是他很镇定；他下了决心：不跟她吵，不跟她闹，倒头就睡，明天照旧出来拉车，她爱怎样怎样！

一进屋门，虎妞在外间屋里坐着呢，看了他一眼，脸沉得要滴下水来。祥子打算合合稀泥，把长脸一拉，招呼她一声。可是他不惯作这种事，他低着头走进里屋去。她一声没响，小屋里静得像个深山古洞似的。院中街坊的咳嗽，说话，小孩子哭，都听得极真，又像是极远，正似在山上听到远处的声音。

俩人谁也不肯先说话，闭着嘴先后躺下了，像一对永不出声的大龟似的。睡醒一觉，虎妞说了话，语音带出半恼半笑的意思："你干什么去了？整走了一天！"

"拉车去了！"他似睡似醒的说，嗓子里仿佛堵着点什么。

"呕！不出臭汗去，心里痒痒，你个贱骨头！我给你炒下的菜，你不回来吃，绕世界胡塞去舒服？你别把我招翻了，我爸爸是光棍出身，我什么事都作得出来！明天你敢再出去，我就上吊给你看看，我说得出来，就行得出来！"

"我不能闲着！"

"你不会找老头子去？"

"不去！"

"真豪横！"

祥子真挂了火，他不能还不说出心中的话，不能再忍："拉车，买上自己的车，谁拦着我，我就走，永不回来了！"

"嗯——"她鼻中旋转着这个声儿，很长而曲折。在这个声音里，她表示出自傲与轻视祥子的意思来，可是心中也在那儿绕了个弯儿。她知道祥子是个——虽然很老实——硬汉。硬汉的话是向不说着玩的。好容易捉到他，不能随便的放手。他是理想的人：老实，勤俭，壮实；以她的模样年纪说，实在不易再得个这样的宝贝。能刚能柔才是本事，她得潵波①他一把儿："我也知道你是要强啊，可是你也得知道我是真疼你。你要是不肯找老头子去呢，这么办：我去找。反正我是他的女儿，丢个脸也没什么的。"

"老头要咱们，我也还得去拉车！"祥子愿把话说到了家。

虎妞半天没言语。她没想到祥子会这么聪明。他的话虽然是这么简单，可是显然的说出来他不再上她的套儿，他并不是个蠢驴。因此，她才越觉得有点意思，她颇得用点心思才能拢得住这个急了也会尥蹶子②的大人，或是大东西。她不能太逼紧了，找这么个大东西不是件很容易的事。她得松一把，紧一把，教他老逃不出她的手心儿去。"好吧，你爱拉车，我也无法。你得起誓，不能去拉包车，天天得回来；你瞧，我要是一天看不见你，我心里就发慌！答应我，你天天晚上准早早的回来！"

祥子想起白天高个子的话！睁着眼看着黑暗，看见了一群拉车的，作小买卖的，卖苦力气的，腰背塌不下去，拉拉着腿。他将来也是那个样。可是他不便于再别扭她，只要能拉车去，他已经算得到一次胜利。"我老拉散座！"他答应下来。

虽然她那么说，她可是并不很热心找刘四爷去。父女们在平日自然也常拌嘴，但是现在的情形不同了，不能那么三说两说就一天云雾散，因为她已经不算刘家的人。出了嫁的女人跟娘家父母总多少疏远一些。她不敢直入公堂的回去。万一老头子真翻脸不认人呢，

---

①潵波念 māsa，用手轻微的挬，这里指怀柔笼络。
②尥蹶子，不老实的骡马乱踢后腿的动作。

她自管会闹，他要是死不放手财产，她一点法儿也没有。就是有人在一旁调解着，到了无可如何的时候，也只能劝她回来，她有了自己的家。

祥子照常去拉车，她独自在屋中走来走去，几次三番的要穿好衣服找爸爸去，心想到而手懒得动。她为了难。为自己的舒服快乐，非回去不可；为自己的体面，以不去为是。假若老头子消了气呢，她只要把祥子拉到人和厂去，自然会教他有事作，不必再拉车，而且稳稳当当的能把爸爸的事业拿过来。她心中一亮。假若老头子硬到底呢？她丢了脸，不，不但丢了脸，而且就得认头作个车夫的老婆了；她，哼！和杂院里那群妇女没有任何分别了。她心中忽然漆黑。她几乎后悔嫁了祥子，不管他多么要强，爸爸不点头，他一辈子是个拉车的。想到这里，她甚至想独自回娘家，跟祥子一刀两断，不能为他而失去自己的一切。继而一想，跟着祥子的快活，又不是言语所能形容的。她坐在炕头上，呆呆的，渺茫的，追想婚后的快乐；全身像一朵大的红花似的，香暖的在阳光下开开。不，舍不得祥子。任凭他去拉车，他去要饭，也得永远跟着他。看，看院里那些妇女，她们要是能受，她也就能受。散了，她不想到刘家去了。

祥子，自从离开人和厂，不肯再走西安门大街。这两天拉车，他总是出门就奔东城，省得西城到处是人和厂的车，遇见怪不好意思的。这一天，可是，收车以后，他故意的由厂子门口过，不为别的，只想看一眼。虎妞的话还在他心中，仿佛他要试验试验有没有勇气回到厂中来，假若虎妞能跟老头子说好了的话；在回到厂子以前，先试试敢走这条街不敢。把帽子往下拉了拉，他老远的就溜着厂子那边，唯恐被熟人看见。远远的看见了车门的灯光，他心中不知怎的觉得非常的难过。想起自己初到这里来的光景，想起虎妞的诱惑，想起寿日晚间那一场。这些，都非常的清楚，像一些图画浮在眼前。在这些图画之间，还另外有一些，清楚而简短的夹在这几张中间：西山、骆驼、曹宅、侦探……都分明的，可怕的，联成一片。

这些图画是那么清楚，他心中反倒觉得有些茫然，几乎像真是看着几张画儿，而忘了自己也在里边。及至想到自己与它们的关系，他的心乱起来，它们忽然上下左右的旋转，零乱而迷忽，他无从想起到底为什么自己应当受这些折磨委屈。这些场面所占的时间似乎是很长，又似乎是很短，他闹不清自己是该多大岁数了。他只觉得自己，比起初到人和厂的时候来，老了许多许多。那时候，他满心都是希望；现在，一肚子都是忧虑。不明白是为什么，可是这些图画决不会欺骗他。

眼前就是人和厂了，他在街的那边立住，呆呆的看着那盏极明亮的电灯。看着看着，猛然心里一动。那灯下的四个金字——人和车厂——变了样儿！他不识字，他可是记得头一个字是什么样子：像两根棍儿联在一处，既不是个叉子，又没作成个三角，那么个简单而奇怪的字。由声音找字，那大概就是"人"。这个"人"改了样儿，变成了"仁"——比"人"更奇怪的一个字。他想不出什么道理来。再看东西间——他永远不能忘了的两间屋子——都没有灯亮。

立得他自己都不耐烦了，他才低着头往家走。一边走着一边寻思，莫非人和厂倒出去了？他得慢慢的去打听，先不便对老婆说什么。回到家中，虎妞正在屋里嗑瓜子儿解闷呢。

"又这么晚！"她的脸上没有一点好气儿。"告诉你吧，这么着下去我受不了！你一出去就是一天，我连窝儿不敢动，一院子穷鬼，怕丢了东西。一天到晚连句话都没地方说去，不行，我不是木头人。你想主意得了，这么着不行！"

祥子一声没出。

"你说话呀！成心逗人家的火是怎么着？你有嘴没有？有嘴没有？"她的话越说越快，越脆，像一挂小炮似的连连的响。

祥子还是没有话说。

"这么着得了，"她真急了，可是又有点无可如何他的样子，脸上既非哭，又非笑，那么十分焦躁而无法尽量的发作。"咱们买两辆车赁出去，你在家里吃车份儿行不行？行不行？”

“两辆车一天进上三毛钱，不够吃的！赁出一辆，我自己拉一辆，凑合了！”祥子说得很慢，可是很自然；听说买车，他把什么都忘了。

“那还不是一样？你还是不着家儿！”

“这么着也行，”祥子的主意似乎都跟着车的问题而来，“把一辆赁出去，进个整天的份儿。那一辆，我自己拉半天，再赁出半天去。我要是拉白天，一早儿出去，三点钟就回来；要拉晚儿呢，三点才出去，夜里回来。挺好！”

她点了点头。“等我想想吧，要是没有再好的主意，就这么办啦。”

祥子心中很高兴。假若这个主意能实现，他算是又拉上了自己的车。虽然是老婆给买的，可是慢慢的攒钱，自己还能再买车。直到这个时候，他才觉出来虎妞也有点好处，他居然向她笑了笑，一个天真的，发自内心的笑，仿佛把以前的困苦全一笔勾销，而笑着换了个新的世界，像换一件衣服那么容易，痛快！

十七

　　祥子慢慢的把人和厂的事打听明白：刘四爷把一部分车卖出去，剩下的全倒给了西城有名的一家车主。祥子能猜想得出，老头子的岁数到了，没有女儿帮他的忙，他弄不转这个营业，所以干脆把它收了，自己拿着钱去享福。他到哪里去了呢？祥子可是没有打听出来。

　　对这个消息，他说不上是应当喜欢，还是不喜欢。由自己的志向与豪横说，刘四爷既决心弃舍了女儿，虎妞的计划算是全盘落了空；他可以老老实实的去拉车挣饭吃，不依赖着任何人。由刘四爷那点财产说呢，又实在有点可惜；谁知道刘老头子怎么把钱攘出去呢，他和虎妞连一个铜子也没沾润着。

　　可是，事已至此，他倒没十分为它思索，更说不到动心。他是这么想，反正自己的力气是自己的，自己肯卖力挣钱，吃饭是不成问题的。他一点没带着感情，简单的告诉了虎妞。

　　她可动了心。听到这个，她马上看清楚了自己的将来——完了！什么全完了！自己只好作一辈子车夫的老婆了！她永远逃不出这个大杂院去！她想到爸爸会再娶上一个老婆，而决没想到会这么抖手一走。假若老头子真娶上个小老婆，虎妞会去争财产，说不定还许联络好了继母，而自己得点好处……主意有的是，只要老头子老开着车厂子。决没想到老头子会这么坚决，这么毒辣，把财产都变成现钱，偷偷的藏起去！原先跟他闹翻，她以为不过是一种手段，必会不久便言归于好，她晓得人和厂非有她不行；谁能想到老头子会撒手了车厂子呢？！

春已有了消息，树枝上的鳞苞已显着红肥。但在这个大杂院里，春并不先到枝头上，这里没有一棵花木。在这里，春风先把院中那块冰吹得起了些小麻子坑儿，从秽土中吹出一些腥臊的气味，把鸡毛蒜皮与碎纸吹到墙角，打着小小的旋风。杂院里的人们，四时都有苦恼。那老人们现在才敢出来晒晒暖；年轻的姑娘们到现在才把鼻尖上的煤污减去一点，露出点红黄的皮肤来；那些妇女们才敢不甚惭愧的把孩子们赶到院中去玩玩；那些小孩子们才敢扯着张破纸当风筝，随意的在院中跑，而不至把小黑手儿冻得裂开几道口子。但是，粥厂停了锅，放赈的停了米，行善的停止了放钱；把苦人们仿佛都交给了春风与春光！正是春麦刚绿如小草，陈粮缺欠的时候，粮米照例的长了价钱。天又加长，连老人们也不能老早的就躺下，去用梦欺骗着饥肠。春到了人间，在这大杂院里只增多了困难。长老了的虱子——特别的厉害——有时爬到老人或小儿的棉花疙瘩外，领略一点春光！

虎妞看着院中将化的冰，与那些破碎不堪的衣服，闻着那复杂而微有些热气的味道，听着老人们的哀叹与小儿哭叫，心中凉了半截。在冬天，人都躲在屋里，脏东西都冻在冰上；现在，人也出来，东西也显了原形，连碎砖砌的墙都往下落土，似乎预备着到了雨天便塌倒。满院花花绿绿，开着穷恶的花，比冬天要更丑陋着好几倍。哼，单单是在这时候，她觉到她将永远住在此地；她那点钱有花完的时候，而祥子不过是个拉车的！

教祥子看家，她上南苑去找姑妈，打听老头子的消息。姑妈说四爷确是到她家来过一趟，大概是正月十二那天吧，一来是给她道谢，二来为告诉她，他打算上天津，或上海，玩玩去。他说：混了一辈子而没出过京门，到底算不了英雄，乘着还有口气儿，去到各处见识见识。再说，他自己也没脸再在城里混，因为自己的女儿给他丢了人。姑妈的报告只是这一点，她的评断就更简单：老头子也许真出了外，也许光这么说说，而在什么僻静地方藏着呢；谁知道！

回到家，她一头扎在炕上，门门的哭起来，一点虚伪狡诈也没有的哭了一大阵，把眼泡都哭肿。

哭完，她抹着泪对祥子说："好，你豪横！都得随着你了！我这一宝押错了地方。嫁鸡随鸡，什么也甭说了。给你一百块钱，你买车拉吧！"

在这里，她留了个心眼：原本想买两辆车，一辆让祥子自拉，一辆赁出去。现在她改了主意，只买一辆，教祥子去拉；其余的钱还是在自己手中拿着。钱在自己的手中，势力才也在自己身上，她不肯都掏出来；万一祥子——在把钱都买了车之后——变了心呢？这不能不防备！再说呢，刘老头子这样一走，使她感到什么也不可靠，明天的事谁也不能准知道，顶好是得乐且乐，手里得有俩钱，爱吃口什么就吃口，她一向是吃惯了零嘴的。拿祥子挣来的——他是头等的车夫——过日子，再有自己的那点钱垫补着自己零花，且先顾眼前欢吧。钱有花完的那一天，人可是也不会永远活着！嫁个拉车的——虽然是不得已——已经是委屈了自己，不能再天天手背朝下跟他要钱，而自己袋中没一个铜子。这个决定使她又快乐了点，虽然明知将来是不得了，可是目前总不会立刻就头朝了下；仿佛是走到日落的时候，远处已然暗淡，眼前可是还有些亮儿，就趁着亮儿多走几步吧。

祥子没和她争竞，买一辆就好，只要是自己的车，一天好歹也能拉个六七毛钱，可以够嚼谷。不但没有争辩，他还觉得有些高兴。过去所受的辛苦，无非为是买上车。现在能再买上，那还有什么可说呢？自然，一辆车而供给两个人儿吃，是不会剩下钱的；这辆车有拉旧了的时候，而没有再制买新车的预备，危险！可是，买车既是那么不易，现在能买上也就该满意了，何必想到那么远呢！

杂院里的二强子正要卖车。二强子在去年夏天把女儿小福子——十九岁——卖给了一个军人。卖了二百块钱。小福子走后，二强子颇阔气了一阵，把当都赎出来，还另外作了几件新衣，全家都穿得怪齐整的。二强嫂是全院里最矮最丑的妇人，噘脑门，大腮帮，头上没有什么头发，牙老露在外边，脸上被雀斑占满，看着令人恶心。她也红着眼皮，一边哭着女儿，一边穿上新蓝大衫。二强子的脾气一向就暴，卖了女儿之后，常喝几盅酒；酒后眼泪在眼圈里，就特别的好找毛病。二强嫂虽然穿上新大衫，也吃口饱饭，可是乐不抵苦，挨揍的次数比以前差不多增加了一倍。二强子四十多了，打算不再去拉车。于是买了副筐子，弄了个杂货挑子，瓜果梨桃，花生烟卷，货很齐全。作了两个月的买卖，粗粗的一搂账，不但是赔，而且赔得很多。拉惯了车，他不会对付买卖；拉车是一冲一撞的事，成就成，不成就拉倒；作小买卖得苦对付，他不会。拉车的人晓得怎么赊东西，所以他磨不开脸不许熟人们欠账；欠下，可就不容易再要回来。这样，好照顾主儿拉不上，而与他交易的都贪着赊了不给，他没法不赔钱。赔了钱，他难过；难过就更多喝酒。醉了，在外面时常和巡警们吵，在家里拿老婆孩子杀气。得罪了巡警，打了老婆，都因为酒。酒醒过来，他非常的后悔，苦痛。再一想，这点钱是用女儿换来的，白白的这样赔出去，而且还喝酒打人，他觉得自己不是人。在这种时候，他能懊睡一天，把苦恼交给了梦。

他决定放弃了买卖，还去拉车，不能把那点钱全白白的糟践了。他买上了车。在他醉了的时候，他一点情理不讲。在他清醒的时候，他顶爱体面。因为爱体面，他往往摆起穷架子，事事都有个谱儿。买了新车，身上也穿得很整齐，他觉得他是高等的车夫，他得喝好茶叶，拉体面的座儿。他能在车口上，亮着自己的车，和身上的白裤褂，和大家谈天，老不屑于张罗买卖。他一会儿啪啪的用新蓝布掸子抽抽车，一会儿跺跺自己的新白底双脸鞋，一会儿眼看着鼻尖，立在车旁微笑，等着别人来夸奖他的车，然后就引起话头，说上没完。他能这样白"泡"一两天。及至他拉上个好座儿，他的腿不给他的车与衣服作劲，跑不动！这个，又使他非常的难过。一难过就想到女儿，只好去喝酒。这么样，他的钱全白垫出去，只剩下那辆车。

在立冬前后吧，他又喝醉。一进屋门，两个儿子——一个十三，一个十一岁——就想往外躲。这个招翻了他，给他们一人一脚。二强嫂说了句什么，他奔了她去，一脚踹在小肚子上，她躺在地上半天没出声。两个孩子急了，一个拿起煤铲，一个抄起擀面杖，和爸爸拚了命。三个打在一团，七手八脚的又踩了二强嫂几下。街坊们过来，好容易把二强子按倒在炕上，两个孩子抱着妈妈哭起来。二强嫂醒了过来，可是始终不能再下地。到腊月初三，她的呼吸停止了，穿着卖女儿时候作的蓝大衫。二强嫂的娘家不答应，非打官司不可。经朋友们死劝活劝，娘家的人们才让了步，二强子可也答应下好好的发送她，而且给她娘家人十五块钱。他把车押出去，押了六十块钱。转过年来，他想出手那辆车，他没有自己把它赎回来的希望。在喝醉的时候，他倒想卖个儿子，但是绝没人要。他也曾找过小福子的丈夫，人家根本不承认他这么个老丈人，别的话自然不必再说。

祥子晓得这辆车的历史，不很喜欢要它，车多了去啦，何必单买这一辆，这辆不吉祥的车，这辆以女儿换来，而因打死老婆才出手的车！虎妞不这么看，她想用八十出头买过来，便宜！车才拉过半年来的，连皮带的颜色还没怎么变，而且地道是西城的名厂德成家造的。买辆七成新的，还不得个五六十块吗？她舍不得这个便宜。她也知道过了年不久，处处钱紧，二强子不会卖上大价儿，而又急等着用钱。她亲自去看了车，亲自和二强子讲了价，过了钱；祥子只好等着拉车，没说什么，也不便说什么，钱既不是他自己的。把车买好，他细细看了看，的确骨力硬棒。可是他总觉得有点别扭。最使他不高兴的是黑漆的车身，而配着一身白铜活，在二强子打这辆车的时候，原为黑白相映，显着漂亮；祥子老觉得这有点丧气，像穿孝似的。他很想换一份套子，换上土黄或月白色儿的，或者足以减去一点素净劲儿。可是他没和虎妞商议，省得又招她一顿闲话。

拉出这辆车去，大家都特别注意，有人竟自管它叫作"小寡妇"。

祥子心里不痛快。他变着法儿不去想它，可是车是一天到晚的跟着自己，他老毛毛咕咕的，似乎不知哪时就要出点岔儿。有时候忽然想起二强子，和二强子的遭遇，他仿佛不是拉着辆车，而是拉着口棺材似的。在这辆车上，他时时看见一些鬼影，仿佛是。

可是，自从拉上这辆车，并没有出什么错儿，虽然他心中嘀嘀咕咕的不安。天是越来越暖和了，脱了棉的，几乎用不着夹衣，就可以穿单裤单褂了；北平没有多少春天。天长得几乎使人不耐烦了，人人觉得困倦。祥子一清早就出去，转转到四五点钟，已经觉得卖够了力气。太阳可是还老高呢。他不愿再跑，可又不肯收车，犹疑不定的打着长而懒的哈欠。

天是这么长，祥子若是觉得疲倦无聊，虎妞在家中就更寂寞。冬天，她可以在炉旁取暖，听着外边的风声，虽然苦闷，可是总还有点"不出去也好"的自慰。现在，火炉搬到檐下，在屋里简直无事可作。院里又是那么脏臭，连棵青草也没有。到街上去，又不放心街坊们，就是去买趟东西也得直去直来，不敢多散逛一会儿。她好像圈在屋里的一个蜜蜂，白白的看着外边的阳光而飞不出去。跟院里的妇女们，她谈不到一块儿。她们所说的是家长里短，而她是野调无腔的惯了，不爱说，也不爱听这些个。她们的委屈是由生活上的苦痛而来，每一件小事都可以引下泪来；她的委屈是一些对生活的不满意，她无泪可落，而是想骂谁一顿，出出闷气。她与她们不能彼此了解，所以顶好各干各的，不必过话①。

一直到了四月半，她才有了个伴儿。二强子的女儿小福子回来了。小福子的"人"②是个军官。他到处都安一份很简单的家，花个一百二百的弄个年轻的姑娘，再买份儿大号的铺板与两张椅子，便能快乐的过些日子。等军队调遣到别处，他撒手一走，连人带铺板放在原处。花这么一百二百的，过一年半载，并不吃亏，单说缝

①过话，即交谈。
②人，在这里是指男人。这种称呼，限用于非正式的男女关系上。

缝洗洗衣服，作饭，等等的小事，要是雇个仆人，连吃带挣的月间不也得花个十块八块的吗？这么娶个姑娘呢，既是仆人，又能陪着睡觉，而且准保干净没病。高兴呢，给她裁件花布大衫，块儿多钱的事。不高兴呢，教她光眼子在家里蹲着，她也没什么办法。等到他开了差呢，他一点也不可惜那份铺板与一两把椅子，因为欠下的两个月房租得由她想法子给上，把铺板什么折卖了还许不够还这笔账的呢。

小福子就是把铺板卖了，还上房租，只穿着件花洋布大衫，戴着一对银耳环，回到家中来的。

二强子在卖了车以后，除了还上押款与利钱，还剩下二十来块。有时候他觉得是中年丧妻，非常的可怜；别人既不怜惜他，他就自己喝盅酒，喝口好东西，自怜自慰。在这种时候，他仿佛跟钱有仇似的，拚命的乱花。有时候他又以为更应当努力去拉车，好好的把两个男孩拉扯大了，将来也好有点指望。在这么想到儿子的时候，他就嘎七马八的买回一大堆食物，给他们俩吃。看他俩狼吞虎咽的吃那些东西，他眼中含着泪，自言自语的说："没娘的孩子！苦命的孩子！爸爸去苦奔，奔的是孩子！我不屈心，我吃饱吃不饱不算一回事，得先让孩子吃足！吃吧！你们长大成人别忘了我就得了！"在这种时候，他的钱也不少花。慢慢的二十来块钱就全垫出去了。

没了钱，再赶上他喝了酒，犯了脾气，他一两天不管孩子们吃了什么。孩子们无法，只好得自己去想主意弄几个铜子，买点东西吃。他们会给办红白事的去打执事，会去跟着土车拾些碎铜烂纸，有时候能买上几个烧饼，有时候只能买一斤麦茬白薯，连皮带须子都吞了下去，有时候俩人才有一个大铜子，只好买了落花生或铁蚕豆，虽然不能挡饥，可是能多嚼一会儿。

小福子回来了，他们见着了亲人，一人抱着她一条腿，没有话可说，只流着泪向她笑。妈妈没有了，姐姐就是妈妈！

二强子对女儿回来，没有什么表示。她回来，就多添了个吃饭的。

141

可是，看着两个儿子那样的欢喜，他也不能不承认家中应当有个女的，给大家作作饭，洗洗衣裳。他不便于说什么，走到哪儿算哪儿吧。

小福子长得不难看。虽然原先很瘦小，可是自从跟了那个军官以后，很长了些肉，个子也高了些。圆脸，眉眼长得很匀调，没有什么特别出色的地方，可是结结实实的并不难看。上唇很短，无论是要生气，还是要笑，就先张了唇，露出些很白而齐整的牙来。那个军官就是特别爱她这些牙。露出这些牙，她显出一些呆傻没主意的样子，同时也仿佛有点娇憨。这点神气使她——正如一切贫而不难看的姑娘——像花草似的，只要稍微有点香气或颜色，就被人挑到市上去卖掉。

虎妞，一向不答理院中的人们，可是把小福子看成了朋友。小福子第一是长得有点模样，第二是还有件花洋布的长袍，第三是虎妞以为她既嫁过了军官，总得算见过了世面，所以肯和她来往。妇女们不容易交朋友，可是要交往就很快；没有几天，她俩已成了密友。虎妞爱吃零食，每逢弄点瓜子儿之类的东西，总把小福子喊过来，一边说笑，一边吃着。在说笑之中，小福子愚傻的露出白牙，告诉好多虎妞所没听过的事。随着军官，她并没享福，可是军官高了兴，也带她吃回饭馆，看看戏，所以她很有些事情说，说出来教虎妞羡慕。她还有许多说不出口的事：在她，这是蹂躏；在虎妞，这是些享受。虎妞央告着她说，她不好意思讲，可是又不好意思拒绝。她看过春宫，虎妞就没看见过。诸如此类的事，虎妞听了一遍，还爱听第二遍。她把小福子看成个最可爱，最可羡慕，也值得嫉妒的人。听完那些，再看自己的模样，年岁，与丈夫，她觉得这一辈子太委屈。她没有过青春，而将来也没有什么希望，现在呢，祥子又是那么死砖头似的一块东西！越不满意祥子，她就越爱小福子，小福子虽然是那么穷，那么可怜，可是在她眼中是个享着福，见过阵式的，就是马上死了也不冤。在她看，小福子就足代表女人所应有的享受。

小福子的困苦，虎妞好像没有看见。小福子什么也没有带回来，她可是得——无论爸爸是怎样的不要强——顾着两个兄弟。她哪儿去弄钱给他俩预备饭呢？

二强子喝醉，有了主意："你要真心疼你的兄弟，你就有法儿挣钱养活他们！都指着我呀，我成天际去给人家当牲口，我得先吃饱；我能空着肚子跑吗？教我一个跟头摔死，你看着可乐是怎着？你闲着也是闲着，有现成的，不卖等什么？"

看看醉猫似的爸爸，看看自己，看看两个饿得像老鼠似的弟弟，小福子只剩了哭。眼泪感动不了父亲，眼泪不能喂饱了弟弟，她得拿出更实在的来。为教弟弟们吃饱，她得卖了自己的肉。搂着小弟弟，她的泪落在他的头发上，他说："姐姐，我饿！"姐姐！姐姐是块肉，得给弟弟吃！

虎妞不但不安慰小福子，反倒愿意帮她的忙：虎妞愿意拿出点资本，教她打扮齐整，挣来钱再还给。虎妞愿意借给她地方，因为她自己的屋子太脏，而虎妞的多少有个样子，况且是两间，大家都有个转身的地方。祥子白天既不会回来，虎妞乐得的帮忙朋友，而且可以多看些，多明白些，自己所缺乏的，想作也作不到的事。每次小福子用房间，虎妞提出个条件，须给她两毛钱。朋友是朋友，事情是事情，为小福子的事，她得把屋子收拾得好好的，既须劳作，也得多花些钱，难道置买笤帚簸箕什么的不得花钱么？两毛钱绝不算多，因为彼此是朋友，所以才能这样见情面。

小福子露出些牙来，泪落在肚子里。

祥子什么也不知道，可是他又睡不好觉了。虎妞"成全"了小福子，也要在祥子身上找到失去了的青春。

十八

到了六月，大杂院里在白天简直没什么人声。孩子们抓早儿提着破筐去拾所能拾到的东西；到了九点，毒花花的太阳已要将他们的瘦脊背晒裂，只好拿回来所拾得的东西，吃些大人所能给他们的食物。然后，大一点的要是能找到世界上最小的资本，便去连买带拾，凑些冰核去卖。若找不到这点资本，便结伴出城到护城河里去洗澡，顺手儿在车站上偷几块煤，或捉些蜻蜓与知了儿卖与那富贵人家的小儿。那小些的，不敢往远处跑，都到门外有树的地方，拾槐虫，挖"金钢"①什么的去玩。孩子都出去，男人也都出去，妇女们都赤了背在屋中，谁也不肯出来；不是怕难看，而是因为院中的地已经晒得烫脚。

直到太阳快落，男人与孩子们才陆续的回来，这时候院中有了墙影与一些凉风，而屋里圈着一天的热气，像些火笼；大家都在院中坐着，等着妇女们作饭。此刻，院中非常的热闹，好像是个没有货物的集市。大家都受了一天的热，红着眼珠，没有好脾气；肚子又饿，更个个急叉白脸。一句话不对路，有的便要打孩子，有的便要打老婆；即使打不起来，也骂个痛快。这样闹哄，一直到大家都吃过饭。小孩有的躺在院中便睡去，有的到街上去撒欢②。大人们吃饱之后，脾气和平了许多，爱说话的才三五成团，说起一天的辛苦。那吃不上饭的，当已无处去当，卖已无处去卖——即使有东西可当或卖——因为天色已黑上来。男的不管屋中怎样的热，一头扎在炕

---

①金钢，即槐虫的蛹。
②撒欢，本来是指动物的欢奔乱跑，也用来说小孩子这种动作。

上，一声不出，也许大声的叫骂。女的含着泪向大家去通融，不定碰多少钉子，才借到一张二十枚的破纸票。攥着这张宝贝票子，她出去弄点杂合面来，勾一锅粥给大家吃。

虎妞与小福子不在这个生活秩序中。虎妞有了孕，这回是真的。祥子清早就出去，她总得到八九点钟才起来；怀孕不宜多运动是传统的错谬信仰，虎妞既相信这个，而且要借此表示出一些身分：大家都得早早的起来操作，唯有她可以安闲自在的爱躺到什么时候就躺到什么时候。到了晚上，她拿着个小板凳到街门外有风的地方去坐着，直到院中的人差不多都睡了才进来，她不屑于和大家闲谈。

小福子也起得晚，可是她另有理由。她怕院中那些男人们斜着眼看她，所以等他们都走净，才敢出屋门。白天，她不是找虎妞来，便是出去走走，因为她的广告便是她自己。晚上，为躲着院中人的注目，她又出去在街上转，约摸着大家都躺下，她才偷偷的溜进来。

在男人里，祥子与二强子是例外。祥子怕进这个大院，更怕往屋里走。院里众人的穷说，使他心里闹得慌，他愿意找个清静的地方独自坐着。屋里呢，他越来越觉得虎妞像个母老虎。小屋里是那么热，憋气，再添上那个老虎，他一进去就仿佛要出不来气。前些日子，他没法不早回来，为是省得虎妞吵嚷着跟他闹。近来，有小福子作伴儿，她不甚管束他了，他就晚回来一些。

二强子呢，近来几乎不大回家来了。他晓得女儿的营业，没脸进那个街门。但是他没法拦阻她，他知道自己没力量养活着儿女们。他只好不再回来，作为眼不见心不烦。有时候他恨女儿，假若小福子是个男的，管保不用这样出丑；既是个女胎，干吗投到他这里来！有时候他可怜女儿，女儿是卖身养着两个弟弟！恨吧疼吧，他没办法。赶到他喝了酒，而手里没了钱，他不恨了，也不可怜了，他回来跟她要钱。在这种时候，他看女儿是个会挣钱的东西，他是作爸爸的，跟她要钱是名正言顺。这时候他也想起体面来：大家不是轻看小福子吗，她的爸爸也没饶了她呀，他逼着她拿钱，而且骂骂咧咧，

145

似乎是骂给大家听——二强子没有错儿，小福子天生的不要脸。

他吵，小福子连大气也不出。倒是虎妞一半骂一半劝，把他对付走，自然他手里得多少拿去点钱。这种钱只许他再去喝酒，因为他要是清醒着看见它们，他就会去跳河或上吊。

六月十五那天，天热得发了狂。太阳刚一出来，地上已像下了火。一些似云非云，似雾非雾的灰气低低的浮在空中，使人觉得憋气。一点风也没有。祥子在院中看了看那灰红的天，打算去拉晚儿——过下午四点再出去；假若挣不上钱的话，他可以一直拉到天亮：夜间无论怎样也比白天好受一些。

虎妞催着他出去，怕他在家里碍事，万一小福子拉来个客人呢。"你当在家里就好受哪？屋子里一到晌午连墙都是烫的！"

他一声没出，喝了瓢凉水，走了出去。

街上的柳树，像病了似的，叶子挂着层灰土在枝上打着卷；枝条一动也懒得动的，无精打采的低垂着。马路上一个水点也没有，干巴巴的发着些白光。便道上尘土飞起多高，与天上的灰气联接起来，结成一片毒恶的灰沙阵，烫着行人的脸。处处干燥，处处烫手，处处憋闷，整个的老城像烧透的砖窑，使人喘不出气。狗趴在地上吐出红舌头，骡马的鼻孔张得特别的大，小贩们不敢吆喝，柏油路化开；甚至于铺户门前的铜牌也好像要被晒化。街上异常的清静，只有铜铁铺里发出使人焦躁的一些单调的叮叮当当。拉车的人们，明知不活动便没有饭吃，也懒得去张罗买卖：有的把车放在有些阴凉的地方，支起车棚，坐在车上打盹；有的钻进小茶馆去喝茶；有的根本没拉出车来，而来到街上看看，看看有没有出车的可能。那些拉着买卖的，即使是最漂亮的小伙子，也居然甘于丢脸，不敢再跑，只低着头慢慢的走。每一个井台都成了他们的救星，不管刚拉了几步，见井就奔过去；赶不上新汲的水，便和驴马们同在水槽里灌一大气。还有的，因为中了暑，或是发痧，走着走着，一头栽在地上，永不起来。

连祥子都有些胆怯了！拉着空车走了几步，他觉出由脸到脚都被热气围着，连手背上都流了汗。可是，见了座儿，他还想拉，以为跑起来也许倒能有点风。他拉上了个买卖，把车拉起来，他才晓得天气的厉害已经到了不允许任何人工作的程度。一跑，便喘不过气来，而且嘴唇发焦，明知心里不渴，也见水就想喝。不跑呢，那毒花花的太阳把手和脊背都要晒裂。好歹的拉到了地方，他的裤褂全裹在了身上。拿起芭蕉扇扇扇，没用，风是热的。他已经不知喝了几气凉水，可是又跑到茶馆去。两壶热茶喝下去，他心里安静了些。茶由口中进去，汗马上由身上出来，好像身上已是空膛的，不会再藏储一点水分。他不敢再动了。

坐了好久，他心中腻烦了。既不敢出去，又没事可作，他觉得天气仿佛成心跟他过不去。不，他不能服软。他拉车不止一天了，夏天这也不是头一遭，他不能就这么白白的"泡"一天。想出去，可是腿真懒得动，身上非常的软，好像洗澡没洗痛快那样，汗虽出了不少，而心里还不畅快。又坐了会儿，他再也坐不住了，反正坐着也是出汗，不如爽性出去试试。

一出来，才晓得自己的错误。天上那层灰气已散，不甚憋闷了，可是阳光也更厉害了许多：没人敢抬头看太阳在哪里，只觉得到处都闪眼，空中，屋顶上，墙壁上，地上，都白亮亮的，白里透着点红；由上至下整个的像一面极大的火镜，每一条光都像火镜的焦点，晒得东西要发火。在这个白光里，每一个颜色都刺目，每一个声响都难听，每一种气味都混含着由地上蒸发出来的腥臭。街上仿佛已没了人，道路好像忽然加宽了许多，空旷而没有一点凉气，白花花的令人害怕。祥子不知怎么是好了，低着头，拉着车，极慢的往前走，没有主意，没有目的，昏昏沉沉的，身上挂着一层粘汗，发着馊臭的味儿。走了会儿，脚心和鞋袜粘在一块，好像踩着块湿泥，非常的难过。本来不想再喝水，可是见了井不由的又过去灌了一气，不为解渴，似乎专为享受井水那点凉气，由口腔到胃中，忽然凉了一下，身上的毛孔猛的一收缩，打个冷战，非常舒服。喝完，他连连的打嗝，水要往上漾！

走一会儿，坐一会儿，他始终懒得张罗买卖。一直到了正午，他还觉不出饿来。想去照例的吃点什么，看见食物就要恶心。胃里差不多装满了各样的水，有时候里面会轻轻的响，像骡马似的喝完水肚子里光光光的响动。

拿冬与夏相比，祥子总以为冬天更可怕。他没想到过夏天这么难受。在城里过了不止一夏了，他不记得这么热过。是天气比往年热呢，还是自己的身体虚呢？这么一想，他忽然的不那么昏昏沉沉的了，心中仿佛凉了一下。自己的身体，是的，自己的身体不行了！他害了怕，可是没办法。他没法赶走虎妞，他将要变成二强子，变成那回遇见的那个高个子，变成小马儿的祖父。祥子完了！

正在午后一点的时候，他又拉上个买卖。这是一天里最热的时候，又赶上这一夏里最热的一天，可是他决定去跑一趟。他不管太阳下是怎样的热了：假若拉完一趟而并不怎样呢，那就证明自己的身子并没坏；设若拉不下来这个买卖呢，那还有什么可说的，一个跟头栽死在那发着火的地上也好！

刚走了几步，他觉到一点凉风，就像在极热的屋里由门缝进来一点凉气似的。他不敢相信自己；看看路旁的柳枝，的确是微微的动了两下。街上突然加多了人，铺户中的人争着往外跑，都攥着把蒲扇遮着头，四下里找："有了凉风！有了凉风！凉风下来了！"大家几乎要跳起来嚷着。路旁的柳树忽然变成了天使似的，传达着上天的消息："柳条儿动了！老天爷，多赏点凉风吧！"

还是热，心里可镇定多了。凉风，即使是一点点，给了人们许多希望。几阵凉风过去，阳光不那么强了，一阵亮，一阵稍暗，仿佛有片飞沙在上面浮动似的。风忽然大起来，那半天没有动作的柳条像猛的得到什么可喜的事，飘洒的摇摆，枝条都像长出一截儿来。一阵风过去，天暗起来，灰尘全飞到半空。尘土落下一些，北面的天边见了墨似的乌云。祥子身上没了汗，向北边看了一眼，把车停住，上了雨布，他晓得夏天的雨是说来就来，不容工夫的。

刚上好了雨布，又是一阵风，黑云滚似的已遮黑半边天。地上的热气与凉风搀合起来，夹杂着腥臊的干土，似凉又热；南边的半个天响晴白日，北边的半个天乌云如墨，仿佛有什么大难来临，一切都惊慌失措。车夫急着上雨布，铺户忙着收幌子，小贩们慌手忙脚的收拾摊子，行路的加紧往前奔。又一阵风。风过去，街上的幌子，小摊，与行人，仿佛都被风卷了走，全不见了，只剩下柳枝随着风狂舞。

云还没铺满了天，地上已经很黑，极亮极热的晴午忽然变成黑夜了似的。风带着雨星，像在地上寻找什么似的，东一头西一头的乱撞。北边远处一个红闪，像把黑云掀开一块，露出一大片血似的。风小了，可是利飕有劲，使人颤抖。一阵这样的风过去，一切都不知怎好似的，连柳树都惊疑不定的等着点什么。又一个闪，正在头上，白亮亮的雨点紧跟着落下来，极硬的砸起许多尘土，土里微带着雨气。大雨点砸在祥子的背上几个，他哆嗦了两下。雨点停了，黑云铺匀了满天。又一阵风，比以前的更厉害，柳枝横着飞，尘土往四下里走，雨道往下落；风，土，雨，混在一处，联成一片，横着竖着都灰茫茫冷飕飕，一切的东西都被裹在里面，辨不清哪是树，哪是地，哪是云，四面八方全乱，全响，全迷忽。风过去了，只剩下直的雨道，扯天扯地的垂落，看不清一条条的，只是那么一片，一阵，地上射起了无数的箭头，房屋上落下万千条瀑布。几分钟，天地已分不开，空中的河往下落，地上的河横流，成了一个灰暗昏黄，有时又白亮亮的，一个水世界。

祥子的衣服早已湿透，全身没有一点干松地方；隔着草帽，他的头发已经全湿。地上的水过了脚面，已经很难迈步；上面的雨直砸着他的头与背，横扫着他的脸，裹着他的裆。他不能抬头，不能睁眼，不能呼吸，不能迈步。他像要立定在水中，不知道哪是路，不晓得前后左右都有什么，只觉得透骨凉的水往身上各处浇。他什么也不知道了，只心中茫茫的有点热气，耳旁有一片雨声。他要把车放下，但是不知放在哪里好。想跑，水裹住他的腿。他就那么半死半活的，低着头一步一步的往前曳。坐车的仿佛死在了车上，一声不出的任着车夫在水里挣命。

雨小了些，祥子微微直了直脊背，吐出一口气："先生，避避再走吧！"

"快走！你把我扔在这儿算怎回事？"坐车的跺着脚喊。

祥子真想硬把车放下，去找个地方避一避。可是，看看身上，已经全往下流水，他知道一站住就会哆嗦成一团。他咬上了牙，蹚着水不管高低深浅的跑起来。刚跑出不远，天黑了一阵，紧跟着一亮，雨又迷住他的眼。

拉到了，坐车的连一个铜板也没多给。祥子没说什么，他已顾不过命来。

雨住一会儿，又下一阵儿，比以前小了许多。祥子一气跑回了家。抱着火，烤了一阵，他哆嗦得像风雨中的树叶。虎妞给他冲了碗姜糖水，他傻子似的抱着碗一气喝完。喝完，他钻了被窝，什么也不知道了，似睡非睡的，耳中刷刷的一片雨声。

到四点多钟，黑云开始显出疲乏来，绵软无力的打着不甚红的闪。一会儿，西边的云裂开，黑的云峰镶上金黄的边，一些白气在云下奔走；闪都到南边去，曳着几声不甚响亮的雷。又待了一会儿，西边的云缝露出来阳光，把带着雨水的树叶照成一片金绿。东边天上挂一双七色的虹，两头插在黑云里，桥背顶着一块青天。虹不久消散了，天上已没有一块黑云，洗过了的蓝空与洗过了的一切，像由黑暗里刚生出一个新的，清凉的，美丽的世界。连大杂院里的水坑上也来了几个各色的蜻蜓。

可是，除了孩子们赤着脚追逐那些蜻蜓，杂院里的人们并顾不得欣赏这雨后的晴天。小福子屋的后檐墙塌了一块，姐儿三个忙着把炕席揭起来，堵住窟窿。院墙塌了好几处，大家没工夫去管，只顾了收拾自己的屋里：有的台阶太矮，水已灌到屋中，大家七手八脚的拿着簸箕破碗往外淘水。有的倒了山墙，设法去填堵。有的屋顶漏得像个喷壶，把东西全淋湿，忙着往出搬运，放在炉旁去烤，或搁在窗台上去晒。在正下雨的时候，大家躲在那随时可以塌倒而把他们活埋了的屋中，把命交给了老天；雨后，他们算计着，收拾着，那些损失；虽然大雨过去，一斤粮食也许落一半个铜子，可是他们的损失不是这个所能偿补的。他们花着房钱，可是永远没人来修补房子；除非塌得无法再住人，才来一两个泥水匠，用些素泥碎砖稀松的堵砌上——预备着再塌。房钱交不上，全家便被撵出去，而且扣了东西。房子破，房子可以砸死人，没人管。他们那点钱，只能租这样的屋子；破，危险，都活该！

最大的损失是被雨水激病。他们连孩子带大人都一天到晚在街上找生意，而夏天的暴雨随时能浇在他们的头上。他们都是卖力气挣钱，老是一身热汗，而北方的暴雨是那么急，那么凉，有时夹着核桃大的冰雹；冰凉的雨点，打在那开张着的汗毛眼上，至少教他们躺在炕上，发一两天烧。孩子病了，没钱买药；一场雨，催高了田中的老玉米与高粱，可是也能浇死不少城里的贫苦儿女。大人们病了，就更了不得；雨后，诗人们吟咏着荷珠与双虹；穷人家，大人病了，便全家挨了饿。一场雨，也许多添几个妓女或小贼，多有些人下到监狱去；大人病了，儿女们作贼作娼也比饿着强！雨下给富人，也下给穷人；下给义人，也下给不义的人。其实，雨并不公道，因为下落在一个没有公道的世界上。

祥子病了。大杂院里的病人并不止于他一个。

十九

祥子昏昏沉沉的睡了两昼夜，虎妞着了慌。到娘娘庙，她求了个神方：一点香灰之外，还有两三味草药。给他灌下去，他的确睁开眼看了看，可是待了一会儿又睡着了，嘴里唧唧咕咕的不晓得说了些什么。虎妞这才想起去请大夫。扎了两针，服了剂药，他清醒过来，一睁眼便问："还下雨吗？"

第二剂药煎好，他不肯吃。既心疼钱，又恨自己这样的不济，居然会被一场雨给激病，他不肯喝那碗苦汁子。为证明他用不着吃药，他想马上穿起衣裳就下地。可是刚一坐起来，他的头像有块大石头赘着，脖子一软，眼前冒了金花，他又倒下了。什么也无须说了，他接过碗来，把药吞下去。

他躺了十天。越躺着越起急，有时候他趴在枕头上，有泪无声的哭。他知道自己不能去挣钱，那么一切花费就都得由虎妞往外垫；多咱把她的钱垫完，多咱便全仗着他的一辆车子；凭虎妞的爱花爱吃，他供给不起，况且她还有了孕呢！越起不来越爱胡思乱想，越想越愁得慌，病也就越不容易好。

刚顾过命来，他就问虎妞："车呢？"

"放心吧，赁给丁四拉着呢！"

"啊！"他不放心他的车，唯恐被丁四，或任何人，给拉坏。可是自己既不能下地，当然得赁出去，还能闲着吗？他心里计算：自己拉，每天好歹一背拉①总有五六毛钱的进项。房钱，煤米柴炭，

---
①背拉，即平均。

灯油茶水，还先别算添衣服，也就将够两个人用的，还得处处抠搜①，不能像虎妞那么满不在乎。现在，每天只进一毛多钱的车租，得干赔上四五毛，还不算吃药。假若病老不好，该怎办呢？是的，不怪二强子喝酒，不怪那些苦朋友们胡作非为，拉车这条路是死路！不管你怎样卖力气，要强，你可就别成家，别生病，别出一点岔儿。哼！他想起来，自己的头一辆车，自己攒下的那点钱，又招谁惹谁了？不因生病，也不是为成家，就那么无情无理的丢了！好也不行，歹也不行，这条路上只有死亡，而且说不定哪时就来到，自己一点也不晓得。想到这里，由忧愁改为颓废，嗐，干它的去，起不来就躺着，反正是那么回事！他什么也不想了，静静的躺着。不久他又忍不下去了，想马上起来，还得去苦奔；道路是死的，人心是活的，在入棺材以前总是不断的希望着。可是，他立不起来。只好无聊的，乞怜的，要向虎妞说几句话：

"我说那辆车不吉祥，真不吉祥！"

"养你的病吧！老说车，车迷！"

他没再说什么。对了，自己是车迷！自从一拉车，便相信车是一切，敢情……

病刚轻了些,他下了地。对着镜子看了看,他不认得镜中的人了：满脸胡子拉碴，太阳与腮都瘪进去，眼是两个深坑，那块疤上有好多皱纹！屋里非常的热闷，他不敢到院中去，一来是腿软得像没了骨头，二来是怕被人家看见他。不但在这个院里，就是东西城各车口上，谁不知道祥子是头顶头的②棒小伙子。祥子不能就是这个样的病鬼！他不肯出去。在屋里，又憋闷得慌。他恨不能一口吃壮起来，好出去拉车。可是，病是毁人的，它的来去全由着它自己。

歇了有一个月，他不管病完全好了没有，就拉上车。把帽子戴得极低，为是教人认不出来他，好可以缓着劲儿跑。"祥子"与"快"

---

①抠搜，即俭省。
②头顶头的，即第一等的。

是分不开的，他不能大模大样的慢慢蹭，教人家看不起。

身子本来没好利落，又贪着多拉几号，好补上病中的亏空，拉了几天，病又回来了。这回添上了痢疾。他急得抽自己的嘴巴，没用，肚皮似乎已挨着了腰，还泻。好容易痢疾止住了，他的腿连蹲下再起来都费劲，不用说想去跑一阵了。他又歇了一个月！他晓得虎妞手中的钱大概快垫完了！

到八月十五，他决定出车；这回要是再病了，他起了誓，他就去跳河！

在他第一次病中，小福子时常过来看看。祥子的嘴一向干不过虎妞，而心中又是那么憋闷，所以有时候就和小福子说几句。这个，招翻了虎妞。祥子不在家，小福子是好朋友；祥子在家，小福子是，按照虎妞的想法，"来吊棒①！好不要脸！"她力逼着小福子还上欠着她的钱，"从此以后，不准再进来！"

小福子失去了招待客人的地方，而自己的屋里又是那么破烂——炕席堵着后檐墙，她无可如何，只得到"转运公司"②去报名。可是，"转运公司"并不需要她这样的货。人家是介绍"女学生"与"大家闺秀"的，门路高，用钱大，不要她这样的平凡人物。她没了办法。想去下窑子，既然没有本钱，不能混自家的买卖，当然得押给班儿里。但是，这样办就完全失去自由，谁照应着两个弟弟呢？死是最简单容易的事，活着已经是在地狱里。她不怕死，可也不想死，因为她要作些比死更勇敢更伟大的事。她要看着两个弟弟都能挣上钱，再死也就放心了。自己早晚是一死，但须死一个而救活了俩！想来想去，她只有一条路可走：贱卖。肯进她那间小屋的当然不肯出大价钱，好吧，谁来也好吧，给个钱就行。这样，倒省了衣裳与脂粉；来找她的并不敢希望她打扮得怎么够格局，他们是按钱数取乐的；她年纪很轻，已经是个便宜了。

---

① 吊棒，下流话，即调情。
② 给暗娼介绍生意的地方。

虎妞的身子已不大方便，连上街买趟东西都怕有些失闪，而祥子一走就是一天，小福子又不肯过来，她寂寞得像个被拴在屋里的狗。越寂寞越恨，她以为小福子的减价出售是故意的气她。她才不能吃这个瘪子①：坐在外间屋，敞开门，她等着。有人往小福子屋走，她便扯着嗓子说闲话，教他们难堪，也教小福子吃不住。小福子的客人少了，她高了兴。

小福子晓得这么下去，全院的人慢慢就会都响应虎妞，而把自己撵出去。她只是害怕，不敢生气，落到她这步天地的人晓得把事实放在气和泪的前边。她带着小弟弟过来，给虎妞下了一跪。什么也没说，可是神色也带出来：这一跪要还不行的话，她自己不怕死，谁可也别想活着！最伟大的牺牲是忍辱，最伟大的忍辱是预备反抗。

虎妞倒没了主意。怎想怎不是味儿，可是带着那么个大肚子，她不敢去打架。武的既拿不出来，只好给自己个台阶：她是逗着小福子玩呢，谁想弄假成真，小福子的心眼太死。这样解释开，她们又成了好友，她照旧给小福子维持一切。

自从中秋出车，祥子处处加了谨慎，两场病教他明白了自己并不是铁打的。多挣钱的雄心并没完全忘掉，可是屡次的打击使他认清楚了个人的力量是多么微弱；好汉到时候非咬牙不可，但咬上牙也会吐了血！痢疾虽然已好，他的肚子可时时的还疼一阵。有时候腿脚正好蹓开了，想试着步儿加点速度，肚子里绳绞似的一拧，他缓了步，甚至于忽然收住脚，低着头，缩着肚子，强忍一会儿。独自拉着座儿还好办，赶上拉帮儿车的时候，他猛孤仃的收住步，使大家莫名其妙，而他自己非常的难堪。自己才二十多岁，已经这么闹笑话，赶到三四十岁的时候，应当怎样呢？这么一想，他轰的一下冒了汗！

为自己的身体，他很愿再去拉包车。到底是一工儿活有个缓气

---

①吃瘪子，即受窘，作难。

的时候；跑的时候要快，可是休息的工夫也长，总比拉散座儿轻闲。他可也准知道，虎妞绝对不会放手他，成了家便没了自由，而虎妞又是特别的厉害。他认了背运。

半年来的，由秋而冬，他就那么一半对付，一半挣扎，不敢大意，也不敢偷懒，心中憋憋闷闷的，低着头苦奔。低着头，他不敢再像原先那么楞葱似的，什么也不在乎了。至于挣钱，他还是比一般的车夫多挣着些。除非他的肚子正绞着疼，他总不肯空放走一个买卖，该拉就拉，他始终没染上恶习。什么故意的绷大价，什么中途倒车，什么死等好座儿，他都没学会。这样，他多受了累，可是天天准进钱。他不取巧，所以也就没有危险。

可是，钱进得不少，并不能剩下。左手进来，右手出去，一天一个干净。他连攒钱都想也不敢想了。他知道怎样省着，虎妞可会花呢。虎妞的"月子"①是转过年二月初的。自从一入冬，她的怀已显了形，而且爱故意的往外腆着，好显出自己的重要。看着自己的肚子，她简直连炕也懒得下。作菜作饭全托付给了小福子，自然那些剩汤腊水的就得教小福子拿去给弟弟们吃。这个，就费了许多。饭菜而外，她还得吃零食，肚子越显形，她就觉得越须多吃好东西；不能亏着嘴。她不但随时的买零七八碎的，而且嘱咐祥子每天给她带回点儿来。祥子挣多少，她花多少，她的要求随着他的钱涨落。祥子不能说什么。他病着的时候，花了她的钱，那么一还一报，他当然也得给她花。祥子稍微紧一紧手，她马上会生病，"怀孕就是害九个多月的病，你懂得什么？"她说的也是真话。

到过新年的时候，她的主意就更多了。她自己动不了窝，便派小福子一趟八趟的去买东西。她恨自己出不去，又疼爱自己而不肯出去，不出去又憋闷的慌，所以只好多买些东西来看着还舒服些。她口口声声不是为她自己买而是心疼祥子："你苦奔了一年，还不吃

①妇女生产，习惯上须休息一个月，俗称"坐月子"。

一口哪？自从病后，你就没十分足壮起来；到年底下还不吃，等饿得像个瘪臭虫哪？”祥子不便辩驳，也不会辩驳；及至把东西做好，她一吃便是两三大碗。吃完，又没有运动，她撑得慌，抱着肚子一定说是犯了胎气！

　　过了年，她无论如何也不准祥子在晚间出去，她不定哪时就生养，她害怕。这时候，她才想起自己的实在岁数来，虽然还不肯明说，可是再也不对他讲，“我只比你大‘一点’了”。她这么闹哄，祥子迷了头。生命的延续不过是生儿养女，祥子心里不由的有点喜欢，即使一点也不需要一个小孩，可是那个将来到自己身上，最简单而最玄妙的“爸”字，使铁心的人也得要闭上眼想一想，无论怎么想，这个字总是动心的。祥子，笨手笨脚的，想不到自己有什么好处和可自傲的地方；一想到这个奇妙的字，他忽然觉出自己的尊贵，仿佛没有什么也没关系，只要有了小孩，生命便不会是个空的。同时，他想对虎妞尽自己所能的去供给，去伺候，她现在已不是“一”个人；即使她很讨厌，可是在这件事上她有一百成的功劳。不过，无论她有多么大的功劳，她的闹腾劲儿可也真没法受。她一会儿一个主意，见神见鬼的乱哄，而祥子必须出去挣钱，需要休息，即使钱可以乱花，他总得安安顿顿的睡一夜，好到明天再去苦曳。她不准他晚上出去，也不准他好好的睡觉，他一点主意也没有，成天际晕晕忽忽的，不知怎样才好。有时候欣喜，有时候着急，有时候烦闷，有时候为欣喜而又要惭愧，有时候为着急而又要自慰，有时候为烦闷而又要欣喜，感情在他心中绕着圆圈，把个最简单的人闹得不知道了东西南北。有一回，他竟自把座儿拉过了地方，忘了人家雇到哪里！

　　灯节左右，虎妞决定教祥子去请收生婆，她已支持不住。收生婆来到，告诉她还不到时候，并且说了些要临盆时的征象。她忍了两天，就又闹腾起来。把收生婆又请了来，还是不到时候。她哭着喊着要去寻死，不能再受这个折磨。祥子一点办法没有，为表明自己尽心，只好依了她的要求，暂不去拉车。

一直闹到月底，连祥子也看出来，这是真到了时候，她已经不像人样了。收生婆又来到，给祥子一点暗示，恐怕要难产。虎妞的岁数，这又是头胎，平日缺乏运动，而胎又很大，因为孕期里贪吃油腻；这几项合起来，打算顺顺当当的生产是希望不到的。况且一向没经过医生检查过，胎的部位并没有矫正过；收生婆没有这份手术，可是会说：就怕是横生逆产呀！

　　在这杂院里，小孩的生与母亲的死已被大家习惯的并为一谈。可是虎妞比别人都更多着些危险，别个妇人都是一直到临盆那一天还操作活动，而且吃得不足，胎不会很大，所以倒能容易产生。她们的危险是在产后的失调，而虎妞却与她们正相反。她的优越正是她的祸患。

　　祥子，小福子，收生婆，连着守了她三天三夜。她把一切的神佛都喊到了，并且许下多少誓愿，都没有用。最后，她嗓子已哑，只低唤着"妈哟！妈哟！"收生婆没办法，大家都没办法，还是她自己出的主意，教祥子到德胜门外去请陈二奶奶——顶着一位虾蟆大仙。陈二奶奶非五块钱不来，虎妞拿出最后的七八块钱来："好祥子，快快去吧！花钱不要紧！等我好了，我乖乖的跟你过日子！快去吧！"

　　陈二奶奶带着"童儿"——四十来岁的一位黄脸大汉——快到掌灯的时候才到。她有五十来岁，穿着蓝绸子袄，头上戴着红石榴花，和全份的镀金首饰。眼睛直勾勾的，进门先净了手，而后上了香；她自己先磕了头，然后坐在香案后面，呆呆的看着香苗。忽然连身子都一摇动，打了个极大的冷战，垂下头，闭上眼，半天没动静。屋中连落个针都可以听到，虎妞也咬上牙不敢出声。慢慢的，陈二奶奶抬起头来，点着头看了看大家；"童儿"扯了扯祥子，教他赶紧磕头。祥子不知道自己信神不信，只觉得磕头总不会出错儿。迷迷忽忽的，他不晓得磕了几个头。立起来，他看着那对直勾勾的"神"眼，和那烧透了的红亮香苗，闻着香烟的味道，心中渺茫的希望着这个阵式里会有些好处，呆呆的，他手心上出着凉汗。

虾蟆大仙说话老声老气的，而且有些结巴："不，不，不要紧！画道催，催，催生符！"

"童儿"急忙递过黄绵纸，大仙在香苗上抓了几抓，而后沾着吐沫在纸上画。

画完符，她又结结巴巴的说了几句：大概的意思是虎妞前世里欠这孩子的债，所以得受些折磨。祥子晕头打脑的没甚听明白，可是有些害怕。

陈二奶奶打了个长大的哈欠，闭目愣了会儿，仿佛是大梦初醒的样子睁开了眼。"童儿"赶紧报告大仙的言语。她似乎很喜欢："今天大仙高兴，爱说话！"然后她指导着祥子怎样教虎妞喝下那道神符，并且给她一丸药，和神符一同服下去。

陈二奶奶热心的等着看看神符的效验，所以祥子得给她预备点饭。祥子把这个托付给小福子去办。小福子给买来热芝麻酱烧饼和酱肘子；陈二奶奶还嫌没有盅酒吃。

虎妞服下去神符，陈二奶奶与"童儿"吃过了东西，虎妞还是翻滚的闹。直闹了一点多钟，她的眼珠已慢慢往上翻。陈二奶奶还有主意，不慌不忙的教祥子跪一股高香。祥子对陈二奶奶的信心已经剩不多了，但是既花了五块钱，爽性就把她的方法都试验试验吧；既不肯打她一顿，那么就依着她的主意办好了，万一有些灵验呢！

直挺挺的跪在高香前面，他不晓得求的是什么神，可是他心中想要虔诚。看着香火的跳动，他假装在火苗上看见了一些什么形影，心中便祷告着。香越烧越矮，火苗当中露出些黑道来，他把头低下去，手扶在地上，迷迷忽忽的有些发困，他已两三天没得好好的睡了。脖子忽然一软，他唬了一跳，再看，香已烧得剩了不多。他没管到了该立起来的时候没有，挂着地就慢慢立起来，腿已有些发木。

陈二奶奶和"童儿"已经偷偷的溜了。

祥子没顾得恨她，而急忙过去看虎妞，他知道事情到了极不好办的时候。虎妞只剩了大口的咽气，已经不会出声。收生婆告诉他，想法子到医院去吧，她的方法已经用尽。

祥子心中仿佛忽然的裂了，张着大嘴哭起来。小福子也落着泪，可是处在帮忙的地位，她到底心里还清楚一点。"祥哥！先别哭！我去上医院问问吧？"

没管祥子听见了没有，她抹着泪跑出去。

她去了有一点钟。跑回来，她已喘得说不上来话。扶着桌子，她干嗽了半天才说出来：医生来一趟是十块钱，只是看看，并不管接生。接生是二十块。要是难产的话，得到医院去，那就得几十块了。"祥哥！你看怎办呢？！"

祥子没办法，只好等着该死的就死吧！

愚蠢与残忍是这里的一些现象；所以愚蠢，所以残忍，却另有原因。

虎妞在夜里十二点，带着个死孩子，断了气。

二十

祥子的车卖了！

钱就和流水似的，他的手已拦不住；死人总得抬出去，连开张殃榜也得花钱。

祥子像傻了一般，看着大家忙乱，他只管往外掏钱。他的眼红得可怕，眼角堆着一团黄白的眵目糊；耳朵发聋，楞楞磕磕的随着大家乱转，可不知道自己作的是什么。

跟着虎妞的棺材往城外走，他这才清楚了一些，可是心里还顾不得思索任何事情。没有人送殡，除了祥子，就是小福子的两个弟弟，一人手中拿着薄薄的一打儿纸钱，沿路撒给那拦路鬼。

楞楞磕磕的，祥子看着杠夫把棺材埋好，他没有哭。他的脑中像烧着一把烈火，把泪已烧干，想哭也哭不出。呆呆的看着，他几乎不知那是干什么呢。直到"头儿"过来交待，他才想起回家。

屋里已被小福子给收拾好。回来，他一头倒在炕上，已经累得不能再动。眼睛干巴巴的闭不上，他呆呆的看着那有些雨漏痕迹的顶棚。既不能睡去，他坐了起来。看了屋中一眼，他不敢再看。心中不知怎样好。他出去买了包"黄狮子"烟来。坐在炕沿上，点着了一支烟；并不爱吸。呆呆的看着烟头上那点蓝烟，忽然泪一串串的流下来，不但想起虎妞，也想起一切。到城里来了几年，这是他努力的结果，就是这样，就是这样！他连哭都哭不出声来！车，车，车是自己的饭碗。买，丢了；再买，卖出去；三起三落，像个鬼影，永远抓不牢，而空受那些辛苦与委屈。没了，什么都没了，连个老婆也没了！虎妞虽然厉害，但是没了她怎能成个家呢？看着屋中的

161

东西，都是她的，她本人可是埋在了城外！越想越恨，泪被怒火截住，他狠狠的吸那支烟，越不爱吸越偏要吸。把烟吸完，手捧着头，口中与心中都发辣，要狂喊一阵，把心中的血都喷出来才痛快。

不知道什么工夫，小福子进来了，立在外间屋的菜案前，呆呆的看着他。

他猛一抬头，看见了她，泪极快的又流下来。此时，就是他看见只狗，他也会流泪；满心的委屈，遇见个活的东西才想发泄；他想跟她说说，想得到一些同情。可是，话太多，他的嘴反倒张不开了。

"祥哥！"她往前凑了凑，"我把东西都收拾好了。"

他点了点头，顾不及谢谢她；悲哀中的礼貌是虚伪。

"你打算怎办呢？"

"啊？"他好像没听明白，但紧跟着他明白过来，摇了摇头——他顾不得想办法。

她又往前走了两步，脸上忽然红起来，露出几个白牙，可是话没能说出。她的生活使她不能不忘掉羞耻，可是遇到正经事，她还是个有真心的女人：女子的心在羞耻上运用着一大半。"我想……"她只说出这么点来。她心中的话很多；脸一红，它们全忽然的跑散，再也想不起来。

人间的真话本来不多，一个女子的脸红胜过一大片话；连祥子也明白了她的意思。在他的眼里，她是个最美的女子，美在骨头里，就是她满身都长了疮，把皮肉都烂掉，在他心中她依然很美。她美，她年轻，她要强，她勤俭。假若祥子想再娶，她是个理想的人。他并不想马上就续娶，他顾不得想任何的事。可是她既然愿意，而且是因为生活的压迫不能不马上提出来，他似乎没有法子拒绝。她本人是那么好，而且帮了他这么多的忙，他只能点头，他真想过去抱住她，痛痛快快的哭一场，把委屈都哭净，而后与她努力同心的再往下苦奔。在她身上，他看见了一个男人从女子所能得的与所应得的安慰。他的口不大爱说话，见了她，他愿意随便的说；有她听着，他的话才不至于白说；她的一点头，或一笑，都是最美满的回答，使他觉得真是成了"家"。

正在这个时候，小福子的二弟弟进来了："姐姐！爸爸来了！"

她皱了皱眉。她刚推开门，二强子已走到院中。

"你上祥子屋里干什么去了？"二强子的眼睛瞪圆，两脚拌着蒜，东一晃西一晃的扑过来："你卖还卖不够，还得白教祥子玩？你个不要脸的东西！"

祥子，听到自己的名字，赶了出来，立在小福子的身后。

"我说祥子，"二强子歪歪拧拧的想挺起胸脯，可是连立也立不稳："我说祥子，你还算人吗？你占谁的便宜也罢，单占她的便宜？什么玩艺！"

祥子不肯欺负个醉鬼，可是心中的积郁使他没法管束住自己的怒气。他赶上一步去。四只红眼睛对了光，好像要在空气中激触，发出火花。祥子一把扯住二强子的肩，就像提拉着个孩子似的，掷出老远。

良心的谴责，借着点酒，变成狂暴：二强子的醉本来多少有些假装。经这一摔，他醒过来一半。他想反攻，可是明知不是祥子的对手。就这么老老实实的出去，又十分的不是味儿。他坐在地上，不肯往起立，又不便老这么坐着。心中十分的乱，嘴里只好随便的说了："我管教儿女，与你什么相干？揍我？你姥姥！你也得配！"

祥子不愿还口，只静静的等着他反攻。

小福子含着泪，不知怎样好。劝父亲是没用的，看着祥子打他也于心不安。她将全身都摸索到了，凑出十几个铜子儿来，交给了弟弟。弟弟平日绝不敢挨近爸爸的身，今天看爸爸是被揍在地上，胆子大了些。"给你，走吧！"

二强子棱棱着眼把钱接过去，一边往起立，一边叨唠："放着你们这群丫头养的！招翻了太爷，妈的弄刀全宰了你们！"快走到街门了，他喊了声"祥子！搁着这个碴儿①，咱们外头见！"

二强子走后，祥子和小福子一同进到屋中。

"我没法子！"她自言自语的说了这么句，这一句总结了她一切的困难，并且含着无限的希望——假如祥子愿意娶她，她便有了办法。

祥子，经过这一场，在她的身上看出许多黑影来。他还喜欢她，可是负不起养着她两个弟弟和一个醉爸爸的责任！他不敢想虎妞一死，他便有了自由；虎妞也有虎妞的好处，至少是在经济上帮了他许多。他不敢想小福子要是死吃他一口，可是她这一家人都不会挣饭吃也千真万确。爱与不爱，穷人得在金钱上决定，"情种"只生在大富之家。

他开始收拾东西。

"你要搬走吧？"小福子连嘴唇全白了。

"搬走！"他狠了心，在没有公道的世界里，穷人仗着狠心维持个人的自由，那很小很小的一点自由。

看了他一眼，她低着头走出去。她不恨，也不恼，只是绝望。

虎妞的首饰与好一点的衣服，都带到棺材里去。剩下的只是一些破旧的衣裳，几件木器，和些盆碗锅勺什么的。祥子由那些衣服中拣出几件较好的来，放在一边；其余的连衣服带器具全卖。他叫来个"打鼓儿的"②，一口价卖了十几块钱。他急于搬走，急于打发了这些东西，所以没心思去多找几个人来慢慢的绷着价儿③。"打鼓儿的"把东西收拾了走，屋中只剩下他的一份铺盖和那几件挑出来的衣服，在没有席的炕上放着。屋中全空，他觉得痛快了些，仿佛摆脱开了许多缠绕，而他从此可以远走高飞了似的。可是，不大一会儿，他又想起那些东西。桌子已被搬走，桌腿儿可还留下一些

①搁着这个碴儿，即暂不了结，以后再说。
②打鼓儿的，北京收旧货的小贩。
③绷着价儿，即等着高价。

痕迹——一堆堆的细土，贴着墙根形成几个小四方块。看着这些印迹，他想起东西，想起人，梦似的都不见了。不管东西好坏，不管人好坏，没了它们，心便没有地方安放。他坐在了炕沿上，又掏出支"黄狮子"来。

随着烟卷，他带出一张破毛票儿来。有意无意的他把钱全掏了出来；这两天了，他始终没顾到算一算账。掏出一堆来，洋钱，毛票，铜子票，铜子，什么也有。堆儿不小，数了数，还不到二十块。凑上卖东西的十几块，他的财产全部只是三十多块钱。

把钱放在炕砖上，他瞪着它们，不知是哭好，还是笑好。屋里没有人，没有东西，只剩下他自己与这一堆破旧霉污的钱。这是干什么呢？

长叹了一声，无可如何的把钱揣在怀里，然后他把铺盖和那几件衣服抱起来，去找小福子。

"这几件衣裳，你留着穿吧！把铺盖存在这一会儿，我先去找好车厂子，再来取。"不敢看小福子，他低着头一气说完这些。

她什么也没说，只答应了两声。

祥子找好车厂，回来取铺盖，看见她的眼已哭肿。他不会说什么，可是设尽方法想出这么两句："等着吧！等我混好了，我来！一定来！"

她点了点头，没说什么。

祥子只休息了一天，便照旧去拉车。他不像先前那样火着心拉买卖了，可也不故意的偷懒，就那么淡而不厌的一天天的混。这样混过了一个来月，他心中觉得很平静。他的脸臌满起来一些，可是不像原先那么红扑扑的了；脸色发黄，不显着足壮，也并不透出瘦弱。眼睛很明，可没有什么表情，老是那么亮亮的似乎挺有精神，又似乎什么也没看见。他的神气很像风暴后的树，静静的立在阳光里，一点不敢再动。原先他就不喜欢说话，现在更不爱开口了。天已很暖，柳枝上已挂满嫩叶，他有时候向阳放着车，低着头自言自语的嘴微动着，有时候仰面承受着阳光，打个小盹；除了必须开口，他简直的不大和人家过话。

烟卷可是已吸上了瘾。一坐在车上，他的大手便向脚垫下面摸去。点着了支烟，他极缓慢的吸吐，眼随着烟圈儿向上看，呆呆的看着，然后点点头，仿佛看出点意思来似的。

拉起车来，他还比一般的车夫跑得麻利，可是他不再拚命的跑。在拐弯抹角和上下坡儿的时候，他特别的小心。几乎是过度的小心。有人要跟他赛车，不论是怎样的逗弄激发，他低着头一声也不出，依旧不快不慢的跑着。他似乎看透了拉车是怎回事，不再想从这里得到任何的光荣与称赞。

在厂子里，他可是交了朋友；虽然不大爱说话，但是不出声的雁也喜欢群飞。再不交朋友，他的寂寞恐怕就不是他所能忍受的了。他的烟卷盒儿，只要一掏出来，便绕着圈儿递给大家。有时候人家看他的盒里只剩下一支，不好意思伸手，他才简截的说："再买！"赶上大家赌钱，他不像从前那样躲在一边，也过来看看，并且有时候押上一注，输赢都不在乎的，似乎只为向大家表示他很合群，很明白大家奔忙了几天之后应当快乐一下。他们喝酒，他也陪着；不多喝，可是自己出钱买些酒菜让大家吃。以前他所看不上眼的事，现在他都觉得有些意思——自己的路既走不通，便没法不承认别人作得对。朋友之中若有了红白事，原先他不懂得行人情，现在他也出上四十铜子的份子，或随个"公议儿"①。不但是出了钱，他还亲自去吊祭或庆贺，因为他明白了这些事并非是只为糟蹋钱，而是有些必须尽到的人情。在这里人们是真哭或真笑，并不是瞎起哄。

那三十多块钱，他可不敢动。弄了块白布，他自己笨手八脚的拿个大针把钱缝在里面，永远放在贴着肉的地方。不想花，也不想再买车，只是带在身旁，作为一种预备——谁知道将来有什么灾患

---

①公议儿，共同商定的礼物。

呢！病，意外的祸害，都能随时的来到自己身上，总得有个预备。人并不是铁打的，他明白过来。

快到立秋，他又拉上了包月。这回，比以前所混过的宅门里的事都轻闲；要不是这样，他就不会应下这个事来。他现在懂得选择事情了，有合适的包月才干；不然，拉散座也无所不可，不像原先那样火着心往宅门里去了。他晓得了自己的身体是应该保重的，一个车夫而想拚命——像他原先那样——只有丧了命而得不到任何好处。经验使人知道怎样应当油滑一些，因为命只有一条啊！

这回他上工的地方是在雍和宫附近。主人姓夏，五十多岁，知书明礼；家里有太太和十二个儿女。最近娶了个姨太太，不敢让家中知道，所以特意的挑个僻静地方另组织了个小家庭。在雍和宫附近的这个小家庭，只有夏先生和新娶的姨太太；此外还有一个女仆，一个车夫——就是祥子。

祥子很喜欢这个事。先说院子吧，院中一共才有六间房，夏先生住三间，厨房占一间，其余的两间作为下房。院子很小，靠着南墙根有棵半大的小枣树，树尖上挂着十几个半红的枣儿。祥子扫院子的时候，几乎两三笤帚就由这头扫到那头，非常的省事。没有花草可浇灌，他很想整理一下那棵枣树，可是他晓得枣树是多么任性，歪歪拧拧的不受调理，所以也就不便动手。

别的工作也不多。夏先生早晨到衙门去办公，下午五点才回来，祥子只须一送一接；回到家，夏先生就不再出去，好像避难似的。夏太太倒常出去，可是总在四点左右就回来，好让祥子去接夏先生——接回他来，祥子一天的工作就算交待了。再说，夏太太所去的地方不过是东安市场与中山公园什么的，拉到之后，还有很大的休息时间。这点事儿，祥子闹着玩似的就都作了。

夏先生的手很紧，一个小钱也不肯轻易撒手；出来进去，他目不旁视，仿佛街上没有人，也没有东西。太太可手松，三天两头的出去买东西；若是吃的，不好吃便给了仆人；若是用品，等到要再去买新的时候，便先把旧的给了仆人，好跟夏先生交涉要钱。夏先生一生的使命似乎就是鞠躬尽瘁的把所有的精力与金钱全敬献给姨太太；此外，他没有任何生活与享受。他的钱必须借着姨太太的手才会出去，他自己不会花，更说不到给人——据说，他的原配夫人与十二个儿女住在保定，有时候连着四五个月得不到他的一个小钱。

祥子讨厌这位夏先生：成天际弯弯着腰，缩缩着脖，贼似的出入，眼看着脚尖，永远不出声，不花钱，不笑，连坐在车上都像个瘦猴；可是偶尔说一两句话，他会说得极不得人心，仿佛谁都是混账，只有他自己是知书明礼的君子人。祥子不喜欢这样的人。可是他把"事"看成了"事"，只要月间进钱，管别的干什么呢？！况且太太还很开通，吃的用的都常得到一些；算了吧，直当是拉着个不通人情的猴子吧。

对于那个太太，祥子只把她当作个会给点零钱的女人，并不十分喜爱她。她比小福子美多了，而且香粉香水的沤着，绫罗绸缎的包着，更不是小福子所能比上的。不过，她虽然长得美，打扮得漂亮，可是他不知为何一看见她便想起虎妞来；她的身上老有些地方像虎妞，不是那些衣服，也不是她的模样，而是一点什么态度或神味，祥子找不到适当的字来形容。只觉得她与虎妞是，用他所能想出的字，一道货。她很年轻，至多也就是二十二三岁，可是她的气派很老到，绝不像个新出嫁的女子，正像虎妞那样永远没有过少女的腼腆与温柔。她烫着头，穿着高跟鞋，衣服裁得正好能帮忙她扭得有棱有角的。连祥子也看得出，她虽然打扮得这样入时，可是她没有一般的太太们所有的气度。但是她又不像是由妓女出身。祥子摸不清她是怎回事。他只觉得她有些可怕，像虎妞那样可怕。不过，虎妞没有她这么年轻，没有她这么美好；所以祥子就更怕她，仿佛她身上带着他所尝受过的一切女性的厉害与毒恶。他简直不敢正眼看她。

在这儿过了些日子，他越发的怕她了。拉着夏先生出去，祥子没见过他花什么钱；可是，夏先生也有时候去买东西——到大药房去买药。祥子不晓得他买的是什么药；不过，每逢买了药来，他们夫妇就似乎特别的喜欢，连大气不出的夏先生也显着特别的精神。精神了两三天，夏先生又不大出气了，而且腰弯得更深了些，很像由街上买来的活鱼，乍放在水中欢炽一会儿，不久便又老实了。一看到夏先生坐在车上像个死鬼似的，祥子便知道又到了上药房的时候。他不喜欢夏先生，可是每逢到药房去，他不由的替这个老瘦猴难过。赶到夏先生拿着药包回到家中，祥子便想起虎妞，心中说不清的怎么难受。他不愿意怀恨着死鬼，可是看看自己，看看夏先生，他没法不怨恨她；无论怎说，他的身体是不像从前那么结实了，虎妞应负着大部分的责任。

他很想辞工不干了。可是，为这点不靠边的事而辞工，又仿佛不像话；吸着"黄狮子"，他自言自语的说，"管别人的闲事干吗?！"

二十一

菊花下市的时候，夏太太因为买了四盆花，而被女仆杨妈摔了一盆，就和杨妈吵闹起来。杨妈来自乡间，根本以为花草算不了什么重要的东西；不过，既是打了人家的物件，不管怎么不重要，总是自己粗心大意，所以就一声没敢出。及至夏太太闹上没完，村的野的一劲儿叫骂，杨妈的火儿再也按不住，可就还了口。乡下人急了，不会拿着尺寸说话，她抖着底儿把最粗野的骂出来。夏太太跳着脚儿骂了一阵，教杨妈马上卷铺盖滚蛋。

祥子始终没过来劝解，他的嘴不会劝架，更不会劝解两个妇人的架。及至他听到杨妈骂夏太太是暗门子，千人骑万人摸的臭 ×，他知道杨妈的事必定吹了。同时也看出来，杨妈要是吹了，他自己也得跟着吹；夏太太大概不会留着个知道她的历史的仆人。杨妈走后，他等着被辞；算计着，大概新女仆来到就是他该卷铺盖的时候了。他可是没为这个发愁，经验使他冷静的上工辞工，犯不着用什么感情。

可是，杨妈走后，夏太太对祥子反倒非常的客气。没了女仆，她得自己去下厨房做饭。她给祥子钱，教他出去买菜。买回来，她嘱咐他把什么该剥了皮，把什么该洗一洗。他剥皮洗菜，她就切肉煮饭，一边作事，一边找着话跟他说。她穿着件粉红的卫生衣，下面衬着条青裤子，脚上趿拉着双白缎子绣花的拖鞋。祥子低着头笨手笨脚的工作，不敢看她，可是又想看她，她的香水味儿时时强烈的流入他的鼻中，似乎是告诉他非看看她不可，像香花那样引逗蜂蝶。

祥子晓得妇女的厉害，也晓得妇女的好处；一个虎妞已足使任何人怕女子，又舍不得女子。何况，夏太太又远非虎妞所能比得上的呢。祥子不由的看了她两眼，假若她和虎妞一样的可怕，她可是有比虎妞强着许多倍使人爱慕的地方。

　　这要搁在二年前，祥子决不敢看她这么两眼。现在，他不大管这个了：一来是经过妇女引诱过的，没法再管束自己。二来是他已经渐渐入了"车夫"的辙：一般车夫所认为对的，他现在也看着对；自己的努力与克己既然失败，大家的行为一定是有道理的，他非作个"车夫"不可，不管自己愿意不愿意；与众不同是行不开的。那么，拾个便宜是一般的苦人认为正当的，祥子干吗见便宜不捡着呢？他看了这个娘们两眼，是的，她只是个娘们！假如她愿意呢，祥子没法拒绝。他不敢相信她就能这么下贱，可是万一呢？她不动，祥子当然不动；她要是先露出点意思，他没主意。她已经露出点意思来了吧？要不然，干吗散了杨妈而不马上去雇人，单教祥子帮忙做饭呢？干吗下厨房还擦那么多香水呢？祥子不敢决定什么，不敢希望什么，可是心里又微微的要决定点什么，要有点什么希望。他好像是作着个不实在的好梦，知道是梦，又愿意继续往下作。生命有种热力逼着他承认自己没出息，而在这没出息的事里藏着最大的快乐——也许是最大的苦恼，谁管它！

　　一点希冀，鼓起些勇气；一些勇气激起很大的热力；他心中烧起火来。这里没有一点下贱，他与她都不下贱，欲火是平等的！

　　一点恐惧，唤醒了理智；一点理智浇灭了心火；他几乎想马上逃走。这里只有苦恼，上这条路的必闹出笑话！

　　忽然希冀，忽然惧怕，他心中像发了疟疾。这比遇上虎妞的时候更加难过；那时候，他什么也不知道，像个初次出来的小蜂落在蛛网上；现在，他知道应当怎样的小心，也知道怎样的大胆，他莫名其妙的要往下蹚，又清清楚楚的怕掉下去！

　　他不轻看这位姨太太，这位暗娼，这位美人，她是一切，又什么也不是。假若他也有些可以自解的地方，他想，倒是那个老瘦猴似的夏先生可恶，应当得些恶报。有他那样的丈夫，她作什么也没过错。有他那样的主人，他——祥子——作什么也没关系。他胆子大起来。

可是，她并没理会他看了她没有。作得了饭，她独自在厨房里吃；吃完，她喊了声祥子："你吃吧。吃完可得把家伙刷出来。下半天你接先生去的时候，就手儿买来晚上的菜，省得再出去了。明天是星期，先生在家，我出去找老妈子去。你有熟人没有，给荐一个？老妈子真难找！好吧，先吃去吧，别凉了！"

她说得非常的大方，自然。那件粉红的卫生衣忽然——在祥子眼中——仿佛素净了许多。他反倒有些失望，由失望而感到惭愧，自己看明白自己已不是要强的人，不仅是不要强的人，而且是坏人！胡胡涂涂的扒搂了两碗饭，他觉得非常的无聊。洗了家伙，到自己屋中坐下，一气不知道吸了多少根"黄狮子"！

到下午去接夏先生的时候，他不知为什么非常的恨这个老瘦猴。他真想拉得欢欢的，一撒手，把这老家伙摔个半死。他这才明白过来，先前在一个宅门里拉车，老爷的三姨太太和大少爷不甚清楚，经老爷发觉了以后，大少爷怎么几乎把老爷给毒死；他先前以为大少爷太年轻不懂事，现在他才明白过来那个老爷怎么该死。可是，他并不想杀人，他只觉得夏先生讨厌，可恶，而没有法子惩治他。他故意的上下颠动车把，摇这个老猴子几下。老猴子并没说什么，祥子反倒有点不得劲儿。他永远没作过这样的事，偶尔有理由的作出来也不能原谅自己。后悔使他对一切都冷淡了些，干吗故意找不自在呢？无论怎说，自己是个车夫，给人家好好作事就结了，想别的有什么用？

他心中平静了，把这场无结果的事忘掉；偶尔又想起来，他反觉有点可笑。

第二天，夏太太出去找女仆。出去一会儿就带回来个试工的。

祥子死了心，可是心中怎想怎不是味儿。

星期一午饭后，夏太太把试工的老妈子打发了，嫌她太不干净。然后，她叫祥子去买一斤栗子来。

买了斤熟栗子回来，祥子在屋门外叫了声。

"拿进来吧，"她在屋中说。

祥子进去，她正对着镜子擦粉呢，还穿着那件粉红的卫生衣，可是换了一条淡绿的下衣。由镜子中看到祥子进来，她很快的转过身来，向他一笑。祥子忽然在这个笑容中看见了虎妞，一个年轻而美艳的虎妞。他木在了那里。他的胆气，希望，恐惧，小心，都没有了，只剩下可以大可以小的一口热气，撑着他的全体。这口气使他进就进，退便退，他已没有主张。

次日晚上，他拉着自己的铺盖，回到厂子去。

平日最怕最可耻的一件事，现在他打着哈哈似的泄露给大家——他撒不出尿来了！

大家争着告诉他去买什么药，或去找哪个医生。谁也不觉得这可耻，都同情的给他出主意，并且红着点脸而得意的述说自己这种的经验。好几位年轻的曾经用钱买来过这种病，好几位中年的曾经白拾过这个症候，好几位拉过包月的都有一些分量不同而性质一样的经验，好几位拉过包月的没有亲自经验过这个，而另有些关于主人们的故事，颇值得述说。祥子这点病使他们都打开了心，和他说些知己的话。他自己忘掉羞耻，可也不以这为荣，就那么心平气和的忍受着这点病，和受了点凉或中了些暑并没有多大分别。到疼痛的时候，他稍微有点后悔；舒服一会儿，又想起那点甜美。无论怎样呢，他不着急；生活的经验教他看轻了生命，着急有什么用呢。

这么点药，那么个偏方，揍出他十几块钱去；病并没有除了根。马马虎虎的，他以为是好了便停止住吃药。赶到阴天或换节气的时候，他的骨节儿犯疼，再临时服些药，或硬挺过去，全不拿它当作一回事。命既苦到底儿，身体算什么呢？把这个想开了，连个苍蝇

173

还会在粪坑上取乐呢，何况这么大的一个活人。

病过去之后，他几乎变成另一个人。身量还是那么高，可是那股正气没有了，肩头故意的往前松着些，搭拉着嘴，唇间叼着支烟卷。有时候也把半截烟放在耳朵上夹着，不为那个地方便，而专为耍个飘儿^①。他还是不大爱说话，可是要张口的时候也勉强的耍点俏皮，即使说得不圆满利落，好歹是那么股子劲儿。心里松懈，身态与神气便吊儿郎当。

不过，比起一般的车夫来，他还不能算是很坏。当他独自坐定的时候，想起以前的自己，他还想要强，不甘心就这么溜下去。虽然要强并没有用处，可是毁掉自己也不见得高明。在这种时候，他又想起买车。自己的三十多块钱，为治病已花去十多块，花得冤枉！但是有二十来块打底儿，他到底比别人的完全扎空枪更有希望。这么一想，他很想把未吸完的半盒"黄狮子"扔掉，从此烟酒不动，咬上牙攒钱。由攒钱想到买车，由买车便想到小福子。他觉得有点对不起她，自从由大杂院出来，始终没去看看她，而自己不但没往好了混，反倒弄了一身脏病！

及至见了朋友们，他照旧吸着烟，有机会也喝点酒，把小福子忘得一干二净。和朋友们在一块，他并不挑着头儿去干什么，不过别人要作点什么，他不能不陪着。一天的辛苦与一肚子的委屈，只有和他们说说玩玩，才能暂时忘掉。眼前的舒服驱逐走了高尚的志愿，他愿意快乐一会儿，而后混天地黑的睡个大觉；谁不喜欢这样呢，生活既是那么无聊，痛苦，无望！生活的毒疮只能借着烟酒妇人的毒药麻木一会儿，以毒攻毒，毒气有朝一日必会归了心，谁不知道这个呢，可又谁能有更好的主意代替这个呢？！

越不肯努力便越自怜。以前他什么也不怕，现在他会找安闲自在：刮风下雨，他都不出车；身上有点酸痛，也一歇就是两三天。

---

①耍个飘儿，耍俏。

174

自怜便自私，他那点钱不肯借给别人一块，专为留着风天雨天自己垫着用。烟酒可以让人，钱不能借出去，自己比一切人都娇贵可怜。越闲越懒，无事可作又闷得慌，所以时时需要些娱乐，或吃口好东西。及至想到不该这样浪费光阴与金钱，他的心里永远有句现成的话，由多少经验给他铸成的一句话："当初咱倒要强过呢，有一钉点好处没有？"这句话没人能够驳倒，没人能把它解释开；那么，谁能拦着祥子不往低处去呢？！

懒，能使人脾气大。祥子现在知道怎样对人瞪眼。对车座儿，对巡警，对任何人，他决定不再老老实实的敷衍。当他勤苦卖力的时候，他没得到过公道。现在，他知道自己的汗是怎样的宝贵，能少出一滴便少出一滴；有人要占他的便宜，休想。随便的把车放下，他懒得再动，不管那是该放车的地方不是。巡警过来干涉，他动嘴不动身子，能延宕一会儿便多停一会儿。赶到看见非把车挪开不可了，他的嘴更不能闲着，他会骂。巡警要是不肯挨骂，那么，打一场也没什么，好在祥子知道自己的力气大，先把巡警揍了，再去坐狱也不吃亏。在打架的时候，他又觉出自己的力气与本事，把力气都砸在别人的肉上，他见了光明，太阳好像特别的亮起来。攒着自己的力气好预备打架，他以前连想也没想到过，现在居然成为事实了，而且是件可以使他心中痛快一会儿的事；想起来，多么好笑呢！

不要说是个赤手空拳的巡警，就是那满街横行的汽车，他也不怕。汽车迎头来了，卷起地上所有的灰土，祥子不躲，不论汽车的喇叭怎样的响，不管坐车的怎样着急。汽车也没了法，只好放慢了速度。它慢了，祥子也躲开了，少吃许多尘土。汽车要是由后边来，他也用这一招。他算清楚了，反正汽车不敢伤人，那么为什么老早的躲开，好教它把尘土都带起来呢？巡警是专为给汽车开道的，唯恐它跑得不快与带起来的尘土不多，祥子不是巡警，就不许汽车横行。在巡警眼中，祥子是头等的"刺儿头"，可是他们也不敢惹"刺儿头"。苦人的懒是努力而落了空的自然结果，苦人的耍刺儿含着一些公理。

对于车座儿，他绝对不客气。讲到哪里拉到哪里，一步也不多走。讲到胡同口"上"，而教他拉到胡同口"里"，没那个事！座儿瞪眼，祥子的眼瞪得更大。他晓得那些穿洋服的先生们是多么怕脏了衣裳，也知道穿洋服的先生们——多数的——是多么强横而吝啬。好，他早预备好了；说翻了，过去就是一把，抓住他们五六十块钱一身的洋服的袖子，至少给他们印个大黑手印！赠给他们这么个手印儿，还得照样的给钱，他们晓得那只大手有多么大的力气，那一把已将他们的小细胳臂攥得生疼。

他跑得还不慢，可是不能白白的特别加快。座儿一催，他的大脚便蹭了地："快呀，加多少钱？"没有客气，他卖的是血汗。他不再希望随他们的善心多赏几个了，一分钱一分货，得先讲清楚了再拿出力气来。

对于车，他不再那么爱惜了。买车的心既已冷淡，对别人家的车就漠不关心。车只是辆车，拉着它呢，可以挣出嚼谷与车份便算完结了一切；不拉着它呢，便不用交车份，那么只要手里有够吃一天的钱，就无须往外拉它。人与车的关系不过如此。自然，他还不肯故意的损伤了人家的车，可是也不便分外用心的给保护着。有时候无心中的被别个车夫给碰伤了一块，他决不急里蹦跳的和人家吵闹，而极冷静的拉回厂子去，该赔五毛的，他拿出两毛来，完事。厂主不答应呢，那好办，最后的解决总出不去起打；假如厂主愿意打呢，祥子陪着！

经验是生活的肥料，有什么样的经验便变成什么样的人，在沙漠里养不出牡丹来。祥子完全入了辙，他不比别的车夫好，也不比他们坏，就是那么个车夫样的车夫。这么着，他自己觉得倒比以前舒服，别人也看他顺眼；老鸦是一边黑的，他不希望独自成为白毛儿的。

冬天又来到，从沙漠吹来的黄风一夜的工夫能冻死许多人。听着风声，祥子把头往被子里埋，不敢再起来。直到风停止住那狼嗥鬼叫的响声，他才无可如何的起来，打不定主意是出去好呢，还是歇一天。他懒得去拿那冰凉的车把，怕那噎得使人恶心的风。狂风怕日落，直到四点多钟，风才完全静止，昏黄的天上透出些夕照的微红。他强打精神，把车拉出来。揣着手，用胸部顶着车把的头，无精打采的慢慢的晃，嘴中叼着半根烟卷。一会儿，天便黑了，他想快拉上俩买卖，好早些收车。懒得去点灯，直到沿路的巡警催了他四五次，才把它们点上。

　　在鼓楼前，他在灯下抢着个座儿，往东城拉。连大棉袍也没脱，就那么稀里胡芦的小跑着。他知道这不像样儿，可是，不像样就不像样吧；像样儿谁又多给几个子儿呢？这不是拉车，是混；头上见了汗，他还不肯脱长衣裳，能凑合就凑合。进了小胡同，一条狗大概看穿长衣拉车的不甚顺眼，跟着他咬。他停住了车，倒攥着布掸子，拚命的追着狗打。一直把狗赶没了影，他还又等了会儿，看它敢回来不敢。狗没敢回来，祥子痛快了些："妈妈的！当我怕你呢！"

　　"你这算哪道拉车的呀？听我问你！"车上的人没有好气儿的问。

　　祥子的心一动，这个语声听着耳熟。胡同里很黑，车灯虽亮，可是光都在下边，他看不清车上的是谁。车上的人戴着大风帽，连嘴带鼻子都围在大围脖之内，只露着两个眼。祥子正在猜想。车上的人又说了话：

　　"你不是祥子吗？"

　　祥子明白了，车上的是刘四爷！他轰的一下，全身热辣辣的，不知怎样才好。

　　"我的女儿呢？"

　　"死了！"祥子呆呆的在那里立着，不晓得是自己，还是另一个人说了这两个字。

　　"什么？死了？"

"死了！"

"落在他妈的你手里，还有个不死？！"

祥子忽然找到了自己："你下来！下来！你太老了，禁不住我揍；下来！"

刘四爷的手颤着走下来。"埋在了哪儿？我问你！"

"管不着！"祥子拉起车来就走。

他走出老远，回头看了看，老头子———一个大黑影似的——还在那儿站着呢。

二十二

祥子忘了是往哪里走呢。他昂着头，双手紧紧握住车把，眼放着光，迈着大步往前走；只顾得走，不管方向与目的地。他心中痛快，身上轻松，仿佛把自从娶了虎妞之后所有的倒霉一股拢总都喷在刘四爷身上。忘了冷，忘了张罗买卖，他只想往前走，仿佛走到什么地方他必能找回原来的自己，那个无牵无挂，纯洁，要强，处处努力的祥子。想起胡同中立着的那块黑影，那个老人，似乎什么也不必再说了，战胜了刘四便是战胜了一切。虽然没打这个老家伙一拳，没踹他一脚，可是老头子失去唯一的亲人，而祥子反倒逍遥自在；谁说这不是报应呢！老头子气不死，也得离死差不远！刘老头子有一切，祥子什么也没有；而今，祥子还可以高高兴兴的拉车，而老头子连女儿的坟也找不到！好吧，随你老头子有成堆的洋钱，与天大的脾气，你治不服这个一天现混两个饱的穷光蛋！

越想他越高兴，他真想高声的唱几句什么，教世人都听到这凯歌——祥子又活了，祥子胜利了！晚间的冷气削着他的脸，他不觉得冷，反倒痛快。街灯发着寒光，祥子心中觉得舒畅的发热，处处是光，照亮了自己的将来。半天没吸烟了，不想再吸，从此烟酒不动，祥子要重打鼓另开张，照旧去努力自强，今天战胜了刘四，永远战胜刘四；刘四的诅咒适足以教祥子更成功，更有希望。一口恶气吐出，祥子从此永远吸着新鲜的空气。看看自己的手脚，祥子不还是很年轻么？祥子将要永远年轻，教虎妞死，刘四死，而祥子活着，快活的，要强的，活着——恶人都会遭报，都会死，那抢他车的大兵，不给仆人饭吃的杨太太，欺骗他压迫他的虎妞，轻看他的刘四，诈他钱的孙侦探，愚弄他的陈二奶奶，诱惑他的夏太太……都会死，只有忠诚的祥子活着，永远活着！

"可是，祥子你得从此好好的干哪！"他嘱咐着自己。"干吗不好好的干呢？我有志气，有力量，年纪轻！"他替自己答辩："心中一痛快，谁能拦得住祥子成家立业呢？把前些日子的事搁在谁身上，谁能高兴，谁能不往下溜？那全过去了，明天你们会看见一个新的祥子，比以前的还要好，好的多！"

嘴里咕哝着，脚底下便更加了劲，好像是为自己的话作见证——不是瞎说，我确是有个身子骨儿。虽然闹过病，犯过见不起人的症候，有什么关系呢。心一变，马上身子也强起来，不成问题！出了一身的汗，口中觉得渴，想喝口水，他这才觉出已到了后门。顾不得到茶馆去，他把车放在城门西的"停车处"，叫过提着大瓦壶，拿着黄砂碗的卖茶的小孩来，喝了两碗刷锅水似的茶；非常的难喝，可是他告诉自己，以后就得老喝这个，不能再把钱花在好茶好饭上。这么决定好，爽性再吃点东西——不好往下咽的东西——就作为勤苦耐劳的新生活的开始。他买了十个煎包儿，里边全是白菜帮子，外边又"皮"①又牙碜②。不管怎样难吃，也都把它们吞下去。吃完，用手背抹了抹嘴。上哪儿去呢？

可以投奔的，可依靠的，人，在他心中，只有两个。打算努力自强，他得去找这两个——小福子与曹先生。曹先生是"圣人"，必能原谅他，帮助他，给他出个好主意。顺着曹先生的主意去作事，而后再有小福子的帮助；他打外，她打内，必能成功，必能成功，这是无可疑的！

谁知道曹先生回来没有呢？不要紧，明天到北长街去打听；那里打听不着，他会上左宅去问。只要找着曹先生，什么便都好办了。好吧，今天先去拉一晚上，明天去找曹先生；找到了他，再去看小

①皮，不焦。
②牙碜，坏面不纯净，吃时像咬着沙土的那种感觉。

福子，告诉她这个好消息：祥子并没混好，可是决定往好里混，咱们一同齐心努力的往前奔吧！

这样计划好，他的眼亮得像个老鹰的眼，发着光向四外扫射，看见个座儿，他飞也似跑过去，还没讲好价钱便脱了大棉袄。跑起来，腿确是不似先前了，可是一股热气支撑着全身，他拚命！祥子到底是祥子，祥子拚命跑，还是没有别人的份儿。见一辆，他开一辆，好像发了狂。汗痛快的往外流。跑完一趟，他觉得身上轻了许多，腿又有了那种弹力，还想再跑，像名马没有跑足，立定之后还踢腾着蹄儿那样。他一直跑到夜里一点才收车。回到厂中，除了车份，他还落下九毛多钱。

一觉，他睡到了天亮；翻了个身，再睁开眼，太阳已上来老高。疲乏后的安息是最甜美的享受，起来伸了个懒腰，骨节都轻脆的响，胃中像完全空了，极想吃点什么。

吃了点东西，他笑着告诉厂主："歇一天，有事。"心中计算好：歇一天，把事情都办好，明天开始新的生活。

一直的他奔了北长街去，试试看，万一曹先生已经回来了呢。一边走，一边心里祷告着：曹先生可千万回来了，别教我扑个空！头一样儿不顺当，样样儿就都不顺当！祥子改了，难道老天爷还不保佑么？

到了曹宅门外，他的手哆嗦着去按铃。等着人来开门，他的心要跳出来。对这个熟识的门，他并没顾得想过去的一切，只希望门一开，看见个熟识的脸。他等着，他怀疑院里也许没有人，要不然为什么这样的安静呢，安静得几乎可怕。忽然门里有点响动，他反倒吓了一跳。门开了，门的响声里夹着一声最可宝贵，最亲热可爱的"哟！"高妈！

"祥子？可真少见哪！你怎么瘦了？"高妈可是胖了一些。

"先生在家？"祥子顾不得说别的。

"在家呢。你可倒好，就知道有先生，仿佛咱们就谁也不认识谁！

连个好儿也不问！你真成，永远是'客（怯）木匠——一锯（句）'！进来吧！你混得倒好哇？"她一边往里走，一边问。

"哼！不好！"祥子笑了笑。

"那什么，先生，"高妈在书房外面叫，"祥子来了！"

曹先生正在屋里赶着阳光移动水仙呢："进来！"

"唉，你进去吧，回头咱们再说话儿；我去告诉太太一声；我们全时常念道你！傻人有个傻人缘，你倒别瞧！"高妈叨唠着走进去。

祥子进了书房："先生，我来了！"想要问句好，没说出来。

"啊，祥子！"曹先生在书房里立着，穿着短衣，脸上怪善净的微笑。"坐下！那——"他想了会儿："我们早就回来了，听老程说，你在——对，人和厂。高妈还去找了你一趟，没找到。坐下！你怎样？事情好不好？"

祥子的泪要落下来。他不会和别人谈心，因为他的话都是血作的，窝在心的深处。镇静了半天，他想要把那片血变成的简单的字，流泻出来。一切都在记忆中，一想便全想起来，他得慢慢的把它们排列好，整理好。他是要说出一部活的历史，虽然不晓得其中的意义，可是那一串委屈是真切的，清楚的。

曹先生看出他正在思索，轻轻的坐下，等着他说。

祥子低着头楞了好大半天，忽然抬头看看曹先生，仿佛若是找不到个人听他说，就不说也好似的。

"说吧！"曹先生点了点头。

祥子开始说过去的事，从怎样由乡间到城里说起。本来不想说这些没用的事，可是不说这些，心中不能痛快，事情也显着不齐全。他的记忆是血汗与苦痛砌成的，不能随便说着玩，一说起来也不愿掐头去尾。每一滴汗，每一滴血，都是由生命中流出去的，所以每一件事都有值得说的价值。

进城来，他怎样作苦工，然后怎样改行去拉车。怎样攒钱买上车，怎样丢了……一直说到他现在的情形。连他自己也觉着奇怪，为什么他能说得这么长，而且说得这么畅快。事情，一件挨着一件，全想由心中跳出来。事情自己似乎会找到相当的字眼，一句挨着一句，每一句都是实在的，可爱的，可悲的。他的心不能禁止那些事往外走，他的话也就没法停住。没有一点迟疑，混乱，他好像要一口气把整个的心都拿出来。越说越痛快，忘了自己，因为自己已包在那些话中，每句话中都有他，那要强的，委屈的，辛苦的，堕落的，他。说完，他头上见了汗，心中空了，空得舒服，像晕倒过去而出了凉汗那么空虚舒服。

"现在教我给你出主意？"曹先生问。

祥子点了点头；话已说完，他似乎不愿再张口了。

"还得拉车？"

祥子又点了点头。他不会干别的。

"既是还得去拉车，"曹先生慢慢的说，"那就出不去两条路。一条呢是凑钱买上车，一条呢是暂且赁车拉着，是不是？你手中既没有积蓄，借钱买车，得出利息，还不是一样？莫如就先赁车拉着。还是拉包月好，事情整重，吃住又都靠盘儿。我看你就还上我这儿来好啦；我的车卖给了左先生，你要来的话，得赁一辆来；好不好？"

"那敢情好！"祥子立了起来。"先生不记着那回事了？"

"哪回事？"

"那回，先生和太太都跑到左宅去！"

"呕！"曹先生笑起来。"谁记得那个！那回，我有点太慌。和太太到上海住了几个月，其实满可以不必，左先生早给说好了，那个阮明现在也作了官，对我还不错。那，大概你不知道这点儿；算了吧，我一点也没记着它。还说咱们的吧：你刚才说的那个小福子，她怎么办呢？"

"我没主意！"

"我给你想想看：你要是娶了她，在外面租间房，还是不上算；房租，煤灯炭火都是钱，不够。她跟着你去作工，哪能又那么凑巧，你拉车，她作女仆，不易找到！这倒不好办！"曹先生摇了摇头。"你可别多心，她到底可靠不可靠呢？"

祥子的脸红起来，哽吃了半天才说出来："她没法子才作那个事，我敢下脑袋，她很好！她……"他心中乱开了：许多不同的感情凝成了一团，又忽然要裂开，都要往外跑；他没了话。

"要是这么着呀，"曹先生迟疑不决的说，"除非我这儿可以将就你们。你一个人占一间房，你们俩也占一间房；住的地方可以不发生问题。不知道她会洗洗作作的不会，假若她能作些事呢，就让她帮助高妈；太太不久就要生小孩，高妈一个人也太忙点。她呢，白吃我的饭，我可就也不给她工钱，你看怎样？"

"那敢情好！"祥子天真的笑了。

"不过，这我可不能完全作主，得跟太太商议商议！"

"没错！太太要不放心，我把她带来，教太太看看！"

"那也好，"曹先生也笑了，没想到祥子还能有这么个心眼。"这么着吧，我先和太太提一声，改天你把她带来；太太点了头，咱们就算成功！"

"那么先生，我走吧？"祥子急于去找小福子，报告这个连希望都没敢希望过的好消息。

祥子出了曹宅，大概有十一点左右吧，正是冬季一天里最可爱的时候。这一天特别的晴美，蓝天上没有一点云，日光从干凉的空气中射下，使人感到一些爽快的暖气。鸡鸣犬吠，和小贩们的吆喝声，都能传达到很远，隔着街能听到些响亮清脆的声儿，像从天上落下的鹤唳。洋车都打开了布棚，车上的铜活闪着黄光。便道上骆驼缓慢稳当的走着，街心中汽车电车疾驰，地上来往着人马，天上飞着白鸽，整个的老城处处动中有静，乱得痛快，静得痛快，一片声音，万种生活，都覆在晴爽的蓝天下面，到处静静的立着树木。

祥子的心要跳出来，一直飞到空中去，与白鸽们一同去盘旋！什么都有了：事情，工钱，小福子，在几句话里美满的解决了一切，想也没想到呀！看这个天，多么晴爽干燥，正像北方人那样爽直痛快。人遇到喜事，连天气也好了，他似乎没见过这样可爱的冬晴。为更实际的表示自己的快乐，他买了个冻结实了的柿子，一口下去，满嘴都是冰凌！扎牙根的凉，从口中慢慢凉到胸部，使他全身一颤。几口把它吃完，舌头有些麻木，心中舒服。他扯开大步，去找小福子。心中已看见了那个杂院，那间小屋，与他心爱的人；只差着一对翅膀把他一下送到那里。只要见了她，以前的一切可以一笔勾销，从此另辟一个天地。此刻的急切又超过了去见曹先生的时候，曹先生与他的关系是朋友，主仆，彼此以好换好。她不仅是朋友，她将把她的一生交给他，两个地狱中的人将要抹去泪珠而含着笑携手前进。曹先生的话能感动他，小福子不用说话就能感动他。他对曹先生说了真实的话，他将要对小福子说些更知心的话，跟谁也不能说的话都可以对她说。她，现在，就是他的命，没有她便什么也算不了一回事。他不能仅为自己的吃喝努力，他必须把她从那间小屋救拔出来，而后与他一同住在一间干净暖和的屋里，像一对小鸟似的那么快活，体面，亲热！她可以不管二强子，也可以不管两个弟弟，她必须来帮助祥子。二强子本来可以自己挣饭吃，那两个弟弟也可以对付着去俩人拉一辆车，或作些别的事了；祥子，没她可不行。他的身体，精神，事情，没有一处不需要她的。她也正需要他这么个男人。

越想他越急切，越高兴；天下的女人多了，没有一个像小福子这么好，这么合适的！他已娶过，偷过；已接触过美的和丑的，年老的和年轻的；但是她们都不能挂在他的心上，她们只是妇女，不是伴侣。不错，她不是他心目中所有的那个一清二白的姑娘，可是正因为这个，她才更可怜，更能帮助他。那傻子似的乡下姑娘也许非常的清白，可是绝不会有小福子的本事与心路。况且，他自己呢？心中也有许多黑点呀！那么，他与她正好是一对儿，谁也不高，谁也不低，像一对都有破纹，而都能盛水的罐子，正好摆在一起。

无论怎想，这是件最合适的事。想过这些，他开始想些实际的：先和曹先生支一月的工钱，给她买件棉袍，齐理齐理鞋脚，然后再带她去见曹太太。穿上新的，素净的长棉袍，头上脚下都干干净净的，就凭她的模样，年岁，气派，一定能拿得出手去，一定能讨曹太太的喜欢。没错儿！

走到了地方，他满身是汗。见了那个破大门，好像见了多年未曾回来过的老家：破门，破墙，门楼上的几棵干黄的草，都非常可爱。他进了大门，一直奔了小福子的屋子去。顾不得敲门，顾不得叫一声，他一把拉开了门。一拉开门，他本能的退了回来。炕上坐着个中年的妇人，因屋中没有火，她围着条极破的被子。祥子楞在门外，屋里出了声："怎么啦！报丧哪？怎么不言语一声楞往人家屋里走啊？！你找谁？"

祥子不想说话。他身上的汗全忽然落下去，手扶着那扇破门，他又不敢把希望全都扔弃了："我找小福子！"

"不知道！赶明儿你找人的时候，先问一声再拉门！什么小福子大福子的！"

坐在大门口，他楞了好大半天，心中空了，忘了他是干什么呢。慢慢的他想起一点来，这一点只有小福子那么大小，小福子在他心中走过来，又走过去，像走马灯上的纸人，老那么来回的走，没有一点作用，他似乎忘了他与她的关系。慢慢的，小福子的形影缩小了些，他的心多了一些活动。这才知道了难过。

在不准知道事情的吉凶的时候，人总先往好里想。祥子猜想着，也许小福子搬了家，并没有什么更大的变动。自己不好，为什么不常来看看她呢？惭愧令人动作，好补补自己的过错。最好是先去打听吧。他又进了大院，找住个老邻居探问了一下。没得到什么正确的消息。还不敢失望，连饭也不顾得吃，他想去找二强子；找到那两个弟弟也行。这三个男人总在街面上，不至于难找。

见人就问，车口上，茶馆中，杂院里，尽着他的腿的力量走了一天，问了一天，没有消息。

晚上，他回到车厂，身上已极疲乏，但是还不肯忘了这件事。一天的失望，他不敢再盼望什么了。苦人是容易死的，苦人死了是容易被忘掉的。莫非小福子已经不在了么？退一步想，即使她没死，二强子又把她卖掉，卖到极远的地方去，是可能的；这比死更坏！

烟酒又成了他的朋友。不吸烟怎能思索呢？不喝醉怎能停止住思索呢？

二十三

　　祥子在街上丧胆游魂的走，遇见了小马儿的祖父。老头子已不拉车，身上的衣裳比以前更薄更破，扛着根柳木棍子，前头挂着个大瓦壶，后面悬着个破元宝筐子，筐子里有些烧饼油鬼和一大块砖头。他还认识祥子。

　　说起话来，祥子才知道小马儿已死了半年多，老人把那辆破车卖掉，天天就弄壶茶和些烧饼果子在车口儿上卖。老人还是那么和气可爱，可是腰弯了许多，眼睛迎风流泪，老红着眼皮像刚哭完似的。

　　祥子喝了他一碗茶，把心中的委屈也对他略略说了几句。

　　"你想独自混好？"老人评断着祥子的话："谁不是那么想呢？可是谁又混好了呢？当初，我的身子骨儿好，心眼好，一直混到如今了，我落到现在的样儿！身子好？铁打的人也逃不出去咱们这个天罗地网。心眼好？有什么用呢！善有善报，恶有恶报，并没有这么八宗事！我当年轻的时候，真叫作热心肠儿，拿别人的事当自己的作。有用没有？没有！我还救过人命呢，跳河的，上吊的，我都救过，有报应没有？没有！告诉你，我不定哪天就冻死，我算是明白了，干苦活儿的打算独自一个人混好，比登天还难。一个人能有什么蹦儿[1]？看见过蚂蚱吧？独自一个儿也蹦得怪远的，可是教个小孩子逮住，用线儿拴上，连飞也飞不起来。赶到成了群，打成阵，哼，一阵就把整顷的庄稼吃净，谁也没法儿治它们！你说是不是？我的心眼倒好呢，连个小孙子都守不住。他病了，我没钱给他买好药，

────────

①蹦儿，本领，前途的意思。

188

眼看着他死在我的怀里！甭说了，什么也甭说了！——茶来！谁喝碗热的？"

祥子真明白了：刘四，杨太太，孙侦探——并不能因为他的咒骂就得了恶报；他自己，也不能因为要强就得了好处。自己，专仗着自己，真像老人所说的，就是被小孩子用线拴上的蚂蚱，有翅膀又怎样呢？

他根本不想上曹宅去了。一上曹宅，他就得要强，要强有什么用呢？就这么大咧咧的瞎混吧：没饭吃呢，就把车拉出去；够吃一天的呢，就歇一天，明天再说明天的。这不但是个办法，而且是唯一的办法。攒钱，买车，都给别人预备着来抢，何苦呢？何不得乐且乐呢？

再说，设若找到了小福子，他也还应当去努力，不为自己，还不为她吗？既然找不到她，正像这老人死了孙子，为谁混呢？他把小福子的事也告诉了老人，他把老人当作了真的朋友。

"谁喝碗热的？"老人先吆喝了声，而后替祥子来想："大概据我这么猜呀，出不去两条道儿：不是教二强子卖给人家当小啊，就是押在了白房子。哼，多半是下了白房子！怎么说呢？小福子既是，像你刚才告诉我的，嫁过人，就不容易再有人要；人家买姨太太的要整货。那么，大概有八成，她是下了白房子。我快六十岁了，见过的事多了去啦：拉车的壮实小伙子要是有个一两天不到街口上来，你去找吧，不是拉上包月，准在白房子趴着呢；咱们拉车人的姑娘媳妇要是忽然不见了，总有七八成也是上那儿去了。咱们卖汗，咱们的女人卖肉，我明白，我知道！你去上那里找找看吧，不盼着她真在那里，不过，——茶来！谁喝碗热的？！"

祥子一气跑到西直门外。

一出了关厢，马上觉出空旷，树木削瘦的立在路旁，枝上连只鸟也没有。灰色的树木，灰色的土地，灰色的房屋，都静静的立在灰黄色的天下；从这一片灰色望过去，看见那荒寒的西山。铁道北，一片树林，林外几间矮屋，祥子算计着，这大概就是白房子了。看看树林，没有一点动静；再往北看，可以望到万牲园外的一些水地，高低不平的只剩下几棵残蒲败苇。小屋子外没有一个人，没动静。远近都这么安静，他怀疑这是否那个出名的白房子了。他大着胆往屋子那边走，屋门上都挂着草帘子，新挂上的，都黄黄的有些光泽。他听人讲究过，这里的妇人，在夏天，都赤着背，在屋外坐着，招呼着行人。那来照顾她们的，还老远的要唱着窑调①，显出自己并不是外行。为什么现在这么安静呢？难道冬天此地都不作买卖了么？

他正在这么猜疑，靠边的那一间的草帘子动了一下，露出个女人头来。祥子吓了一跳，那个人头，猛一看，非常像虎妞的。他心里说："来找小福子，要是找到了虎妞，才真算见鬼！"

"进来吧，傻乖乖！"那个人头说了话，语音可不像虎妞的；嗓子哑着，很像他常在天桥听见的那个卖野药的老头子，哑而显着急切。

屋子里什么也没有，只有那个妇人和一铺小炕，炕上没有席，可是炕里烧着点火，臭气烘烘的非常的难闻。炕上放着条旧被子，被子边儿和炕上的砖一样，都油亮油亮的。妇人有四十来岁，蓬着头，还没洗脸。她下边穿着条夹裤，上面穿着件青布小棉袄，没系钮扣。祥子大低头才对付着走进去，一进门就被她搂住了。小棉袄本没扣着，胸前露出一对极长极大的奶来。

祥子坐在了炕沿上，因为立着便不能伸直了脖子。他心中很喜欢遇上了她，常听人说，白房子有个"白面口袋"，这必定是她。"白面口袋"这个外号来自她那两个大奶。祥子开门见山的问她看见个小福子没有，她不晓得。祥子把小福子的模样形容了一番，她想起来了：

①窑调，在妓院里流行的小调。

190

"有，有这么个人！年纪不大，好露出几个白牙，对，我们都管她叫小嫩肉。"

"她在哪屋里呢？"祥子的眼忽然睁得带着杀气。

"她？早完了！""白面口袋"向外一指，"吊死在树林里了！"

"怎么？"

"小嫩肉到这儿以后，人缘很好。她可是有点受不了，身子挺单薄。有一天，掌灯的时候，我还记得真真的，因为我同着两三个娘们正在门口坐着呢。唉，就是这么个时候，来了个逛的，一直奔了她屋里去；她不爱同我们坐在门口，刚一来的时候还为这个挨过打，后来她有了名，大伙儿也就让她独自个儿在屋里，好在来逛她的决不去找别人。待了有一顿饭的工夫吧，客人走了，一直就奔了那个树林去。我们什么也没看出来，也没人到屋里去看她。赶到老叉杆①跟她去收账的时候，才看见屋里躺着个男人，赤身露体，睡得才香呢。他原来是喝醉了。小嫩肉把客人的衣裳剥下来，自己穿上，逃了。她真有心眼。要不是天黑了，要命她也逃不出去。天黑，她又女扮男装，把大伙儿都给蒙了。马上老叉杆派人四处去找，哼，一进树林，她就在那儿挂着呢。摘下来，她已断了气，可是舌头并没吐出多少，脸上也不难看，到死的时候她还讨人喜欢呢！这么几个月了，树林里到晚上一点事儿也没有，她不出来唬吓人，多么仁义！……"

祥子没等她说完，就晃晃悠悠的走出来。走到一块坟地，四四方方的种着些松树，树当中有十几个坟头。阳光本来很微弱，松林中就更暗淡。他坐在地上，地上有些干草与松花。什么声音也没有，只有树上的几个山喜鹊扯着长声悲叫。这绝不会是小福子的坟，他知道，可是他的泪一串一串的往下落。什么也没有了，连小福子也入了土！他是要强的，小福子是要强的，他只剩下些没有作用的泪，

---

①叉杆，即娼主。

她已作了吊死鬼！一领席，埋在乱死岗子，这就是努力一世的下场头！

回到车厂，他懊睡了两天。决不想上曹宅去了，连个信儿也不必送，曹先生救不了祥子的命。睡了两天，他把车拉出去，心中完全是块空白，不再想什么，不再希望什么，只为肚子才出来受罪，肚子饱了就去睡，还用想什么呢，还用希望什么呢？看着一条瘦得出了棱的狗在白薯挑子旁边等着吃点皮和须子，他明白了他自己就跟这条狗一样，一天的动作只为捡些白薯皮和须子吃。将就着活下去是一切，什么也无须乎想了。

人把自己从野兽中提拔出，可是到现在人还把自己的同类驱逐到野兽里去。祥子还在那文化之城，可是变成了走兽。一点也不是他自己的过错。他停止住思想，所以就是杀了人，他也不负什么责任。他不再有希望，就那么迷迷忽忽的往下坠，坠入那无底的深坑。他吃，他喝，他嫖，他赌，他懒，他狡猾，因为他没了心，他的心被人家摘了去。他只剩下那个高大的肉架子，等着溃烂，预备着到乱死岗子去。

冬天过去了，春天的阳光是自然给一切人的衣服，他把棉衣卷巴卷巴全卖了。他要吃口好的，喝口好的，不必存着冬衣，更根本不预备着再看见冬天；今天快活一天吧，明天就死！管什么冬天不冬天呢！不幸，到了冬天，自己还活着，那就再说吧。原先，他一思索，便想到一辈子的事；现在，他只顾眼前。经验告诉了他，明天只是今天的继续，明天承继着今天的委屈。卖了棉衣，他觉得非常的痛快，拿着现钱作什么不好呢，何必留着等那个一阵风便噎死人的冬天呢？

慢慢的，不但是衣服，什么他也想卖，凡是暂时不用的东西都马上出手。他喜欢看自己的东西变成钱，被自己花了；自己花用了，就落不到别人手中，这最保险。把东西卖掉，到用的时候再去买；假若没钱买呢，就干脆不用。脸不洗，牙不刷，原来都没大关系，不但省钱，而且省事。体面给谁看呢？穿着破衣，而把烙饼卷酱肉吃在肚中，这是真的！肚子里有好东西，就是死了也有些油水，不至于像个饿死的老鼠。

祥子，多么体面的祥子，变成个又瘦又脏的低等车夫。脸，身体，衣服，他都不洗，头发有时候一个多月不剃一回。他的车也不讲究了，什么新车旧车的，只要车份儿小就好。拉上买卖，稍微有点甜头，他就中途倒出去。坐车的不答应，他会瞪眼，打起架来，到警区去住两天才不算一回事！独自拉着车，他走得很慢，他心疼自己的汗。及至走上帮儿车，要是高兴的话，他还肯跑一气，专为把别人落在后边。在这种时候，他也很会捣坏，什么横切别的车，什么故意拐硬弯，什么别扭着后面的车，什么抽冷子揉前面的车一把，他都会。原先他以为拉车是拉着条人命，一不小心便有摔死人的危险。现在，他故意的耍坏；摔死谁也没大关系，人都该死！

他又恢复了他的静默寡言。一声不出的，他吃，他喝，他捣坏。言语是人类彼此交换意见与传达感情的，他没了意见，没了希望，说话干吗呢？除了讲价儿，他一天到晚老闭着口；口似乎专为吃饭喝茶与吸烟预备的。连喝醉了他都不出声，他会坐在僻静的地方去哭。几乎每次喝醉他必到小福子吊死的树林里去落泪；哭完，他就在白房子里住下。酒醒过来，钱净了手，身上中了病。他并不后悔；假若他也有后悔的时候，他是后悔当初他干吗那么要强，那么谨慎，那么老实。该后悔的全过去了，现在没有了可悔的事。

现在，怎能占点便宜，他就怎办。多吸人家一支烟卷，买东西使出个假铜子去，喝豆汁多吃几块咸菜，拉车少卖点力气而多挣一两个铜子，都使他觉到满意。他占了便宜，别人就吃了亏，对，这是一种报复！慢慢的再把这个扩大一点，他也学会跟朋友们借钱，借了还是不想还；逼急了他可以撒无赖。初一上来，大家一点也不怀疑他，都知道他是好体面讲信用的人，所以他一张嘴，就把钱借到。他利用着这点人格的残余到处去借，借着如白捡，借到手便顺手儿花去。人家要债，他会作出极可怜的样子去央求宽限；这样还不成，他会去再借二毛钱，而还上一毛五的债，剩下五分先喝了酒再说。一来二去，他连一个铜子也借不出了，他开始去骗钱花。凡是以前他所混过的宅门，他都去拜访，主人也好，仆人也好，见面他会编一套谎，骗几个钱；没有钱，他央求赏给点破衣服，衣服到手马上也变了钱，钱马上变了烟酒。他低着头思索，想坏主意，想好一个主意就能进比拉一天车还多的钱；省了力气，而且进钱，他觉得非常的上算。他甚至于去找曹宅的高妈。远远的等着高妈出来买东西，看见她出来，他几乎是一步便赶过去，极动人的叫她一声高大嫂。

"哟！吓死我了！我当是谁呢？祥子啊！你怎么这么样了？"高妈把眼都睁得圆了，像看见一个怪物。

"甭提了！"祥子低下头去。

"你不是跟先生都说好了吗？怎么一去不回头了？我还和老程打听你呢，他说没看见你，你到底上哪儿啦？先生和太太都直不放心！"

"病了一大场，差点死了！你和先生说说，帮我一步，等我好利落了再来上工！"祥子把早已编好的话，简单的，动人的，说出。

"先生没在家，你进来见见太太好不好？"

"甭啦！我这个样儿！你给说说吧！"

高妈给他拿出两块钱来："太太给你的，嘱咐你快吃点药！"

"是了！谢谢太太！"祥子接过钱来，心里盘算着上哪儿开发了它。高妈刚一转脸，他奔了天桥，足玩了一天。

慢慢的把宅门都串净，他又串了个第二回，这次可就已经不很灵验了。他看出来，这条路子不能靠长，得另想主意，得想比拉车容易挣钱的主意。在先前，他唯一的指望便是拉车；现在，他讨厌拉车。自然他一时不能完全和车断绝关系，可是只要有法子能暂时对付三餐，他便不肯去摸车把。他的身子懒，而耳朵很尖，有个消息，他就跑到前面去。什么公民团咧，什么请愿团咧，凡是有人出钱的事，他全干。三毛也好，两毛也好，他乐意去打一天旗子，随着人群乱走。他觉得这无论怎样也比拉车强，挣钱不多，可是不用卖力气呢。打着面小旗，他低着头，嘴里叼着烟卷，似笑非笑的随着大家走，一声也不出。到非喊叫几声不可的时候，他会张开大嘴，而完全没声，他爱惜自己的嗓子。对什么事他也不想用力，因为以前卖过力气而并没有分毫的好处。在这种打旗呐喊的时候，设若遇见点什么危险，他头一个先跑开，而且跑得很快。他的命可以毁在自己手里，再也不为任何人牺牲什么。为个人努力的也知道怎样毁灭个人，这是个人主义的两端。

二十四

又到了朝顶进香的时节，天气暴热起来。

卖纸扇的好像都由什么地方忽然一齐钻出来，跨着箱子，箱上的串铃哗啷哗啷的引人注意。道旁，青杏已论堆儿叫卖，樱桃照眼的发红，玫瑰枣儿盆上落着成群的金蜂，玻璃粉在大磁盆内放着层乳光，扒糕与凉粉的挑子收拾得非常的利落，摆着各样颜色的作料，人们也换上浅淡而花哨的单衣，街上突然增加了许多颜色，像多少道长虹散落在人间。清道夫们加紧的工作，不住的往道路上泼洒清水，可是轻尘依旧往起飞扬，令人烦躁。轻尘中却又有那长长的柳枝，与轻巧好动的燕子，使人又不得不觉到爽快。一种使人不知怎样好的天气，大家打着懒长的哈欠，疲倦而又痛快。

秧歌，狮子，开路，五虎棍，和其他各样的会，都陆续的往山上去。敲着锣鼓，挑着箱笼，打着杏黄旗，一当儿跟着一当儿，给全城一些异常的激动，给人们一些渺茫而又亲切的感触，给空气中留下些声响与埃尘。赴会的，看会的，都感到一些热情，虔诚，与兴奋。乱世的热闹来自迷信，愚人的安慰只有自欺。这些色彩，这些声音，满天的晴云，一街的尘土，教人们有了精神，有了事作：上山的上山，逛庙的逛庙，看花的看花……至不济的还可以在街旁看看热闹，念两声佛。

天这么一热，似乎把故都的春梦唤醒，到处可以游玩，人人想起点事作，温度催着花草果木与人间享乐一齐往上增长。南北海里的绿柳新蒲，招引来吹着口琴的少年，男男女女把小船放到柳阴下，或荡在嫩荷间，口里吹着情歌，眉眼也会接吻。公园里的牡丹芍药，邀来骚人雅士，缓步徘徊，摇着名贵的纸扇；走乏了，便在红墙前，绿松下，饮几杯足以引起闲愁的清茶，偷眼看着来往的大家闺秀与南北名花。就是那向来冷静的地方，也被和风晴日送来游人，正如送来蝴蝶。崇效寺的牡丹，陶然亭的绿苇，天然博物院的桑林与水稻，都引来人声伞影；甚至于天坛，孔庙，与雍和宫，也在严肃中微微有些热闹。好远行的与学生们，到西山去，到温泉去，到颐和园去，去旅行，去乱跑，去采集，去在山石上乱画些字迹。寒苦的人们也有地方去，护国寺，隆福寺，白塔寺，土地庙，花儿市，都比往日热闹：各种的草花都鲜艳的摆在路旁，一两个铜板就可以把"美"带到家中去。豆汁摊上，咸菜鲜丽得像朵大花，尖端上摆着焦红的辣椒。鸡子儿正便宜，炸蛋角焦黄稀嫩的惹人咽着唾液。天桥就更火炽，新席造起的茶棚，一座挨着一座，洁白的桌布，与妖艳的歌女，遥对着天坛墙头上的老松。锣鼓的声音延长到七八小时，天气的爽燥使锣鼓特别的轻脆，击乱了人心。妓女们容易打扮了，一件花洋布单衣便可以漂亮的摆出去，而且显明的露出身上的曲线。好清静的人们也有了去处，积水滩前，万寿寺外，东郊的窑坑，西郊的白石桥，都可以垂钓，小鱼时时碰得嫩苇微微的动。钓完鱼，野茶馆里的猪头肉，卤煮豆腐，白干酒与盐水豆儿，也能使人醉饱；然后提着钓竿与小鱼，沿着柳岸，踏着夕阳，从容的进入那古老的城门。

　　到处好玩，到处热闹，到处有声有色。夏初的一阵暴热像一道神符，使这老城处处带着魔力。它不管死亡，不管祸患，不管困苦，到时候它就施展出它的力量，把百万的人心都催眠过去，作梦似的唱着它的赞美诗。它污浊，它美丽，它衰老，它活泼，它杂乱，它安闲，它可爱，它是伟大的夏初的北平。

　　正是在这个时节，人们才盼着有些足以解闷的新闻，足以念两三遍而不厌烦的新闻，足以读完报而可以亲身去看到的新闻，天是这么长而晴爽啊！

　　这样的新闻来了！电车刚由厂里开出来，卖报的小儿已扯开尖嗓四下里追着人喊："枪毙阮明的新闻，九点钟游街的新闻！"一个铜板，一个铜板，又一个铜板，都被小黑手接了去。电车上，铺户中，行人的手里，一张一张的全说的是阮明：阮明的相片，阮明的历史，阮明的访问记，大字小字，插图说明，整页的都是阮明。阮明在电车上，在行人的眼里，在交谈者的口中，老城里似乎已没有了别人，只有阮明；阮明今天游街，今日被枪毙！有价值的新闻，理想的新闻，不但口中说着阮明，待一会儿还可看见他。妇女们赶着打扮；老人们早早的就出去，唯恐腿脚慢，落在后边；连上学的小孩们也想逃半天学，去见识见识。到八点半钟，街上已满了人，兴奋，希冀，拥挤，喧嚣，等着看这活的新闻。车夫们忘了张罗买卖，铺子里乱了规矩，小贩们懒得吆喝，都期待着囚车与阮明。历史中曾有过黄巢，张献忠，太平天国的民族，会挨杀，也爱看杀人。枪毙似乎太简单，他们爱听凌迟，砍头，剥皮，活埋，听着像吃了冰激凌似的，痛快得微微的哆嗦。可是这一回，枪毙之外，还饶着一段游街，他们几乎要感谢那出这样主意的人，使他们会看到一个半死的人捆在车上，热闹他们的眼睛；即使自己不是监斩官，可也差不多了。这些人的心中没有好歹，不懂得善恶，辨不清是非，他们死攥着一些礼教，愿被称为文明人；他们却爱看千刀万剐他们的同类，像小儿割宰一只小狗那么残忍与痛快。一朝权到手，他们之中的任何人也会去屠城，把妇人的乳与脚割下堆成小山，这是他们的快举。他们没得到这个威权，就不妨先多看些杀猪宰羊与杀人，过一点瘾。连这个要是也摸不着看，他们会对个孩子也骂千刀杀，万刀杀，解解心中的恶气。

响晴的蓝天，东边高高的一轮红日，几阵小东风，路旁的柳条微微摆动。东便道上有一大块阴影，挤满了人：老幼男女，丑俊胖瘦，有的打扮得漂亮近时，有的只穿着小褂，都谈笑着，盼望着，时时向南或向北探探头。一人探头，大家便跟着，心中一齐跳得快了些。这样，越来越往前拥，人群渐渐挤到马路边上，成了一座肉壁，只有高低不齐的人头乱动。巡警成队的出来维持秩序，他们拦阻，他们叱呼，他们有时也抓出个泥块似的孩子砸巴两拳，招得大家哈哈的欢笑。等着，耐心的等着，腿已立酸，还不肯空空回去；前头的不肯走，后面新来的便往前拥，起了争执，手脚不动，专凭嘴战，彼此诟骂，大家喊好。孩子不耐烦了，被大人打了耳光；扒手们得了手，失了东西的破口大骂。喧嚣，叫闹，吵成一片，谁也不肯动，人越增多，越不肯动，表示一致的喜欢看那半死的囚徒。

忽然，大家安静了，远远的来了一队武装的警察。"来了！"有人喊了声。紧跟着人声嘈乱起来，整群的人像机器似的一齐向前拥了一寸，又一寸，来了！来了！眼睛全发了光，嘴里都说着些什么，一片人声，整街的汗臭，礼教之邦的人民热烈的爱看杀人呀。

阮明是个小矮个儿，倒捆着手，在车上坐着，像个害病的小猴子；低着头，背后插着二尺多长的白招子。人声就像海潮般的前浪催着后浪，大家都撇着点嘴批评，都有些失望：就是这么个小猴子呀！就这么稀松没劲呀！低着头，脸煞白，就这么一声不响呀！有的人想起主意，要逗他一逗："哥儿们，给他喊个好儿呀！"紧跟着，四面八方全喊了"好！"像给戏台上的坤伶喝彩似的，轻蔑的，恶意的，讨人嫌的，喊着。阮明还是不出声，连头也没抬一抬。有的人真急了，真看不上这样软的囚犯，挤到马路边上呸呸的唾了他几口。阮明还是不动，没有任何的表现。大家越看越没劲，也越舍不得走开；万一他忽然说出句："再过二十年又是一条好汉"呢？万一他要向酒店索要两壶白干，一碟酱肉呢？谁也不肯动，看他到底怎样。车过去了，还得跟着，他现在没什么表现，焉知道他到单牌楼不缓过气来而高唱几句《四郎探母》呢？跟着！有的一直跟到天桥；虽然他始终没作出使人佩服与满意的事，可是人们眼瞧着他吃了枪弹，到底可以算不虚此行。

在这么热闹的时节，祥子独自低着头在德胜门城根慢慢的走。走到积水滩，他四下看了看。没有人，他慢慢的，轻手蹑脚的往湖边上去。走到湖边，找了棵老树，背倚着树干，站了一会儿。听着四外并没有人声，他轻轻的坐下。苇叶微动，或一只小鸟忽然叫了一声，使他急忙立起来，头上见了汗。他听，他看，四下里并没有动静，他又慢慢的坐下。这么好几次，他开始看惯了苇叶的微动，听惯了鸟鸣，决定不再惊慌。呆呆的看着湖外的水沟里，一些小鱼，眼睛亮得像些小珠，忽聚忽散，忽来忽去；有时候头顶着一片嫩萍，有时候口中吐出一些泡沫。靠沟边，一些已长出腿的蝌蚪，直着身儿，摆动那黑而大的头。水忽然流得快一些，把小鱼与蝌蚪都冲走，尾巴歪歪着顺流而下，可是随着水也又来了一群，挣扎着想要停住。一个水蝎极快的跑过去。水流渐渐的稳定，小鱼又结成了队，张开小口去啃一个浮着的绿叶，或一段小草。稍大些的鱼藏在深处，偶尔一露背儿，忙着转身下去，给水面留下个旋涡与一些碎纹。翠鸟像箭似的由水面上擦过去，小鱼大鱼都不见了，水上只剩下浮萍。祥子呆呆看着这些，似乎看见，又似乎没看见，无心中的拾起块小石，投在水里，溅起些水花，击散了许多浮萍，他猛的一惊，吓得又要立起来。

坐了许久，他偷偷的用那只大的黑手向腰间摸了摸。点点头，手停在那里；待了会，手中拿出一落儿钞票，数了数，又极慎重的藏回原处。

他的心完全为那点钱而活动着：怎样花费了它，怎样不教别人知道，怎样既能享受而又安全。他已不是为自己思索，他已成为钱的附属物，一切要听它的支配。

这点钱的来头已经决定了它的去路。这样的钱不能光明正大的花出去。这点钱，与拿着它们的人，都不敢见阳光。人们都在街上看阮明，祥子藏在那清静的城根，设法要到更清静更黑暗的地方去。他不敢再在街市上走，因为他卖了阮明。就是独自对着静静的流水，背靠着无人迹的城根，他也不敢抬头，仿佛有个鬼影老追随着他。在天桥倒在血迹中的阮明，在祥子心中活着，在他腰间的一些钞票中活着。他并不后悔，只是怕，怕那个无处无时不紧跟着他的鬼。

阮明作了官以后，颇享受了一些他以前看作应该打倒的事。钱会把人引进恶劣的社会中去，把高尚的理想撇开，而甘心走入地狱中去。他穿上华美的洋服，去嫖，去赌，甚至于吸上口鸦片。当良心发现的时候，他以为这是万恶的社会陷害他，而不完全是自己的过错；他承认他的行为不对，可是归罪于社会的引诱力太大，他没法抵抗。一来二去，他的钱不够用了，他又想起那些激烈的思想，但是不为执行这些思想而振作；他想利用思想换点钱来。把思想变成金钱，正如同在读书的时候想拿对教员的交往白白的得到及格的分数。懒人的思想不能和人格并立，一切可以换作金钱的都早晚必被卖出去。他受了津贴。急于宣传革命的机关，不能极谨慎的选择战士，愿意投来的都是同志。但是，受津贴的人多少得有些成绩，不管用什么手段作出的成绩；机关里要的是报告。阮明不能只拿钱不作些事。他参加了组织洋车夫的工作。祥子呢，已是作摇旗呐喊的老行家；因此，阮明认识了祥子。

阮明为钱，出卖思想；祥子为钱，接受思想。阮明知道，遇必要的时候，可以牺牲了祥子。祥子并没作过这样的打算，可是到时候就这么作了——出卖了阮明。为金钱而工作的，怕遇到更多的金钱；忠诚不立在金钱上。阮明相信自己的思想，以思想的激烈原谅自己一切的恶劣行为。祥子听着阮明所说的，十分有理，可是看阮明的享受也十分可羡慕——"我要有更多的钱，我也会快乐几天！跟姓阮的一样！"金钱减低了阮明的人格，金钱闪花了祥子的眼睛。他把阮明卖了六十块钱。阮明要的是群众的力量，祥子要的是更多的——像阮明那样的——享受。阮明的血洒在津贴上，祥子把钞票塞在了腰间。

一直坐到太阳平西，湖上的蒲苇与柳树都挂上些金红的光闪，祥子才立起来，顺着城根往西走。骗钱，他已作惯；出卖人命，这是头一遭。何况他听阮明所说的还十分有理呢！城根的空旷，与城墙的高峻，教他越走越怕。偶尔看见垃圾堆上有几个老鸦，他都想绕着走开，恐怕惊起它们，给他几声不祥的啼叫。走到了西城根，他加紧了脚步，一条偷吃了东西的狗似的，他溜出了西直门。晚上能有人陪伴着他，使他麻醉，使他不怕，是理想的去处；白房子是这样的理想地方。

入了秋，祥子的病已不允许他再拉车，祥子的信用已丧失得赁不出车来。他作了小店的照顾主儿。夜间，有两个铜板，便可以在店中躺下。白天，他去作些只能使他喝碗粥的劳作。他不能在街上去乞讨，那么大的个子，没有人肯对他发善心。他不会在身上作些彩，去到庙会上乞钱，因为没受过传授，不晓得怎么把他身上的疮化装成动人的不幸。作贼，他也没那套本事，贼人也有团体与门路啊。只有他自己会给自己挣饭吃，没有任何别的依赖与援助。他为自己努力，也为自己完成了死亡。他等着吸那最后的一口气，他是个还有口气的死鬼，个人主义是他的灵魂。这个灵魂将随着他的身体一齐烂化在泥土中。

北平自从被封为故都，它的排场，手艺，吃食，言语，巡警……已慢慢的向四外流动，去找那与天子有同样威严的人和财力的地方去助威。那洋化的青岛也有了北平的涮羊肉；那热闹的天津在半夜里也可以听到低悲的"硬面——饽饽"；在上海，在汉口，在南京，也都有了说京话的巡警与差役，吃着芝麻酱烧饼；香片茶会由南而北，在北平经过双熏再往南方去；连抬杠的杠夫也有时坐上火车到天津或南京去抬那高官贵人的棺材。

北平本身可是渐渐的失去原有的排场，点心铺中过了九月九还可以买到花糕，卖元宵的也许在秋天就下了市，那二三百年的老铺户也忽然想起作周年纪念，借此好散出大减价的传单……经济的压迫使排场去另找去路，体面当不了饭吃。

不过，红白事情在大体上还保存着旧有的仪式与气派，婚丧嫁娶仿佛到底值得注意，而多少要些排场。婚丧事的执事，响器，喜轿与官罩，到底还不是任何都市所能赶上的。出殡用的松鹤松狮，纸扎的人物轿马，娶亲用的全份执事，与二十四个响器，依旧在街市上显出官派大样，使人想到那太平年代的繁华与气度。

祥子的生活多半仗着这种残存的仪式与规矩。有结婚的，他替人家打着旗伞；有出殡的，他替人家举着花圈挽联；他不喜，也不哭，他只为那十几个铜子，陪着人家游街。穿上杠房或喜轿铺所预备的绿衣或蓝袍，戴上那不合适的黑帽，他暂时能把一身的破布遮住，稍微体面一些。遇上那大户人家办事，教一干人等都剃头穿靴子，他便有了机会使头上脚下都干净利落一回。脏病使他迈不开步，正好举着面旗，或两条挽联，在马路边上缓缓的蹭。

可是，连作这点事，他也不算个好手。他的黄金时代已经过去了，既没从洋车上成家立业，什么事都随着他的希望变成了"那么回事"。他那么大的个子，偏争着去打一面飞虎旗，或一对短窄的挽联；那较重的红伞与肃静牌等等，他都不肯去动。和个老人，小孩，甚于至妇女，他也会去争竞。他不肯吃一点亏。

打着那么个小东西，他低着头，弯着背，口中叼着个由路上拾来的烟卷头儿，有气无力的慢慢的蹭。大家立定，他也许还走；大家已走，他也许多站一会儿；他似乎听不见那施号发令的锣声。他更永远不看前后的距离停匀不停匀，左右的队列整齐不整齐，他走他的，低着头像作着个梦，又像思索着点高深的道理。那穿红衣的锣夫，与拿着绸旗的催押执事，几乎把所有的村话都向他骂去："孙子！我说你呢，骆驼！你他妈的看齐！"他似乎还没有听见。打锣的过去给了他一锣锤，他翻了翻眼，朦胧的向四外看一下。没管打锣的说了什么，他留神的在地上找，看有没有值得拾起来的烟头儿。

体面的，要强的，好梦想的，利己的，个人的，健壮的，伟大的，祥子，不知陪着人家送了多少回殡；不知道何时何地会埋起他自己来，埋起这堕落的，自私的，不幸的，社会病胎里的产儿，个人主义的末路鬼！

＊初载一九三六年九月十六日至一九三七年十月一日《宇宙风》第二十五至四十八期，一九三九年三月上海人间书屋出版单行本，一九五五年一月人民文学出版社出版修订本。

离婚

第一

一

张大哥是一切人的大哥。你总以为他的父亲也得管他叫大哥；他的"大哥"味儿就这么足。

张大哥一生所要完成的神圣使命：作媒人和反对离婚。在他的眼中，凡为姑娘者必有个相当的丈夫，凡为小伙子者必有个合适的夫人。这相当的人物都在哪里呢？张大哥的全身整个儿是显微镜兼天平。在显微镜下发现了一位姑娘，脸上有几个麻了；他立刻就会在人海之中找到一位男人，说话有点结巴，或是眼睛有点近视。在天平上，麻子与近视眼恰好两相抵销，上等婚姻。近视眼容易忽略了麻子，而麻小姐当然不肯催促丈夫去配眼镜，马上进行双方——假如有必要——交换相片，只许成功，不准失败。

自然张大哥的天平不能就这么简单。年龄，长相，家道，性格，八字，也都须细细测量过的；终身大事岂可马马虎虎！因此，亲友间有不经张大哥为媒而结婚者，他只派张大嫂去道喜，他自己决不去参观婚礼——看着伤心。这决不是出于嫉妒，而是善意的觉得这样的结婚，即使过得去，也不能是上等婚；在张大哥的天平上是没有半点将就凑合的。

离婚，据张大哥看，没有别的原因，完全因为媒人的天平不准。经他介绍而成家的还没有一个闹过离婚的，连提过这个意思的也没有。小两口打架吵嘴什么的是另一回事。一夜夫妻百日恩，不打不爱，抓破了鼻子打青了眼，和离婚还差着一万多里地，远得很呢。

至于自由结婚，哼，和离婚是一件事的两端——根本没上过天平。这类的喜事，连张大嫂也不去致贺，只派人去送一对喜联——虽然写的与挽联不同，也差不很多。

介绍婚姻是创造，消灭离婚是艺术批评。张大哥虽然没这么明说，可是确有这番意思。媒人的天平不准是离婚的主因，所以打算大事化小，小事化无，必须从新用他的天平估量一回，细细加以分析，然后设法把双方重量不等之处加上些砝码，便能一天云雾散，没事一大堆，家庭免于离散，律师只得干瞪眼——张大哥的朋友中没有挂律师牌子的。只有创造家配批评艺术，只有真正的媒人会消灭离婚。张大哥往往是打倒原来的媒人，进而为要到法厅去的夫妇的调停者；及至言归于好之后，夫妻便否认第一次的介绍人，而以张大哥为地道的大媒，一辈子感谢不尽。这样，他由批评者的地位仍回到创造家的宝座上去。

大叔和大哥最适宜作媒人。张大哥与媒人是同一意义。"张大哥来了，"这一声出去，无论在哪个家庭里，姑娘们便红着脸躲到僻静地方去听自己的心跳。没儿没女的家庭——除了有丧事——见不着他的足迹。他来过一次，而在十天之内没有再来，那一家里必会有一半个枕头被哭湿了的。他的势力是操纵着人们的心灵。就是家中有四五十岁老姑娘的也欢迎他来，即使婚事无望，可是每来一次，总有人把已发灰的生命略加上些玫瑰色儿。

二

张大哥是个博学的人，自幼便出经入史，似乎也读过《结婚的爱》。他必须读书，好证明自己的意见怎样妥当。他长着一对阴阳眼：左眼的上皮特别长，永远把眼珠囚禁着一半；右眼没有特色，一向是照常办公。这只左眼便是极细密的小筛子。右眼所读所见的一切，都要经过这半闭的左目筛过一番——那被囚禁的半个眼珠是向内看着自己的心的。这样，无论读什么，他自己的意见总是最妥善的；那与他意见不合之处，已随时被左眼给筛下去了。

这个小筛子是天赐的珍宝。张大哥只对天生来的优越有点骄傲，此外他是谦卑和蔼的化身。凡事经小筛子一筛，永不会走到极端上去；走极端是使生命失去平衡，而要平地摔跟头的。张大哥最不喜欢摔跟头。他的衣裳，帽子，手套，烟斗，手杖，全是摩登人用过半年多，而顽固佬还要再思索三两个月才敢用的时候的样式与风格。就好比一座社会的骆驼桥，张大哥的服装打扮是叫车马行人一看便放慢些脚步，可又不是完全停住不走。

"听张大哥的，没错！"凡是张家亲友要办喜事的少有不这么说的。彩汽车里另放一座小轿，是张大哥的发明。用彩汽车迎娶，已是公认为可以行得通的事。不过，大姑娘一辈子没坐过花轿，大小是个缺点。况且坐汽车须在门外下车，闲杂人等不干不净的都等着看新人，也不合体统，还不提什么吉祥不吉祥。汽车里另放小轿，没有再好的办法，张大哥的主意。汽车到了门口，拍，四个人搬出一顶轿屉！闲杂人等只有干瞪眼；除非自己去结婚，无从看见新娘子的面目。这顺手就是一种爱的教育，一种暗示。只有一次，在夏天，新娘子是由轿屉倒出来的，因为已经热昏过去。所以现在就是在秋天，彩汽车上顶总备好两个电扇，还是张大哥的发明；不经一事，不长一智。

三

假如人人有个满意的妻子，世界上决不会闹共产党；没有共产党自然不会闹共妻。张大哥深信此理。革命青年一结婚，便比老鼠还老实，是个事实，张大哥于此点颇有证据。因此，在他的眼中，凡是未婚的人脸上起了几个小红点，或是已婚的眉头不大舒展，必定与婚事有关，而马上应当设法解决。不然，非出事不可！

老李这几天眉头不大舒展，一定大有文章。张大哥嘱咐他先吃一片阿司匹灵，又告诉他吃一丸清瘟解毒。无效，老李的眉头依然皱着。张大哥给他定了脉案——婚姻问题。

老李是乡下人。据张大哥看，除了北平人都是乡下佬。天津，汉口，上海，连巴黎，伦敦，都算在内，通通是乡下。张大哥知道的山是西山，对于由北山来的卖果子的都觉得有些神秘不测。最远的旅行，他出过永定门。可是他晓得九江出磁，苏杭出绸缎，青岛是在山东，而山东人都在北平开猪肉铺。他没看见过海，也不希望看。世界的中心是北平。所以老李是乡下人，因为他不是生在北平。张大哥对乡下人特别表同情；有意离婚的多数是乡下人，乡间的媒人，正如山村里的医生，是不会十分高明的。生在乡下多少是个不幸。

他们二位都在财政所作事。老李的学问与资格，凭良心说，都比张大哥强。可是他们坐在一处，张大哥若是像个伟人，老李还够不上个小书记员。张大哥要是和各国公使坐在一块儿谈心，一定会说出极动人的言语，而老李见着个女招待便手足无措。老李是光绪末年那拨子姥姥不疼舅舅不爱的孩子们中的一位。说不上来为什么那样不起眼。张大哥在没剪去发辫的时候，看着几乎像张勋那么福气；剪发以后，头上稍微抹了点生发油，至不济像个银行经理。老李，在另一方面，穿上最新式的西服会在身上打转，好像里面絮着二斤滚成蛋的碎棉花。刚刮净的脸，会仿佛顺着刀子冒槐子水，又涩又暗。他递给人家带官衔的——财政所第二科科员——名片，人家似乎得思索半天，才敢承认这是事实。他要是说他学过银行和经济学，人家便更注意他的脸，好像他脸上有什么对不起银行和经济学的地方。

其实老李并不丑；细高身量，宽眉大眼，嘴稍过大一些，一嘴整齐白健的牙。但是，他不顺眼。无论在什么环境之下，他使人觉得不舒服。他自己似乎也知道这个，所以事事特别小心，结果是更显着慌张。人家要是给他倒上茶来，他必定要立起来，双手去接，好像只为洒人家一身茶，而且烫了自己的手。赶紧掏出手绢给人家擦抹，好顺手碰人家鼻子一下。然后，他一语不发，直到憋急了，抓起帽子就走，一气不定跑到哪里去。

作起事来，他可是非常的细心。因此受累是他的事；见上司，出外差，分私钱，升官，一概没他的份儿。公事以外，买书看书是他的娱乐。偶尔也独自去看一回电影。不过，设若前面或旁边有对摩登男女在黑影中偷偷的接个吻，他能混身一麻，站起就走，皮鞋的铁掌专找女人的脚尖踩。

至于张大哥呢，长长的脸，并不驴脸瓜搭，笑意常把脸往扁处纵上些，而且颇有些四五十岁的人当有的肉。高鼻子，阴阳眼，大耳唇，无论在哪儿也是个富泰的人。打扮得也体面：藏青哗叽袍，花驼绒里，青素缎坎肩，襟前有个小袋，插着金夹子自来水笔，向来没沾过墨水；有时候拿出来，用白绸子手绢擦擦钢笔尖。提着潍县漆的金箍手杖，杖尖永没挨过地。抽着英国银星烟斗，一边吸一边用珐蓝的洋火盒轻轻往下按烟叶。左手的四指上戴着金戒指，上刻着篆字姓名。袍子里面不穿小褂，而是一件西装的汗衫，因为最喜欢汗衫袖口那对镶着假宝石的袖扣。张大嫂给汗衫上钉上四个口袋，于是钱包，图章盒——永远不能离身，好随时往婚书上盖章——金表，全有了安放的地方，而且不易被小绺给扒了去。放假的日子，肩上有时候带着个小照相匣，可是至今还没开始照相。

没有张大哥不爱的东西，特别是灵巧的小玩艺。中原公司，商务印书馆，吴彩霞南绣店，亨得利钟表行等的大减价日期，他比谁也记得准确。可是，他不买日本货。不买日货便是尽了一切爱国的责任；谁骂卖国贼，张大哥总有参加一齐骂的资格。

他的经验是与日用百科全书有同样性质的。哪一界的事情，他都知道。哪一部的小官，他都作过。哪一党的职员，他都认识；可是永不关心党里的宗旨与主义。无论社会国家有什么样的变动，他老有事作；而且一进到个机关里，马上成为最得人的张大哥。新同事只须提起一个人，不论是科长，司长，还是书记，他便闭死了左眼，用右眼笑着看烟斗的蓝烟，诚意的听着。等人家说完，他睁开左眼，低声的说："他呀，我给他作过媒。"从此，全机关的人开始知道来了位活神仙，月下老人的转身。从此，张大哥是一边办公，一边办婚事：多数的日子是没公事可办，而没有一天缺乏婚事的设计与经营。而且婚事越忙，就是有公事也不必张大哥去办。"以婚治国，"他最忙的时候才这么说。给他来的电话比谁的也多，而工友并不讨厌他。特别是青年工友，只要伺候好了张科员大哥，准可以娶上个老婆，也许丑一点，可是两个箱子，四个匣子的陪送，早就在媒人的天平上放好。

张大哥这程子精神特别好，因为同事的老李"有意"离婚。

四

"老李，晚上到家里吃个便饭。"张大哥请客无须问人家有工夫没有，而是干脆的命令着；可是命令得那么亲热，使你觉得就是有天大的事也得说有工夫。

老李在什么也没说之中答应了。或者该说张大哥没等老李回答而替他答应了。等着老李回答一个问题是需要时间的：只要有人问他一件事，无论什么事，他就好像电话局司机生同时接到了好几个要码的，非等到逐渐把该删去的观念删净，他无法答对。你抽冷子问他今天天气好，他能把幼年上学忘带了书包也想起来。因此，他可是比别人想得精密，也不易忘记了事。

"早点去，老李。家常便饭，为是谈一谈。就说五点半吧？"张大哥不好命令到底，把末一句改为商问。

"好吧，"老李把事才听明白。"别多弄菜！"这句说得好似极端反对人家请他吃饭，虽然原意是要客气一些。

老李确是喜欢有人请他去谈谈。把该说的话都细细预备了一番；他准知道张大哥要问他什么。只要他听明白了，或是看透言语中的暗示，他的思想是细腻的。

整五点半，敲门。其实老李十分钟以前就到了，可是在胡同里转了两三个圈：他要是相信恪守时刻有益处，他便不但不来迟，也不早到，这才彻底。

张大哥还没回来。张大嫂知道老李来吃饭，把他让进去。张大哥是不能够——不是不愿意——严守时刻的。一天遇上三个人情，两个放定，碰巧还陪着王太太或是李二婶去看嫁妆，守时间是不可能的。老李晓得这个，所以不怪张大哥。可是，对张大嫂说什么呢？没预备和她谈话！

大嫂除了不是男人，一切全和大哥差不多。张大哥知道的，大嫂也知道。大哥是媒人，她便是副媒人。语气，连长相，都有点像张大哥，除了身量矮一些。有时候她看着像张大哥的姐姐，有时候像姑姑，及至她一说话，你才敢决定她是张太太。大嫂子的笑声比大哥的高着一个调门。大哥一抿嘴，大嫂的唇已张开；大哥出了声，她已把窗户纸震得直动。大嫂子没有阴阳眼，长得挺俏式，剪了发，过了一个月又留起来，因为脑后没小髻，心中觉着失去平衡。

"坐下，坐下，老李！"张大嫂的称呼人永远和大哥一致。"大哥马上就回来。咱们回头吃羊肉锅子，我去切肉。这有的是茶，瓜子，点心，你自己张罗自己，不客气。把大衣脱了。"她把客人的话也附带着说了，笑了两声，忽然止住，走出去。

老李始终没找到一句适当的话，大嫂已经走出去。心里舒坦了些。把大衣脱下来，找了半天地方，结果搭在自己的胳臂上。坐下，没敢动大嫂的点心，只拿起一个瓜子在手指间捻着玩。正是初冬天气，屋中已安好洋炉，可是还没升火，老李的手心出了汗。到朋友家去，他的汗比话来得方便的多。有时候因看朋友能够治好自己的伤风。

以天气说，还没有吃火锅的必要。但是迎时吃穿是生活的一种趣味。张大哥对于羊肉火锅，打卤面，年糕，皮袍，风镜，放爆竹等等都要作个先知先觉。"趣味"是比"必要"更精神的。哪怕是刚有点觉得出的小风，虽然树叶还没很摆动，张大哥戴上了风镜。哪怕是天上有二尺来长一块无意义的灰云，张大哥放下手杖，换上小伞。张大哥的家中一切布置全与这吃"前期"火锅，与气象预告的小伞，相合。客厅里已摆上一盘木瓜。水仙已出了芽。张大哥是在冬腊月先赏自己晒的水仙，赶到新年再买些花窖薰开的龙爪与玉玲珑。留声机片，老李偷着翻了翻，都是新近出来的。不只是京戏，还有些有声电影的歌片——为小姐们预备的。应有尽有，补足了迎时当令。地上铺着地毯，椅子是老式硬木的——站着似乎比坐着舒服；可是谁也不敢说蓝地浅粉桃花的地毯，配上硬木雕花的椅子，是不古雅朴秀的。

老李有点羡慕——几乎近于嫉妒——张大哥。因为羡慕张大哥，进而佩服张大嫂。她去切羊肉，是的，张大哥不用仆人；遇到家中事忙，他可以借用衙门里一个男仆。仆人不怕，而且有时候欢迎，瞎炸烟而实际不懂行的主人；干打雷不下雨是没有什么作用的。可是张大哥永远不瞎炸烟，而真懂行。他只要在街上走几步，得，连狐皮袍带小干虾米的价钱便全知道了；街上的空气好像会跟他说话似的。没有仆人能在张宅作长久了的。张大哥并非不公道，不体恤；正是因为公道体恤，仆人时时觉得应当跳回河或上回吊才合适。一切家事都是张大嫂的。她永远笑得那么响亮。老李不能不佩服她。可是，想了一会儿之后，他微微的摇头了。不对！这样的家庭是一种重担。只有张大哥——常识的结晶，活物价表——才能安心乐意担负这个，而后由担负中强寻出一点快乐，一点由擦桌子洗碗切羊肉而来的快乐，一点使女子地位低降得不值一斤羊肉钱的快乐。张大嫂可怜！

五

张大哥回来了。手里拿着四个大小不等的纸包,腋下夹着个大包袱。不等放下这些,设法用左手和客人握手。他的握手法是另成一格:永远用左手,不直着与人交握,而是与人家的手成直角,像在人家的手心上诊一诊脉。

老李没预备好去诊张大哥的手心,来回翻了翻手,然后,没办法,在裤子上擦了擦手心的汗。

"对不起,对不起!早来了吧?坐,坐下!我就是一天瞎忙,无事忙。坐下。有茶没有?"

老李忙着坐下,又忙着看碗里有茶没有,没说出什么来。张大哥接着说:"我去把东西交给她,"用头向厨房那边点着。"就来;喝茶,别客气!"

张大哥比他多着点什么,老李想。什么呢?什么使张大哥这样快活呢?拿着纸包上厨房,这好像和"生命","真理",等等带着刺儿的字眼离得过远。纸包,瞎忙,厨房,都显着平庸老实,至好也不过和手纸,被子,一样的味道。可是,设若他自己要有机会到厨房去,他也许不反对。火光,肉味,小猫喵喵的叫。也许这就是真理,就是生命。谁知道!

"老李,"张大哥回来陪客人说话儿,"今儿个这点羊肉,你吃吧,敢保说好。连卤虾油都是北平能买得到的最好的。我就是吃一口,没别的毛病。我告诉你,老李,男子吃口得味的,女人穿件好衣裳,哈哈哈,"他把烟斗从墙上摘下来。

墙上一溜挂着五个烟斗。张大哥不等旧的已经不能再用才买新的,而是使到半路就买个新的来;新旧替换着用,能多用些日子。张大哥不大喜欢完全新的东西,更不喜欢完全旧的。不堪再用的烟斗,当劈柴烧有味,换洋火人家不要,真使他想不出办法来。

老李不知道随着主人笑好,还是不笑好;刚要张嘴,觉得不好意思，舐了舐嘴唇。他心里还预备着等张大哥审他，可是张大哥似乎在涮羊肉到肚内以前不谈身家大事。

是的，张大哥以为政府要能在国历元旦请全国人民吃涮羊肉，哪怕是吃饺子呢，就用不着下命令禁用旧历。肚子饱了，再提婚事，有了这两样，天下没法不太平。

六

自火锅以至葱花没有一件东西不是带着喜气的。老李向来没吃过这么多这么舒服的饭。舒服，他这才佩服了张大哥的生命观，肚子里有油水，生命才有意义。上帝造人把肚子放在中间，生命的中心。他的口腔已被羊肉汤——漂着一层油星和绿香菜叶，好像是一碗想象的，有诗意的，什么动植物合起来的天地精华——给冲得滑腻，言语就像要由滑车往下滚似的。

张大哥的左眼完全闭上了，右眼看着老李发烧的两腮。

张大嫂作菜，端茶，让客人，添汤，换筷子——老李吃高了兴，把筷子掉在地上两回——自己挑肥的吃，夸奖自己的手艺，同时并举。作得漂亮，吃得也漂亮。大家吃完，她马上就都搬运了走，好像长着好几只手，无影无形的替她收拾一切。设若她不是搬运着碟碗杯盘，老李几乎以为她是个女神仙。

张大哥给老李一只吕宋烟，老李不晓得怎么办好；为透着客气，用嘴吸着，而后在手指中夹着，专预备弹烟灰。张大哥点上烟斗，烟气与羊肉的余味在口中合成一种新味道，里边夹着点生命的笑意，仿佛是。

"老李，"张大哥叼着烟斗，由嘴的右角挤出这么两个字，与一些笑意，笑的纹缕走到鼻洼那溜儿便收住了。

老李预备好了，嘴中的滑车已加了油。

他的嘴唇动了。

张大哥把刚收住的笑纹又放松，到了眼角的附近。

老李的牙刚稍微与外面的空气接触，门外有人敲门，好似失了火的那么急。

"等等，老李，我去看一眼。"

不大一会儿，他带进一个青年妇人来。

第二

一

"有什么事，坐下说，二妹妹！"张大哥命令着她，然后用烟斗指着老李，"这不是外人；说吧。"

妇人未曾说话，泪落得很流畅。

张大哥一点不着急，可是装出着急的样子，"说话呀，二妹，你看！"

"您的二兄弟呀，"抽了一口气，"叫巡警给拿去了！这可怎么好！"泪又是三串。

"为什么呢？"

"苦水井姓张的，闹白喉，叫他给治——"抽气，"治死了。他以为是——我也不知道他怎么治的；反正是治错了。这可怎好，巡警要是枪毙他呢！"眼泪更加流畅。

"还不至有那么大的罪过。"张大哥说。

"就是圈禁一年半载的，也受不了啊！家里没人没钱，叫我怎么好！"

老李看出来，她是个新媳妇，大概张大哥是媒人。

果然，她一边哭，一边说："您是媒人，我就仗着您啦；自然您是为好，才给我说这门子亲，得了，您作好就作到底吧！"

老李心里说，"依着她的辩证法，凡作媒人的还得附带立个收养所。"

张大哥更显着安坦了，好像早就承认了媒人的责任并不"止"

于看姑娘上了花轿或汽车。"一切都有我呢，二妹，不用着急。"他向窗外叫，"我说，你这儿来！"

张大嫂正洗家伙，一边擦着胡萝卜似的手指，一边往屋里来，刚一开开门，"哟，二妹妹？坐下呀！"

二妹妹一见大嫂子，眼睛又开了河。

"我说，给二妹弄点什么吃。"张大哥发了命令。

"我吃不下去，大哥！我的心在嗓子眼里堵着呢，还吃？"二妹妹转向大嫂，"您瞧，大嫂子，您的二兄弟叫巡警给拿了去啦！"

"哟！"张大嫂仿佛绝对没想到巡警可以把二兄弟拿去似的，"哟！这怎会说的！几儿拿去的？怎么拿去的？为什么拿去的？"

张大哥看出来，要是由着她们的性儿说，大概一夜也说不完。他发了话：

"二妹既是不吃，也就不必让了。二妹，他怎么当上了医生，不是得警区考试及格吗？"

"是呀！他托了个人情，就考上了。从他一挂牌，我就提心吊胆，怕出了蘑菇，"二妹妹虽是着急，可是没忘了北平的土话。"他不管什么病，永远下二两石膏，这是玩的吗？这回他一高兴，下了半斤石膏，横是下大发了。我常劝他，少下石膏，多用点金银花；您知道他的脾气，永远不听劝！"

"可是石膏价钱便宜呀！"张大嫂下了个实际的判断。

张大哥点了点头，不晓得是承认知道二兄弟的脾气，还是同意夫人的意见。他问，"他托谁来着？"

"公安局的一位什么王八羔呀——"

"王伯高，"张大哥也认识此人。

"对了；在家里我们老叫他王八羔，"二妹妹也笑了，挤下不少眼泪来。

"好了，二妹，明天我天一亮就找王伯高去；有他，什么都好办。我这个媒人舍忽不了！"张大哥给了二妹妹一句。"能托人情考上医生，咱们就也能托人把他放出来。"

"那可就好了，我这先谢谢大哥大嫂子，"二妹妹的眼睛几乎完全干了。"可是，他出来以后还能行医不能呢？我要是劝着他别多下石膏，也许不至再惹出祸来！"

"那是后话，以后再说。得了，您把事交给我吧；叫大嫂子给您弄点什么吃。"

"哎！这我才有了主心骨！"

张大嫂知道，人一有了主心骨，就非吃点什么不可。"来吧，二妹妹，咱们上厨房说话儿去，就手弄点吃的。"

二妹妹的心放宽了，胃也觉出空虚来，就棍打腿的下了台阶："那么，大哥就多分心吧，我和大嫂子说会子话去。"她没看老李，可是一定是向他说的："您这儿坐着！"

大嫂和二妹下了厨房。

二

老李把话头忘了，心中想开了别的事：他不知是佩服张大哥好，还是恨他好。以热心帮助人说，张大哥确是有可取之处；以他的办法说，他确是可恨。在这种社会里，他继而一想，这种可恨的办法也许就是最好的。可是，这种敷衍目下的办法——虽然是善意的——似乎只能继续保持社会的黑暗，而使人人乐意生活在黑暗里；偶尔有点光明，人们还许都闭上眼，受不住呢！

张大哥笑了，"老李，你看那个小媳妇？没出嫁的时候，真是个没嘴的葫芦，一句整话也说不出来；看现在，小梆子似的；刚出嫁不到一年，不到一年！到底结婚——"他没往下说，似乎是把结婚的赞颂留给老李说。

老李没言语，可是心里说，"马马虎虎当医生，杀人……都不值得一考虑？托人把他放出来……"

张大哥看老李没出声，以为他是想自己的事呢，"老李，说吧！"

"说什么？"

"你自己的事，成天的皱着眉，那些事！"

"没事！"老李觉得张大哥很讨厌。

"不过心中觉着难过——苦闷，用个新字儿。"

"大概在这种社会里，是个有点思想的就不能不苦闷；除了——啊——"老李的脸红了。

"不用管我，"张大哥笑了，左眼闭成一道缝，"不过我也很明白些社会现象。可是话也得两说着：社会黑暗所以大家苦闷，也许是大家苦闷社会才黑暗。"

老李不知道怎样好了。张大哥所谓的"社会现象"，"黑暗"，"苦闷"，到底是什么意思？焉知他的"黑暗"不就是"连阴天"的意思呢……"你的都是常——"老李本来是这么想，不觉的说了出来；连头上都出了汗。

"不错，我的都是常识；可是离开常识，怎么活着？吃涮羊肉不用卤虾油，好吃？哈哈……"

老李半天没说出什么来，心里想，"常识就是文化——皮肤那么厚的文化——的一些小毛孔。文化还不能仗着一两个小毛孔的作用而活着。一个患肺病的，就是多长些毛孔又有什么用呢？但是不便和张大哥说这个。他的宇宙就是这个院子，他的生命就是瞎热闹一回，热闹而没有任何意义。不过，他不是个坏人——一个黑暗里的小虫，可是不咬人。"想到这里，老李投降了。设若不和张大哥谈一谈，似乎对不起那么精致的一顿涮羊肉。常识是要紧的，他的心中笑了笑，吃完羊肉站起告辞，没有常识！不过，为敷衍常识而丢弃了真诚，许——呕，张大哥等着我说话呢。

可不是，张大哥吸着烟，眨巴着右眼，专等他说话呢。

"我想，"老李看着膝上说，"苦闷并不是由婚姻不得意而来，而是婚姻制度根本就不该要！"

张大哥的烟斗离开了嘴唇！

老李仍然低着头说，"我不想解决婚姻问题，为什么在根本不当存在的东西上花费光阴呢？"

"共产党！"张大哥笑着喊，心中确是不大得劲。在他的心中，共产和枪毙是一件事，而且是应当如此；共产之后便共妻，共妻便不要媒人，应当枪毙！

"这还不是共产党，"老李还是慢慢的说，可是话语中增加了力量。"我并不想尝尝恋爱的滋味，我要追求的是点——诗意。家庭，社会，国家，世界，都是脚踏实地的，都没有诗意。大多数的妇女——已婚的未婚的都算在内——是平凡的，或者比男人们更平凡一些；我要——哪怕是看看呢，一个还未被实际给教坏了的女子，情热像一首诗，愉快像一些乐音，贞纯像个天使。我大概是有点疯狂，这点疯狂是，假如我能认识自己，不敢浪漫而愿有个梦想，看社会黑暗而希望马上太平，知道人生的宿命而想象一个永生的乐园，不许自己迷信而愿有些神秘，我的疯狂是这些个不好形容的东西组合成的；你或者以为这全是废话？"

"很有趣，非常有趣！"张大哥看着头上的几圈蓝烟，练习着由烟色的深浅断定烟叶的好坏。"不过，诗也罢，神秘也罢，我们若是能由切近的事作起，也不妨先去作一些。神秘是顶有趣的，没事儿我还就是爱读个剑侠小说什么的，神秘！《火烧红莲寺》！可是，希望剑侠而不可得，还不如给——假如有富余钱的话——叫花子一毛钱。诗，我也懂一些，《千家诗》，《唐诗三百首》，小时候就读过。可是诗没叫谁发过财，也没叫我聪明到哪儿去。我倒以为写笔顺顺溜溜的小文章更有用处；你还不能用诗写封家信什么的。哎？我老实不客气的讲，你是不愿意解决问题，不是不能解决。因此，你把实际的问题放在一边，同时在半夜里胡思乱想。你心中那个妇女——"

"不是实有其人，一点诗意！"

"不管是什么吧。哼，据我看诗意也是妇女，妇女就是妇女；你还不能用八人大轿到女家去娶诗意。简单干脆的说，老李，你这么胡思乱想是危险的！你以为这很高超，其实是不硬气。怎说不硬气呢？有问题不想解决，半夜三更闹诗意玩，什么话！壮起气来，解决问题，事实顺了心，管保不再闹玄虚，而是追求——用您个新字眼——涮羊肉了。哈哈哈！"

"你不是劝我离婚？"

"当然不是！"张大哥的左眼也瞪圆了，"楞拆七座庙，不破一门婚，况且你已娶了好几年，一夜夫妻百日恩！离婚，什么话！"

"那么，怎办呢？"

"怎办？容易得很！回家把弟妹接来。她也许不是你理想中的人儿，可是她是你的夫人，一个真人，没有您那些'聊斋志异！'"

"把她一接来便万事亨通？"老李钉了一板。

"不敢说万事亨通，反正比您这万事不通强得多！"张大哥真想给自己喝一声彩！"她有不懂得的地方呀，教导她。小脚啊，放。剪发不剪发似乎还不成什么问题。自己的夫人自己去教，比什么也有意味。"

"结婚还不就是开学校，张大哥？"老李要笑，没笑出来。

"哼，还就是开学校！"张大哥也来得不弱。"先把'她'放在一边。你不是还有两个小孩吗？小孩也需要教育！不爱理她呀，跟孩子们玩会儿，教他们几个字，人，山水，土田，也怪有意思！你爱你的孩子？"

张大哥攻到大本营，老李没话可讲，无论怎样不佩服对方的意见，他不敢说他不爱自己的小孩们。

一见老李没言语，张大哥就热打铁，赶紧出了办法：

"老李，你只须下乡走一遭，其余的全交给我啦！租房子，预备家具，全有我呢。你要是说不便多花钱，咱们有简便的办法：我先借给你点木器；万一她真不能改造呢，再把她送回去，我再把东

222

西拉回来。决不会瞎花许多钱。我看，她决不能那么不堪造就，没有年青青的妇女不愿和丈夫在一块的；她既来了，你说东她就不能说西。不过，为事情活便起见，先和她说好了，这是到北平来玩几天，几时有必要，就把她送回去。事要往长里看，话可得活说着。听你张大哥的，老李！我办婚事办多了，我准知道天下没有不可造就的妇女。况且，你有小孩，小孩就是活神仙，比你那点诗意还神妙的多。小孩的哭声都能使你听着痛快；家里有个病孩子也比老光棍的心里欢喜。你打算都买什么？来，开个单子；钱，我先给垫上。"

老李知道张大哥的厉害：他自己要说应买什么，自然便是完全投降；设若不说话，张大哥明天就能硬给买一车东西来；他要是不收这一车东西，张大哥能亲自下乡把李太太接来。张大哥的热心是无限的，能力是无限的；只要吃了他的涮羊肉，他叫你娶个黄牛，也得算着！

老李急得直出汗，只能说："我再想想！"

"干吗'再'想想啊？早晚还不是这么回事！"

老李从月亮上落在黑土道上！从诗意一降而为接家眷！自己打自己的嘴巴！就以接家眷说吧，还有许多实际上的问题；可是把这些提出讨论分明是连"再想想"也取销了！

可是从另一方面想，老李急得不能不从另一方面想了：生命也许就是这样，多一分经验便少一分幻想，以实际的愉快平衡实际的痛苦……小孩，是的，张大哥晓得痒痒肉在哪儿。老李确是有时候想摸一摸自己儿女的小手，亲一亲那滚热的脸蛋。小孩，小孩把女性的尊严给提高了。

老李不言语，张大哥认为这是无条件的投降。

三

设若老李在厨房里，他要命也不会投降。这并不是说厨房里不热闹。张大嫂和二妹妹把家常事说得异常复杂而有趣。丁二爷也在那里陪着二妹妹打扫残余的，不大精致的羊肉片。他是一言不发，可是吃得很英勇。

丁二爷的地位很难规定。他不是仆人，可是当张家夫妇都出门的时候，他管看家与添火。在张大哥眼中，他是个"例外"——一个男人，没家没业，在亲戚家住着！可是从张家的利益上看，丁二爷还是个少不得的人！既不愿用仆人，而夫妇又有时候不能不一齐出门，找个白吃饭而肯负责看家的人有事实上的必要。从丁二爷看呢，张大哥若是不收留他，也许他还能活着，不过不十分有把握，可也不十分忧虑这一层。

丁二爷白吃张家，另有一些白吃他的——一些小黄鸟。他的小鸟无须到街上去遛，好像有点小米吃便很知足。在张家夫妇都出了门的时候，他提着它们——都在一个大笼子里——在院中遛弯儿。它们在鸟的世界中，大概也是些"例外"：秃尾巴的，烂眼边的，顶上缺着一块毛的，破翅膀的，个个有点特色，而这些特色使它们只能在丁二爷手下得个地位。

丁二爷吃完了饭，回到自己屋中和小鸟们闲谈。花和尚，插翅虎，豹子头……他就着每个小鸟的特色起了鲜明的名字。他自居及时雨宋江，小屋里时常开着英雄会。

他走了，二妹妹帮着张大嫂收拾家伙。

"秀真还在学校里住哪？"二妹妹一边擦筷子一边问。秀真是张大嫂的女儿。

"可不是；别提啦，二妹妹，这年头养女儿才麻烦呢！"花——一壶开水倒在绿盆里。

"您这还不是造化，有儿有女，大哥又这么能事；吃的喝的用的要什么有什么！"

"话虽是这么说呀，二妹妹，一家有一家的难处。看你大哥那么精明，其实全是——这就是咱们姐儿俩这么说——瞎掰！儿子，

224

他管不了；女儿，他管不了；一天到晚老是应酬亲友，我一个人是苦核儿。买也是我，作也是我，儿子不回家，女儿住学校，事情全交给我一个人，我好像是大家的总打杂儿的，而且是应当应分！有吃有喝有穿有戴，不错；可是谁知道我还不如一个老妈子！"张大嫂还是笑着，可是腮上露出些红斑。"当老妈子的有个辗转腾挪，得歇会儿就歇会儿；我，这一家子的事全是我的！从早到晚手脚不识闲。提起您大哥来，那点狗脾气，说来就来！在外面，他比子孙娘娘还温和；回到家，从什么地方来的怒气全冲着我发散！"她叹了一口长气。"可是呀，这又说回来啦，谁叫咱们是女人呢；女人天生的倒霉就结了！好处全是男人的，坏处全是咱们当老娘们的，认命！"由悲观改为听其自然，张大嫂惨然一笑。

"您可真是不容易，大嫂子。我就常说：像您这样的人真算少有，说洗就洗，说作就作，买东道西，什么全成——"

张大嫂点了点头，心中似乎痛快了些。二妹妹接着说，"我多咱要能赶上您一半儿，也就好了！"

"二妹妹，别这么说，您那点家事也不是个二五眼能了得了的。"张大嫂觉得非这么夸奖二妹妹不可了。"二兄弟一月也抓几十块呀？"

"哪摸准儿去！亲友大半是不给钱，到节啦年啦的送点茶叶什么的；家里时常的茶叶比白面多，可是光喝不吃还不行！干什么也别当大夫：看好了病，不定给钱不给；看错了，得，砸匾！我一天到晚提心吊胆，有时候真觉着活着和死了都不大吃劲！"二妹妹也叹了口长气。"我就是看着人家新面上的姑娘小媳妇们还有点意思，一天到晚，走走逛逛，针也不拿，线也不动，打扮得花枝招展的！"

"哼！"张大嫂接过去了，"白天走走逛逛，夜里挨揍的有的是！妇女就是不嫁人好——"

二妹妹又接过来："老姑娘可又看着花轿眼馋呢！"

"哎！"两位妇人同声一叹。一时难以继续讨论。二妹妹在炉上烤了烤手。

待了半天，二妹妹打破寂默，"大嫂子，天真还没定亲事哪？"

"那个老东西，"张大嫂的头向书房那边一歪，"一天到晚给别人家的儿女张罗亲事，可就是不管自己的儿女！"

"也别说，读书识字的小人们也确是难管，这个年头。哪都像咱们这么傻佬呢。"

"我就不信一个作父亲的管不了儿子，我就不信！"张大嫂确是挂了气。"二妹妹你大概也看见过，太仆寺街齐家的大姑娘，模样是模样，活计是活计，又识文断字，又不疯野，我一跟他说，喝！他的话可多了！又是什么人家是作买卖的咧，又是姑娘脸上雀斑多咧！哪个姑娘脸上没雀斑呀？擦厚着点粉不就全盖上了吗？我娶儿媳妇要的是人，谁管雀斑呢！外国洋姐脸上也不能一顺儿白！我提一回，他驳一回；现在，人家嫁了个团长，成天呜呜的坐着汽车；有雀斑敢情要坐汽车也一样的坐呀！"

二妹妹乘着大嫂喘气，补上一句："我脸上雀斑倒少呢，那天差点儿叫汽车给轧在底下！"

"齐家这个让他给耽误了，又提了家姓王的，姑娘疯得厉害，听说一天到晚钉在东安市场，头发烫得像卷毛鸡，夏天讲究不穿袜子。我一听，不用费话，不要！我不能往家里娶卷毛鸡，不能！您大哥的话又多了，说人家有钱有势，定下这门子亲，天真毕业后不愁没事情作。可是，及至天真回来和爸爸说了三言五语，这回事又干铲儿不提啦？"

"天真说什么来着呢？"二妹妹问。

"敞开儿是胡涂话，他说，非毕业后不定婚，又是什么要定婚也不必父亲分心——"

"自由婚！"二妹妹似乎比大嫂更能扼要的形容。

"就是，自由，什么都自由，就是作妈妈的不自由：一天到晚，一年到头，老作饭，老洗衣裳，老擦桌椅板凳！那个老东西，听了

226

儿子的，一声也可没出，叭唧叭唧的咂他的烟袋；好像他是吃着儿子，不是儿子吃着爸爸。我可气了，可不是说我愿意要那个卷毛鸡；我气的是儿子老自由，妈妈永远使不上儿媳妇。好啦，我什么也没说，站起来就回了娘家；心里说，你们自由哇，我老太太也休息几天去！饭没人作呀，活该！"张大嫂一"活该"，差点儿把头后的小髻给震散了。

"是得给他们一手儿看看！"二妹妹十二分表同情。

可是，张大嫂又惨笑了一下，"虽然这么说不是，我只走了半天，到底舍不得这个破家：又怕火灭了，又怕丁二爷费了劈柴，唉！自己的家就像自己的儿子，怎么不好也舍不的，一天也舍不的，我没那个狠心。再说，老姑奶奶了，回娘家也不受人欢迎！"

"到如今婚事还是没定？"

张大嫂摇摇头，摇出无限的伤心。

"秀真呢？"

"那个丫头片子，比谁也坏！入了高中了，哭天喊地非搬到学校去住不可。脑袋上也烫得卷毛鸡似的！可是，那个小旁影，唉，真好看！小苹果脸，上面蓬蓬着黑头发；也别说，新打扮要是长得俊，也好看。你大哥不管她，我如何管得了。按说十八九的姑娘了，也该提人家了，可是你大哥不肯撒手。自然哪，谁的鲜花似的女儿谁不爱，可是——唉！不用说了；我手心里老攥着把凉汗！多咱她一回来，我才放心，一块石头落了地。可是，只要一回来，不是买丝袜子，就是闹皮鞋；一个驳回，立刻眉毛挑起一尺多高！一说生儿养女，把老心使碎了，他们一点也不知情！"

"可是，不为儿女，咱们奔的是什么呢？"二妹说了极圣明的话。

"唉！"张大嫂又叹了口气，似乎是悲伤，又似乎是得了些安慰。

话转了方向，张大嫂开始盘问二妹妹了。

"妹妹，还没有喜哪？"

二妹妹迎头叹了口气……眼圈红了……

二妹妹含着泪走了，"大嫂，千万求大哥多分点心！"

四

回到公寓，老李连大衣也没脱便躺在床上，枕着双手，向天花板发楞。

诗意也罢，实际也罢，他被张大哥打败。被战败的原因，不在思想上，也不在口才上，而是在他自己不准知道自己，这叫他觉着自己没有任何的价值与分量！他应当是个哲学家，应当是个革命家，可是恍忽不定；他不应当是个小官，不应当是老老实实的家长，可是恍忽不定。到底——呕，没有到底，一切恍忽不定！

把她接来？要命！那双脚，那一对红裤子绿袄的小孩！

这似乎不是最要紧的问题；可是只有这么想还比较的具体一些，心里觉得难受，而难受又没有一定的因由。他不敢再去捉弄那漫无边际的理想，理想使他难受得渺茫，像个随时变化而永远阴惨的梦。

离婚是不可能的，他告诉自己。父母不容易，怎肯去伤老人们的心。可是，天下哪有完全不自私的愉快呢，除非世界完全改了样子？小资产阶级的伦理观念，和世上乐园的实现，相距着多少世纪？老李，他自己审问自己，你在哪儿站着呢？恍忽！

脚并不是她自己裹的，绿裤子也不是她发明的，不怨她，一点也不怨她！可是，难道怨我？可怜她好，还是自怜好？哼，情感似乎不应当在理智的伞下走，遮去那温暖的阳光。恍忽！

没有办法。我在城里忍着，她在乡间忍着，眼不见心不烦，只有这一条不是办法的办法；可是，到底还不是办法！

管它呢，能耗一天便耗一天，老婆到底不是张大哥的！

拿起本书来，看了半天，不晓得看的是哪本。去洗个澡？买点水果？借《大公报》看看？始终没动。再看书，书上的字恍忽，意思渺茫。

焉知她不能改造？为何太没有勇气？

没法改造！要是能改造，早把我自己改造了！前面一堵墙，推开它，那面是荒山野水，可是雄伟辽阔。不敢去推，恐怕那未经人吸过的空气有毒！后面一堵墙，推开它，那面是床帷桌椅，炉火茶烟。不敢去推，恐怕那污浊的空气有毒！站在这儿吧，两墙之间站着个梦里的人！

二号房里来了客人，说笑得非常热闹，老李惊醒过来，听着人家说笑，觉得自己寂寞。

小孩们的教育？应当替社会养起些体面的孩子来！

他要摸摸那四只小手，四只胖，软，热，有些香蕉糖味的小手。手背上有些小肉窝，小指甲向上翻翻着。

就是走桃花运，肥猪送上门来，我也舍不得那两个孩子！老李告诉他自己。

她？老李闭上了眼。她似乎只是孩子的妈。她怎样笑？想不起。她会作饭，受累……

二号似乎还有个女子的声音。鼓掌了；一男一女合唱起来。自己的妻子呢，只会赶小鸡，叫猪，和大声吓喝孩子。还会撒村骂街呢！

非自己担起教育儿女的责任不可，不然对不起孩子们。

还不能只接小孩，不接大人。

越想越没有头绪。"这是生命呢？还是向生命致歉来了呢？"他问自己。

他的每一思念，每一行为，都带着注脚：不要落伍！可是同时他又要问：这是否正当？拿什么作正当与不正当的标准？还不是"诗云""子曰"？他的行为——合乎良心的——必须向新思想道歉。他的思想——合乎时代的——必须向那个鬼影儿道歉。生命是个两截的，正像他妻子那双改组脚。

老李不敢再想了；张大哥是圣人。张大哥的生命是个整的。

第三

一

太阳还没出来，天上浮着层灰冷的光。土道上的车辙有些霜迹。骆驼的背上与项上挂着些白穗，鼻子冒着白气。北平似乎改了样儿，连最熟的路也看着眼生。庞大，安静，冷峭，驯顺，正像那连脚步声也没有的骆驼。老李打了个哈欠，眼泪下来许多，冷气一直袭入胸中，特别的痛快。

越走越亮了，青亮的电灯渐渐的只剩一些金丝了。天上的灰光染上些无力的红色；太阳似乎不大愿意痛快的出来。及至出来，光还是很淡，连地上的影子都不大分明。远处有电车的铃响。

街上的人渐渐多起来。人们好似能引起太阳的热力，地上的影儿明显了许多，墙角上的光特别的亮。

换火柴的妇女背着大筐，筐虽是空的，也还往前探着身儿走。穷小孩们扛着丧事旗伞的竿子，一边踏拉着破鞋疾走，一边互相叫骂。这也是孩子！老李对自己说：看那个小的，至多也不过八岁，一身的破布没有一块够二寸的，腿肚子，脚指头，全在外边露着。脏，破烂，骂人骂得特别的响亮。这也是孩子！老李可怜那个孩子，同时不知道咒骂谁才好；家庭，社会，似乎都该骂。可是骂一阵有什么用呢？往切近一点想吧——心中极不安的又要向谁道歉似的——先管自己的儿女吧。

走到了中海。"海"中已薄薄的冻了层冰，灰绿上罩着层亮光。桥下一些枯荷梗与短苇都冻在冰里，还有半个破荷叶很像长锈的一

230

片马口铁。

迎头来了一乘彩轿，走得很快，一望而知是到乡下迎娶的，所以发轿这么早。老李呆呆的看着那乘喜轿：神秘，奇怪，可笑。可是，这就是真实；不然，人们不会还这么敬重这加大的鸟笼似的玩艺。他心似乎有了些骨力。坐彩轿的姑娘大概非常的骄傲，不向任何人致歉？

他一直走到西四牌楼：一点没有上这里来的必要与预计，可是就那么来到了。在北平住了这么些年了，就没在清晨到过这里。猪肉，羊肉，牛肉；鸡，活的死的；鱼，死的活的；各样的菜蔬；猪血与葱皮冻在地上；多少多少条鳝鱼与泥鳅在一汪儿水里乱挤，头上顶着些冰凌，泥鳅的眼睛像要给谁催眠似的瞪着。乱，腥臭，热闹；鱼摊旁边吆喝着腿带子："带子，带子，买好带子。"剃头的人们还没来，小白布棚已支好，有人正扫昨天剃下的短硬带泥的头发。拔了毛的鸡与活鸡紧临的放着，活着的还在笼内争吵与打鸣儿。贩子掏出一只来，嘎——啊，嘎——没打好价钱，拍的一扔，扔在笼内，半个翅膀掩在笼盖下，嘎！一只大瘦黄狗偷了一挂猪肠，往东跑，被屠户截住，肠子掉在土上，拾起来，照旧挂在铁钩上。广东人，北平人，上海人，各处的人，老幼男女，都在这腥臭污乱的一块地方挤来挤去。人的生活，在这里，是屠杀，血肉，与污浊。肚子是一切，吞食了整个世界的肚子！在这里，没有半点任何理想；这是肚子的天国。奇怪。尤其是妇女们，头还没梳，脸上挂着隔夜的泥与粉；谁知道下午上东安市场的也是她们？

老李这是头一次来观光，惊异，有趣，使他似乎抓到了些真实。这是生命，吃，什么也吃；人确是为面包而生。面包的不平等是根本的不平等。什么诗意，瞎扯！为保护自家的面包而饿杀别人，和为争面包而战争，都是必要的。西四牌楼是世界的雏形。那群男女都认识这个地方，他们是真活着呢。为肚子活着，不为别的；张大哥对了。为肚子而战争是最切实的革命，也对了。只有老李不对：

他在公寓住惯了，他总以为公寓里会产生炒木犀肉与豆腐汤。他以为封建制度是浪漫的史迹，他以为阶级战争是条诗意的道路。他不晓得这块腥味的土是比整个的北平还重要。他只有两条路可走：去空洞的作梦，或切实的活着。后者还可以再分一下：为抓自己的面包活着，或为大众争面包活着。他要是能在二者之中选定一条，他从此可以不再向生命道歉。

牌楼底下，热豆浆，杏仁茶，枣儿切糕，面茶，大麦粥，都冒着热气，都有股特别的味道。切糕上的豆儿，切开后，像一排鱼眼睛，看着人们来吃。

老李立在那里，喝了碗豆浆。

二

老李决定了接家眷，先"这么"活着试试。可是始终想不起什么时候下乡去。

张大哥每天早晨必定报告一些消息："房子定好了；看看去？"

"何必看；您的眼睛不比我的有准？"老李把感激的话总说得不受听了。

好在张大哥明白老李的为人，因而不但不恼，反觉得可以自傲。

"三张桌子，六把椅子，一个榆木擦漆的——漆皮稍微有些不大好看了——衣橱；暂时可以对付了吧？"第二天早晨的报告。

老李只好点头，表示可以对付。

及至张大哥报告到茶壶茶碗也预备齐了，老李觉得非下乡不可了。

张大哥给出主意，请了五天假。临走的时候，老李嘱咐张大哥千万别向同事的说这个事，张大哥答应了决不走露消息。

老李从后门绕到正阳门，想给父母买些北平特有的东西；这个自然不好意思再向张大哥要主意，只好自己去探险。走了一身透汗，什么也没买，最大的原因是看着铺子们眼生，既不能扼要的决定买什么，又好像怕铺子们不喜欢他的照顾，一进去也许有被咬了一口的危险。最后，还是在东安市场买了些果子，虽然明知道香蕉什么的并不是北平的出产。又添了六个陈嘉庚的罐头，商标的彩纸印得还怪好看的。

三

老李走后的第二天，衙门里的同事几乎全知道了：李太太快来了。

张大哥确是没有泄露消息。

消息广播的总站是赵科员。赵科员听戏永远拿着红票；凡是发红票的时候，他不是第一也是第二得到几张。运动会给职员预备的秩序单，他手里总会有一份。上运动会，或任何会场，听戏，赵科员手里永远拿着个纸卷，用作打熟人脑袋的兵器。打了人家的脑袋，然后，"你也来啦？"

他对于别人的太太极为关心。接家眷，据他看，就是个人的展览会；虽然不发入场券，可是他必是头一个"去瞧一眼"的。女运动员，女招待，女戏子等等都是预备着为他"瞧"的，别无意义。对于别人的夫人也是这样。瞧一眼去便是瞧人家的脸，脖子，手，脚，与一切可以被生人看见的地方。他作梦的时候，女子全是裸体的。经赵科员看了一眼之后，衙门中便添上多少多少新而有趣的谈话资料。

赵科员等着老李接家眷已经等得不耐烦了。平日他评论妇女的时候，老李永不像别人那样痛痛快快的笑，那就是说不能尽量欣赏，所以他一心的盼望瞧老李一手儿。

赵科员的长像与举动，和白听戏的红票差不多，有实际上的用处，而没有分毫的价值。因此，耳目口鼻都没有一定地位的必要，事实上说话的时节五官也确随便挪动位置。眼珠像两炒豆似的，满脸上蹦。笑的时候，小尖下巴能和脑门挨上。他自己觉得他很漂亮，这个自然是旁人不便干涉的。他的言语很能叫别人开心，他以为这是点天才。当着老王，他拿老李开心；当着老李，他拿老王开心；当着老王老李，拿老孙开心；实在没法子的时候，利用想象，拿莫须有先生开心。

"老李接'人儿'去了！"赵科员的眼睛挤得像一口热汤烫了嗓子那样。

"是吗？"大家的耳朵全竖起来。

"是吗！请了五天假，五天——"

"五天？平日他连迟到早退都没有过！"

"可就是呀！等瞧一眼吧！"赵科员心里痒了一下，头发根全直刺闹的慌。

"小赵，你这回要是不同我们一块儿去，留神你的皮，不剥了你的！"邱先生说。

"赵，你饶了人家老李吧，何苦呢，人家怪老实的！"吴先生沉着气说。

吴先生直着腰板，饭碗大的拳头握着枝羊毫，写着酱肘子体的字，脸上通红，心中一团正气。是的，吴先生是以正直自夸的，非常的正直，甚至于把自己不正直的行为也视为正直。小赵是他的亲戚，他的位置是小赵给运动的，可是没把小赵放在眼里，因为自己正直。前者因为要纳妾，被小赵扩大的宣传，弄到吴太太耳中，差点没给吴先生的耳朵咬下一个来，所以更看不起小赵。小赵也确是有些怕吴先生；那一对拳头！

赵科员不言语了，心中盘算好怎样等老李回来，怎样暗中跟着他，看他在哪里住，而后怎样约会同事的们——不要老吴，而且先瞪他一眼——去瞧一眼，或者应说去打个茶围。

邱先生是个好人，不过有点苦闷，所以对此事特别的热心，过来和小赵嘀咕："大家合伙买二斤茶叶，瞧她一眼，还弄老李一顿饭吃；你的司令。"

吴先生把这个事告诉了张大哥。张大哥笑了一笑，没说什么。张大哥热心为朋友办事是真的，但是为朋友而得罪另一朋友，不便。张大哥冬季的几吨煤是由小赵假公济私运来的——一吨可以省着三四块钱——似乎不必得罪小赵。即使得罪了小赵，除了少烧几吨便宜煤，也倒没多大的关系；可是得罪人到底是得罪人，况且便宜煤到底是便宜煤。

四

不过，不得罪小赵是一件事，为老李预备一切又是一件事。张大哥又到给老李租好的房子看了一番。房子是在砖塔胡同，离电车站近，离市场近，而胡同里又比兵马司和丰盛胡同清静一些，比大院胡同整齐一些，最宜于住家——指着科员们说。三合房，老李住北房五间，东西屋另有人住。新房，油饰得出色，就是天生来的房顶爱漏水。张大哥晓得自从女子剪发以后，北平的新房都有漏水的天性，所以一租房的时候，就先向这肉嫩的地方指了一刀，结果是减少了两块钱的房租；每月省两圆，自然可以与下雨在屋里打伞的劳苦相抵；况且漏水与塌房还相距甚远，不必过虑。

张大哥到屋里又看了一遍。屋里有点酸面味。遍地是烂纸，破袜子，还有两个旧油篓，和四五个美丽烟的空筒——都没有盖，好像几只大眼睛替房东看着房。窗户在秋天并没糊过，只把冷布的纸帘好歹的粘上。玻璃上抹着各样的黑道，纸棚上好几个窟窿，有一两处垂着纸片，似乎与地上的烂纸遥相呼应。张大哥心中有点不痛快，并不是要责备由这个屋里搬走的人们，而是想起自己那两处吃租的小房——人们搬家的时候也是这样毁坏，租房住的人和老鼠似乎是亲戚！

窗户当然要从新糊过；棚？似乎不必管。墙上不少照片与对联的痕迹，四围灰黄，整整齐齐的几个方的与长的白印儿；也不必管，老李还能没些照片与对联？照原来的白印儿挂上就行。张大哥以为没有照片与对联的不能算作"文明"人。

把这些计划好，张大哥立在当中的那一间，左右一打眼，心中立刻浮出个具体的设计：当中作客厅，一张八仙桌，四把椅子。东西两间每间一张桌，一把椅；太少点！暂时将就吧；不，客厅也来两把椅子吧。东间作书房，呕，没有书架子呀！老李是爱买书的人——傻瓜！每月把书费省下，有几年的工夫能买一处小房，信不信？还得给他去弄个书架子！西间放那个衣橱。东西套间：一间卧室，一间厨房；床是有了，厨房还短着案子。

还显着太简单！科员的家里是简单不得的！不过，挂上些照片与对联也许稍微好些；况且堂屋还得安洋炉子。张大哥立刻看看后檐墙有出洋炉烟管子的圆孔没有。有个碟子大的圆洞，糊着张纸，四围有些烟迹，像被黑云遮住的月亮。心中平安了许多：冬天不用洋炉子，不"文明"！

计划好一切，终于觉得东西太少。可是，虽然同是科员，老李究竟是乡下人，这便又差一事了；乡下人还懂得哪叫四衬，哪叫八稳？有好桌子也是让那对乡下孩子给抹个乱七八糟。好了，只须去找裱糊匠来糊窗子，和打扫打扫地上。得，就是它！

张大哥出来，从新端详了街门一番。不错，小洋式门，上面有两个洋灰堆成的狮子，虽然不十分像狮子，可是有几分像哈吧狗呢，就算手艺不错。两狮之间，有个碟子大小的八卦。狮子与八卦联合起来，力量颇足以抵得住一对门神爷。张大哥很满意。"文明"房必须有洋式门，门上必须有洋灰狮子；况且还有八卦！

张大哥马上去找裱糊匠，熟人，不用讲价钱；或者应说裱糊匠不用讲价钱，因为张大哥没等他张嘴，已把价钱定好。作也得作，不作也得作，糊窗户是苦买卖，可是裱糊喜棚呢，糊冥衣呢，不能不拉这些生意。凡是张大哥为媒的婚事，自然张大哥也给介绍裱糊匠；不幸新娘或新郎不等白头到老便死去一位呢，张大哥少不得又给张罗糊冥衣——裱糊匠是在张大哥手心里呢！说好了怎样糊窗户，张大哥就手打听金银箔现在卖多少钱一刀，和纸人的粉脸长了价钱没有。张大哥对事事要有个底稿，用不着不要紧，备而不用，切莫用而不备。

五点多了，张大哥必须回家了。到四牌楼买了只酱鸡，回家请请夫人。心里想：那条棉裤她大概快给作成了，总得买只鸡犒劳犒劳她。其实，她要是会打毛绳裤子，还真用不着作棉的；赶明儿请孙太太来教教她。一条毛绳裤，买，得七八块钱；自己打，两磅绳子——不，用不了，一磅半足够；就说两磅吧，两块八加两块八，五块六。省小三块子！请孙太太教教她，反正我上衙门，她没事作，闲着也是闲着。叫太太闲着，不近情理。老夫老妻的，总得叫太太多学本事。张大哥看了看手中的荷叶包：酱鸡个子真不小，女儿也不回来！一家子吃也不至于不够。

女儿十八了，该定亲了。出了高中入大学，一点用处没有，只是费钱。还有二年毕业，二十；四年大学，二十四；再作二年事——大学毕业不作二年事对不起那些学费——二十六。二十六！姑娘就别过二十五！过了二十五，天好，没人要，除非给续弦！赶紧选个小人，高中一毕业，去她的，别耍玄虚！

儿子，儿子是块心病！

看见一挑子鲜花，晚菊，老来少，番椒……张大哥把儿子忘了，用半闭着的那只眼轻轻瞭了一下。要买便宜东西，决不能瞪着眼直扑过去，像东安市场里穿洋服拉着女朋友的那些大爷那样。总得虚虚实实，瞭一眼。卖花的恰巧在这一瞭的工夫，捉住张大哥的眼。张大哥拉线似的把眼光收到手中的酱鸡上，走了过去。

儿子是块心病！

第四

一

老李怎么把夫人，一对小孩，铺盖卷，尿垫子，四个网篮，大小七个布包，两把雨伞，一篓家腌的芥菜头，半坛子新小米，全一鼓作气运来，至今还是个谜。他好像是下了决心接家眷，所以凡是夫人舍不得的物件全搬了来；往常他买过了三件小东西就觉得有丢失一件的可能。

他请了五天假，第三天上就由乡间拔了营，为是到北平之后，好有一天的工夫布置一切，不必另请假。

由张大哥那里把桌椅搬运了来，张大哥非到四点后不能来，所以丁二爷自告奋勇来帮忙。丁二爷的帮忙限于看孩子。丁二爷看孩子是专门挡路碍事添麻烦。老李要往东间里放桌子，丁二爷和两个孩子恰好在最宜放桌子那块玩呢；老李抓了抓头发，往西间去，丁二爷率领二位副将急忙赶到。老李找锤子，无论如何也找不到，丁二爷拿着呢。

忙了一天，两把伞还在院里扔着，小米洒了一地，四个网篮全打开了，东西以极新颖的排列法陈列在地上，没有一件得到相当的立身所在，而且生命非常的不安全：老李踩碎一个针盒，李太太被切菜墩拌倒两次，压瘪了无数可以瘪的东西，博得丁二爷与孩子们的一片彩声。

还不到四点钟，张大哥来了。把左眼稍微一睁，四篮的东西已大半有了地位，用手左右指了指，地上已经看不见什么，连洒出来的小米全又回了坛子。

全布置好了，没有相片和对联！张大哥对老李有些失望。再看，新糊的窗子被丁二爷戳了个窟窿。不怪张大哥看不起他们。

"老李，明天上我那儿取几张风景画片，一副对联，一个中堂，好在都没上款。"

老李看了看墙上，才发现了黑白分明不大好看，"糊一糊好了。"他说。

"知道能住多少日子呀，白给人家糊？况且糊墙就得糊顶棚，你还不能四白落地，可是上边悬着块黑膏药。再说，一裱糊，又是天翻地覆，东西都得挪动。"张大哥点上了烟斗。

一听又要天翻地覆，老李觉得糊墙一定是罪孽深重，只好点了点头，意思是明天去取那没上款的对联。

张大哥走了。

他走后，老李才想起来了，也没让他吃饭！饭在哪儿呢？可是，退一步说，茶总该沏一壶吧！看了看堂屋，方桌上一把壶六个碗，在个磁盘上放着，好像专等有人来沏茶似的。谁当沏茶去？假如这是在张大哥家里？谁应当张罗客人喝茶？老李的眉头皱上了。他刚一皱眉，丁二爷也告辞：孩子们拉住丁二爷的手，不许他走。

"在这儿吃饭，妈会作枣儿窝窝！"男孩儿说。

"枣儿喏喏！"女孩跟着哥哥学，话还说得不大便利。

老李一边往外送客，一边心里说："大人还不如小孩子懂事呢！"继而一想，"弄些客套又有什么意义呢？"心中这么想，把丁二爷忘了。客人走出老远，他才想起，"呕，丁二爷呢？"

二

李太太不难看。脸上挺干净，有点发整①。眉眼也端正。嘴不

①发整，京语；不活泼曰"发整"。

大爱闭上，呼吸带着点响声，大牙板。身子横宽，棉袍又肥了些，显着迟笨。一双前后顶着棉花的改造脚，走路只见胳臂扇动，不见身体往前挪：有时猛的倒退半步，大概是脚踵设法找那些棉花呢。坐下的时候确不难看。新学会的鞠躬：腰板挺着，两手贴垂，忽然一个整劲往前一栽：十分的郑重，只是略带点危险性。

她给丁二爷鞠了躬，给张大哥鞠了躬，心里觉得不十分自然，可是也有点高兴。张大哥说"好在还不冷"的时候，她答了句"还没到立冬"，也非常的漂亮而恰当。

屋子大概的布置好了，她一手扶着椅子背，四下打了一眼，不错，只是太空！可是，空得另有一种可喜的味道。这一切是她的！除了丈夫就属她大，没有公婆管着，小姑子看着。况且，这是北平！北平未见得比乡下"好"，可是，一定比乡下"高"。

老李的眉头还皱着呢，看了她一眼，要说："不会沏点茶呀？"可是管住了自己，改为："倒壶茶。"跟她说，连"沏"还得改成"倒"！

"我还真忘了，真！"李太太笑了，把牙全露出来。"茶叶呢？"这句好像是问全北平呢，声音非常的高。

"小声点！"老李说，把"这儿不是乡下，屋里说话，村外都得听见！"咽了回去。

她似乎为抵销大嗓说话的罪过，居然把茶叶找到。"还忘了呢，没水！"为找到茶叶把大嗓门的罪过又犯了。

"你小点声！"老李咬着牙说，眉头皱得像座小山。

她拿着茶壶在屋里转了半个圈，因脚下的棉花又发生了变化，所以没有转圆。"我上街坊屋借一壶开水去？"

他摇头。不行，还得告诉她："这儿不比乡下，不许随便用人家的东西。"

"妈，吃饭饭！"小姐子过来拉住妈妈的手。

妈妈抱起孩子来，眼圈红了。在乡下，这时候孩子就该睡了；在这儿，臭北平！这个不准，那个不行，孩子到这咱晚还没吃饭！

屋子是空的，没有顺山大炕，没有箱子，没有水，看哪儿都发生，找什么也不顺手，丈夫皱着眉！一百个北平也比不上乡下！

"爸，还不吃饭？"男孩用拳头打了老李一下。

老李看了看两个孩子，眉头上那座小山化了。"爸给你们买吃的去，"然后把小拳头放在自己的手掌上，"这儿呀，方便极了，一会儿我都能买来，买——"他看了太太一眼，"买什么？"

太太没言语，脸上代她说，"我知道你们的北平有什么！"

"爸，买点落花生，大海棠果。"

"爸，菱吃发生！"小妞子说。

老李笑了，要回答他们几句，没找到话，披上大衣上了街。

三

街上东西是很多，老李只想不出买什么好。街西一个旧书摊，卖书的老人正往筐中收拾《茶花女》，《老残游记》，和光绪三十二年的头版《格致讲义》。老李看了看，搭讪着走开；迈了两步，又回头看看卖书的——正忙着收摊，似乎没有理会到老李的存在。老李开始注意羊肉床子旁边的芝麻酱烧饼，刚烙得，焦黄的芝麻像些吃饱的蚊子肚儿。颇想买几个。旁边一位老太太正打好洋铁壶的价钱，老李跟着买了两把。等她走后，才敢问洋炉子的价钱——因为张大哥极端的主张用洋炉子——买定了一个。一问价钱的时候，心中就决定好——准买贵了。买好之后又决定好，告诉张大哥的时候，少说两块钱，他还能说贵吗？心中很痛快，生平第一次买洋炉子，一辈子不准买上两回，贵点就贵点吧。说好炉子和铁管次日一早送去。然后，提着水壶，茫然不知到哪里去好。

到底给孩子们买什么吃呢？

虽然结婚这么几年，太太只是父母的儿媳妇，儿女只是祖母的孙儿，老李似乎不知道他是丈夫与父亲。现在，他要是不管儿女的吃食，还真就没第二个人来管。老李觉得奇怪。灯下的西四牌楼像个梦！

给小孩吃当然要软而容易消化的，老李握紧了铁壶的把儿，好像壶把会给他出主意似的。代乳粉？没吃过！眼前是干果子铺，别忘了落花生。买了一斤花生米。一斤，本来以为可以遮点羞，哼，谁知道才一角五分钱！没法出来，在有这些只电灯的铺子只花一角五？又要了两罐蜜饯海棠。开始往回走。到胡同口，似乎有点不得劲——花生米海棠大概和晚饭不是同一意义。又转回身来，看了看油盐店，猪肉铺，不好意思进去。可是日久天长，将来总得进去，于是更觉得今天不应进去。心里说："你一进去，你就是张大哥第二！"可是不进去，又是什么第二呢？又看见烧饼。买了二十个。羊肉白菜馅包子也刚出屉，在灯光下白得像些磁的，可是冒着热气。买了一屉。卖烧饼的好像应该是姓"和"名"气"，老李痛快得手都有点发颤，世界还没到末日！拿出一块钱，唯恐人家嫌找钱麻烦；一点也没有，客客气气的找来铜子与钱票两样，还用报纸给包好，还说，"两换儿，花着方便。"老李的心比刚出屉的包子还热了。有家庭的快乐，还不限在家庭之内；家庭是快乐的无线广播电台，由此发送出一切快乐的音乐与消息，由北平一直传到南美洲！怨不得张大哥快活！

菱在妈妈怀中已快睡着，闻见烧饼味，眼睛睁得滴溜圆，像两个白棋子上转着两个黑棋子。英——那个男孩——好似烧饼味还没放出来，已经入肚了一个。然后，一口烧饼，一口包子，一口花生米，似乎与几个小饿老虎竞赛呢。

谁也没想起找筷子，手指原是在筷子以前发明出来的。更没人想到世界上还有碟子什么的。

李太太嚼着烧饼，眼睛看着菱，仿佛唯恐菱吃不饱，甚至于有点自己不吃也可以，只愿菱把包子都吃了的表示。

菱的眼长得像妈妈，英的眼像爸爸，俩小人的鼻子，据说，都像祖母的。菱没有模样，就仗着一脸的肉讨人喜欢，小长脸，腮部特别的胖，像个会说话的葫芦。短腿，大肚子，不走道，用脸上的肉与肚子往前摇。小嘴像个花菁葵，老带着点水。不怕人，仰着葫芦脸向人眨巴眼。

英是个楞小子，大眼睛像他爸爸，楞头磕脑，脖子和脸一样黑，肉不少，可是不显胖，像没长全羽毛的肥公鸡，虽肥而显着细胳臂蜡腿。棉裤似乎刚作好就落伍，比腿短着一大块，可是英满不在乎，裤子越紧，他跳得越欢，一跳把什么都露出来。

老李爱这个黑小子。"英，赛呀！看谁能三口吃一个？看，一口一个月牙，两口一个银锭，三口，没！"

英把黑脸全涨紫了，可是老李差点没噎绿了。

不该鼓舞小孩狼吞虎咽，老李在缓不过气来的工夫想起儿童教育。同时也想起，没有水！倒了点蜜饯海棠汁儿喝，不行；急得直扬脖。在公寓里，只须叫一声茶房，茶是茶，水是水，接家眷，麻烦还多着呢！

正在这个当儿，西屋的老太太在窗外叫："大爷，你们没水吧？这儿一壶开水，给您。"

老李心中觉得感激，可是找不到现成的话。"呕呕老太太，呕——"把开水拿进来，沏在茶壶里。一边沏，一边想话。他还没想好，老太太又发了言：

"壶放着吧，明儿早晨再给我。还出去不出去？我可要去关街门啦。早睡惯了，一黑就想躺下。明儿倒水的来叫他给你们倒一挑儿。有缸啊？六个子儿一挑，零倒；包月也好；甜水。"

老李要想赶上老太太的话，有点像骆驼想追电车，"六个子，谢谢，有缸，不出去，上门。"忘了说，"你歇着吧，我去关门。"

"孩子们可真不淘气，多么乖呀！"老太太似乎在要就寝的时候精神更大。"大的几岁了？别叫他们自己出去，街上车马是多的；汽车可霸道，撞葬哪，连我都眼晕，不用说孩子们！还没升火哪？

多给他们穿上点，刚入冬，天气贼滑的呢，忽冷忽热，多穿点保险！有厚棉袄啊？有做不过来的活计，拿来，我给他们做；戴上镜子，粗枝大叶的我还能缝几针呢；反正孩子们也穿不出好来。明天见。上茅房留点神，砖头瓦块的别绊倒；拿个亮儿。明天见。"

"明天——老太太，"老李连句整话也没有了。

可是他觉得生活美满多了，公寓里没有老太太来招呼。那是买卖，这是人情。喝了碗茶，打了个哈欠，吃了个海棠，甜美！要给英说个故事，想不起；腰有点痛。是的，腰疼，因为尽了责任，卖了力气。拿刚才的事说吧，右手烧饼，左手包子，大衣的袋中一大包花生米，中指上挂着铁壶！到底是有家！在公寓里这时候正吃完了鸡子炒饭，不是看报，就是独坐剔牙。太太也过得去，只是鞠躬的样子像纸人往前倒——看了太太一眼。

菱的小手里拿着半个烧饼，小肉葫芦直向妈妈身上倒，眼已闭上，可还偶尔睁开一点缝，妈妈嘴中还嚼动着，脸上没有任何表情，搂着孩子微微的向左右摇身，眼睛看着洋蜡的苗。

老李不敢再看。高跟鞋，曲线美，肉色丝袜，大红嘴唇，细长眉……离李太太有两个世纪！老李不知是难过好，还是痛快好。他似乎也觉出他的毛病来了——自己没法安排自己。只好打个哈欠吧，啊——哈——哈。

英的黑手真热，正捻着爸的手指肚儿看有几个斗，几个簸箕。

"英，该睡了吧？"

"海棠还没吃完呢。"英理直气壮的说。

老李虽然又打了个哈欠，可是反倒不困了。接了家眷来理当觉出亲密热闹，可是也不知怎么只显着奇怪隔膜与不舒适。屋子里只有一枝洋烛的光明，在太太眼珠上跳！

第五

一

老李上衙门去。

张大哥确是有眼力：给老李租的房正好离衙门不远——也就是将到二里地。省车钱是一，可以来往运动运动是二，午饭能在家里吃是三。

老李虽然没有计算一月可以省多少车钱，可是心中微微有点可以多储蓄下点的光亮与希望。想到储蓄，不由的想到：家眷来了，还能剩钱？张大哥永远劝人结婚和接家眷，唯一的理由似乎是："两口儿并不见得比一个人费钱。"好像女人天生来的不会花钱，没有任何需要，也不准有需要！老李看女人也是个人。可是，英的妈……即使是养只鸡也得给小米吃呀！老李觉得接家眷这回事有点错误。一家之长？越看自己越不像。

快到了衙门，他更不痛快了。怎么当上了科员？似乎想不起。家长？当科员或者不是件坏事。没有科员的薪水怎能当家长？科员与家长是天造地设的一对——什么？看见了衙门，那个黑大门好似一张吐着凉气的大嘴，天天早晨等着吞食那一群小官僚。吞，吞，吞，直到他们在这怪物的肚子里变成衰老丑恶枯干闭塞——死！虽然时时被一张纸上印着个红印给驱逐出去，可是在这怪物肚中被驱逐，不是个有刺激性的事。这里免职，而去另起炉灶干点新的有意义的事，绝对想不到。此处不留爷，自有留爷处；衙门不止一个。吃衙门的虫儿不想，不会，也不肯，干别的。可恨的怪物！

可是老李得天天往怪物肚中爬，现在又往里爬呢！每爬进一次，他觉得出他的头发是往白里变呢。可是他必须往里爬；一种不是事业的事业，不得不敷衍的敷衍。现在已接来家眷，更必得往里爬了。这个大嘴在这里等着他，"她"在家里等着他；一个怪物与一个女魔，老李立在当中——科员，家长！他几乎不能再走了，他看见一个衰老丑恶的他，和一个衰老丑恶的她，一同在死亡的路上走，路旁的花草是些破烂的钱票与油腻的铜！然而他得走，不能立在那里不动；诗意？浪漫？自由？只是一些好听的名词。生活就是买炉子，租房……炉子送去没有？她会告诉怎样安铁管子呀？

到了衙门口。他真要往后退了。可是门口的巡警似乎故意戏弄他，给他行了个立正礼。他只能进去。他的手出了汗。那一群同事们一定都等着审问他呢："老李，接家眷也不言语一声？几时请吃饭？"吃饭，那群东西和苍蝇同类，嘴不闲着便是生命的光荣！

进了自己的办公室，心中安定了些。一个人还没来呢，他深深呼了口气。破公事案，铺着块桌布的冤魂，茶碗印，墨汁点，烟卷烧的孔，永远在这里，永远。大而丑的月份牌，五天没撕了，老李不来没人管撕。玻璃上的土！怪物的肚子里没人管任何事情。他把月份牌扯下五页来，扔在纸篓里；也配叫作纸篓，靠着两面墙还随时的自己倒下来。

他坐在自己的椅子上，屋中最破的那一把，发楞。公事，公事就是没事；世界上没公事，人类一点也不吃亏。公文，公文，公文，没头没尾，没结没完的公文。只有一样事是真的——可恨它是真的——和人民要钱。这个怪物吃钱，吐公文！钱到哪儿去？没人知道。只见有人买洋楼，汽车，小老婆；公文是大家能见到的唯一的东西。老李恨不能登时砸碎那把破椅子，破公事案，破纸篓，和这个怪物！可是，砸不碎这个怪物，连这张破桌布也弄不碎。碎了这块布等于使砖塔胡同那三口儿饿死。

他又坐下了，等着他们。他们，这个世界是给他们预备的。在

246

家里，油盐酱醋与麻雀牌；来到衙门，一进门有巡警给行礼，进了公事房，嘻嘻嘻，讨论着，辩论着，彼此的私事，孩子闹耳朵，老太太办生日，春华楼一号女招待。能晚到一分便晚到一分，能早走一分便早走一分。破桌子，破茶碗，无穷无尽的喝茶。烟卷烟斗一齐烧着，把月份牌都罩得看不清。老李等着他们，他们是他的朋友，在某种程度上，他的审判官。他得为他们穿上洋服，他得随着他们嘻嘻嘻。他接家眷得请他们吃饭。他得向他们时常道歉。

邱先生来了。

"啊，老李，回来了？家中都好？"和老李握了握手。

邱先生的眼中带着点不大正经的笑意。老李的脸红了。邱先生没往下说什么，可是那个笑在眼角上挂着，大有一时半会儿不能消灭的来派，于是老李的脸上继续着增加热力。

邱先生脱大衣，喊听差沏茶，眼睛没看着老李，可是眼上那两个笑点会绕着圈向老李那边飞掷，像对流星。

吴先生也到了。

"啊，老李，回来了？家中都好？"和老李握了握手。他的手比老李的大着两号——按着手套的尺寸说——柔软，滑溜，带着科员的热力。然后，掏出一毛钱的票子："张顺，送车钱去！"

吴先生非常正直，可是眼角上也有点笑意，和邱先生的那个相似，虽然程度上不那么深。老李的脸更热了。

他闭着气专等小赵，小赵来到他就知道是五年徒刑，还是取保释放了。

小赵没来。

二

小赵为什么没来？老李不敢问。吴先生虽然是小赵的亲戚，可是最不关心小赵的事，除了托小赵给维持地位，他简直不大爱和小赵说话。吴先生是正直人，老李自然不敢向吴先生打听小赵。邱先生呢，年纪比小赵大，而人情没有小赵的硬，所以有小赵领首，他对于向同事们开玩笑的事无不参加；可是小赵不提倡，他不便自居祸首；甚至于小赵不在眼前，他连"小赵"二字提也不提。邱先生在不和人开玩笑的时候很能咂着滋味苦闷。

可是吴邱二位都知道小赵干什么去了。小赵是为所长太太到天津办事去了。二位对小赵都有点忌妒。但是不便和老李说。老李是以力气挣钱，不管旁人的事。二位自然不能以他为同调。况且吴先生是正直人，在老李面前特别要显着正直。老李开始办公，心里老有个小赵的影。吴先生挺直腰板，写着酱肘子体的字。邱先生喝茶吸烟，咂着滋味苦闷，眼睛专看着手表。

张大哥不和老李同科，可是特意过来招呼一声。

"啊，老李，回来了？家中都好？"用手指诊了老李手心一下。

老李十分感激张大哥：为人谋永远忠诚到底。果然，邱吴二位的眼神有点改变光度与神气。设若老李接家眷，张大哥必知道一切；可是张大哥也问"家中都好？"小赵的话是造谣，一定。自然，不一定，更好。

"今年乡下收成不坏吧？"张大哥对乡下人自然要问乡下话，吴邱二位登时觉得还不够真正北平人的资格。

"不坏，不过民间还是很苦！"老李带着感情说。

"今年就盼着来场大雪，去去瘟毒；麦子也得意。"去去瘟毒，其实是张大哥的注意之点，麦子得意与否，民间苦不苦，都嫌离北平太远；世界上麦子都不得意，北平总有白面吃。

张大哥和老李又敷衍了几句，完全出于诚意，同时不失为敷衍，张大哥自己都佩服这一招儿。诚意的敷衍完老李，又过去和邱吴二位谈了一点来钟。张大哥比他们二位更没事可作，他是庶务科上的，他的职务是调动工友，和买办东西。对调动工友这一项，他是完全无为而治，所以工友们为他的私事能非常的殷勤卖力气，因为在衙门里总是闲着。对于买办一项，自有铺子送来，只要打打电话，过过数目，便完事大吉。至于照例的回扣呢，张大哥决不破例拒绝，也不独吞，该分给谁便分给谁，连工友都大家有份。张大哥是庶务中的圣手。

这样，他永远不忙，除了忙着串各科，而各科的职员一律欢迎他的降临。请医生，雇奶妈，定包厢，买旧地毯，卖灰鼠皮袍再买狐腿的，租房，定打新式桌椅，配丸药……凡是科员所需都要张大哥的指导与建议。批婚书，过嫁礼，更不用说，永远是他一手包办。新从南方来的同事，单找他来练习官话——孙先生便是一个。连美国留学回来的都和他研究相面与合婚。这些差事是纯粹义务，张大哥只落得两句赞美："北平真是宝地，"和"北平人真会办事。"有这两句，张大哥觉得前生定是积下阴功，所以不但住在北平，而且生在北平！"有宰相之才，没有宰相之命。"当他喝下两盅酒才这样叹息，而并非全无自慰的意思；两个"之"字特别的意味深长。

张大哥和邱吴二位谈起来；二位就是盼望有人来闲谈，不然真不好意思把公事都交给老李办，虽然大家深知老李有办事的瘾——科员中的怪物！

吴先生，军队出身，非常正直，刚练好一笔酱肘子体的字，打算娶个姜。他又提起来了："老吴是军人，先生，没别的好处，就是正直，过山炮一样的正直。四十多了，没个儿子。得改变战线，先生！"吴先生的"先生"永远不离口，仿佛是拿这两个字证明自己已经弃武修文了似的。他的腰背永远笔直，脖子与头一齐扭转，不是向左便是向右"看齐"。

这给张大哥一个难题。他并不绝对不管给人买姜，不过假使能推得开，他便不管。假如非叫他管不可，那么，有个基本条件：买姜的人须文过司长，武官至小是团副。妇女应否作姜？那是妇女杂志上的问题，张大哥不便于过问。他专从实际上看男人。一个小科员，或是中学教师，不论持着怎样充足的理由，能不纳姜顶好就不纳。

精力，金钱，家庭间的困难，这些都在纳妾项下向科员与教师摇着头。别自己找枷扛。其实买个妾还不是件容易事，只看男人的脑袋是金银铜铁哪种金属作的。吴先生的脑袋，据张大哥的检定，是铁的；虽然面积不小，可是能值多少钱一斤？纳妾是一种娱乐，也许是一种必需，无论怎说，总得以金钱地位作保险费。

可是张大哥不能直接告诉吴先生的头是铁的。他对吴先生和学校的青年都没有办法。这两种人中又以吴先生为更难办。青年们闹恋爱，只好听之而已，张大哥还能替谁去恋爱？而吴先生偏偏要张大哥给帮忙。

拒绝，敷衍，打岔，都等于得罪吴先生。世界上没有不可以作的事，除了得罪人。可是和吴先生讨论？吴先生能立刻请他吃饭；吃了人家的饭，再也吐不出，那便被人家一把抓定！张大哥的左眼闭得几乎有不再睁开的趋势。有了，谈太极拳吧！

吴先生的拳头那么大，据他自己说，完全是练太极拳练出来的，只有提太极拳，他可以把纳妾暂时忘下。太极拳是一切。把云手和倒撵猴运在笔端，便能写出酱肘子体的字。张大哥把烟斗用海底针势掏出来，吴先生立刻摆了个白鹤亮翅。谈了一点来钟，张大哥乘着如封似闭的机会溜了出去。

三

邱吴二先生都没审问老李，老李觉得稍微痛快一点。午时散了衙门，走到大街上，呼吸似乎自由了些。这是头一次由衙门出来不往公寓走，而是回家。家中有三颗心在那儿盼念他，三张嘴在那儿念道他。他觉得他有些重要，有些生趣。他后悔了，早晨不应那样悲观。自己所处的环境，所有的工作，确是没有多少意义；可是自己担当着养活一家大小，和教育那两个孩子，这至少是一种重要的，假如不是十分伟大的，工作。离开那个怪物衙门，回到可爱的家庭，到底是有点意思。这点意思也许和抽鸦片烟一样——由一点享受把自己卖给魔鬼。从此得因家庭而忍受着那个怪物的毒气，得因儿女而牺牲一切生命的高大理想与自由！老李的心又跳起来。

没办法。还是忘了自己吧。忘掉自己有担得起更大的工作的可能，而把自己交给妻，子，女；为他们活着，为他们工作，这样至少可以把自己的平衡暂时的苟且的保持住；多么难堪与不是味儿的两个形容字——暂时的，苟且的！生命就这么没劲！可是……

他不想了。捉住点事实把思想骗开吧。对，给孩子们买些玩艺。马上去买了几个橡皮的马牛羊。这些没有生命的软皮，能增加孩子们多少多少乐趣？生命或者原来就是便宜东西。他极快的走到家中。

李太太正在厨房预备饭。炉子已安好，窗纸又破了一个窟窿。两个孩子正在捉迷藏，小肉葫芦蹲在桌子底下，黑小子在屋里嚷："得了没有？"

"英，菱，来，看玩艺来！"老李不晓得为什么必须这样痛快的喊，可是心中确是痛快。在乡间——不过偶尔回去一次——连自己的小孩都不敢畅意的在一块玩耍：现在他可以自由的，尽兴的，和他们玩；一切是他的。

英和菱的眼睛睁圆了，看着那些花红柳绿的橡皮，不敢伸手去摸。菱把大拇指插在口中；英用手背抹了鼻子两下，并没有任何作用。

"要牛要马？"老李问。

英们还没看出那些软皮是什么，可是一致的说，"牛！"

老李，好像神话中的巨人，提起牛来，嘴衔着汽管，用力的吹。

英先看明白了："真是牛，给我，爸！"

"给菱，爸！"

老李知道给谁也不行，可是一嘴又吹不起两个来。"英，你自己吹，吹那只老山羊。"他不知怎么会想起这个好办法，只觉得自己确是有智慧。

英蹲下，拿起一个来，不知是马还是羊；十分兴奋，头一气便把自己的鼻子吹出了汗。再给他牛，他也不要了，自己吹是何等的美事。

"菱也吹！"她把马抓起来；似乎那头牛已没有分毫价值。

老李帮着把牲口们全吹起来，堵好气管。英手擦着裤腿，无话可讲，一劲的吸气。菱抱着山羊，小肉葫芦上全是笑意，英忽然撒腿跑了，去把妈妈拉来。妈妈手上挂着好些白面。"妈，妈，"英叫一声，扯妈妈的大襟一下，"看爸给拿来的牛，马，羊，妈，你看哪！"又吸了一回气。

妈笑了。要和丈夫说话，又似乎没什么可说的；不说，又显着有点发柴。她的眼神显出来，她是以老李为家长——甚至于是上帝。在乡下的时候，当着众人她自然不便和丈夫说话，况且凡事有公婆在前，也无须向丈夫要主意；现在，只有他是一切；没有他，北平能把她和儿女全嚼嚼吃了。她应当说点什么，他是为她和儿女们去受苦，去挣钱；可是想不起从哪里说起。

"妈，我拿牛叫西屋老奶奶看看吧？"英问，急于展览他的新宝贝。

妈得着个机会："问爸。"

爸觉得不大安坦，为什么应当问爸呢，孩子难道不是咱们俩的？可是，这样的妇人必定真以我为丈夫，主人。老李不敢决定一切，只感觉着夫妇之间隔着些什么东西。算了吧，让脑子休息会儿吧："不用了，英，先吃饭，吃完再去。"

"爸，菱抱羊一块吃饭饭！"

"好。"老李还有一句，"给老山羊点饭饭吃。"可是打不起精神说。

大家一块吃饭，吃得很痛快。菱把汤洒了羊一身，羊没哭，妈也没打菱。

饭后，妈收拾家伙，英菱与牛羊和爸玩了半天。老李细看了看儿女，越看越觉得他与他们有最密切的关系。英的嘴，鼻子，和老李的一样，特别是那对大而迟钝的眼睛。老李心里说，"大概我小时候也这么黑！"菱的胳臂短腿短，将来也许像她妈妈那样短粗。儿女的将来，渺茫！英再像我，菱再像她？不，一定不能！但是管它呢，"菱，来，叫爸亲亲！"亲完了小肉葫芦，他向厨房那边说，"我说——菱没有件体面的棉袍子呀？"

"那不就挺好看的吗？"太太在厨房里嚷，好像愿叫街上的人也都听见。"她还有件紫的呢，留着出门穿。"

"留着你那件臭紫袍吧！"老李心里说。有给菱作件新袍的必要；打扮上，一定是个可爱的小女孩。希望母亲也来看看菱的新衣裳，虽然新衣裳还八字没有一撇。

"晚上见，菱。"

"爸买发生去？"菱以为爸一出去就得买落花生。

"爸，再带头牛来，好凑一对！"英以为爸一出门必是买牛去。

老李在屋门口停了一停，她没出来。东屋的门开着点缝，老李看见一个人影，没看清楚，只觉得一件红衣那么一闪。

第六

一

一大蒲包果子，四张风景相片，没有上款的中堂与对联，半打小洋袜子，张大嫂全副武装来看李太太。

在大嫂的眼中，李太太是个顶好，一百成的——乡下人儿。大嫂对于乡下人，特别是妇女，十二分的原谅，怜恤，而且愿尽所能为的帮助，指导。她由一进门，嘴便开了河，直说得李太太的脑子里像转疯了的留声机片，只剩了张着嘴大口的咽气。张大嫂可是并非不真诚，更没有一点骄傲。对于乡下妇女这个名词，她更注意到后一半——妇女。妇女都是妇女。不过"乡下"这个形容，表示出说话带口音，一切不在行，可是诚实直爽。这个，只要一经张大嫂指导，乡下妇女便不久会变成一百成的漂亮小媳妇。这是自信，不是骄傲。

英和菱是一对宝贝。大嫂马上非认菱作干女儿不可，也立刻想起家中橱柜里还有一对花漆木碗，连三的抽屉里——西边那个——有一个银锁，系着一条大红珠线索子。非认干女儿不可。现成的木碗与银锁，现成的菱，现成的大嫂，为什么不联结起来呢。

李太太不知道说什么好，只露出牙来，没露任何意见，心里怕老李回来不愿意。

大嫂看出李太太的难处。"不用管老李，女儿是你养的：来，给干娘磕头，菱！"

李太太一想，本来吗，女儿是自己的，老李反正没受过生产的

254

苦楚；立刻叫菱磕头。菱把大拇指放在嘴内，眨巴着眼，想了一会儿；没想好主意，马马虎虎的磕了几个头。磕完头，心中似乎清楚了些，不觉得别的，只觉得有点骄傲，至少是应对英骄傲，因为英没有干妈，她过去拉住干妈一个手指。干妈确是干的，因为脸上笑得都皱起来，像个烤糊了的苹果，红而多皱。

英撅了嘴，要练习练习磕头，可是没有机会。大嫂笑着说，"我不要小子，小子淘气；看我这干女儿多么老实。可是，你等着，英，赶明儿我给你说个小媳妇，要轿子娶，还是用汽车？"

"火车娶！"英还没忘这次由乡间到北平的火车经验。用火车娶媳妇自然无须再认干妈，于是英也不撅嘴了。

因提起小子淘气，大嫂把天真的历史，从满月怎么办事，一直到怎么没说停当太仆寺街齐家的姑娘，一气呵成，说得天翻地覆。最后："告诉你，大妹妹，现在的年头，养孩子可真不易呀！尤其是男孩子，坏透了！大妹妹，你提防着点老李，男子从十六到六十六岁，不知哪时就出毛病。看着他，我说，看着他！别多心，大妹妹，您是乡下人，还不知道大城里的坏处。多了，无穷无尽；男女都是狐狸精！男的招女的，女的招男的，三言两语，得，勾搭上了。咱们这守旧的老娘们，就得对他们留点神！"

李太太似乎早就知道这个，不过没听张大嫂说明之前，不敢决定相信，也不敢对老李有什么设施。现在听了大嫂——况且又是菱的干娘——的一片话，心中另有一个劲儿了。是的，到了北平，她与丈夫是一边儿大的；老李是一家之主，即使不便否认这点，可是她的眼睛须对这一家之主留点神。但是她只有点头，并没发表什么意见；谈作活计与作饭，她是在行的，到大城里来怎么管束丈夫，还不便于猛进。况且，焉知张大嫂不是来试探她呢！得留点神，你当是乡下人就那么傻瓜呢！

"待两天再来，我可该走了！家里撂着一大片事呢！"大嫂并没立起来："干女儿，明儿看干妈去。记着，堂子胡同九——号；堂

255

子胡同——九——号；嘻嘻嘻。"

"堂胡同走奥，"菱一点也不晓得这是什么怪物。

"吃了晚饭再走吧，大嫂，"李太太早就预备好这句，从头一天搬来就预备好了。可是忘对张大哥与丁二爷说，招得丈夫直皱眉；这可得到机会找补上了。

"改日，改日，家里事多着呢。我可该走了！"大嫂又喝了碗茶。

最后，大嫂立起来，"干姑娘，过两天干娘给送木碗和锁来。"又坐下了，因为，"啊，也得给英拿点玩艺来呀！是不是，英？"

"我要个——"英想了会儿，"木碗，干妈！"

"干妈是菱的！"

"看，小干女儿多么厉害！唉，我真该走了！"

大嫂走到院中，西屋老太太正在院中添炉子。大嫂觉得应当替李太太托咐托咐，虽然自己也不认识老太太。

"老太太，您添火哪？"

"您可别那么称呼我，还小呢，才六十五！屋里坐着。"老太太添火一半是为在院中旁听，巴不得借个机会加入谈话会。"贵姓呀？"

"张。"

"呕，那天租房的那位——"

"可不是吗，他和这儿李先生同事，好朋友，您多照应着点！"大嫂拉着菱，看着李太太。

"还用嘱咐，近邻比亲！大奶奶可真好，一天连个大声也不出，"老太太也看着李太太。"两个孩儿们多么乖呀！我说，英，你的牛呢？"没等英回答，"我就是爱个结结实实有人缘的小孩。看菱的小肉脸，多有个趣！"

"您跟前有——"

"别提了，一儿一女，女儿出了阁，跟着女婿上南京了，一晃儿十年了，始终也没回来一次。小子呀，唉！"老太太把声音放低了些，"唉，别提了，已经娶——"她向东屋一指。"唉，简直说着羞得慌，对外人我也不说，说了，被人耻笑。"

"咱们还是外人吗？"张大嫂急于听个下回分解。

"唉，已经娶了，这么个又体面又明白的小媳妇！会，会，会又在外边——不用提了！三四个月没回来了！老了老了的给我这么个报应，不知哪辈子造下的孽！这么好个小媳妇，年青青的，叫我看着心焦不心焦？又没有个小孩！菱，你可美呀，认了干娘？"老太太大概把张李二太太的谈话至少听了一半去。

菱笑了，爽性把食指也放在口里。

"改天再说话，老太太，咱们这作妈妈的，一人有一肚子委屈呀！"

"您别那么称呼我，您大！"

"我小呢，才四十九。也忘了，您贵姓呀？"

"马；也没到屋里喝碗茶！"

"改天，改天特意来看您。"

马老太太也随英们把张大嫂送出去，好像张大嫂和李太太都是她的娘家妹妹似的。

二

老李下了衙门，到张大哥家去取对联；一点也不愿意去取，不过张大哥既然说了，不去显着不好意思。老李顶不喜欢随俗，而又最怕驳朋友的面子，还是敷衍一下好吧。他到了张家，大嫂刚从李家回来。

"啊，亲家来了！"

老李一楞，不知怎么会又升了亲家。

大嫂把认干女儿的经过，从头至尾，有枝添叶的讲演了一番。老李有点高兴；大嫂既肯认菱作干女儿，菱必是非常的可爱，有许多可爱的地方他自己大概还没看到。

"大妹妹可真是个俏式小媳妇，头是头，脚是脚，又安稳，又老实！"大嫂讲演完了干姑娘，开始褒奖干姑娘的母亲。从干姑娘的母亲又想到干姑娘的父亲："老李——亲家，你就别不满意啦；还要什么样的媳妇呀？干干净净，老老实实，得了！况且，有这么一对虎头虎脑的小宝贝；放下你们年青小伙子的贪心吧！该得就得，快快乐乐的过日子，比什么也强。看那个马老太太——"

"哪个马老太太？"

"你们西屋的街坊：老太太的命才苦呢！娶来个一朵鲜花似的小媳妇，儿子会三四个月，三——四——个——月，没家来！我要是马老太太呀，不咬那个儿子几口才怪！"

正说到这里，张大哥进来了。"你咬谁几口呀？"他似乎以为是背地讲论他。

她笑了："放心，没人咬你的肉，臭！我们这儿说马家那当子事呢。"

张大哥自然知道马家的事，急忙点上烟斗，左眼闭上，把大嫂的讲演接过来：老李租的房是马老太太的，买过来不久——买上了当，木架不好，工也稀松。老太太还能买得出什么漂亮东西。张大哥顺手把妇人——连张大嫂也在其内——不会办事给证实。买过来之后，马家本是自己住自己的房。搬来不久就办婚事，大概因为有喜事才急于买房，因为急买所以就买贵了——一点也不应当算个上当的原谅，又看了大嫂一眼。马老太太的儿子，那时节，是在中学里教书，娶的是个高小毕业的女学生，娘家姓黄，很美。结婚不到半年——张大哥的眼闭死了——马先生和同事的一位音乐教员有了事，先是在外边同居，后来一齐跑到南边去："三四个月没回来，他，三年也未必回来！"张大哥结束了这段叙述："天平不准！"

因为儿子跑了，所以老太太把上房让出来，租几个钱，加上手里有点积蓄，婆媳可以对付着过日子。

老李知道大嫂已把对联送去，大哥的讲演又告一段落，于是告辞回家。大嫂没留他吃饭："唉，快家去吧；等和李太太一块来的时候，我再给你们弄点什么吃。告诉菱，过两天干妈给送木碗去，别忘了！"

老李心中的红衣人影已有了固定的面目，姓黄，很美，弃妇，可怜虫！爱是个最热，同时又最冷的东西！设若老李跟——谁？不管谁吧，一同逃走，妻，子，女，将要陷入什么样的苦境？不敢想！张大哥对了，俗气凡庸，可是能用常识杀死浪漫，和把几条被浪漫毒火烧着的生命救回。从另一方面说，常识杀死了浪漫，也杀死了理想与革命！老李又来到死胡同里，进是无路，退又不得劲。菱，小丫头片子，可爱，张大嫂的干女儿，俗气！

到了家。

"爸，"黑小子在门口等着他呢，"爸，菱有了干妈，张大嫂子，过两天给送木碗和银锁来。我呢？我认妈妈作干妈得了；你给妈点钱，叫妈给我买木碗，不要银锁，要两只皮马，你给我的那只，我并没使劲，也不怎么破了个窟窿，怎吹也吹不起来了！"

老李一生似乎没这么笑过。

"爸，东屋的大婶，还替我吹了半天，也没吹起来。大婶顶好顶好看啦。大眼睛，像俩，俩，俩——"英直翻白眼，"俩小月亮！那手呀，又软又细，比妈的手细的多。妈的手就是给我抓痒痒好，净是刺儿。"

"妈听见，不揍你！"老李不笑了。

三

星期日。老李带领全家上东安市场，决定痛快的玩一天，早晚饭全在外边吃。

英说对了，妈的手上有刺儿；整天添火作饭洗衣裳，怎能不长刺？应当雇个仆人。一点也不是要摆排场；太太不应当这样受累。可是，有仆人她会调动不会？好吧，不用挑吃挑喝，大家对敷吧。

把雇人的钱，每月请她玩两天，也许不错。决定上市场。

李太太不晓得穿什么好，由家中带来的还是出嫁时候的短棉袍与夹裙子。长棉袍只有一件，是由家起身前临时昼夜赶作的，蓝色，没沿边，而且太肥。

"还把裙子带来？天桥一块钱两条，没人要！"

她不知道天桥在哪里，可是听得出，裙子在北平已经一块钱两条，自然是没什么价值。她决定穿那件唯一的长蓝棉袍，没沿边，而且太肥。

老李把孩子们的衣裳全翻出来，怎么打扮，怎么不顺眼。他手心又出了汗。拿服装修饰作美满家庭的广告，布尔乔亚！可是孩子到底是孩子，孩子必须干净美好，正像花草必须鲜明水灵。老李最不喜欢布尔乔亚的妈妈大全，同时要在儿女身上显出爱美——遮一遮自己的洋服在身上打滚的羞。不去！那未免太胆小了。一定走，什么样也得走。可是，招些无聊的笑话即使是小事，怎能叫自己心里稍微舒服点呢？他依着生平美的理想，就着现成的材料，把两个孩子几乎摆弄熟了；还是不像样！走，老李把牛劲从心灵搬运出来，走！和马老太太招呼了一声，托咐照应着点。

"呕，我说，菱，"老太太揉了眼睛一把，"打扮起来更俊了？这双小老虎鞋！挑着点道儿走，别弄脏了，听见没有？来，菱，英，奶奶这儿还有十个大子，一人五个；来，放在小口袋里，到街上买花生吃。"十个大铜子带着热气落在他们的袋中。

老李痛快了一些；不负生平美的理想！

出了门，他的眼睛溜着来往行人，是否注意他们。没有。北平能批评一切，也能接收一切。北平没有成见。北平除了风，没有硬东西。北平使一切人骄傲，因此张大哥特别的骄傲。老李的呼吸不那么紧促了。回头一看，英和妈妈在道路中间走呢，好像新由乡下来的皇后与太子。老李站住了："你们要找死，就不用往边上来！"李太太瞪了眼，往四下看，并没有什么。"你把英拉过来！"她把英拉到旁边来,脸上红了。丈夫的话一定被路上的人听见了。在乡下,爱怎走便怎走!她把气咽下去,丈夫是好意。可是,何必那么急扯白脸的呀!心中都觉得,"今天要能玩的好才怪!"

到了胡同口,拉车的照样打招呼,并没因李太太的棉袍而轻慢。好吧,车夫既然招呼,不好意思不坐。平日老李的坐车与否是一出街门就决定好的:决定不坐便设法躲着洋车走;拒绝车夫是难堪的事。决定坐车,他永远给大价钱。张大哥和老李一块儿走的时候,张大哥永不张罗坐车。英和妈妈坐一辆,菱跟着爸。一路上英的问题多了,西安门,北海,故宫……全安着个极大的问号。老李怕太太回头问他。她并没言语,而英的问题全被拉车的给回答了。老李又怕她也和车夫一答一和的说起来,她也没有。他心里说:"傻瓜,当是妇女真没心眼呢!妇女是社会习俗的保存者。"想到这里,他不得劲的一笑,"老李,你还是张大哥第二,未能免俗!"

一进市场门,菱和英一致的要苹果。老李为了难;买多了吧不好拿,只买两个又怕叫卖果子的看不起。不买,孩子们不答应。

"上那边买去,菱,"太太到底有主意。

老李的眉头好似有皱上的瘾:那边果摊子还多着呢,买就是买,不买就是不买,干吗欺哄孩子呢!丈夫布尔乔亚,太太随便骗孩子,有劲!可是问题解决了问题,菱看着玩艺摊子,好像就是再买苹果也不要了。

"那边还有好的呢,"又是一个谎!

说谎居然也能解决问题,越往里走,东西越多,英们似乎已看花了眼,想不起要什么好了。老李偷眼看着太太,心中老有点"刘姥姥入大观园"的恐怖。太太的两眼好像是分别工作着,一眼紧钉着孩子,一眼收取各样东西与色彩。到必要的时候,两眼全照管着孩子,牺牲了那些引诱妇女灵魂的物件。老李受了感动。

摩登男女们,男的给女的拿着东西与皮包,脸上冬夏常青的笑着,连脚踵都轻而带弹力,好像也在发笑。女子的眼毛刚一看果子，男的脚趾便笑着奔了果摊去，只捡包着细皱纸，印洋字蓝戳的挑，不问价钱。老李不敢再看自己的太太，没有围巾，没有小手袋，没有卜——开了，卜——拉上的活扣棉鞋；只是一件棉袍，没沿边，而且太肥。有点对不起太太！决定给她买这些宝贝。自己不布尔乔亚是一件事，太太须布尔乔亚是另一件事；买！也得给孩子买鞋，小绒线帽。"你自己去挑！"他发了命令，心中是一团美意，可是说得十二分难听。进了一家百货店。

太太先挑围巾，红的太艳，绿的太老，黄的当然不行，蓝的不错，可惜太短……老李直向菱说，"等着，等妈妈挑好了，咱们试皮鞋。"这大概足以使全铺子的人都减少些厌恶的心；老李要是当伙计的，早把太太给推出去了！几乎所有的围巾全拿出来了，太太这才问，"你说，要哪条好？"连这点主意都没有，妇女！连什么颜色好看都看不出！老李过来挑了条蓝的。"蓝的很时行，先生。"伙计好像从一生下来就没哭过，而且岁数越大越爱笑。老李放下蓝的，又拿起条紫的来。"玫瑰紫，太太戴正合适。"伙计的脸加紧发笑。老李的脸有点发热，又把蓝的拿起来。"还是这条好，先生，颜色正道，绒头也长。"伙计脸上的笑意要跳起来吻谁一下才好。"还是你自己挑吧，"老李辞职了。伙计的笑脸转向太太去。太太挑了条最不得人的灰蓝色的，一遇上阳光管保只剩下灰，一点也不蓝。不过，到底是买成了一件，再看别的吧。

"先生请坐，您吸烟！"伙计们张罗。

老李既不吸烟，又不肯坐下；恐怕自己一坐下，叫太太想可以在这儿住一两天也不碍事。

李太太要小孩的饭巾，要男人的卫生衣……所要的全是老李没想到的。可是，饭巾确是比皮鞋还要紧，自己还没有冬季卫生衣。妇女到底是妇女，她们有保卫生命的本能。然后又买花线，洋针，小剪子，这更出乎老李意料之外。家门口就有卖针线的，何必上市场来买？可是太太手中一个钱没有，还不能在门口买任何零杂。他的错儿，应当给太太点钱，她不是仆人，她有她必需的用品。

买了一大包东西，算了算才十五元二角七分，开来账条，上面还贴好印花！

怎么拿着呢？伙计出了主意，"先放在这里，逛完再来拿。"和气，有主意，会拉主顾，一共才十五块多钱！老李觉得生命是该在这些小节目上消磨的，这才有人情，有意思。那些给女的提皮包买果子的人们，不定心中怎样快活呢！

绕到丹桂商场，老李把自己种在书摊子前面。李太太前呼后拥的脚有点不吃力了。看了几次丈夫，他确是种在了那里。英忽然不见了！隔着书摊一望，他在西边，脸贴着玻璃窗看小泥人呢。

"英可上那边去了，"太太的脚确是不行了。

"英，"老李极不满意的放下书，抓着空向小伙计笑了笑。

回到家中，已经快掌灯，菱在新围巾里睡着。英的精神十足，一进院里就喊："大婶，看我的新帽子！"东屋大婶没出来，在屋中说，"真好！"

"北平怎样？"老李问太太。

"没什么，除了大街就是大街——还就是市场好，东西多么齐全哪！"

老李决定不请太太逛天坛和孔庙什么的了。

第七

一

张大哥的"心病"回了家。这块心病的另一名称是张天真。暑假寒假的前四五个星期，心病先生一定回家，他所在的学校永远没有考试——只考过一次，刚一发卷子，校长的脑袋不知怎么由项上飞起，至今没有下落。

天真从入小学到现在，父亲给他托过多少次人情，请过多少回客，已经无法计算。张大哥爱儿子的至诚与礼貌的周到，使托人情和请客变成一种艺术。在入小学第一年的时候，张大哥便托校长的亲戚去给报名，因为这么办官样一些，即使小学的入学测验不过是那么一回事。入学那天，他亲自领着天真拜见校长教员，连看门的校役都接了他五角钱。考中学的时候，钱花得特别的多。考了五处，都没考上，虽然五处的校长和重要的教职员都吃了他的饭，而且有两处是校长太太亲手给报的名。五处的失败使他看清——人情到底没托到家。所以在第六回投考的时候，他把教育局中学科科长恳求得直落泪，结果天真的总分数差着许多，由科长亲自到学校去给短多少补多少，于是天真很惊异的纳闷这回怎会及了格，而自己诅咒命运不佳，又得上学。入大学的时候——不，没多少人准知道天真是正式生还是旁听生；张大哥承认人情是托到了家，不然，天真怎会在大学读书？

天真漂亮，空洞，看不起穷人，倾向共产，钱老是不够花，没钱的时候也偶尔上半点钟课。漂亮：高鼻子，大眼睛，腮向下溜着点，板着脸笑，所以似笑非笑，到没要笑而笑的时候，专为展列口中的白牙。一举一动没有不像电影明星的，约翰·巴里穆尔①是圣人，是上帝。头发分得讲究，不出门时永戴着压发的小帽垫。东交民巷俄国理发馆去理发，因为不会说英语，被白俄老鬼看不起；给了一块五的小账，第二次再去，白俄老鬼敢情也说中国话，而且说得不错。高身量，细腰，长腿，穿西服。爱"看"跳舞，假装有理想，皱着眉照镜子，整天吃蜜柑。拿着冰鞋上东安市场，穿上运动衣睡觉。每天看三份小报，不知道国事，专记影戏园的广告。非常的和蔼，对于女的；也好生个闷气，对于父亲。

回家了，就是讨厌回家，而又不得不回家来。学校罢了课，不晓得为什么，自然不便参加任何团体的开会与工作。上天津或上海吧，手里又不那么富裕，况且胆子又小，只好回家，虽然十二分不痛快。第一个讨厌的是父亲，第二个是家中的硬木椅子，封建制度的徽帜。母亲无所谓。幸而书房里有地毯，可以随便烧几个窟窿，往痰盂里扔烟卷头太费事。

张大嫂对天真有点怕，母亲对长子理当如是，况且是这么个漂亮，新式吕洞宾似的大儿子。儿子回来了，当然给弄点好吃的。问儿子，儿子不说，只板着脸一笑，无所谓。自己设计吧，又怕不合儿子的口味，儿子是不好伺候的，因为儿子比爸爸又维新着十几倍。高高兴兴的给预备上鸡汤煮馄饨，儿子出去没回来吃饭。张大嫂一边刷洗家伙，一边落泪，还不敢叫丈夫看见，收拾完了站在炉前烤干两个湿眼睛。儿子十二点还没回来，妈妈当然该等着门。

一点半，儿子回来了。"喝，妈，干吗还等着我呢？"露了露白牙。

"你看，我不等门，你跳墙进来呀？"

"好了，妈，赶明儿用不再等我。"

"你不饿呀？"妈妈看着儿子的耳朵冻得像两片山查糕，"老穿

---

①约翰·巴里穆尔（John Barrymore, 1882—1942），当时的美国电影明星。

这洋衣裳，多么薄薄！"

"不饿，也不冷——里边有绒紧子。妈，来看看，绒有多么厚！"儿子对妈妈有时候就得宽大一些，像逗小孩似的逗逗。

"可不是，真厚！"

"二十六块呢，账还没还；地道英国货！"

"不去看看爸爸？他还没看见你呢！"妈妈眼中带着恳求的神气。

"明天再说，他准得睡了。"

"叫醒他也不要紧呀，他明天起得早，出去得早，你又不定睡到什么时候。"

"算了吧，明天早早起。"儿子对着镜子向后抹撒头发，光润得像个漆光的槟榔勺儿。"妈，睡去吧。"

妈妈叹了口气，去睡。

儿子戴上小帽垫，坐在床边上哼唧着《一对爱的鸟》，一边剥蜜柑，顺着果汁的甜美，板着脸一笑，想着自己像巴里穆尔。

二

张大哥对于儿子的希望不大——北平人对儿子的希望都不大——只盼他成为下得去的，有模有样的，有一官半职的，有家有室的，一个中等人。科长就稍嫌过了点劲，中学的教职员又嫌低得点；局子里的科员，税关上的办事员，县衙门的收发主任——最远的是通县——恰好不高不低的正合适。大学——不管什么样的大学——毕业，而后闹个科员，名利兼收，理想的儿子。作事不要太认真，交际可得广一些，家中有个贤内助——最好是老派家庭的，认识些个字，胖胖的，会生白胖小子。天真的大学资格是一定可以拿到手的，即使是旁听生，到时候也得来张文凭，有人情什么事也可以办到。毕业后的事情，有张大哥在，不难：教育局，公安局，市政局，全有人。

婚姻是个难题。张大哥这四五年来最发愁的就是这件事。自己当了半辈子媒人，要是自己娶个窝窝头样的儿媳妇，那才叫一交摔到西山去呢！不过这还是就女的一方面说，张大哥难道还找不到个合适的大姑娘？天真是块心病。天真的学业，虽然五次没考上中学是因为人情没托到家，可是张大哥心中也不能不打鼓。天真的那笔字，那路白话夹白字的文章，张大哥未免寒心。别的都不要紧，作科员总得有笔拿得出手的字与文章。自然洋文好也能作科员科长，可是天真的洋文大概连白字也写不出几个。人情是得托，本事也得多少有一点，张大哥还不是一省的主席，能叫个大字不识的人作县知事。这是块病。万一天真真不行，就满打找住理想的儿媳妇，又怎样呢？

还有，天真的行为也来得奇。说他是共产党，屈心；不是，他又一点没规矩，没准稿子。说他硬，他只买冰鞋而不敢去滑冰，怕摔了后脑海。说他软，他敢向爸爸立楞眼睛。说他胡涂，他很明白；说他明白，他又胡涂。张大哥没有法子把儿子分到哪种哪类中去，换句话说，天真在他的天平上忽高忽低，没有准分两。心病，没法对外人说；知子莫如父，而今父亲竟自不明白儿子。

天平已经有一端忽上忽下，怎叫那一端不低昂不定？没法给儿子定亲，天下还有比这再难堪的事没有？不给他定婚，万一他……张大哥把两只眼一齐闭上了！

提到财产，张大哥自从二十三岁进衙门，到如今已作了二十七八年的事，钱，没剩下多少，虽然事情老没断过，手头看着也老像富裕。手头看着富裕，正是不能剩钱的原因。架子。架子支到那块是没法省钱的。诚然，他没有乱扔过一个小铜子，张大嫂没错花过一百钱，可是，一顿涮羊肉就是五六块。要请客——作科员能不请客吗？——就得连香菜老醋都买顶鲜顶高的。自然五六块一顿火锅比十二块一桌菜——连酒饭车钱和小账就得二十来块的——省得多了，可是五六块到底是五六块，况且架不住常吃。儿女的教育费是一大宗，儿女又都不是省钱的材料。人情来往又是一大宗，况且张大哥是以出份子赶份子为荣的。他那年办四十整寿的时候，整整进了一千号人情，这是个体面，绝大的体面，可是不照样给人家送礼，怎能到时候有一千号的收入？

北平人的财产观念是有房产。开铺子是山东山西——现在添上了广东佬——人们的事。地亩限于祖产和祖坟。买空卖空太不保险。上万国储金是个道儿，可是也不一定可靠。只有吃瓦片是条安全的路。张大哥有三处小房，连自己住的那处在内。当个科员能置买三处小房，在他同事的眼中，这不亚于一个奇迹。

天真以为父亲是个财主。对秀真提到父亲的时候，他的头一歪——"那个资本老头"。他不知道父亲有多少钱，也不探问。父亲不给钱，他希望共产。父亲给钱，他希望别共了父亲的产，好留着给他一个人花。钱到了手，他花三四块理个发，论半打吃冰激凌，以十个为起码吃橘子，因为听说外国的青年全爱吃冰激凌与水果。这些经常费外，还有不言不语，先斩后奏的临时费；先买了东西，而后硬往家里送账条；资本老头没法不代偿，这叫作不流血的共产法。

女儿也是块心病，不过没有儿子的那样大。女儿生就是赔钱货，从洗三那天起已打定主意为她赔钱，赔上二十来年，打发她出嫁，出嫁之后还许回娘家来掉眼泪。这是谁也没办法的事。老天爷赏给谁女儿，谁就得唱出义务戏。指着女儿发财是混账话，张大哥不能出售女儿，可是凭良心说，义务戏谁也是捏着鼻子唱。到底是儿子，只要不是马蜂儿子。天真是不是马蜂儿子？谁敢断定！

天真回来的那天，资本老头一夜没睡好。

三

天真的特点：懒，懦。

和妈妈定好第二天早起：爸爸上了衙门，他还正作着最好的那个梦呢。十点半才起来，妈妈特意给定下的豆浆，买下顶小顶脆的焦油炸果，洋白糖——又怕儿子不爱喝甜浆，另备下一碟老天义的八宝酱菜。儿子起来了，由打哈欠到擦完雪花膏，一点四十分钟的工夫。

妈妈去收拾屋子，爸爸是资本老头，妈妈是奴隶。天真常想到共爸爸的产，永远没想到释放奴隶妈妈。没人能信这是那么漂亮的人的卧室：被子一半在地上，烟卷头——都是自行烧尽的——把茶碟烧了好几道黄油印，地上扔满了报纸，报纸上扔着橘子皮，木梳，大刷子，小刷子。枕头上放着篦子，拖鞋上躺着生发油瓶。茶碗里有几个橘子核。换下的袜子在痰盂里练习游泳。妈妈皱了眉。天真是地道出淤泥而不染，和街坊家王二嫂正是一对儿。王二嫂的被子能整片往下掉泥，锅盖上清理得下来一斤肥料，可是一出门，脸擦得像个银娃娃，衣裳像些嫩莲花瓣儿。自腕以上，自项而下，皆泥也。妈妈最不佩服王二嫂，可是恰好有这么个儿子。

可是妈妈闻着儿子睡衣上的汗味，手绢上的香水与烟卷味，仿佛得到些安慰。这么大，这么魁梧，而又大姐儿似的儿子！妈妈抱着枕头，想了半天女儿。女儿的小苹果脸，那一笑！妈妈的眉头散开了，看满地的乱七八糟都有些意思。只盼娶一房漂漂亮亮的儿媳妇，可不要王二嫂那样的。

妈妈收拾完了，儿子已早把豆浆等吃了个净尽。

"妈，老头这几天手里怎样？"天真手插在裤袋里，挺着胸，眼看着棚，脚尖往起欠，很像电影明星。

"又要钱？"妈妈不知是笑好，还是哭好。

"不是；得作一身礼服；我自己不要钱。有个朋友下礼拜结婚，请我作伴郎，得穿礼服。"

"也得二三十块吧？"

天真笑了，板着脸，肩头往上端，"别叫一百听见，这还是常礼服。"

269

"那——和爸爸说去吧。据我想，为别人的事不便——"

"不能就穿一回不是？！"

"你自己说去吧！"

妈妈不肯负责，儿子更不愿意和爸爸去交涉。

"您和爸爸有交情，给我说说！"儿子忽然发现了妈与爸有交情，牙都露出来。

"臭小子，我不和他有交情，和谁有——"妈拿笑补足后半句。儿子又露了露牙，继而一想，妈妈大概是肯代为交涉了，应当把笑扩大一些，张了张嘴，吸进些带着豆浆味的空气。

四

晚上，爷儿俩见着面。天真吸烟，没话可讲。张大哥吸烟，没话可讲。天真看着蓝烟往上升，张大哥斜眼看着烟斗。好大半天，张大哥觉得专看烟斗是办不了事的："天真，你还有多少日子就毕业了？"

"至多一年吧，"天真一点也不准知道什么时候毕业。

"毕业后怎样呢？"

"顶好上西洋留学。"天真正了正洋裤裤缝。

"哼——"张大哥又看上了烟斗。待了老大半天，"去学什么呢？"

"到外国再说。也别说，近来很喜欢音乐，就研究音乐也不坏。"

"学音乐将来能挣多少钱呢？"

"艺术家也有穷的，也有阔的，没准儿。"

"没准儿"是张大哥最忌讳的三个字。但是不便和儿子辩论。又待了半天，"据我看，不如学财政好。"

"财政也行；那么您一定送我留洋了？"天真立起来。

"我并没那么说！上外洋一年得多少钱？"

"还不得两三千？"天真约摸着说。记得李正华在巴黎一年花六千。可是他养着三个法国姑娘，设若养一个的话，三千也许够了。

张大哥不便于再说什么。儿子敢向这样家境的老子一年要三千，定不是个明白儿子，也就不必费话。

天真也不便再说，给父亲一个草案，以后再慢慢进行，资本老头的钱不能像流水那么痛快。

"水仙好哇，今年，还是您自己晒的？"天真一阵明白，知道讨资本老头的喜欢是要去留洋的第一步，而夸奖老头自己晒的水仙是讨喜欢的捷径。

"不算十分好，"资本老头的眼从烟斗上挪到儿子的脸部，然后沉着气立起来，"不算十分好。"走到水仙花那里，用手在花苞的下面横着一比，"去年的才这么矮；今年的长荒了；屋子还是太热。"

"您没养洋水仙花，今年？"天真心理直暗笑自己。

"太慢，非到阴历二月初开不了，而且今年也真贵，四毛五分钱一头；玩不起！可是好哇，上面看花，下面看根，养好了根子这么长。前天才听说，洋水仙开过之后，等叶子干了，把包儿头朝下挂在不见阳光，干松的地方，到冬天就又能开花。事就奇怪，怎么倒挂着，"烟斗头朝了下，"就又能拔尖子呢？其中必有个道理！"张大哥显出爱用思想的样子。

"把小孩子倒栽葱养着，大了准能作高官。"天真觉得自己非常的幽默，而且对父亲过度的和气。

爸爸觉得儿子真俏皮，聪明，哈哈的笑起来。

妈妈听见父子的笑声，进来向他们眨巴眼。

"你看，我说洋水仙倒挂起来，能再开花，天真说小孩子倒养着能作大官！哈哈哈……"

妈妈的笑声震下棚顶一缕塔灰，"咱们可该扫房了，看这些灰！"

一家子非常的欢喜。

临睡的时候："天真还要留洋呢，一年两三千！志向不错呀，啊——"一个哈欠，"可是也得供给得起呀！"

"还要作礼服呢，得个整数，给人家作伴郎去。"妈妈也陪了个哈欠。

"一百？"

老两口谁也没再言语。

第八

一

小赵回来了。老李知道自己的罪名快判定了，可是心中反觉得痛快些，"看看小赵的，也看看太太的，"他心里说。生命似在薄雾里，不十分黑，也不十分亮，叫人哭不得笑不得。应当来些日光；假如不能，来阵暴风也好吹走这层雾；"看看小赵的！"

小赵是所长太太的人，可是并不完全替所长守着家庭间的秘密。可以说的他便说些给同事们听，以便博得大众的羡慕与尊敬。就是闹到所长耳中去，小赵也不怕：不但是所长的官，连所长的命，全在所长太太手里拿着：小赵是所长太太的人，所谓办公便是给她料理私事，小赵不怕。他回来了，全局的人们忽的一齐把耳朵立起来，嘴预备着张开，等着闻所未闻，而低声叹气。说真的，所谓所长太太的私事，正自神秘不测的往往与公事有关系，所以大家有时候也能由小赵的口中讨得些政治消息。小赵回来的前两天中，都被大众这种希冀与探听给包围住；虽然向老李笑了笑，歪了歪头，可是还没得工夫正式来讨伐。老李等着，好似一个大闪过去，等着霹雳。

应当先警告太太一声不呢？老李想：矫正她的鞠躬姿式，教给她几句该说的话？他似乎没有这种精神去教导个三十出头的大孩子。再说，小赵与其他同事的一切全是无聊，何必把他们放在心上呢？爱怎样怎样：没意义！他看着太太作饭，哄孩子，洗衣裳，觉得她可怜。自己呢，也寂寞。她越忙，他越寂寞。想去帮助她些，打不起精神。小赵还计划着收拾她！她可怜：越可怜越显着不可爱，人心的狠毒是没办法的！他只能和孩子们玩。孩子们教给他许多有奇趣的游戏法。可是孩子们一黑便睡，他除了看书，没有别的可作。哼哼几句二黄，不会。给她念两段小说？已经想了好几天，始终没敢开口，怕她那个不了解，没热力，只为表示服从的"好吧"。

"我念点小说，听不听？"他终于要试验一下。

"好吧。"

老李看着书，半天没能念出一个字来。

一本新小说，开首是形容一个城，老李念了五六页，她很用心的听着，可是老李知道她并没能了解。可笑的地方她没笑。老李口腔用力读的地方，她没任何表示。她手放在膝上，呆呆的看着灯，好像灯上有个什么幻象。老李忽然的不念了，她没问为什么，也没请求往下念。楞了一会儿，"哟，小英的裤子还得补补呢！"走了，去找英的裤子。老李也楞起来。

西屋里马老太太和儿媳妇咯啰咯啰的说话。老李心里说，我还不如她呢，一个弃妇，到底还有个知心的婆婆一块儿说会子话儿。到西屋去？那怎好意思！这个社会只有无聊的规禁，没有半点快乐与自由！只好去睡觉，或是到四牌楼洗澡去？出去也好。"我洗澡去，"披上大衣。

她并没抬头，"带点蓝线来，细的。"

老李的气大了：买线，买线，买线，男人是买线机器！一天到晚，没说没笑，只管买线，哪道夫妻呢！

洗澡回来，眉头还拧着，到了院中，西屋已灭了灯，东屋的马少奶奶在屋门口立着呢。看见他进来，好像如梦方醒，吓了一跳的样子，退到屋里去。

老李连大衣没脱，坐在椅子上，似乎非思索一些什么不可。"她也是苦闷，一定！她有婆母，可是能安慰她吗？不能。在一块儿住，未必就能互相了解。"他看了太太一眼，好像为自己的思想找个确实的证据。"夫妇还不能——何况婆媳！"他不愿再往下想，没用。

喝着酒，落着泪，跟个知己朋友畅谈一番，多么好！谁是知己？没有。就是有，而且畅谈了，结果还不是没用？睡去！

一夜的大风，门摇窗响，连山墙也好像发颤。纸棚忽嘟忽嘟的动，门缝一阵阵的往里灌凉气。什么也听不清，因为一切全正响。风把一切声音吞起来，而后从新吐出去，使一切变成惊异可怕的叫唤着。刷——一阵沙子，呕——从空中飞过一群笑鬼。哗嘟哗啦，能动的东西都震颤着。忽——忽——忽——，全世界都要跑。人不敢出声，犬停止了吠叫。猛孤仃的静寂，院中滚着个小火柴盒，也许是孩子们一件纸玩具。又来了，呕——，呼——屋顶不晓得什么时候就随着跑到什么地方去。老李睡不着。乘着风静的当儿，听一听孩子们，睡得呼吸很匀，大概就是被风刮到南海去也不会醒。太太已经打了呼。老李独自听着这无意识的恼人的风。伸出头来，凉气就像小锥子似的刺太阳穴。急忙缩回头去，翻身，忍着；又翻身，不行。忽——风大概对自己很觉得骄傲，浪漫。什么都浪漫，只有你——老李叫着自己——只有你不敢浪漫。小科员，乡下佬，循规守矩的在雾里挣饭吃。社会上最无聊最腐臭的东西，你也得香花似的抱着，为那饭碗；更不必说打碎这个臭雾满天的社会。既不敢浪漫，又不屑于作些无聊的事。既要敷衍，又觉得不满意。生命是何苦来，你算哪一回？老李在床上觉得自己还不如一粒砂子呢，砂子遇上风都可以响一声，跳一下；自己，头埋在被子里！明天风定了，一定很冷，上衙门，办公事，还是那一套！连个浪漫的兴奋的梦都作不到。四面八方都要致歉，自己到底是干吗的？睡，只希望清晨不再来！

二

"老李，你认什么罚吧？"小赵找寻下来。

不必装傻，认罚是最简截的，老李连说：请吃饭，请吃饭！

邱先生们的鼻子立刻想象着闻见菜味，把老李围上，正直的吴太极耍了个云手，说，"在哪儿吃？"

老李想了会儿："同和居。"心里说："能用同和居挡一阵，到底比叫太太出丑强的多！"

小赵的眼睛，本来不大，挤成了两道缝。"不过，我们要看太太！偷偷的把家眷接来，不到赵老爷这里来报案，你想想吧！"

老李看着吴太极问："同和居怎样？"好像同和居是此时的主心骨似的。

吴太极是无所不可，只要白吃饭，地方可以不拘。可是小赵不干："谁还没吃过同和居？不经我批准，连大碗居谁也不用打算吃上！"吴太极咽了一口气。邱先生——苦闷的象征——和小赵嘀咕了两句，小赵羊灯似的点了点头，然后对老李说："这么办，请华泰大餐馆吧。明天晚六点。吃完了，我们一齐给嫂夫人去请安。这规矩不？有面子不？"

老李连连点头，觉得这一出不至于当场出彩了。

"张顺——给华泰打电定座！几个？"小赵按着人头数了数，"还有张大哥，就说六七位吧。明天晚六点。提我；不给咱们好房间，不揍死贼兔子们！"嘱咐完张顺，拍了老李的肩膀一下：

"明天见，还得到所长家里去，"然后对大家，"明天晚六点，不另下帖啦。"想了想，似乎没有什么可操心的了，"张顺，找老王去，拉我上所长家里去。"

"没想到小赵能这样轻轻的饶了我，"老李心中暗喜，"大概他也看人行事，咱平日不招惹他，他怎好意思赶尽杀绝！"

三

五点半老李就到了华泰。

六点半吴先生邱先生来到。吴先生还是那么正直："我替约了孙先生，一会儿就来。我来的太早了，军人，不懂得官场的规矩。茶房，拿炮台烟。当年在军队里，炮台烟，香槟酒；现在……"吴太极挺着腰板坐下追想过去的光荣。想着想着，双手比了两个拳式子，好像太极拳是文雅的象征，自己已经是弃武修文，摆两个拳式似乎就是作文官考试的主考也够资格。

张大哥和孙先生一齐来了，张大哥说，"干吗还请客？"孙先生是努力的学官话，只说了个"干吗"，下半句没有安排好，笑了一笑。

小赵到七点还没来。

邱先生要了些点心，声明：先垫一垫，恐怕回头吃白兰地的时候肚子太空。老李连半点要白兰地的意思也没有，可是已被邱先生给关了钉儿，大概还是非要不可。

"我可不喝酒，这两天胃口又——"张大哥说。

老李知道这是个暗示，既然有不喝的，谁喝谁要一杯好了，无须开整瓶的；到底是张大哥。

外面来了辆汽车。一会儿，小赵抱着菱，后面跟着李太太和英。菱吓得直撇嘴。见了爸，她有了主心骨，拧了小赵的鼻子一把。

"诸位，来，见过皇后！"小赵郑重的向大家一鞠躬。

她不知怎好，把鞠躬也忘了，张着嘴，一手拉着英，一手在胸下拜了拜。小赵的笑往心中走，只在眉尖上露出一点，非常的得意。

"李太太，张罗张罗烟卷，"小赵把烟筒递给她。她没去接，英顺手接过来，菱过来也抢，英不给，菱要哭。拍，李太太给英一个脖儿拐，英胡里胡涂的只觉头上发热，而没敢哭，大家都要笑，而故意不笑出来。李太太的新围巾还围着，围得特别的紧；还穿着那件蓝棉袍，没沿边，而且太肥。她看看大家，看看老李，莫名其妙。

"李太太，这边坐！"小赵把桌头的椅子拉出，请她入坐。她看着丈夫，老李的脸已焦黄。

救恩又来自张大哥，他赶紧也拉开椅子，"大家请坐！"

李太太见别人坐，她才敢坐。小赵还在后边给拉着椅子，而且故意的拉得很远，李太太没留神，差点出溜下去。除了张大哥，其余的眼全钉着她。

大家坐好，摆台的拿过茶单来。小赵忙递给李太太。她看了看，菱——坐在妈旁边——拿过去了；"哟，还有发呢，妈，菱拿着玩吧？"她顺手把菜单往小口袋里放。小赵觉得异常有趣。"开白兰地！"酒到了，他先给李太太斟满一杯，李太太直说不喝不喝，可是立起来，用手拢着杯子。

"坐下！"老李要说，没说出来，咽了口吐沫。

小吃上来，当然先递给李太太，她是座中唯一的女人。摆台的端着一大盘，纸人似的立在她身旁。她寻思了一下："放在这儿吧！"

小赵的笑无论如何憋不住了。

张大哥说了话："先由这边递，茶房；不用论规矩，吃舒服了才多给小账。"他也笑了笑。

菱见大盘子拿走，下了椅子就追，一交摔在地上，妈妈忙着过来，一边打地，一边说："打地，打，干吗绊我们小菱一交啊？！"菱知道地该打，而且确是挨了打，便没放声哭，只落了几点泪。

老李的头上冒了汗。他向来不喝酒，可是吞了一大口白兰地。李太太看人家——连丈夫——全端起酒来，也呷了一口，辣得直缩脖子，把菱招得咯咯的笑起来。

菱用不惯刀叉，下了手。妈妈不敢放下刀叉，用叉按着肉，用刀使劲切，把碟子切得直打出溜；爽性不切了，向着没人的地方一劲咽气。

小赵非常的得意。

吴先生灌下两杯酒，话开了河，昔日当军人的光荣与现在练太极拳的成绩，完全向李太太述说一番。她的脸红一阵白一阵，不知说什么好。幸而张大哥问了她几句关于房子与安洋炉的事，她算是能找到相当的答对。孙先生也要显着和气，打着他自己认为是官话的话向她发问，她是以为孙先生故意和她说外国话，打了几个岔，脸红了几阵，一句也答不出。孙先生心中暗喜，以为李太太不懂官话。

老李像坐着电椅，浑身刺闹得慌。幸而小英在一旁问这个问那个，老李爽性不往对面看，用宰牛的力气给英切肉。

小赵要和老李对杯，老李没有抬头，两口把一杯酒喝净。小赵回头向李太太："李太太，先生喝净了，该您赏脸了！"李太太又要立起来。

"李太太别客气，吃鬼子饭不论规矩。"张大哥把她拦住。

她要伸手拿杯子，张大哥又发了话："老吴你替李太太喝点吧；白兰地厉害，她还得照应着孩子们呢。"

吴太极觉得张大哥是看得起他，"老吴是军人，李大嫂，喝个一瓶两瓶没关系。"一口灌下去一杯，哈了一声，打了个抱虎归山，用手背擦了擦嘴。还觉得不尽兴，"老李，咱替了李太太一杯，咱俩得对一杯，公道不公道？请！"没等老李说什么，他又干了一杯，紧跟着，"开酒！"

老李没说什么，也干了一杯。

四

怎么到了家，老李不知道，白兰地把他的眼封上了。一路的凉风叫他明白过来，他看见了家，也看见了张大哥。看见张大哥，他的怒气借着酒气冲了上来。但是他无论如何不能向张大哥闹气，张大哥不能明白他——没有人能明白他！怒气变为伤心，多少年积蓄下的眼泪只待总动员令。他裂着大嘴哭起来。英和菱吓得不知怎好，都藏在妈妈的身旁。妈妈没吃饱，而且丢了脸，见丈夫哭，自己也不由的落泪。

张大哥由着老李哭，过去劝李太太："大妹妹，不用往心里去，这算不了什么！那群人专会捣坏，没有正经的，再遇上他们的时候，我告诉您，大妹妹，不管三七二十一，和他们嘴是嘴，眼是眼，一点别饶人，他们管保不闹了；您越怕，他们越得意。"

"不是呀，大哥，您看我，我不惯那么着呀，我哪斗得过几个大老爷们呀！"她越想越觉伤心，也要哭出声来。

"大妹妹，别，看吓着孩子们！"

李太太一听吓着孩子，赶紧把泪往肚子里咽。醒了把鼻子，委委屈屈的说："大哥您看，那个姓赵的来了，我不认识他，怎能和他走呢？可是他同丁二爷一块来的，我——"

"呕，丁二爷？"

"是呀，我认识丁二爷。小赵说什么，丁二爷都点头，我干吗再多心呢？他又都说得有眉有眼！他说您大兄弟又请了女客，叫我去陪陪，我心里就想，要是不去，岂不叫您大兄弟不愿意？我还留了个心眼，到西屋问了问马老太太，老太太也认识丁二爷，说，去就去吧。及至到了那里，我一看并没有女客，就瞪了眼！没看见过这么坏的人，没看见过！"

张大哥觉得她说了这一片，也当够解气的了，又过来劝老李："老李，你睡去吧，这不算什么，小赵的坏，何必跟他生气？！"

老李连大气也没出；不便于说什么，张大哥不懂。

这个工夫，马老太太进来了。李太太走后，婆媳们又不放心了，念道了一晚上。可是他们回来了，老李又哭起来，老太太莫名其妙。听见老李住了声才敢过来。"张先生，怎回事呀？"

"老李被同事们起哄灌醉了；您还没歇着哪，老太太？"

"没哪，她们娘儿三个走后，我又不放心了，直提心吊胆的一大晚上！"

"老李呀，你睡去，我该走了，明天见。"张大哥似乎有把这一案交给马老太太撕掳的意思。

老李没有要送出张大哥的意思，可是似乎是出于习惯，不由的立起来。张大哥怕他再晃摇得吐了，拦住了他。

马老太太和李太太说了几句也回到西屋去。李太太抱着菱上床去落泪。

老李坐在火旁，喝了一大壶开水，心中还觉得渴。头发紧，一声不语，心中烧着个没有火苗的闷火。他没有和李太太闹气的意思，虽然她是出了丑。他恨自己。为什么请小赵们吃饭？只为透着和气？不，为是避免太太出丑；可是终于是出了丑，而且是花了许多的钱！为什么怕太太出丑？跟小赵硬硬的，不请客，不请！小赵能把我怎样了？我的太太就是那样，就是那样！干什么想回避藏躲？自己，自己根本是腐朽社会意见的化身，不敢和无聊，瞎闹，硬碰一碰，自己不算个人，没有人气！为什么不端起酒杯，对准了泼在小赵脸上？或是捏着小赵的鼻子灌他一杯醋？只会自己生闷气，不敢正眼看自己的太太！老觉得自己是个新人物，有理想，却原来是地道的怯货，不敢向小科员们说半个错字，不敢不给他们作开心的材料！

老李恨小赵不似恨张大哥那么深。对小赵，他只恨自己为什么不当场叫他吃点亏，受点教训，对张大哥，他没办法。这场玩笑，第一个得胜的是小赵，第二个是张大哥。看张大哥多么细心圆到，处处替李太太解围，其实处处是替小赵完成这个玩笑。为什么张大哥不直接的拦阻小赵？或是当场鼓动我或太太和小赵，嘴是嘴，眼是眼？张大哥哪敢那么办！他承认小赵的举动是对的，即使不是完全有分寸的。他承认李太太是该被人戏弄的，不过别太过火。那位二妹妹的丈夫，托人情考中了医生，还要托人情免了庸医杀人的罪名，这是张大哥的办法！任着小赵戏弄英的妈，而从中用好像很圣明的方法给她排解，好叫她受尽嘲笑，这是他的办法！他叫我接来家眷！

张大哥不敢得罪任何人，可是老李——他叫着自己——你自己呢？根本是和他一个模子刻出来的！你自己总觉得比张大哥高明，其实你比他还不济！假如有人戏弄张大嫂？张大哥也许种不得罪人的办法替她解围。老李你呢？没有任何办法！小赵是什么东西？可是你竟自不敢得罪他。小赵替狗粪样的社会演活动电影，你自己老老实实的给他作演员！还说什么理想，革命，打倒无聊的社会规俗！哈，哈！

太太，自然是不高明。为什么把她接来，那么？谁把她接来的？就不敢像马老太太的儿子那样浪漫，连那样想想也不敢！你一辈子只会吃社会的屎！既然接来，为什么要藏藏躲躲？为什么那件蓝棉袍就不宜于上东安市场？为什么她就见不得小赵？

老李的闷火差不多把自己要烧裂了。越想头越疼，渐渐的他不能再清楚的思想了。

第九

一

老李醒得很早，不敢再睡。起来，用凉水抹了抹脸，凉得透骨，可是头觉得轻松些。好歹穿齐了衣裳，上了街。街上清冷，有几个行人都缩着脖子，揣着手，鼻子冒着热气，走得很快。上哪里去？随便走吧。不思索什么，张大哥，小赵，吴太极，全不值得一想；在街上走，好了，走到哪儿是哪儿。几片胭脂瓣色的薄云横在东方，颇有些诗意：什么是诗意？呕，到了单牌楼。一家小牛奶铺已经挂出招牌，房沿那溜微微有些不很明的阳光。进去，吃了碗牛奶，半块点心，胃中有些发痛。再绕几步，干脆上衙门去，早早的，倒叫小赵看看我并不怕他。昨天为什么不惩治他一顿？绕了个大圈，腿已有些发酸，到了那个怪物衙门。办公室里还没有升火，坐下等着，老李是不会张顺李顺瞎喊的，好在科员们不喊，工友也不来，正好独自静坐一会儿。

坐了好久，连个鬼魂也没露面。忽然工友们像见了妖精，忙成一团，所长到了。"有人来了没有？有人没有？"所长连喊。

"二科的李先生来了，"七八个嘴一致的回答。

"请，请，到所长室去！"

老李到了所长室，所长似乎并不认识他，虽然老李在他手下已经小二年。所长有件十万火急的公事要顿时办好，他自己带到天津去。老李对公事很熟习，婆婆慢慢的开始动笔。所长在屋里喝茶，咳嗽，擦脸，好像非常的忙，而确是不忙。所长的脸像块加大的洋钱，光而多油，两个小豆眼。一匹极大的肚子，小短腿，滚着走似乎最合适。

老李把公事办好，递给了所长，所长看完了公事，用小豆眼像检定钞票似的看了老李一眼。"李先生为什么来这么早？"老李自然不好意思说在家中闹了气，别的话一时也想不起，手心发了汗。工友们平日对老李正如所长对他那么冷淡，今天见李科员在御前办了公事，立刻增了几倍敬意，一个资格较老的代老李回答："李科员先生天天来得很早，是。"

所长转了转小豆眼，点了点头，"好吧，李先生回来告诉秘书长，我到天津去，有要事打电话好了，他知道我的地点。"所长说罢，肚子似有动意，工友们知道所长要滚，争着向外飞跑。衙门外汽车嘟嘟的响起来，给清冷的早晨加上一点动力。所长滚出来，爬进车去，呼———阵尘土，把清冷的街道暂时布下个飞沙阵。

小赵预备着广播李太太的出丑，一路上已打好了草稿，有枝添叶必使同事们笑得鼻孔朝天。哪知道，工友们也预备下广播节目：所长怎么带着星光就来了，而李科员一手承办了天大的公事，所长和李科员谈了好大好大半天，一边说一边转那对豆眼——谁也知道所长转眼珠是上等吉卦。小赵刚一进衙门，他的文章还没出口，已经接到老李的好消息。他登时改了态度，跑到科里找老李。"我说，老李，所长真是带着星星就来了吗？"

"不过早一点罢了。"老李不便于说假话，可是小赵不十分相信，而且觉得老李的劲儿有点傲慢。

"办什么公事来着？"

老李告诉了他，并且拿出原稿给他看。小赵看不出公事有多大重要，可是觉得老李的态度很和平日不同。"说，老李，你和所长怎么个认识？"

"我？所长没到任，我就在这儿：他来了不知为什么没撤我的差。"

"呕！"小赵心里说："天下还有那么便宜的事！单说所长太太手里就还有三百多人，会无缘无故的留下你！老李这小子心里有活，别看他傻头傻脑的。"然后对老李，"我说，老李，所长没应下你什么差事呀？"

"办一件公事有什么了不得的？"老李心里非常的讨厌小赵，可是到底不能不回答他。

"老李，大嫂昨天回家好呀，没骂我？"

"哪能呢？她开了眼，乐得直并不上嘴！"老李很奇怪自己，居然能说出这样漂亮话来。

小赵心里更打了鼓；老李不但不傻，而且确是很厉害。同时：他要是和所长有一腿的话，我不是得想法收拾他，就得狗着他点：先狗他一下试试。"老李，今天晚上我还席，可得请大嫂子一定到。我去请几位太太们：谁瞎说谁是狗！"

老李讨厌请客，更讨厌被请。不过，为和小赵赌气，登时答应了。心里说，"小子，你敢再闹，不剥了你的皮！"

回家和太太一说，她登时瞪了眼。她本来预备着老李回来和她大闹一场，因为虽然自己确是没吃过洋饭，可是出丑到底是出丑：丈夫一清早就出去了！丈夫回来，并没向她闹气，心中安顿了一些，虽然是莫名其妙。听到又有人请客，而且还是小赵，泪当时要落下来——这一定是丈夫想用这种方法惩治我，再丢一回脸，而后二归一，和我总闹一回！

老李是不惯于详细的陈说，话总是横着出来，虽然没意思吵嘴。于是两下不来台。

"我不能再去，还是那群人，昨晚上还没把人丢够，再找补上点是怎着？"李太太的脸都气白了。

"正是因为那个，才必须去，叫他们看看到底那些坏招儿不能把谁的鼻子擦了去！"

"自然不是你的鼻子！"

"我叫你去，你就得去；还有太太们呢！"

"不去定了，偏不去！"

老李知道这非闹一阵不可了。可是有什么意思呢？况且，犯得上和小赵赌气吗？赌过这口气又怎样？算了吧，爱去不去，我才不在乎呢！正在这么想着，小英发了话：

"妈，咱们去！今个要再吃那大块肉啊，我偷偷的拿回把叉子来，多么好玩！"

老李借这个机会，结束了这个纷争："好了，英去，菱去，妈妈也去。"

太太没言语。

"我五点回来，都预备好了。"

太太没言语。

五点，老李回来，心里想，太太准保是蓬着头发散着腿，一手的白面渣儿。还没到街门，看见英，菱，马老太太都在门口站着呢。两个孩子都已打扮好。

"老太太，昨个晚上没——"老李找不到相当的字眼向她致歉。

"没有，"老太太的想象猜着他应当说什么，"今天又出去吃饭？"

"是，"老李抱起菱来，"没意思！"

"别那么说，这个年头在衙门里作事，还短得了应酬？我那个儿——"老太太不往下说了，叹了口气。

李太太也打扮好了，穿着件老李向来没看见过的蓝皮袍，腰间瘦着一点，长短倒还合适，设若不严格的挑剔。

"马大妹妹借给我的，"李太太说，赶紧补了一句，"你要是不——我就还穿那件棉袍去。"

"那天买的材料为什么还不快做上？"

问题转了弯，她知道不必把皮袍脱下来，也没回答丈夫的发问，大概不是三言两语所能说明的。

她的头梳得特别的光，唇上还抹了点胭脂，粉也匀得很润，还打得长长的眉毛，这些总合起来叫她减少了两岁在乡间长成的年纪。油味，对于老李，也有些特别。

"东屋大妹妹给我修饰了半天。"李太太似乎很满意。

为什么由坚决不去赴宴，改为高高兴兴的去，大概也与大妹妹有关系：老李想到，不便再问。

"马奶奶看家，大婶看家，我们走了。"李太太不但和气，语声都变得柔婉了些，大概也是受了大妹妹的传染。

小赵请的是同和居。他们不必坐车，只有那么几步！可是这么几步，英也走了一脚尘土，一边走一边踢着块小瓦片：被爸说了两句，不再踢了，偷偷的将瓦片拾起藏在口袋里。

<h1 style="text-align:center">二</h1>

怪不得吴太极急于纳妾。吴太太的模样确是难以为情：虎背熊腰，似乎也是个练家子，可是一对改组脚，又好像不能打一套大洪拳——大概连太极都得费事。横竖差不多相等，整是一大块四方墩肉，上面放着个白馒头，非常的白，仿佛在石灰水里泡过三天，把眼皮鼻尖耳唇都烧红了，眉毛和头发烧剩下不多。眉眼在脸上的布置就好像男小孩画了个人头轮廓，然后由女小孩把鼻眼等谨慎的密画在一处，四围还余着很宽的空地，没法利用。眼和耳的距离似乎要很费些事才能测定。说话儿可是很和气，像石灰厂掌柜的那样。

吴太极不敢正眼看太太，专看着自己的大拳头，似乎打谁一顿才痛快。

邱先生的夫人非常文雅，只是长像不得人心。瘦小枯干，一槽上牙全在唇外休息着。剪发，没多少头发。胸像张干纸板，随便可以贴在墙上。邱先生对太太似乎十分尊敬，太太一说话，他赶紧看众人的脸上起了什么感应。太太说了句俏皮话，他巡视一番，看大家笑了，他赶快向太太笑一笑，笑得很闷气。

孙先生的夫人没来。他是生育节制的热烈拥护者，已经把各种方法试行了三年，太太是一年一胎，现在又正在月子里。作科员而讲生育节制,近于大逆不道。可是孙先生虽"讲"而不伤于子女满堂，所以还被同事们尊敬，甚至于引起无后的人们的羡慕："子女是天赐的，看人家孙先生！"

　　倒还是张大嫂像个样子，服装打扮都合身分与年纪。

　　小赵的太太没来——不，没人准知道他有太太没有。他自己声明有个内助，谁也没看见过。有时她在北平，有时她在天津，有时她也在上海，只有小赵知道。有人说，赵太太有时候和赵先生在一块住，有时候也和别人同居；可是小赵没自己这样说，也就不必相信。

　　有太太们在座，男人们谁也不敢提头天晚上的事，谁也没敢偷着笑李太太一下；反之，大家都极客气的招待她和两个小孩。

　　老李把各位太太和自己的比较了一下，得到个结论：夫妻们原来不过是那么一回事，"将就"是必要的；不将就，只好根本取销婚姻制度。可是，取销婚姻制度岂不苦了这些位夫人，除了张大嫂，她们连一个享受过青春的也没有，都好像一生下来便是三十多岁！

　　方墩的吴太太，牙科展览的邱太太，张大嫂，和穿着别人衣裳的李太太，都谈开了。妇女彼此间的知识距离好似是不很大：文雅的大学毕业邱太太爱菱的老虎鞋，问李太太怎样作。方墩太太和张大嫂打听北平酱萝卜属哪一家的好。张大嫂与乡下的李太太是彼此亲家相称。所提出的问题都不很大，可是彼此都可以得些立刻能应用的知识与经验，比苏格拉底一辈子所讨论的都有意思的多。据老李看，这些细小事儿也比吴先生的太极拳与纳妾，小赵的给所长太太当差，张大哥的介绍婚姻，更有些价值。而且女人们——特别是这些半新不旧的妇道们——只顾彼此谈话，毫不注意她们的丈夫，批评与意见完全集中在女人与孩子们，决牵涉不到男人身上；男人们一开口就是女的怎样，讨厌！老李颇有些羡慕与尊敬女人的意思，几乎要决定给太太买一件皮袍。

饭吃得很慢，谁也没敢多喝酒，很有礼貌。吴太极虽然与张大哥坐一处，连一个"姜"字也没敢说。孙先生也没敢宣传生育节制的实验法，只乘着机会练习了些北平的俗语，如"猪八戒照镜子，里外不是人"之类。小赵本想打几句哈哈，几次刚一张嘴，被文雅的邱太太给当头炮顶了回去。邱先生本要给太太鼓掌，庆祝胜利，被太太的牙祝吓老实了——邱太太用当头炮的时候，连下边一槽牙也都露出来，颇有些咬住耳朵不撒嘴的暗示。老李觉得生命得到了平衡，即使这几位太太生下来便是三十多岁，也似乎没大关系。

饭后，太太们交换住址，规定彼此拜访的日期，亲热得好似一团儿火。

三

过了两天，老李从衙门回来，看太太的脸上带着些不常见的笑容，好像心中有所获得似的。"吴太太来了，"她说。

他点点头，心里说，"方墩！"

"吴太太敢情也不省心呀？"她试着路儿说。

"怎么？"

"吴先生敢情不大老实呢！"

老李哼了一声。男人批评别人的太太，妇人批评自己的丈夫！

"他净闹娶姨太太呢，敢情！吴太太多么和气能干呀，还娶姨太太干吗？！"

老李心中说，"方墩！"

"你可少和吴先生在一块打联联。"

啊，有了联盟！男人不专制，女人立刻抬头，张大哥的天平永远不会两边同样分量，不是我高，便是你低，不会平衡！"我和他有什么关系呢？"

"我是这么说；吴太太说男人们都不可靠。"

"我也不可靠？"

"没你的事，她不过那么说说，你就值得疑心？"话虽然柔和，可是往常她就不敢这样说。

老李想嘱咐她几句，不用这么拉老婆舌头，而且有意要禁止她回拜方墩太太去，可是没说出来。对于尊敬妇女的意思，可是，扫除了个干干净净。男女都是一样，无聊，没意义，瞎扯！婚姻便是将就，打算不将就，顶好取销婚姻制度。家庭是个男女，小孩，臭虫，方墩样的朋友们的一个臭而瞎闹的小战场！老李恨自己没胆气抛弃这块污臭的地方！只是和个知己——不论是男是女——谈一谈才痛快；哪里去找？家庭是一汪臭水，世界是片沙漠；什么也不用说，认命！

四

李太太确是长了胆子。张大嫂，吴方墩，邱太太，刚出月子的孙太太，组成了国际联盟；马家婆媳也是会员国。她说话行事自然没有她们那样漂亮，那样多知多懂，那样有成见，可是傻人有个傻人缘。况且因为她，她们才可充分表示怜爱辅助照管指导的善意，她是弱小国家，她们是国联行政院的常务委员。她们都没有像英和菱这样的孩子，张大嫂的儿女已长大，孙太太的又太小，邱太太极希望得个男孩，可是纸板样的身体，不易得个立体的娃娃；只就这两个小孩发言立论，李太太就可以长篇大论，振振有词。邱太太虽是大学毕业，连生小孩怎样难过的劲儿都不晓得，还得李太太讲给她听。还有，她来自乡间，说些庄稼事儿，城里的太太觉得是听瞽儿词。邱太太就没看见过在地上长着的韭菜。

依着马少奶奶的劝告，李太太剪了发，并没和丈夫商议。发留得太长，后边还梳上两个小辫。吴方墩说，有这一对小辫可以减少十岁年纪；老李至少也得再迟五年才闹纳妾。可是老李看见这对小辫直头疼，想不出怎样对待女人才好；还是少开口的为是，也就闭口无言。可是夫妻之间闭上嘴，等于有茶壶茶碗，而没有茶壶嘴，倒是倒不出茶来，赶到憋急了，一倒准连茶叶也倒出来，而且还要洒一桌子。老李想劝告她几句："修饰打扮是可以的，但是要合身分，要素美；三十多岁梳哪门子小辫？"这类话不好出口，所以始终也没说，心里随时憋得慌。况且，细咂这几句的味道，根本是布尔乔亚；老李转过头来看不起自己。看不起自己自然不便再教训别人。

对于钱财上，她也不像原先那样给一个就接一个，不给便拉倒，而是时时向丈夫咕唧着要钱。不给妻子留钱，老李自己承认是个过错，可是随时的索要，都买了无用的东西，虽然老李不惜钱，可也不愿看着钱扔在河里打了水漂儿。谁说乡下人不会花钱？张家，吴家，李太太常去，买礼物，坐来回的车……回来并不报告一声都买了什么，而拉不断扯不断的学说方墩太太说了什么，邱太太又作了什么新衣裳。老李不愿听，正和不愿听老吴小赵们的扯淡一样。在衙门得听着他们扯，回家来又听她扯，好像嘴是专为闲扯长着的。况且，老李开始觉到钱有点不富裕了。

更难堪的是她由吴邱二位太太学来些怎样管教丈夫的方法。方墩太太的办法是：丈夫有一块钱便应交给太太十角；丈夫晚上不得过十点回来，过了十时锁门不候。丈夫的口袋应每晚检查一次，有块新手绢也当即刻开审——这个年月，女招待，女学生，女理发师，女职员，女教习，随时随处有拐走丈夫的可能。邱太太的办法更简单一些，凡有女人在，而丈夫不向着自己太太发笑，咬！

果然有一天，老李十一点半才回来，屋门虽没封锁，可是灯熄火灭，太太脸朝墙假睡，是假睡，因为推她也不醒吗！老李晓得她背后有联盟，劝告是白饶，解释更显着示弱，只好也躺下假睡。身边躺着块顽石，又胡涂又凉，石块上边有一对小辫，像用残的两把小干刷子。"训练她？张大哥才真不明白妇女！'我'现在是入了传习所！"老李叹了口气。有心踹她一脚，没好意思。打个哈欠，故意有腔有调的延长，以便表示不困，为是气她。

老李睡不着，思索：不行，不能忍受这个！前几天的要钱，剪发，看朋友去，都是她试验丈夫呢；丈夫没有什么表示，好，叫她抓住门道。今个晚上的不等门是更进一步的攻击，再不反攻，她还不定怎么成精作怪呢！在接家眷以前，把她放在胡涂虫的队伍中；接家眷的时候，把她提高了些，可以明白，也可以胡涂；现在，决定把她仍旧发回原籍——胡涂虫！原先他以为太太与摩登妇女的差别只是在那点浮浅的教育；现在看清，想拿一点教育补足爱情是不可能的。先前他以为接家眷是为成全她，现在她倒旗开得胜，要把他压下去。她的一切都讨厌！半夜里吵架，不必：怕吓住孩子们。但是不能再和这块顽石一块儿躺着。他起来了摸着黑点上灯，掀了一床被子，把所有的椅子全搬到堂屋拼成一个床。把大衣也盖上。躺了半天，屋里有了响动。

"菱的爹，你是干吗呀？"她的声音还是强硬，可是并非全无悔意。

老李不言语，一口吹灭了灯，专等她放声痛哭：她要是敢放声的嚎丧，明天起来就把她送回乡下去！

太太没哭。老李更气了："皮蛋，不软不硬的皮蛋！橡皮蛋！"心里骂着。小说里，电影里，夫妇吵架，而后一搂一吻，完事，"爱与吵"。但是老李不能吻她，她不懂：没有言归于好的希望。爱与吵自然也是无聊，可是到底还有个"爱"。好吧，我不爱，也不吵：顽石，胡涂虫！

"你来呀，等冻着呢！"她低声的叫。

还是不理，只等她放声的哭。"一哭就送去，没二句话！"老李横了心，觉得越忍心越痛快。半夜里打太太的人，有的是；牛似的东西还不该打！

"菱的爹，"她下了床，在地上摸鞋呢。

老李等着，连大气不出。街上过去两次汽车，她的鞋还没找着。

"你这是干吗呢？"她出来了："我有点头疼，你进来我没听见，真！"

"不撒谎不算娘们！"他心里说。

"快好好的去睡，看冻着呢！洋火呢？"她随问随在桌子上摸，摸到了洋火，点上灯，过来掀他的被子。"走，大冷的天！"

老李的嘴闭得像铁的，看了她一眼。她不是个泼妇，她的眼中有点泪。两个小辫子撅撅着，在灯光下，像两个小秃翅膀。不能爱这个妇人，虽然不是泼妇。随着她进了屋里，躺下。等着她说话，她什么也没再说。又睁了半天眼，想不出什么高明招数来，赌气子睡了。

第十

一

旧历年底。过年是为孩子，老李这么想，成人有什么过年的必要？给英们买来一堆玩具，觉得尽了作父亲的责任，新年自然可以快乐的过去。

李太太看别人买东道西，挑白菜，定年糕，心里直痒痒，眉头皱得要往下滴水。

老李看出来，成人也得过年；不然，在除夕或元旦也许有悬梁自尽的。给了太太二十块钱。"你爱买什么就买什么，把钱都给了狗也好，"心里说。

赶上个星期天，他在家看孩子，太太要大举进攻西四牌楼。

马老太太也提着竹篮，带着十来个小罐，去上市场收庄稼。

老李和英们玩开了。菱叫爸当牛，英叫爸当老虎。爸觉得非变成走兽不可，只好弯着身来回走，菱粗声的叫着。

"菱，"窗外细声的叫，"菱，给你这个。"

"哎——"菱像小猫娇声低叫似的答应了声，开开门。

老李急忙恢复了原形。马少奶奶拿着一个鲜红的扁萝卜，中间种好一个鹅黄的白菜心，四围种着五六个小蒜瓣，顶着豆绿的嫩芽。"呕，大哥在家哪？大嫂子呢？"她提着那个红玩艺，不好意思退回去。

"她买东西去了，"老李的脸红了，咽了口气，才又说出来："您进来！"

她不愿进去，可是菱扯住她不放，英也上来抱住腿。

老李这才看明白她，确是好看！不算美；好看。混身上下没有一处不调匀，不轻巧。小小的身量，像是名手刻成的，肩头，腿肚，全是圆圆的。挺着小肉脊梁，项与肩的曲线自然，舒适，圆美。长长的脸，两只大眼睛，两道很长很齐的秀眉。剪着发，脑后也扎了两个小辫——比李太太的那两个轻俏着一个多世纪！穿着件半大的淡蓝皮袍，自如，合适，露着手腕。一些活泼，独立，俊秀的力量透在衣裳外边，把四围的空气也似乎给感映得活泼舒服了，像围着一个石刻杰作的那点空气。不算美；只是这点精神力量使她可爱。

老李把她看得自己害了羞！她往前走了两步，全身都那么处处活动，又处处不特别用力的，不自觉而调和的，走了两步。不是走，是全身的轻移。全身比那张脸好看的多。"我把这个挂在哪儿，英？"她高高的提着那个萝卜。"不是拿着玩的；挂起来；赶明儿白菜还开小黄花呢。"她对英们说，可是并没故意躲避着老李。

"叫爸顶着！"英出了主意。

老李笑了。马少奶奶看了看，没有合适的地方，轻轻把萝卜放在桌上，"我还有事呢，"说着就往外走。

"玩玩，玩玩！"菱直央告。

老李急于找两句话说，想不出。忽然手一使劲，来了一句："您娘家贵姓呀？"不管是否显着突乎其来，反正是一句话。她没吓一跳，唇边起了些笑意，同时："姓黄，"那些笑意好似化在字的里边，字并不美；好听。

"不常回娘家？"他似乎好容易抓到一点，再也不肯放松。

"永远不回去，"她拍着菱的头发说，"他们不许我回去。"

"怎么？"

她又笑了笑，可是眉头皱上了些，"他们不要我啦！"

"那可太——"老李想不出太怎么来。

"菱，来，跟我玩去。"她拉着菱往外走。

"我也去！"英抱起一堆玩物，跟着往外走。

她走到门口，脸稍微向内一偏，微微一点头。老李又没想起说什么好。

他独自看着那个红萝卜，手插在裤袋里，"为什么娘家不要她了呢？"

二

李太太大胜而归。十个手指头没有一个不被麻绳杀成了红印的，双手不知一共提着多少个包儿。鼻尖冻得像个山里红，可是威风凛凛，屋门就好似凯旋门。二十块只剩了一毛零俩子儿，还没打酱油，买羊肉，和许多零碎儿。老李不便说什么，也没夸奖她。她专等丈夫发问，以便开始展览战利品，他始终没言语。她叹了口气，"羊肉还没买呢！"他哼了一声。

老李心中直责备自己：为什么不问她两句，哪怕是责备她呢，不也可以打破僵局吗？可是只哼了一声！他知道他的心是没在家，对于她好像是看过两三次的电影片子，完全不感觉趣味。

丁二爷来了，来送张家给干女儿的年礼。英们一听丁二大爷来了，立刻倒戈，觉得马婶娘一点也不可爱了，急忙跑过来，把玩艺全放在丁二大爷的怀里。丁二爷在张大哥眼中是块废物，可是在英们看，他是无价之宝。

老李对丁二爷没什么可说的。可是太太仿佛得着谈话的对手。她说的，丁二爷不但是懂得，而且有同情的欣赏。

"天可真冷！"她说。

"够瞧的！滴水成冰！年底下，正冷的时候！"他加上了些注解。

"口蘑怎么那么贵呀！"李太太叹息。

"要不怎么说'口'蘑呢，贵，不贱，真不贱！"丁二爷也叹息着。

老李要笑，又觉得该哭。丁二爷是废物，当然说废话，可是自

296

己的妻子和废物谈得有来有去的！打算夫妇和睦，老李自己非也变成个丁二爷不可：可是谁甘于作废物，说废话！"您坐着，我出去有点事，"老李抓起帽子走了出去。他走后，太太把买来的东西全和丁二爷研究了一番，他给每件都顺着她的口气加上些有分量的形容：很好，真便宜，太贵……李太太越说越高兴，以为丁二爷是天下唯一能了解她的人。英们也爱他。英说，"二大爷当牛！"二大爷立刻说，"当牛，当牛，我当牛！"菱说，"二大，举菱高高！"二大立刻把她举起来，"举高高，举菱高高！"把二大爷和爸比较起来，爸真不能算个好玩的人。英甚至于提议："二大爷，叫爸当你的爸，你呀当我们的爸，好不好？"二大爷很高兴，似乎很赞成这种安排法。妈妈也不由的这样想：设若老李像丁二爷，那要把新年过得何等快活如意！可惜，丁二爷不会挣钱，而老李倒是个科员——科员自然是要难伺候一些的。

老李没回来吃午饭。太太心中嘀咕上了。莫非他还记恨着那天晚上的碴儿？也许嫌我花钱太多？还是讨厌丁二爷？她看见那个扁红萝卜。"这是哪儿来的？"

"东屋大婶给送来的，"英说。

"我上街的时候，她进来了？"

菱抢在英的前面："妈去，婶来，爸当牛。"

"呕！"天大的一个"呕"！一夜夫妻百日恩，他不能还记恨着我。丁二爷是好人。花钱，男人挣钱不给太太花，给谁？给养汉老婆花？其中有事！人家老婆不在家，你串哪家子门儿呀？你的汉子不要你，干吗看别人的汉子眼馋呀？李太太当时决定，把东屋的野老婆除名，不能再算国联的会员国，而且想着想着出了声："英，菱，"声音不小，含有广播的性质。"英，少上人家屋里去！自己没有屋子吗？听见没有？小不要脸的！撞什么丧，别叫我好说不好听的胡卷你们！"

英和菱瞪了眼，不知妈打哪里来的邪气。

李太太知道广播的电力不小，心中已不那么憋得慌。把种着鹅黄色菜心的红萝卜一摔，摔在痰盂里，更觉得大可以暂告一段落。

三

老李是因为躲丁二爷才出去，自然没有目的地。走到顺治门，看了看五路电车的终点，往回走。走到西单商场又遇上了丁二爷。丁二爷混身的衣裳都是张大哥绝对不想再留着的古玩，在丁二爷身上说不清怎么那样难过，棉袍似秋柳，裤子像莲蓬篓，帽子像大鲜蘑菇，可是绝对不鲜。老李忽然觉得这个人可怜。或者是因为自己觉得饿与寂寞，他莫名其妙的说了句："一块去吃点东西怎样？"

丁二爷咽了口气，而后吐出个"好"！

在商场附近找了家小饭馆。老李想不起要什么好，丁二爷只向着跑堂的搓手，表示一点主张也没有。

"来两壶酒？"跑堂的建议。

"对，两壶酒，两壶，很好！"丁二爷说。

其余的，跑堂建议，二位饭客很快的通过议案。

老李不大喝酒，两壶都照顾了丁二爷。他的脸渐渐的红上来，眼光也充足了些，腮上挂上些笑纹，嘴唇咂着酒味动了几次，要说话，又似乎没个话头儿。看了老李一眼，又对自己笑了笑，口张开了："两个小孩真可爱，真的！"

老李笑着一点头。

"原先我自己也有个胖男孩，"丁二爷的眼稍微湿了点，脸上可是还笑着。"多年了，"他的眼似乎看到很远的过去，"多年了！"他拿起酒盅来，没看，往唇上送；只有极小的一滴落在下唇上。把盅子放下，用手捂着，楞了半天，叹了口气。

老李招呼跑堂的，再来一壶；丁二爷连说不喝了，可是酒到了，他自己斟满。呷了一口，"多年了！"好像他心中始终没忘了这句。"李先生，谢谢你的酒饭！多年了！"他又喝了一口。"妇女，妇女，"

他脸上的笑容已经不见，眼直看着酒盅，"妇女最不可靠，最不可靠，您不恼丁二，没出息的丁二，白吃饭的丁二，这么说？"

老李觉着不大得劲，可是很愿听听他说什么，又笑了笑，"我也是那么看。"

"啊！丁二今天遇见知己：喝一口，李先生！我说妇女不可靠；看我这样，看！都因为一个女人，多年了！当年，我也曾漂亮过，也像个人似的。娶了亲，哼！她从一下轿就嫌我，不知道为什么，很嫌我！我怎么办？给她个下马威；哼！她连吃子孙饽饽的碗都摔了。闹吧，很闹了一场。归齐，是我算底^①：丁二是老实人，很老实！她看哪个男人都好，只有我不好！谁甘心当王八呢？但是——喝一口，李先生。但是，我是老实人。三年的工夫，我是在十八层地狱里！一点不假，第十八层！打，我打不了，老实，真老实！我只能一天到晚拿这个，"他指了指酒盅，"拿这个好歹凑合着度过一天，一月，一年，一共三年！很能喝点，一斤二斤的，没有什么，"他笑了笑，似乎是自豪，又像是自愧。

老李也抿了一口酒，让丁二爷吃菜，还笑着鼓舞着丁二往下说。

"事情丢了；谁要醉鬼呢？从车上翻出来，摔得鼻青脸肿；把刚关的薪水交给要饭的，把公事卷巴卷巴当火纸用；多了，真多，都是笑话。可是醉卧在洋沟里，也比回家强！强的多！自己的胖小子，就不许我逗一逗，抱一抱；还有人说，那不是我丁二的儿子！她要是把孩子留下，她自己干脆跑了，丁二还能把酒一断，成个人。她不跑，及至她把我人和钱全耗净，我连一件遮身的大衫都没有了，她跑了，带着我的儿子！我还有什么活头呢？有人送给我一件大衫，我也把它卖了，去喝酒。张大哥从小店里，把我掏了出来，我只穿着半截裤子，腊月天，小店里用鸡毛蒜皮烧着火！我忘不了她，忘不了我的儿子。她在哪儿呢？干什么呢？我一天到晚，这么些年了，

---

① 算底，被压在下面，失败者的意思。

老盼望有封信来——不管是打哪儿来的——告诉我个消息。邮差是些奇怪的人，成天成年给人家送信，只是没有我的。儿子，唉！完了，我丁二算是完了！妇女要是毁人，毁到家，真的！李先生，谢谢你的酒饭！见了张大哥别说我喝酒来着，一从一入他的家门，没喝过一滴酒。李先生，谢谢你！"

"你还没吃饱呢？"老李拦住了他。

"够了，真够了，遇见了知己，不饿。多年了，没人听我这一套。天真，秀真，小的时候，还爱听我说；现在，他们长大了，不再愿听。谢谢，李先生！我够了：得上街去遛一遛嘴里的酒味；叫张大嫂闻见，了不得，很了不得！"

四

老李心中堵得慌。一个女人可以毁一个，或者不止一个，男子；同样的，男人毁了多少妇女？不仅是男女个人的问题，不是，婚姻这个东西必是有毛病。解决不了这样大的问题，只好替自己和丁二爷伤心。丁二爷不那样讨厌了。世上原没讨厌的人，生活的过程使大家不快活，不快活自然显着讨厌：大概是这么回事，他想。假如丁二爷娶了李太太，假如自己娶了——就说马少奶奶吧，大概两人的生活会是另一个样子？可也许更坏，谁知道！他上了天桥，没看见一个讨厌的人，可是觉得人人心的深处藏着些苦楚。说书的，卖艺的，唱蹦蹦戏的，吆喝零碎布头的，心中一定都有苦处。或者那听书看戏捧角的人中有些是快活的。可是那种快活必是自私的，家中有几个钱，有个满意的老婆，都足以使他们快活，快活得狭小，没意义，像臭土堆上偶尔有几根绿草，既然不足以代表春天，而且根子扎在臭土堆上，用人生的苦痛烦恼不平堆起来的。

回到家中，孩子们已钻了被窝。太太没盘问他，脸上可是带着得意的神气。

李太太确是觉着得意，指槐骂柳的卷了马少奶奶一顿，马少奶奶连个大气也没出：理直的气壮，马少奶奶的理不直，怎能气壮？李太太越想越合理。丈夫回来了，鼻子耳朵都冻得通红，神气也不正，都是马家的小娘们的错儿！丈夫就是有错也可以原谅：那个小不要脸的是坏东西。对丈夫不要说穿，只须眼睛长在他身上，不要叫那个小坏东西得手。况且已经骂了她一顿，她一时也未必敢怎样。保护丈夫是李太太唯一的责任。她想得头头是道，仿佛已经征服了砖塔胡同和西四牌楼一带。对丈夫，所以，得拿出老大姐的气派，既不盘问上哪儿去了一天，并且脸上挂出欢迎他回来的神气：叫他自己去想！

老李以为太太的得意是由于和丁二爷谈得投缘。由她去。可是太太要跟了丁二爷去，自己该怎样呢？谁知道！丁二是可怜的废物。

李太太急于要知道的是马少奶奶有什么表示。设若她们在院中遇见，而马少奶奶的鼻子不是鼻子，眼睛不是眼睛，那便有点麻烦。决不怕她，不过既然住着人家的房，万一闹大发了，叫人家撺着搬家，事儿便闹明，而自己就得面对面的和丈夫见个胜负。虽说丈夫也没什么可怕的，可是男人的脾气究竟是暴的，为这个事挨顿打，那才合不着呢！李太太不怕；稍有点发慌。不该为嘴皮子舒服而惹下是非。再说捉奸要双；哪能只凭一个红萝卜？就是捉奸要双的话，也还没有听说过当媳妇的一刀两个把丈夫和野娘们一齐杀死！哪个男人是老实的？可是谁杀了丈夫不是谋害亲夫？越想越绕不过花儿来，一夜没有睡好，两次梦见野狗把年糕偷了走。

第二天，她很想和马少奶奶打个对面。正赶上天很冷，马少奶奶似乎有不出屋门的意思；李太太自己也忙着预备年菜，一时离不开厨房。蒸上馒头之际，忽然有了主意："英，上东屋看看大婶去。"

"昨儿不是妈不准我再去吗？"黑小子的记忆力还不坏。

"那是跟你说着玩呢；你去吧。"

"菱也去！"她早就想上东屋去。

301

"都去吧：英，好好拉着菱。"

两位小天使在东屋玩了有一刻来钟，李太太在屋门口叫，"英啊，该家来吧，别紧自给大婶添乱，大年底下的！"

"再玩一会儿！"英喊。

"家来吧，啊？"李太太急于听听马少奶奶的语气。

"在这儿玩吧，我不忙。"马少奶奶非常的和气。

"吃过了饭，大妹妹？"李太太要细细的化验化验。

"吃过了，您也吃了吧？"非常的和蔼，好听。

一块石头落了地："莫非她昨天没听见？"李太太心里说。然后大声的："你们都好好的，不许和大婶训脸，听见没有？"

看着蒸锅的热气，李太太心里那块小石头又飞来了。"她不能没听见。也许是装蒜呢，嘴儿甜甘心里辣！也许是真不敢惹我？本来是她不对，就是抓破了脸，闹起来，也是她丢人。二十来岁的小媳妇，没事儿上街坊屋里去找男人！"这么一想，心中安顿下去，完全胜利！

五

年底末一次护国寺庙会。风不小，老李想庙上人必不多，或者能买到些便宜花草什么的；买些水仙，或是两盆梅花，好减少些屋中的俗气。所谓俗气，似乎是指着太太而言，也许是说张大嫂送来的那副对联，未便分明的指定。

庙上人并不少，东西当然不能贱卖，老李纳闷人们对过年为什么这样热心。大姑娘，小媳妇，痰喘咳嗽的老头子，都很勇敢的出来进去；有些个并不买东西，仿佛专为来喝风受冻吃土看大姑娘。生命大概是无聊，老李想，不然——刚想到这儿，他几乎要不承认他是醒着了，离他不远，正在磁器摊旁，马少奶奶！他的脸忽的一下热起来。

"走哇，大年底下的别发呆呀！"一个又糟又倔的老头子推了老李一把。

他机械的往前挪了两步，不敢向她走去，又愿走过去。他硬着胆子，迷迷忽忽的，假装对他自己不负责任的，向她走了去。怕他自己的胆气低降，又怕她抽身走开，把怕别的事的顾虑都压下去；不管一切了，去，去，鼓舞着自己;别走，别走，心中对她祷告着！今天就是今天了，打开一切顾忌，作个也还敢自由一下的人！

她仿佛是等着他呢，像一枝桃花等着个春莺。全世界都没有风，没有冷气，没有苦闷了，老李觉得，只有两颗向一处拧绕的心。他们谁也没说什么，一同往庙外走。老李的心跳得很厉害，生命的根源似乎起了颤动，在她的身旁走！她低着头，可是腰儿挺着，最好看的一双腿腕轻移，肩圆圆的微微前后的动，温美的抵抗着轻视着一切。

他们并没有商议，进了宝禅寺街，比大街上清静一些。老李不敢说话——一半是话太多，不能决定先说哪一句；一半是不肯打破这种甜美的相对无语。

可是她说了话：“李大哥，”她的眼向前看着,脸上没有一点笑意。“以后你，啊，咱们，彼此要回避着点。我真不愿说，您知道大嫂子骂了我一顿吗？”

“她——”

“是不是！”她还板着脸，“设若你为这个和她吵架，我就不说了！”

“我不吵架，敢起誓！她为什么骂你？”

“那个红萝卜。好啦，事情说明了，以后我们——呕，我要雇车了。”

“等等！告诉我一件事，为什么你的娘家不要你了？”

她开始笑了笑。“我一气都说了，好不好？‘他’是我的家庭教师，给我补习英文算术，因为我考了两次中学都没考上。后来我跟他跑出来,所以家里不准我再回去。其实,央告央告父母,也没有什么完不了的事,不过,求情,不干!婆母对我很好,也不愿离开她。没什么!"她好似是赶着说,唯恐老李插嘴。说完,她紧了紧头纱,向前赶了几步,"我雇车回去了。"她加紧的走,胸更挺得直些。忽然回过头来,"别吵架!"

她雇上了车。世界依然是个黑冷多风,而且最恼人的。老李整个的一个好梦打得粉碎!他以为这是浪漫史的开始;她告诉他的是平凡而没有任何色彩的话。她没拿他当个爱人,而是老大姐似的来教训他,拒绝他。她浪漫过,她认为老李是不宜于浪漫的人,老李是废物,是为个科员的笨老婆而活着的——别吵架!一枝桃花等着春莺?一只温美的鸽儿躲避着老鹰!老李的羞愧胜过了失望。失望中还可以有希望;自惭,除了移怒于人,只能咒诅自己速死。在庙中用了多少力量才敢走向她去,结果,最没起色的一块破瓦把自己打倒在粪堆上。恨她便是移怒,老李不肯这样办!只好恨自己吧!自己一定是个平庸恰好到了家的人——平庸得出奇也能引人注意,没人注意老李。就是丁二爷大概也比我强,他想。不敢浪漫,不敢浪漫,自己约束了这么些年了;及至敢冒险了,心确是跳了——只为是丢人!两颗心往一处拧绕?谁和你拧绕?老李的头碰在电线杆上,才知道是走错了路。

再说,太太竟自敢骂人,她也比我强!她的坏招数也许就是马少奶奶教给的,而马少奶奶是商鞅制法,自作自受。可是这个小妇人不去反抗,而来警告我;她也许是好意——为维持我的身分。臭科员,老李——他叫着自己——你这一辈子只是个臭科员,张大哥与马少奶奶都可怜你,善意的,惨酷而善意的,想维持你。你只在人们的怜悯中活着,挣点薪水,穿身洋服,脸上不准挂一点血色,目不旁视,以至于死!老李想上城外,跳了冰窟窿;可是身不由己的走回家去。别吵架!

第十一

一

年节到了，很热闹。人人对于新旧岁换班的时节有些神秘的刺激与感应。只是老李觉不出热闹来。太太作年菜，还张大嫂等的礼物，给小孩子打扮。他虽然也有时候帮着动动手，可是手只管动，或是嘴只管吃，心并没在这些上面。在院中遇上马少奶奶两回，他故意的低了头；等她过去，狠命的看她的背影。她是个谜，甚至于是个妖怪；他是个平凡到家的东西；越爱她的高傲独立的精神，越恨他自己的懦弱没出息。吃着太太作的年菜，脸上竟自瘦了些。在无可如何之中，自己硬找出安慰的药品：这就是爱的滋味吧？脸上瘦，手上烫，心中渺茫，希望作好梦而梦中常是哭泣与乱七八糟？

除夕。太太与小孩们都睡了，他独自点起一双红烛，听着街上的人声与爆竹响。街上越乱他越觉得寂寞。似乎听见东屋有些低悲的哭声，可是她正在西屋与老太太作伴呢。

炉火的爆炸，烛光的跳动，使他由寂寞而暴燥。他听着西屋里婆媳们说话，想听到一两个字，借此压下他的暴燥去；听不清，心中更不知如何是好了。

她由西屋里出来。老太太咳嗽了一阵，熄了灯。

他隔着窗子看看东屋，今晚也点的是蜡烛，因为窗上的影子时时跳动。他轻轻开了门，立在阶上。天极黑，星比平日似乎密得加倍。想起幼时的迷信——三十晚上，诸神下界。虽然不再相信这个，可是除夕的黑暗确有一种和平之感，天尽管黑冷，而心中没有任何恐怖；街上的爆竹声更使人感到一点界乎迷信与清醒之间的似悲似欢的心情。他对着星们叹了口气，泪在眼中。又加了一岁，白活！他觉着有点冷，可是舍不得进去。她的影子在窗上移动了两次，她嗑瓜子呢。街上放了极大的几个麻雷子。他有些摸不清他是干什么呢，这个世界干什么呢。他又看了看星们，越看越远越多，恨不能飞入黑空，像爆竹那样响着，把自己在空中炸碎，化为千万小星！她出来了，向后院走去，大概没有看见他。他的心要跳出来。随着一阵爆竹声，她回来了。门外来了个卖酪的，长而曲转的吆喝了两声。她到了屋门，楞了楞，要拉门，没有拉，走出去。他的心里喊了声，去，机会到了！可是他像钉在阶上，腿颤起来，没动。嗓子像烧干了似的，眼看着她走了出去。街门开了。静寂。关街门。微微有点脚步声。她一手端着一碗，在屋前又楞了会儿。屋内透出的烛光照清她手内的两个小白碗。往西走了两步，她似乎要给婆母送去，又似乎不愿惊动了老太太，用脚尖开开了门，进去。

老李始终没动。她进了屋中，他的心极难堪的极后悔的落下去；未泄出的勇气自己销散，只剩下腿哆嗦。他进到屋中，炉火的热气猛的抱住他，红烛的光在满屋里旋转。他奔了椅子去，一栽似的坐下，似乎还听见些爆竹声，可是很远很远，像来自另一世界。

二

老李因为不自贵，向来不肯闹病。头疼脑热任其自来自去。较重的病才报告张大哥，张大哥自有家藏的丸散膏丹——连治猩红热与白喉，都有现成的药。老李总不肯照顾医生。

这次，他觉得是要病。他不怕病，而怕病中泄露了心里的秘密。他本能的理会到，假若要病，一定便厉害——热度假如到四十八，或一百零五，他难免要说胡话。只要一说胡话，夫妻之间就要糟心。

他勉强支持着，自己施行心理治疗。假装不和病打招呼，早晨起来到街上走一遭。街上是元旦样的静寂，没有什么人，铺户还全关着；偶尔有个行人，必是穿着新衣服，脸上带着春联样的笑意。老李刚走出不远便折回来了，头上像压着块千斤石；上边越重，下边越轻，一步一陷，像踩着棉花。他咬着嘴唇，用力的放脚，不敢再往远处去。回到家中，他照了照镜子，眼珠上像刚抹了红漆，一丝一丝的没有抹匀。他不肯声张，穿着大衣坐下了。

忽然的立起来，把帽子像练习排球似的一托一接。

"爸，你干什么玩呢？"英问。

他打了个冷战，赶紧放下帽子。他说了话，可是不晓得说什么呢。又把帽子拿起来，赶紧又放下。一直奔了卧室去，一头栽倒床上。

新年的头几天，生命是块空白。

到了初五，他还闭着眼，可是觉出有人摸他的脑门，他知道那是太太的手。微微睁开眼：她已变了样，像个久病的妇人：头发像向来没有梳过，眼皮干红，脸上又老了二年。她的眼神，可是，带着不易测量的一股深情，注视着他的头上。他又闭了眼，无力思索，也不敢思索。他在生死之际被她战败！他只能自居病人，在她的看护下静卧着，他和婴儿一样的没能力。他欠着她一条性命的人情。

他愿永远病下去，假如一时死不了的话。可是他慢慢的好起来。她还是至少有多半夜不睡。直到他已能起来了，她仍然不许他出去方便。她好似不懂什么是干净，哪是污浊，只知道有他。她不会安慰他，每逢要表示亲爱的时候只会说："年菜还都给你留着呢，快好，好吃一口啊！"这个，不给老李什么感动。可是有一天夜间，他恰好是醒着，她由梦中惊醒："英的爸！英的爸！"老李推了她一下，她问："没叫我呀？好像听见你喊了我一声。"

"我没有。"

"我是作梦呢！"她不言语了。

老李不能再睡，思想与眼泪都没闲着。

太太去抓药，老李把英叫来："菱呢？"

"菱叫干妈给抱走了。"

"干妈来了？"

"来了，张大哥也来了。"

"哪个张大哥？"老李想不起英的张大哥是谁，刚要这么问，不由的笑了，"英，他不是你的大哥，叫张伯伯。"

"妈老叫他张大哥，嘻嘻，"黑小子找到根据。

老李没精神往下辩论。待了半天："英，我说胡话来着没有？"

"那天爸还唱来着呢，妈哭，我也哭了。"英嘻嘻了两声，追想爸唱妈哭自己也哭的情景，颇可笑。"菱哭着叫干妈给抱走了。我也要去，妈把我拦住了，嘻嘻。"英想了会儿；"东屋大婶也哭来着，在东屋里。妈不理我，我就上东屋去玩，看见大婶的大眼睛——不是我说像俩星星吗？——有眼泪，好看极了，嘻嘻。"

"马奶奶呢？"老李故意的岔开。

"老奶奶天天过来看爸，给爸抓过好几次药了。妈妈老要自己去，老奶奶抢过药方就走，连钱也不要妈妈的。那个老梆子，嘻嘻。"

"说什么呢，英？"

"干妈净管张大——啊，伯伯，叫老梆子；我当是老人都叫老梆子呢。"

"不准说。"

黑小子换了题目，"爸，你怎么生了病？嘻嘻。"

爸半天没言语。英以为又说错了话，又嘻嘻了两声。

"英，赶明儿你长大了，你要什么样的小媳妇？"老李知道自己有点傻气。

"要个顶好看的，像东屋大婶那么好看。我戴上大红花，自己打着鼓，咚，咚咚，美不美？"

老李点点头，没觉出英的话可笑。

三

病中是想见朋友的。连小赵似乎也不讨厌了。张大哥是每两天总来望看一次，一来是探病，二来是报告干女儿的起居，好像菱是位公主。丁二爷正自大有用处：与李太太说得相投，减少她许多的痛苦，并且还能帮忙买买东西——丁二爷好像只有两条腿还有些作用，而且他的腿永远是听着别人的命令而动作。老李至少是欢迎丁二爷的腿。丁二爷怎样丢了妻子与职业，怎样趴小店，连英都能背诵了。相距最近的是最难相见的，而是老李最想见的——她。她不肯来，他无法去请；他觉得病好了与否似乎都没大关系。继而一想，他必须得好了，为太太，他得活着，为责任，他得活着，即使是不快乐的活着，他欠着她的情。他始终想不到太太的情分是可以不需要报酬的；也许是因为不自私，也许是因为缺少那么一股热力，叫他不能不这么想。他只能理智的称量夫妻间互相酬报的轻重。东屋的——没有服侍过他，但是，他能想到他能安心的接收她的服务，而不想任何义务与条件。这也许是个梦想，但是他相信。因此，一会儿他愿马上好了，去为太太挣钱，为太太工作。一会儿他又怕病好了，病好了去为太太工作，为太太挣钱——一种责任，一种酬劳。只足证明是不自私，只能给布尔乔亚的社会挣得一些荣誉；对自己的心灵上，全不相干！

他想菱，又怕菱回来更给太太添事，他不肯再给太太添加工作。似乎应当找个女仆来。"我说，得找个老妈子。"

李太太想了会儿，心中一向没有过这个观念。四口人的事，找老妈子？工钱之外，吃，喝，还得偷点？再说，有了仆人，我该作什么，仆人该作什么？况且，我的东西就不许别人动：我的衣裳叫老妈子粗枝大叶的洗，洗两回就搓几个窟窿？我的厨房由她占据着……她的回答很简单："我不累！"

"我想菱，"他说。

"接回来呀，我也怪想的呢！"

"萎回来，不又多一份事？"

"人家有五六个孩子的呢，没老妈子也没吃不上喝不上！"

"怕你太累！"

"不累！"

老李再没有话说。

"要是找老妈子，"李太太思索了半天，"还不如把二利找来呢。"

二利是李太太娘家的人，在乡下作短工活，会拉吕宋烟粗细的面条，烙饼，和洗衣裳，跑腿自不用提。

老李还没对这个建议下批评，小赵来了，找老妈一案暂行缓办。

小赵很和气，并且给买来许多水果。

所长太太已经知道老李和他的病势，因为小赵的报告。不仅是报告，小赵还和所长太太讨论过——而且是不止一次——对待老李的办法。老李没有得罪过小赵，因此小赵要得罪老李。小赵对所长太太这么说："老李这小子，在所长接任的时候，没被撤差；他硬说和所长没关系，谁信！咱们手里三百多人全挤不上去，他和所长没关系，没一点关系！前者所长单单挑他给办了件要紧的公事，连我和秘书长全不知道！不乘早儿收拾他，他不成精作怪才怪。收拾他！他现在病了。跟所长说，撤他！"

所长太太手心直痒痒，被手里那三百多人给抓弄的。她和所长开了谈判。所长不承认他和老李认识。及至谈到那天早晨老李替他办了件公事，他才想起有这么个姓李的。赶到提及老李生病，所长给了不能撤换老李的理由——晨星不明。撤换谁都可以，晨星是换不得的。可是衙门中的人，除了老李，似乎都直接间接与所长太太和小赵有关系：要撤只能撤老李，而所长决定不肯撤换晨星。所长向来怕太太，现在他要决定还是服从太太呢，还是服从吕祖。他觉得服从太太的次数比服从吕祖的次数太不调匀了，这次他应当服从吕祖一回。他竟自和太太叫上了劲。太太告诉了小赵，小赵恨不能揍吕祖一顿。

所长是崇信吕祖的。对于吕祖的教训，他除了财色两项未便遵照办理，其余的是虔守神谕。在上天津的前夕，吕祖下坛，在沙盘上龙飞凤舞的写了四个大字——晨星不明。第二天早晨，所长到了衙门，遇上了老李。李科员必是晨星了！老李请病假，应验了晨星不明。恰巧所长又贪了点赃，虽然只是五六万块钱，究竟在给吕祖磕头的时候觉得有不大一点难过，正好用遵行晨星不明来将功赎罪。保护晨星是种圣职，不惜与太太小有冲突，虽然太太有时候比吕祖还厉害。神与太太都当敷衍，暂时决不撤换晨星。万一太太长期抵抗，决不让步，到时候再说。比如说过两个月再撤换李科员，岂不是吕祖，太太，大家的脸面上都过得去？

　　小赵要把这颗晨星摘下来，扔在井里。一时既摘不下，不免买些水果祭一祭病星，借机会套套老李的实话。假如老李说了实话，晨星自然不能再有作用，便马上收拾他。假如他自认为晨星，那就得另想主意，设法运动吕祖，叫吕祖说，比如晨星"过"明一类的话，所长自会收拾他手下过明的星星。小赵非常的和气，亲弟兄似的和老李谈了四十多分钟。不得要领。小赵一出屋门把牙咬上了，一出街门骂上了："不收拾了你不姓赵！"

　　老李觉得自从一病，人类进步了许多，连小赵都不那么讨厌了。

四

　　从正月到二月初，胜利完全是李太太的。

　　张大嫂把菱送回来，好一顿夸奖干女儿。"有什么妈妈，有什么女儿，这个得人心劲儿的，小嘴多么甜甘哪！"

　　老李向来没觉出太太的嘴甜甘。

　　吴方墩太太来了，扑过老李去："李先生，多亏大妹妹呀，你这场病！一个失神呀，好——"她闭上了眼，大概是想象老李死去该当什么样式。

邱太太来了，扑过老李去："李先生，还是旧式的夫人！昨天听说，一位大学教授死在传染病医院，他的夫人始终就没去看他一次，怕传染！什么话！"文雅的邱太太有意把李太太加入"列女传"里去。

张大哥又来了，连皱眉带咳嗽都显然的表示出："我叫你接家眷，有好处没有？这场病不幸亏有她？一来闹离婚，两来闹离婚，到底是结发夫妻！"口中虽没这么明说，可是更使人难过，老李只好设法躲着张大哥的眼睛与眉毛。

张大哥近来特别的高兴，因为春天将到，男婚女嫁自应及时举办，而媒人的荣耀也不减于催花的春雨。张大哥说了许多婚姻介绍的趣事，老李似乎全没注意去听，最后张大哥的烟斗指着窗外，说，"老李，衙门里这两天要出人命！"老李正欣赏着张大哥的衣裳：净蓝面缎子的灰鼠皮袍，宽袖窄领。浅蓝的薄绸棉裤，散裤角，露着些草黄色的毛袜。黑皮鞋。"人命？"他重了这两个字，因为只听到这么一点话尾。

张大哥的左眼闭死，声音放低，腔调改慢，似乎要低唱一部史诗："吴太极和小赵！"

"吴太太前两天还来了呢，"老李说。

"她当然不便告诉你。吴太极惹了祸，小赵又不是轻易饶人的人，事情非闹大了不可！"

老李静候着张大哥往下说。

"你知道吴太极没事就嚷嚷纳妾？"

老李点了点头。

"练太极练的，精力没地方发泄！方块太太大概也管束得太严。事情可就闹糟了。你知道小赵常提到太太，可是没人见过赵太太？"张大哥笑了，大概是觉出自己过于热心述说，而说得有点乱了。

正在这个当儿，丁二爷疯了似的跑进来。

"您快回家，天真叫巡警拿去了！"

第十二

一

无论怎么说，老李是非出去不可。病没全好而冒险出去，是缺乏常识。但是为别人牺牲至少是有意义的。自从生下来到现在，他老是按步就班的活着，他自己是头一个觉到这么活着是空虚的。张大哥虽然是瞎忙，到底并不完全为自己忙。人与人的互助是人生的真实，不管是出于个人情愿，还是社会组织使人能相助相成。谁也再不拦住他到张大哥家中去。他的腿还软着，可是心意非常坚定：雇了辆车去赶张大哥。

张大嫂已哭得像个泪人——天真是五花大绑捆了走的。

没看见过张大哥这么难受，也想不到他可以这么难看。脸上一点血色也没有了，左眼闭着，下眼皮和嘴角上的肉一齐抽动，一声不发，嗓子里咯咯的咽气。手颤着，握着烟斗。

老李进了屋中便坐下了，只觉得自己没有能力，自己是废物，连一句话也说不出。

张大哥看见老李进来，并没立起来，楞了好大半天，他忽然睁开左眼，眨巴了几下，用力咽了口气。猛的立起来，叫了声，"老李！"没有再说别的，往外走：到了屋门，看了张大嫂一眼："我找儿子去！"

张大嫂除了说天真是被绑走的，其余一概不知。

丁二爷在院中提着一笼破黄鸟，来回的走，一边走一边落泪，"小鸟，小鸟！你叫一声，叫一声！你要是叫一声，天真就没危险！叫！叫！"小鸟们始终不叫。

二

第二天，老李决定上衙门，虽然还病病歪歪。

吴太极已经撤了差，邱先生，张大哥，都请假。熟人中只见了孙先生。孙先生是初次到北平，专为学习国语，所以公事不会办，学问没什么，脑子不灵敏，而能作科员，因为学习国语是个人的事，作科员是为国家效劳，个人的事自然比国事要紧的多。孙先生打着自创的国语向老李报告：

"吴太极儿，"他以为无论什么字后加上个"儿"便是官话，"和小赵儿，哎呀，打得凶！压根儿没完，到如今儿没完，哎哟，凶得很！"

"为什么呢？"连慢性的老李也着了急。

"小赵儿呀，有个未婚妻儿，压根儿顶呱呱，呱呱叫！"

"他还没娶过，那么？"

"压根儿没娶过，压根儿也娶过，瘸子的屁股儿，斜门！"孙先生非常得意用上一句。"怎么讲呢？他娶过，娶过之后，哎呀，小赵儿凶得咧，送给别人。那么，压根儿他是娶过，可又压根儿没娶过，凶！你我老老实实，规规矩矩，作勿来，作勿来。小赵儿到处会骗，百八十块，买一个儿来，然后，擦胭脂抹粉儿，送了出去，油滑鬼儿，压根儿的！"孙先生见神见鬼的把声音放低："你晓得，他在所长家里？所长的——是他的人儿，哎哟，漂亮得很！小赵儿和她把所长儿给，怎么说？对，抬起来；将来，小赵儿自己有市长儿的希望，凶！这回又弄了一个儿，刚刚十九岁儿。他想调教好，送出去，送给团长旅长儿，说不定。呕，对，是个旅长儿，姓王的，练得好拳脚儿，猴子拳，梅花拳，交关好。小赵儿，官话有的说，狗熊的舅舅，猩猩儿，精得咧。把她交给了吴太极儿，叫老吴儿教给她点拳术儿，十三妹，凶！旅长儿爱十三妹，凶！"孙先生的吐沫溅了老李一脸。喘了口气，继续的说，"哎呀，吴太极儿吃了蜜哉！肥猪拱门，讲北平的话，三下两下，噗，十九岁的大姑娘儿！小赵儿正上了天津，压根儿作梦。前几天儿回来了，一看，哎呀，煮熟的——什么，北平的讲话，鹅，还是鸭儿？"

"鸭子！"

"对，煮熟的鸭子儿又飞了！压根儿气得脖子有大腿粗，凶！小赵儿，吴太极儿，是亲戚哟！吴太极儿是吴太急儿。小赵儿哪里放得过，拍，拍，两个嘴巴子，哎呀，打得吴太极儿好不伤心儿！吴，工夫是好的，拳头这么大，可是，莫得还手，羞得咧，没面目！小赵儿打出——什么？嗜好？有了，打出瘾来了。对吴太极讲，姓吴的，你来等兹我，我去约一百一千一万人来搂你！可是，方墩儿太太动了手，樊梨花上阵儿，一下子，哎呀，把小赵儿压在底下，压根儿几几乎压死，大方墩儿，三百多斤，好家伙的很！要不是吴太极儿拉开，小赵儿早成大扁杏仁儿。哎呀，小赵儿爬起来，不敢再讲打，压根儿的！不讲武的，讲文的，登报纸，打官司，凶，吴太极儿撤了差！"

"小赵呢？"老李问。

"小赵儿？大家都说他呱呱叫。老吴儿，他们讲，不是东西。"孙先生看了看表，"哎呀，先去一会儿，得闲再讲。"摆好科员的架式，孙先生走了出去。

老李急于打听张大哥的事，可是孙先生走了。科里只剩下他自己，不好意思也出去。他思索开孙先生的一片官话。男人是要不得的，他想：女人的天真是女人自作的陷阱，女人的姿色是自然给女人的锁镣，女人的丑陋是女人的活地狱，女人怎么着也不好，都因为男子坏！

不对，这还不仅是男女个人的事；而是有个更大的东西，根本要不得。老李不便往远处想，衙门里这群人就是个好例子。所长是谁？官僚兼土匪。小赵？骗子兼科员。张大哥？男性的媒婆。吴太极？饭桶兼把式匠。孙先生？流氓兼北平俗语搜集者。邱先生？苦闷的象征兼科员。这一堆东西也可以组成一个机关？

再看那些太太们，张大嫂，方墩，孙太太，邱太太，加上自己的那一位，有一个得样的没有？

这些男女就是社会的中坚人物，也要生儿养女，为民族谋发展？笑话！一定有个总毛病，不然，这群人便根本不应当存在。既然允许他们存在，除了瞎闹，叫他们干什么？

老李闻到一股臭味。他嘱咐自己：不必再为自己那一点点事伤心了。在臭地方不会有什么美满生活，臭地方不会出完好的女子，即使能恋爱自由又能美到哪儿去？他心中有了些力量。往大处看，往大处看，真正的幸福是出自健美的文化——要从新的整部的建设起来：不是多接几个吻，叫几声"达儿灵"就能成的。

他决定不再关心吴太极的事！最自然的事，最值不得大惊小怪的事。吴太极和小赵谁胜谁败有什么关系呢。得杀了小赵们的文化，人生才能开香的花，结真的果。小赵，吴太极，不值一提。

自己那位太太，何必再想，她与千千万万的妇女一样的可怜。东屋的——也不再想，她也不值得一顾，一片烧焦草原上的一棵草。

那么，干什么呢？帮助张大哥把天真救出来？为什么？只为张大哥好娶个儿媳妇，请上一千号人来贺喜？

但是，人情，人情。张大哥到底不是坏人。

假如决定不去管张大哥的事，又该作什么呢？

又到了死葫芦头！这个社会是和老李开玩笑呢，他动也不是，不动也不是。他没法安排自己。他要在一个臭水沟儿里跑圆圈，怎能跑得圆？他的头疼起来，回家！科里只有他一个人：谁管，空三年也没关系。

三

"苦闷的象征"出头给吴赵调解，以便减少苦闷。吴太极依然

316

很正直，怎么说都行。小赵摇头。赶到邱先生和后补十三妹过了话，他知道小赵输了。十三妹愿意跟吴太极！她原来绝对不是孙先生所形容的那个"十九岁的大姑娘"。十九岁，或者还不假；大姑娘，她自己说在十四岁上已变成妇人。从十四到十九，她已经过好几道手：只要一听见洋钱响，她便知道又要改姓。吴太极教她白鹤亮翅的时候，因为教得细腻，连"我永远爱你"也附带着说了，而且起下血誓。她以为跟谁也好，只要不再过手，所以决不再跟小赵去。小赵的头摇得不那么有把握了。他要求赔偿。吴太极没钱。方墩太太手里有点积蓄，她叫小赵亲自去取：小赵没有作大扁杏仁的志愿，不敢去。邱先生非常得意："小赵丢了个人，老吴丢了官，两不饶。大家的面子，何必太认真。"小赵虽不甘心，可是方墩太太确是厉害；况且万一把吴太极逼急了，那一对拳头！邱先生也指破此点："小赵，等老吴真还敬你两个嘴巴，你可吃不了兜着走！得了，你打了他，他没还手，他的理短。知道什么时候大家又在一处混事，得留情处且留情，是不是，小赵？"小赵追想自己的手在吴太极脸上拍拍，也总得算过瘾；可是方墩那一压，深幸自己有些骨力，不然……

不过，既不能直接由吴家得到赔偿，设法由别处得些是当然的。吴太极的缺还没补上。想到这里，小赵让步了，不再和老吴捣乱："让他享受去，我慢慢的惩治他。老邱，看你的面子，我暂时不再和他闹气。"邱先生十分高兴，小赵开始计划怎样谋吴太极的缺。

邱先生打着得胜鼓向老李报告。老李看邱先生肯代吴赵调停，灵机一动："邱先生，我们是不是应当联名具保，保天真一下呢？"

"哪个天真？"

"张大哥的少爷，他就是这么一个儿子！"老李想打动邱先生的同情心。

邱先生没言语。

老李应当改换题目。可是他把邱先生看得太高了，他又追了一句："你看怎样？"

"什么？"邱先生翻了翻白眼。

老李只听见"什么"，没看见白眼，"保天真哪。"

"那，对不起，没我。"

老李的心凉了。等邱先生出去之后，老李的心又热起来：哼，臭事有人管，好事没人作！咱老李作定了！

老李原来并不以为保释天真是好事，或是有什么意义。经邱先生一拒绝，他叫上了劲。平日张大哥是大家的好朋友，一旦有事，大家袖手旁观！吴赵的事比起张家的是臭事，张大哥是丢了儿子！老李马上草了一个呈文，每个字都斟酌了三四遍，然后誊清，拿着去找孙先生。心里说，不能人人都像邱先生吧？！

"哎呀，老李儿，好文章，呱呱叫，"孙先生接过保状，一边看一边夸赞。凡是有孙先生不识的字的文章都是好文章，所以他连呼"好文章，呱呱叫！"看完，他递给老李，"好，压根儿好！"

"签个字吧？"老李极和气的说。

"我呀？叫我签字呀？哎呀，等下看，等下看。文章是好的，呱呱叫！"

老李拿起笔来，自己签上了名："我先把自己写在前面，等正式誊录的时候，再商量一下谁领衔好。"

"好，好的很。我还等一下，等一下。"

老李在各科转了一遭，还就是邱先生痛快，其余的人全是先夸奖他的文笔，而后极谦恭和蔼的，绕着圈的，不"说"不签字，而不签字。保状被大家已揉得不像样子，上边只有老李一个人的名字。

老李倒不生气了，他恨不能替张大哥哭一场。张大哥的整个生命消磨在维持人；现在，他自己有事了……设若张天真死了，张大哥为他开吊请客，管保还进一千号人情。这群人们的送礼出份资是人情的最高点，送礼请客便是人道。救救天真？退一步说，安慰安慰张大哥的心？出了他们的人道范围！老李对着那张保状发楞。忽然抓起来，撕得粉碎，扔在地上。

四

老李回到家中，方墩太太正和李太太鼻一把泪一把的谈。见他进来，她的泪更有了富裕："李先生，这些朋友里还只有你这么一个好人，给我出个主意吧！那个小妖精，我受不了，受不了！"

老李一时想不到小妖精是谁：或者吴宅这两天闹妖精？及至吴太太又说了几句，他才明白过来：十三妹又变成小妖精。也许她还是后补十三妹，不过在方墩的眼中她变了形。老李心中慢慢找到了一条清楚的路线：小赵与方墩太太有亲属的关系，因此吴太极才能在财政所找着个差事。在小赵与老吴吵闹的时节，方墩太太一定是左右为难，帮助娘家人欺侮丈夫，不好；帮助丈夫和小赵干，也不好。赶到小赵动了手，而且声言去搬兵征讨，她决定了帮助丈夫，于是把小赵压在地上。打退了小赵，再把那个贱丫头撵出去，吴太太岂不是大获全胜？合计着闹来闹去，只是老吴丢了差事，而她自己毫无损失：差事搁下再去谋，衙门里不出铁杆庄稼。谁知道那个贱人跟定了老吴，又被邱先生这一调停给关了钉，盘大拳头的丈夫，硬被个小妖精缠住！方墩太太脸上减了半斤多肉。

李太太完全同情于方墩，可是她没好主意，而且没把事情的内容听清楚。她很恨小赵，并不因为这件事。她也恨吴太极：放着好好的方墩不要，单要小妖精，不要脸！

老李把事里的钩套圈全看清楚，但是从心中不爱管这种事，况且刚在衙门生了一肚子气，更没有心肠安慰吴太太，他三言两语给搪出去了："吴太太，去和老邱要主意：他也许有高明办法。"心里说，"什么人会办什么事，老李管不着尊府上的臭事！"然后对她说，"要不然，爽性离婚！"老李要不是心中有气，决不肯为别人出这种极端的办法。现在，他是被那口气逼着，他觉得破坏是必需的。老邱会敷衍：要敷衍，找老邱去；咱老李的办法是离婚，要不然，你自

319

己去另找位男人，假如有人愿要块大方墩的话。这个，叫他心中痛快了些，破坏！我老李还不定跟谁跑了呢！

"离婚？"吴太太似乎没想到过，"你是什么话呀，李先生？这还不够丢人的，再闹离婚？"

老李没说什么。

吴太太的眼睛找了李太太去。

李太太一时聪明，想起个主意来："你偷偷的把那个小东西给小赵送回去，不就完了吗？"

"这倒是个主意，大妹妹，是个主意，"方墩因为脖子太粗不能点头，一劲儿眨巴眼。"我回去再想想，啊——想起来了，我找邱太太去，看她有主意没有。"吴太太似乎决定不再向男人们要主意。

五

邱太太赞成离婚。"我们没儿没女，丈夫不讲情理，何必一定跟他呢！"

方墩连头带脖子一致的摇了摇。"说着容易呀，离婚：吃谁去？"

"难道咱们就不会找个事作？我没结婚的时候就不想出嫁；及至结了婚，事事得由我作主。丈夫向我摇头，好，咱马上还去作事；闲气，受不着！"

"可是你有那个本事，我没有呀！"方墩含着泪说。

邱太太忘了，妇女不都是大学毕业。可是既然这么说了，不便再改口——她是以"个性强"自命的。"那也没关系，叫他给你生活费呀。真凭实据，他是对你不忠，叫他拿钱！"

"他也得有哇！"方墩心里更难过了："当初他作军官的时候，钱来得容易去得快。军队解散了，他一闲就是二年，大吃大喝的惯了，叫他省俭，不会。入了财政所之后，我是一把死拿，能把过一块是一块，一毛是一毛。可是薪水是有一定的，任凭怎么省吃俭用，还能都剩下；就说都能剩下，一共能有几个钱？哎！都是我命苦，谁叫没个儿子呢！设若有个儿子，他管保不敢闹娶小；我并不是不跟他闹死闹活的吵哇，可是咱们妇人任凭怎么精明，没儿子到底堵不住丈夫的嘴！其实没儿子能都怨我吗？他年青的时候，胡逛八扯：哎，什么也不用说，命苦就结了！"吴太太叹了口长气。

谈到没儿子，邱太太心中也不好受了。可是为显出个性强，不便和方墩一同叹气。"我也没儿子，我也极愿意得个小孩，可是结婚这么几年也没有过喜，没有就没有吧，我才不在乎！我知道邱先生也盼着有个小孩，可是他，他连对我皱下眉也不敢，哼！"

方墩和纸板对坐不语。方墩没得着一点安慰，纸板心中也不十分舒服。

第十三

一

老李去看张大哥。张大哥已经不像样子了，头发好像忽然白了许多，眼陷在坑儿里。关于媒人的一切职务全交给了丁二爷。丁二爷的办法很简单：有人来找媒人——"没在家"。老李不敢告诉张大哥，同事们怎么拒绝在保状上签字；他只觉得来安慰朋友是一种使心里舒坦的事，因为并没有多少用处。张大哥还始终没见着天真，虽然已跑细了腿。

"老李！"张大哥拉住友人的手，"老李！"嘴唇颤起来，别的话没有说出，只剩了落泪。

老李理会到张大哥是怎样的难过。张大哥在五十来岁丢了儿子，生命已到了尽处。但是他不会安慰人。除了能代张大哥作有效的奔走，再说，安慰的话，即使说得好听，又有什么用。他决定去设法营救天真，只来看看张大哥是没意义的。

以张大哥的人缘与能力，他只打听到：天真是被一个全能的机关捕了去，这个机关可以不对任何人负责而去办任何事。没人知道它在哪里，可是人人知道有这么个机关。被它捕去的人，或狗，很少有活着出来的。张大哥在什么机关都有熟人，除了在这个神秘得像地府的地方。人情托遍了，从众人的口气中他看出来，天真至少是有共产党的嫌疑，说不定已经作了鬼。张大哥已经筋疲力尽，只剩了把自己哭死，微微有点光明，他是不会落泪的；他现在已完全走进雾阵中。设若天真死在他眼前，他只要痛哭一阵就够了。现在他是把自己终身的一切全要哭出来，平生一句得罪人的话没说过，一个场面没落后过，自己是一切朋友的指导师；临完，儿子是共产党！天真设若真这么死了，张大哥没法再往下活。平日，张大哥永远留着神，躲着革命党走，非到革命党作了官，决不给送礼，而儿子……

老李看出来，张大哥只有两条路，除了哭死便是疯了。拿些硬话激动他？没用。张大哥的硬气只限于狠命的请客，骂一句人他都觉得有负于社会的规法。老李没的说。

衙门的人，他只剩下没见所长与小赵。见所长？或者还不如见小赵。央求小赵是难堪的事，可是为朋友，无法。

找到了小赵。

"啊，老李，"小赵先开了口，"正找你呢！有事没有？洗澡去？"

老李心里说，这小子一定有什么故典。跟他走！

一进澡堂的大门，小赵就解衣裳，好像洗澡与否无关紧要，上澡堂专为脱光眼子。到了客座单间，小赵已经全光，觉得才与澡堂内的一切调和。点上香烟，拍着屁股，非常写意。

"老李，抖哇……"小赵的眼珠又在满脸上跳舞了一回："拿着保状各科走走，真有你的！知道要升头等科员了，叫全衙门的得瞻丰采？有你的，行！"

"什么头等科员？"

"还装傻不是？！老李你也太厉害了，谁不知道吴太极的缺是由你补！还跟我装傻，真有心打你俩脖儿拐！吴是头等科员，我给他运动上的。那小子吃里爬外，咱把他请出了。你和他同科，又是所长的人，又恰好是二等科员，不由你补由谁补？还用装傻！老李，吃点东西好不好？"小赵在澡堂什么也想着，除了洗澡。

"我不吃什么。我告诉你，小赵——"

"对了，这就对了，叫我小赵。什么李先生赵先生，官话；小赵，老李，多么痛快，多么自己。还非是小赵老李不行，不信换换个，老赵小李就不大好听。"

老李确是头一次当着小赵管他叫"小赵",因为讨厌他。"我告诉你,小赵,不用给我造谣言。我与所长没关系,更无意作头等科员。据我看,倒是维持维持老吴有点意思。老吴与我也没关系,他可是你的亲戚,何必——"

"咱们可不准再提吴太极!"小赵的眼珠跳回原位,"亲戚?亲戚霸占人家的未婚妻!我跟他没完!咱小赵是有恩的报恩,有仇的报仇,男子汉大丈夫!就拿你说,老李,自从我一和你见面,心里就说,这是个朋友:惺惺惜惺惺,好汉爱好汉!"眼珠又跳出去。"告诉我,老李,吴太极的缺怎样了?要是落在你手里,我没话可讲,你是个朋友。万一落在别人手里,比如说那个老孙,咱小赵就不能好好咽这口气。所长太太手里人还多着呢,不过真落在个好朋友手中,我自有向所长太太给美言几句的,决不给破坏:虽然我'能'从中给破坏!看这像句话不像,老李?"

"我还是那句话,不知道。我今天找你是为求你点事。"

"求?把这个字收起去!你不会说,小赵,给我办点事去!求?什么话!说你的,老李。"

"我说完,只要你痛快的'行',或是'不行',不准来绕弯的!"老李心里舒服了许多,今天可敢和小赵旗鼓相当的干了。"还是那回事,救张天真。衙门里没一个人肯伸伸手,我是有心无力;你怎样?"

"我?行!不为天真,还不为张大哥?行!你说怎办吧?"小赵拍着屁股说。

"我没办法。张大哥连天真拘在哪里也还不知道。你要能给打听出来就是天大的善事,大哥眼看着快疯了。打听出来,咱们再想办法,是不是?"

"一点也不错。我去打听,容易的很;小赵没别的好处,就是眼皮子杂点儿。"小赵的眼珠改为连跳带转,转了几遭,他的脸板起来,"可有一样,老李,你得答应我一件事!"

"说吧！"

"好！你真没有谋老吴的缺？"

"对天起誓，我没有！"

"好！假如我给你运动，你干不干？"

"没意思！"

"好！你没意思，咱对张家的事也没意思，吹！"

"我干呢？"

"我去营救天真。"

"行了！"

"我的办法与步骤是——"

"不必告诉我！"

"好！我怎办怎好？"

"只要你能帮助张大哥。"

"好！事情都交给我了？"

"都交给你了。对于我，牺牲也好，耍弄也好。对于张大哥，只准帮忙，不准掏一点坏！"

"好！"

二

老李非常的痛快。帮助张大哥，没有什么了不得。跟小赵说得强硬，也算不得什么，小赵原是不要脸的货。可喜的是居然敢把自己押给小赵，任凭他摆布，浮士德！心里说，"看小赵的，看他把我怎样！"生命开始有些味道。回到家中，不由的想和太太谈一谈。她不懂，衙门里那群人当然也不懂：不懂又有什么关系呢。且自己享受着：大侠，神秘，浪漫。黑暗的社会是悲剧的母亲，在悲剧中敢放胆牺牲的是个人物。老李不知不觉的多吃了一碗饭。

李太太心中，这两天，只有两件事：给孩子们拆洗春衣，和惦记着方墩太太。不放心方墩正是不赞成丈夫——给人家出主意离婚！谁说老李老实？老实人叫方墩离婚？她对离婚是怎回事不大清楚，在她的心目中离婚就是散伙；夫妻俩可以散伙？老李厉害！看他不言不语的，心里有数！李太太这两天加工梳脑后的小辫，一边梳着一边想：吴太太要是和丈夫散了伙，第二个就该轮到我了：老李心里要没憋着跟我散伙的意思，怎会给吴太太出那个主意？加工的梳小辫，脸上多拍了半盒儿粉。也不敢再和他要钱，他病那么一场，多花了许多钱，别叫他翻了狗脸说我花张了！本应当上张家去看看，他病着，人家张大哥夫妇跑前跑后，赶到人家出了事，怎好不去看看。她心中的天真被捕和家中有个三天满月是一样，去看看——至多不过给买点东西——也就够了。可是一出门又得要钱，算了吧，等张家儿子出来再说。

对于马少奶奶似乎应当恢复邦交。马老奶奶可真不错，老李病着，人家给跑东跑西。马少奶奶当然是没和婆婆讲究过我：那么，马少奶奶心眼也不错。也许都是老李的坏，男人哪有老实的，看那位吴先生，四五十的人了，霸占小赵的；可是小赵也该，该！得和她套近乎，我越在中间岔糊着，他们越是俩打一个儿。倒得和马少奶奶拉近，把她拉到我这边来，丈夫也得说我好，她也就不好意思再……李太太把乡下的逻辑咂摸一个透。然后，当着丈夫拿起给小菱裁好的一条小裤子："我求马婶给做做去，她会作活，手巧着呢。"

老李点了点头，没说什么。等太太出了屋门，他笑了笑，这也是位女侠。把人生当个笑话看也很有意思。

三

衙门里这几天大家的耳朵都立起来，特别是二三等科员。对于吴赵战争的趣味已经低降得快到零度，大家不提吴太极便罢，提起来便是与他那个"缺"有关系。有希望高升一等的人很多，而且全努力的尽所能为想把这个希望实现，甚至于因为希望相同而引起些暗潮。老李是个最不热衷的，可是自从那天到各科请求为张大哥帮忙以后，人们都用另一种眼神看他。每逢他从外面进来，或是散班后出去，随着他的后影总引起几阵嘀咕。可是对于张大哥，大家这几天连说"几张纸"好似都有改成"几篇纸"的必要。"张"字犯禁！"他的儿子，共产党！"大家都后悔曾经认识这么一个人。因此对于老李越发的觉得神秘不测，甚至于有点可怕："就是准有升头等科员的把握，也无须这么狂呀！"大家偷偷的用手指向老李的脊背说。有的人，极不甘心的看出自己没有高升的希望，为宽心起见，造出一种新消息："共产党的父亲也要搁下！所长还能留着他？！"张大哥虽然不是头等科员，可是差事肥，庶务上，回扣……这两种消息与希冀使科员级的空气十二分紧张，好似天下兴亡与这个有极密切的关系。科长与秘书的耳旁也一天到晚是嗡嗡着这个——大家还有个不各显神通的运动？请客的知单总继续在科长室与秘书处巡行。科长们也对老李怀疑，他有多大人情呢，竟自看不见他的帖？！

老李反倒接着两三个请帖，而且有人过来预先递个口话：李先生荣升的时候，请分神维持个好友，补您的缺；明天晚上千万请赏光！老李虽然有时候也能欣赏幽默，但是对这种过度的滑稽还不会逢场作戏。他把请帖轻轻的放在纸篓里。

命令下来了，果然是老李。补他的缺的是位王先生。没有人认识王先生。大家一边向老李道喜，一边打听王先生是谁；老李也不认识，大家以为老李太厉害：何必呢，你的人情大，也不必这么狂啊；不告诉我们拉倒！大家一面这样不满意老李，一面希望着张大哥的免职令下来。

"哎呀，老李，恭喜恭喜！"孙先生又得着练习官话的机会。"几时请客？吾来作陪呀，压根儿的。猪八戒掉在泔水桶里，得吃得喝！"

老李决定不请客。大家对他完全失望。"苦闷的象征"特别的觉得老李不懂交情。邱先生本是头等科员，对老李的升级原来不必忌妒，可是心中苦闷，总想抓个碴儿向谁耍耍刺才痛快。他敲着撩着说开了闲话，把公事完全推给老李。原先本来也是老李一个人受累，可是邱先生交过公事来的时候很客气；现在他老嫂子使唤新媳妇似的直接命令老李，鼻子尖上似乎是说，我是老资格！老李的气不打一处来。呆坐了半天，他想出来了："跟这群东西一块儿，要不随着他们的道走，顶好干脆离开他们。"他决定不妥协，跟他们来硬的，反正我已经把自己押给了小赵，知道他的肚子里是闹什么狗油呢？干！他原封的把公事全给邱先生送回："出去看个人，你先办着！"可是他知道他的嘴唇有点颤：不行，到底是没玩惯这种使人难堪的把戏。他去看张大哥。

张大哥免职的谣传是否应当报告呢？谣传，可是在政界里谣言比真实还重要。怎好告诉张大哥呢？他心中正那么难受。不告诉吧，万一成了事实，岂不叫他更苦痛？张大哥不那么难看了，可是非常的倦怠。老李似乎看出些危险来。张大哥是蚯蚓式的运用生命，软磨，可是始终不懈，没看见他放任或懒过。现在他非常的安静，像个跑乏了的马，连尾巴也懒得动。危险！老李非常的难过。不管张大哥是怎样的人，老李看他是个朋友。

"大哥，怎样了？"

"坐下，老李！"张大哥又顾到客套与规矩了，可是话中没有半点平日那种火力，似乎极懒得说话而不得不说。还表示出天真的事是没什么希望，因关切而改成不愿再提。"坐下。没什么消息。小赵来了一次，他正给我跑着，据他说，没危险。"

张大哥只为说这么几句，老李看出来，一点信任小赵的话的意思也没有。

"我托咐他来着，"老李决不是为表功，只为有句话说。

"对了，他眼皮子宽，可不是。"

二人全没了话。

无论说点什么也比这么楞着好，老李实在受不住了："大哥，衙

328

门里有人说——啊——你上衙门看看去。这个社会不是什么可靠的。"

"啊，没什么，"张大哥听出话中的意思，脸上可是没有任何表情，"没什么，老李，"他仿佛反倒安慰老李呢。"什么都没关系了，儿子已经没啦，还奔什么！"他的语声提高了些，可是仍似乎没精神多说，忽然的止住。

"我看不能有危险，"老李善意的敷衍了一句。

"也许。"

张大哥是整个的结束了自己。科员都可以扔弃了！

丁二爷提着一笼破鸟进来："大哥，二妹妹来了。我告诉她，您不见人，她非要进来不可。大概又是为二兄弟的事。"

"叫她快滚，"张大哥猛的立起来，"我的儿子还不知道生死呢，没工夫管别人的臭事，滚！"瞪了丁二爷一眼，坐下了。丁二爷出去，他好像跟自己说："全不管了，全不管了！我姓张的完了，前世造下了什么孽！"

老李也立起来，他的脸白了，在大衣上擦了擦手心的汗，不敢再看张大哥，扭着头说，"大哥，明天再来看你。"

张大哥抬起头来，"走啊，老李，明天见。"没往外送。

走到门口，丁二爷拉住了他，"李先生，明天还来吧，大哥还就是跟你不发脾气，很好。明天来吧，一定来！"

四

老李什么也没想，·直走回衙门。思想有什么用呢。他看见张大哥，便是看见小人物的尽端：要快乐的活着得另想办法，张大哥的每根毫毛都是合着社会的意思长的，而今？张大哥，社会，空白，什么也没有；还干吗再思索。

进了衙门，他想起邱先生。管他呢，硬来，还是硬来；张大哥倒软和呢，有什么用？

邱先生低着头办公呢，眉毛皱得要往下落毛。及至看见老李，他的眉头反倒舒展开了，放下笔，笑着："老李，请不要计较我啊。告诉你实话，我是精神不好，无心中可以得罪了人。不是有意！你看，"他把声音放低了些，"邱太太，这就是对你说，不便和别——生人提。她个性太强，太强。一天到晚和我别扭着。我一说，夫妇得互相容让呀。她来了：当初不是我追求你，是你磕头请安追求我吧？好了，我就得由性儿爱怎着怎着。老李，你看这像什么话。前几天，我好心好意为吴赵们调解，回家又挨了她一顿：好哇，不帮助吴太太把那个野丫头赶出去，反助纣为虐？！你们男人都没好心眼。再不许你到吴家去！老李，你看，这是何苦！我也看明白了，逼急了我，跟她离婚！娶谁也别娶大学毕业生，来派大多了。其实，大学毕业生净是些二十八九的丑八怪，可是自居女圣人。你看着，早晚我跟她离婚。"

老李点头说"是"之外不便参加意见。邱先生绕了个大圈，又往回说："因为这个，心中老不痛快，未免有得罪人的地方。老李你不用计较我。朋友就得互助，焉知你升不了科长，或是我作了秘书——要不是家里成天瞎嘈嘈，我也不能到如今还是个科员——到那时节，我们不是还得互相照顾吗？"

老李没好意思笑出来。

"老李，我已约好老孙老吴，一同吃个便饭，不是请客。一来为你贺喜，二来为约出老吴谈一谈。准去啊！"邱先生把请帖递过来。

老李不知是哭好，还是笑好。把请帖接过来，爽性和邱先生谈一谈。在张大哥眼中，邱先生是极新的人物。老李要细看看这个新人物。

"老邱，你看咱们这么活着有意思没有？"

邱先生楞了半天，笑了笑："没意思！生命入了圈，和野鸟入了笼，一样的没意思。我少年的时候是个野驴；中年，结了婚，作了事，变成个贼鬼溜滑的皮驴；将来，拉到德胜门外，大锅煮，卖驴肉。我不会再跳出圈外，谁也不能。我现在是冷一会热一会，热的时候只能发点小性，冷的时候请客赔情；发疟子的生活。没办法。我不甘心作个小官僚，我不甘心作个好丈夫，可是不作这个作什么去呢？我早看出，你比我硬，可也没硬着多少，你我只是程度上的差别，其实是一锅里的菜。完了，谈点无聊的吧；只有无聊的话开心。"

老李又摔破了一个人蛋，原来老邱也认识自己。二人成了好朋友，老李没把请帖又放在字纸篓里。

回到家中，李太太正按着黑小子打屁股呢。老李抹回头来又上了街，找个小饭馆要了三十猪肉韭黄饺子，一碗三仙汤。"我也发回疟子试试！"

第十四

一

北平春天的生命是短的。蜂蝶刚一出世，春似乎已要过去。春光对于老李们似乎不大有作用：他们只随时的换衣服，由皮袍而棉衣，由棉衣而夹衫，只显出他们的由臃肿而削瘦。他们依旧上衙门，上衙门，上衙门；偶尔上一次公园都觉得空气使他们的肺劳累得慌，还不如凑上手打个小牌。

张大哥每年清明前后必出城扫墓，年中唯一的长途旅行，必定折些野草回来，压在旧书里。今年他没去。天真还在狱里。丁二爷虽然把石榴树，夹竹桃，仙人掌等都搬到院中，张大哥可是没有惠顾它们一点点水，他已与春断绝关系。张大嫂也瘦得不像样了。丁二爷的小黄鸟们似乎受了什么咒诅，在春雨初晴的时节，浴着金蓝的阳光，也不肯叫一声。后院的柳树上来了只老鸦，狂噪了一阵，那天张大哥接到了免职的公文。他连看也没看。他似乎是等着更大的恶耗。

吴太极为表示同情来看张大哥，张大哥没有见他。

他只接待老李。

老李家中也没有春光；春光仿佛始终就没有到西四牌楼去的意思。除了一冬积蓄下的腥臊味被春风从地下掀起，一切还是那么枯丑。马老太太将几盆在床底下藏了一冬的小木本花搬在院中，虽然不断的浇水，可是能否今年再出几个绿叶便很可疑。李太太到了春天照例的脱头发，脑后的一双小辫十分棘手，用什么样的梳子也

332

梳不到一处。黑小子脸上的癣经春风一吹，直往下落鳞片。合院之中，只有马少奶奶不知由哪里得到一些春的消息。脸上虽瘦了些，可是腮上的颜色近于海棠。她已经和李太太又成了好友；老李在家的时候她也肯到屋中来。小菱的春衣都是马婶给做成的，做得非常的合适好看。菱好像是个大布娃娃，由着马婶翻过来掉过去的摆弄，马婶是将领子袖子都在菱的身上绷好，画了白线，而后拆下来再缝成的。袖口上都绣了花。马婶的大眼睛向菱的身上眨巴着，菱的眼睛向马婶的海棠脸蛋眨巴着。

老李看着她们，心中编了一句诗——一点儿诗意孕着春的宇宙。他不敢再看太太那对缺乏资本的小辫，唯恐把这点诗意给挤跑了。

李太太心中暗喜，能把马少奶奶征服。可是还不满意老李，因为方墩太太一趟八趟的来，而口口声声是已快离婚——老李的主意。还有呢，方墩太太虽然与李太太成为莫逆，可是口气中有点不满意老李——他顶了吴先生的缺，不够面子！李太太一点也不晓得丈夫升了官，因为老李没告诉她。升了官多挣钱，而一声不发，一定是把钱私自掖着，谁知道作什么用？！邱太太也常来，说的话虽文雅，可是显然的是说邱先生近来对太太颇不敬。四位太太遇在一块，几乎要把男人们全拴起来当狗养着。大家都把张大嫂忘了。菱几次要看干娘去，李太太也倒还无所不可，可是方墩太太拦住她们：还上张家去呢？共产党！结果，老李带着菱去看干娘。直到父女平安的回到家中，李太太才放下心去。她以为共产党必是见了小孩就嚼嚼吃了的。

衙门里，吴太极与张大哥的缺都有人补上，大家心里开始安顿下去。可是对于补缺的人，多少心中有点忌恨，特别是对老李。"看他平日那么老实，敢情心里更辣；补吴太极的缺，焉知不是他给顶下去的呢？！"起初，大家拿吴太极当个笑话说，现在改成以他为殉难者，全是老李一个人的坏。老李一声不出，在衙门，在家里，任凭那群男女嘈嘈，只在大街上多吸几口气。

二

丁二爷来了："李先生，张大哥请你呢。"

到了张家，大哥正在院中背着手走遛，他的背弯着些。见了老李，他极快的走进屋中，好像又恢复了些素日的精神。老李还没坐下，张大哥就开了口：

"小赵来了，说天真可以出来。可是我得答应他一件事。"他楞住，想了会儿："他说，他是听你的话这么办，一切有你负责。"他看着老李。

"我把自己押给了他！"老李心里说，然后对张大哥："得答应他什么呢？"

张大哥立起来，几乎是喊着："他要秀真！要我的命！"

老李一句话没有。

张大哥在屋中走来走去，嗓子里咯咯的咽气："救出儿子；丢了女儿，要我的命！这是你出的主意？老李！这是你给张大哥出的主意？我的女儿给小赵？强买强卖？你是帮朋友呢，还是要朋友的命呢？"

老李只剩了哆嗦了。他忽然立起来，往外就走："我找小赵去！"刚走到门口，被大嫂给截住了。

"老李，你先别走，"张大嫂命令着他，她眼中含着泪，可是神气非常的坚决，"咱们得把事说明白了。你叫小赵这么办来着？"

"我托他帮助营救天真来着，没叫他干别的。"老李又坐下了。

"我想你也不是那样的人。大哥是急疯了，所以信了小赵的话。咱们商量商量怎办吧！"她向张大哥说，"你坐下，和老李商量个办法。"

"我没办法！"张大哥还是嚷着，可是坐下了："我没办法！我帮了人家一辈子的忙，到我有事了，大家看哈哈笑！要我的儿女，为什么不干脆要我的老命呢！我得罪过谁？招惹过谁？我的女儿给小赵？也配！"他发泄了一顿，嘴唇倒不颤了，低着头，手扶着磕膝，喘气。

老李等了半天，张大哥没再发作，他低声的说："大哥，咱们有办法。你事事有办法，我就不信办不动这回事。"

张大哥点了点头。

"咱们大家想主意，好不好，大哥？"

张大哥抬起头来，看了看老李，叹了一口气。"老李，张大哥完了！一辈子，一辈子安分守己，一辈子没跟人惹过气，老来老来叫我受这个，我完了。真动了心的没工夫再想办法。叫我去杀人放火革命，我不会，只好听之而已。活着为儿女奔忙，儿女完了，我随着他们死。我不能孤孤单单的活到七老八十，没味儿！"

老李知道张大哥是失了平衡，因为他的生命理想根本的被别人毁坏，而自己无从另起炉灶，他只能自己钻入黑暗里，想不起别的方法。但是老李不便和他讨论这个，更不能给他出激烈的主意——张大哥是永远顺着车辙走的人，得设法再把他引到辙迹上去。"大哥，不必伤心了，还是办事要紧。告诉我，小赵说什么来着？"

张大哥的脸上安静了。"他说，天真并不是共产党，是错拿了。他可以设法把他放出来。"

"咱们自己不能设法，既是拿错了？"老李问。

张大哥摇头："小赵就不告诉我，天真在哪里圈着。我是老了，对于这些新机关的事，简直不懂。假如他是囚在公安局，我早把他保出来了。我平日总以为事事有办法，敢情我已经是老狗熊了，耍不了新玩艺！"

"非小赵不行，所以他提出条件？"

"就是。他说，你给他出的主意。"

"我求他来着。"老李很安静的说。"求他的时候，我是这么和他说好的——要牺牲，牺牲我老李，不准和张大哥捣坏。他这么答应了我。"

"为什么单求他？"

老李不能不说了："衙门里可有谁愿意帮助你？再说，谁有他那样眼杂？我早知道他不可靠，所以才把自己押给他。"

"押给他？"

"押给他了。我不知道为什么他恨我，时时想收拾我。也许只因为他看我不顺眼；谁去管。我给他个收拾我的机会，他自要能救出天真来，对我是怎办怎好。"

张大哥的泪在眼圈里，张大嫂叫了声："老李！"

"我不是上这儿来表功，事实挤成了这么一步棋；我所没想到的是他又背了约，我还是太诚实。不过，管它呢，先谈要紧的。事情是一步一步的办，先叫小赵把天真放出来。"

"不答应给他秀真，他肯那么办吗？"张大嫂问。

"答应他！"

"什么？"夫妇一齐喊。

"答应他，我自有办法，决不叫秀真姑娘吃亏。就是咱们现在有别人来帮忙，也不行。小赵不是好惹的。假如甩了他，另想方法，他会从中破坏，天真不用想再出来了。不如就利用他，先把天真放出来再讲。"

老夫妇楞了半天，张大哥先开口："老李，你说怎办就怎办吧。我不行了！先把天真放出来。我一共有三处小房，叫小赵挑吧，他爱要哪一处，我双手奉送，只求他饶了秀真！"张大嫂接了下去，"老李，我只有那么一个姑娘，不能给个骗子手！不能！能保住我的一对眼珠，他说要什么也行。都给了他，我们娘儿几个要饭吃去，甘心！"

"要饭吃去也甘心！"张大哥重了一句。

张大哥确是下了决心，老李看出来。牺牲房产就是牺牲张大哥一生的心血，可是儿女比什么也更贵重。他还是看不起张大哥，可是十二分的可怜他。"事情也许不至那么坏，放心吧，大哥，我老李拿这条命去换回秀真来。"

"老李，你可别为我们的事动——凶啊！给小赵钱！"张大哥看着老李的脸。

张大哥至死也是软的！老李不便再吓唬他："我瞧事办事，要是钱有用的话，就给他钱。"

"给他钱，老李，给他钱，"张大嫂好像以为事情已经办妥了似的。"你还有一家老小呢，别为我们——"她没说出，用手弹去一个泪珠。

三

在无聊中寻些趣味：老李很得意，能和小赵干一干。

"喂，小赵，"叫狗似的叫，"张家的事怎样了？"

"有希望，天真不日就可以出来。"

"张大哥问我，怎样酬报你。我来问你，原谅我不会客气一些。"老李觉得自己也能俏皮的讽骂，心里说："谁要是不怕人了，谁就能像耶稣似的行奇迹。"

"要不我怎么爱和你交往呢，"小赵的眉毛转到眼睛底下来，"客气有什么用？给我报酬？怎好意思要老丈人的礼物？半子之劳，应当应分！"

"谁是老丈人？"

"张大哥难道没告诉你？现在的张大哥，过两天就升为老丈人。"

"你答应了我，不和他掏坏！"

"掏坏是掏坏，婚姻是婚姻，张大哥一生好作媒，难道有人要他的女儿，他不喜欢？"小赵指着鼻梁："看看小赵，现在是科员，不久便是科长，将来局长所长市长部长也还不敢一定说准没我的份儿！将来，女婿作所长，老丈人少不的是秘书，不仅是郎才女貌，连老丈人也委屈不了！"

老李的闷火又要冒烟，可是压制住自己。"小赵，说脆快的，假如张大哥送给你钱，你能饶了他的女儿不能？"

"老李，你这怎说话呢？什么饶了饶了的，该打！可是，你说说，他能给多少钱？"

"一所房子。"

小赵把头摇得像风扇："一所小房，一所？把个共产党释放出来，就值一所小房？"

"可是天真并不真是共产党！"

"有错拿没错放的，小赵一句话可以叫他出来，一句话也可以叫他死。随张大哥的便；他的话是怎么说都可以。"

"你要多少呢？"

"我要多少，他也得给得起呀！他有多少？"

老李的脸紫了。咽了一口毒气，"他一共有三所小房，一生的心血！"

"好吧，我不能都要了他的，人心总是肉长的，我下不去狠手，给我两所好了。"小赵很同情的叹了口气。

"假如我老李再求你个情，看我的面上，只要他一所，我老李再自己另送给你点钱，怎样？"

"那看你能送多少了！"

"我只能拿二百。二百之外，再叫我下一跪也可以！"

"我再说一句，二百五，行不行？"

"好了，张大哥给你一处房，我给你二百五十块钱：你把天真设法救出来，不再提秀真一个字，是这样不是？"

"好吧，苦买卖！小赵不能不讲交情！"

"好了，小赵，拿笔写下来！"

"还用写下来，这点屁事？难道我的话不像话是怎着？"

"你的话是不算话，写下来，签上字！"

"有你的，老李，越学越精，行，怎写？"

"今天收我二百五十；天真活着到了家那天，张大哥交你一张房契；以后永不许你提秀真这两个字。按这个意思写吧！"

小赵笑着，提起笔来，"没想到老李会这么厉害，早就知道你厉害，没想到这么厉害；这点事还值得签字画押，真，不用按斗迹呀？"

字据写好，各存一张。签字的时候，老李的手哆嗦得连自己的名字全写不上来了。他恨不能一口吃了小赵，可是为张大哥的事，没法不敷衍小赵。小赵是当代的圣人，老李，闹了归齐，还是张大哥的一流人物！老李把二百五十元的支票摔在桌上。

小赵拿起支票，前后看了看，笑着放在小皮夹里："银行里放着钱，老李？资本家，早知道，多花你几个！积蓄下多少了，老李？"

老李没理他。

他拿着字据去给张大哥看，张大哥十分感激他，越发使他心中难堪。本想在灰色的生活里找些刺激，作个悲剧里的人物，谁知作来作去，只是上了张大哥所走的辙迹，而使小赵名利兼收的戏弄他！

"为什么小赵这样恨我呢？"只有这一句话在老李心中有点颜色。"莫非老李你还没完全变成张大哥？所以小赵看你不顺眼？即使是这样。还不是无聊？"老李低着头回家，到家里没敢说给了小赵二百五十块钱，对太太也得欺哄敷衍！

四

夏天已经把杏子的脸晒红，天真还是没放出来。端阳是多么热闹的节令，神秘的蒲艾在家家门外陪伴着神符与判官。张大哥的家中终日连一声笑语也听不见，夫妇的心中与墙上的挂钟，日夜响着天真，天真！丁二爷的破鸟们全脱了毛，越发的不大好看。院中的石榴，因为缺水，只有些半干的黄叶，静静的等着下雨。

老李找了小赵几次，小赵的话很有道理："就是人情托到了，也不能顿时出来不是？这么重的案子！我不比你着急？他一天不出来，房子一天到不了我手里！我专等着有了房子好结婚呢！"

老李没有精神再过五月节：李太太心中又嘀咕起来："又怎么了？连节也不过？莫非又——"又钉上了马少奶奶，一眼也不放松。菱和英又成了自用的侦探。

节后，方墩太太带着一太平水桶的泪来给李家洒地，"完了，完了，离婚了！我没地方去，就在这块吧！大妹妹，咱俩无仇无怨，我是跟老李！他不叫我好好的过日子，我也不能叫他平安了！"

李太太的脸白了："他怎么了？"

"怎么了？我打听明白了，是他把我的丈夫给顶了，要不是他，我的丈夫丢不了官；我打听明白了，有凭有据！这还不算，他还把自己的缺留着，自己拿双份薪水，找了个姓王的给遮掩耳目，姓王的一月只到衙门两天，干拿十五块钱，其余全是老李的。不信，他前者给了小赵二百五，哪儿来的？你知道不知道？"

"我不知道呀！"李太太直咽气。

"你怎能知道，我的傻妹妹！这还不足为奇，前两天他托小赵给吴先生送了五十块钱来。我本想把小赵打出去，可是既是老李托他去的，我就不便于发作了。小赵一五一十都对我说了。怎么老李要买张大哥的房子，怎么鼓动吴先生和我离婚，怎么老吴要是离了婚，老李好借此吓唬你，李太太，把你吓唬住，老李好买个妾。老吴没心没肺没骨头，接了那五十块钱，口口声声把我赶出去！他娶了小老婆，我不跟他吵，他反倒跟我翻了脸！都是老李，都是老李！我跟他不能善罢甘休！我上衙门给他嚷去；科员？他是皇上也不行！我不给他的事闹掉了底，我算白活！"

一片话引出李太太一太平水桶的眼泪。"吴大嫂，你先别跟他闹，不看别的，还不看这俩孩子？把他的事弄掉，我们吃谁去？你先别跟他闹，看我的，我审问他；我必给你出气！"又说了无数的好话，算是把方墩太太劝了走。

吴太太走后，李太太像上了热锅台的蚂蚁。想了好大半天，不知怎办好。最后，把孩子托咐给马少奶奶，去找邱太太要主意。

邱太太为是表示个性强，始终不给客人开口的机会，专讲自己的事："老邱是打定了主意跟我过不去，我看出来了！回到家来东也不是，西也不是，脸上就没个笑容。什么又抱一个儿子吧，什么又辞职不干了吧，生命没有意思。这都是故意的指槐说柳。他是讨厌我了，我看的明明白白。早晚我是和他离婚，拿着我的资格，我才不怕！"

李太太乘机会插入一句："老李也不老实呢！"

邱太太赶紧接过来："他们没有老实的！可是有一层，你有儿有女，有家可归。我更困难，我虽然可以独立，自谋生活，可是到底没个小孩；自己过得天好，究竟是空虚，一个人恐怕太寂寞了，是不是？这么一想，我又不肯——不是不敢——和老邱大吵特吵了。困难！可是，我要不和他闹，又怕他学吴先生，硬往家里接姨太太！以我这个身分，叫人说我不能拴系住男人的心，受不了！真离婚吧，他才正乐意。困难！"

"我怎么办呢？"李太太问。

"跟老李吵！你和我就不同了；我被文学士拘束住，不肯动野蛮的。你和他吵，我作你的后盾！"

李太太运足了气回家预备冲锋。

五

不在太太处备案而把钱给了别人，是个太太就不能忍受这一手儿。李太太越想越生气。自己真是一心一意的过日子，而丈夫一给小赵就是二百五十，够买两三亩地的！还帮着吴先生欺侮吴太太！跟他干！邱太太的话虽然不好懂，可是她明明的说了，管我的后顿；有人管后顿，前顿还不好说？跟他吵。后盾改成后顿，李太太精神上物质上都有了倚靠。从乡下到大城里来，原想和和气气的过日子，谁想到他会这么坏；他的错，跟他干。一进屋门便把脑后的小辫披散开了，换上了旧衣裳，恐怕真打起来的时候把新衣撕了。饭也不去作，不过了！

老李刚走到院中，屋里已放了声哭起来。哭的虽然是"我的娘呀！"可是骂的都是老李。他看出事儿来得邪。听着她哭，不便生气。可是越听越不是味儿，不由的动了气。揍她！怎好意思？扯着头发，连踢带打？作不出。在屋里转了个圈，想把孩子们带出去吃饭，留下她一个人由着性儿哭。这是个主意。正要往外走，太太哭着过来了："你别走，咱们得说开了！"有意打架。太太把吴邱两位太太所说的，从头至尾质问了一番。老李连哼也没有哼一声，不理。太太下不了台阶，人家不理。两张嘴都动作才能拌嘴，老李阴透了，只叫街坊听我一个人闹，他不言语！阴毒损坏！太太无法，只好自己打自己的嘴巴吧，拍，拍，自己抽了两个好的："你个不知好歹的，没皮没脸，没人答理，你个臭娘们！"拍，拍，自己又找补上两个。

马家婆媳都跑过来，马老太太奔了李太太去："我说，李太太，这是怎么了？别吓住孩子们呀！"

李太太看有人来解劝，更要露一手儿，拍，拍，又自己扯了两个："不过了！不过了！没活头了！"

马少奶奶抱住菱，看了老李一眼。老李向她一惨笑，嘴唇颤着："马婶你给菱点吃的，我带英出去。"向来没和她这么说过话，他心中非常的痛快。"英，走！"黑小子拉着爸的手，又要落泪，又要笑，吸了两口气。

第十五

一

早莲初开，桃子刚染红了嘴唇。不漂亮的人也漂亮了些，男的至少有个新草帽，女的至少穿上件花大衫，夏天更自然一些，可以叫人不富而丽。小赵穿上新西服，领带花得像条热带的彩蛇。新黄皮鞋，底儿上加着白牙子，不得人心的响着。绸手绢上洒了香水，头发加了香蜡。一边走一边笑，看见女的立刻把眼珠放风筝似的放出去，把人家的后影都看得发毛咕。他心中比石榴花还红着一些，自己知道是世上最快乐的人。

到了北海。早莲在微风里张开三两个瓣儿，叶子还不密，花梗全身都清洁挺拔，倚风而立，花朵常向晴天绿水微微的点头。小赵立在玉石桥上，看一眼荷花，看一眼自己的领带，觉得花还没有他那么俊美。晴天绿水白莲，没有一样值得他欣赏的，他自己是宇宙的中心。他的西服，特别是那条花领带，是整个人类美与幸福的象征。他永不能静立看花，花是些死东西；看姑娘是最有趣的。你看她，她也看你；不看你也好，反正她不看你也得低低头；她一低头，你的心就痒痒一下！设若只有花没姑娘，小赵的心由哪里痒痒起？

他将全身筋肉全伸展到极度，有力而缓缓的走，使新鞋的声响都不折不扣的响到了家，每一声成了一个不得人心的单位。这样走有点累得慌，可是把新西服的棱角弯缝都十足的展示出去，自觉的脊背已挺得和龟板一样硬；只有这样才配穿西服；穿西服天然的不是为自己舒服，而是为美化社会。走得稳，可是头并不死板：走一步，头要像风扇似的转一圈，把四围值得看的东西——姑娘——全吸在自己眼中去。看见个下得去的，立刻由慢步改成快步，过去细看。被人家瞪一眼，或者是骂一句，心中特别的畅快——不虚此行。

不过，今天小赵的运动头部，确是有一定的目的。虽然也看随时遇见的姑娘，可是到底是附带的。小赵在把一个姑娘弄到手之前，只附带的看别的妇女。"爱要专，"他告诉自己。不过，遇到"可以"同时并举弄两个或三个姑娘的时候，他也不一定固执，通权达变。今天小赵的爱特别的专，因为这次弄的是个纯洁的女学生。往日，他对妇女是像买果子似的，捡着熟的挑；自要熟，有点玷儿也没关系，反正是弄到手又不自己存着，没有烂在手里的危险。今天他的确觉得应当兴奋一些，即使一向不会兴奋。这回是弄个刚红了个嘴的桃。小赵虽然不会兴奋，究竟心中不安定。他立在一株大松树下，思索起来：这回是完全留着自己吃呢，还是送给人？刚红了嘴的桃，中看不中吃，送人不见得合适。特别是送给军人们，他们爱本事好的，小桃不见得有本事。自己留着？万一留个一年半载，被人看见而向我索要，我肯给不肯呢？我会忌妒不会呢？两搭着，自是个好办法，可是万一她硬呢？不能，女人还硬到哪里去！这倒完全看咱小赵的了，"小赵，有人要你自己的太太，不是买来预备送人的，是真正的太太，你肯放手不肯呢？"他不能回答自己。

来了，她从远处走来！连小赵的心也居然跳得快了一些。往日买卖妇女是纯粹的钱货换手，除非买得特别便宜，是用不着动感情的。现在，是另一回事，没有介绍人从中撮合，而是完全白得一件宝贝，她笑着来找他，小赵觉出一点妇女的神秘与脆弱——不花钱买，她也会找上门来！容易！后悔以前不这样办，更微微有些怕这样得来的女子或者不易支配，心里可又有点向来没经验过的欣喜。

她像一朵半开的莲花，看着四围的风景，心里笑着，觉得一阵阵的小风都是为自己吹动的。风儿吹过去，带走自己身上一些香味，痛快，能在生命的初夏发出香味。左手夹着小蓝皮包，蓝得像一小块晴天，在自己的腋下。右手提着把小绿伞。袖只到肘际，一双藕似的胳臂。头发掩着右眼，骄慢的从发下瞭着一切。走得轻俏有力，脚大得使自己心里舒展，扁黑皮鞋，系着一道绊儿。傲慢，天真，欣喜，活泼，胖胖的，心里笑着，腮上的红色润透了不大点的一双笑涡。想着电影世界里的浪漫故事，又有点怕，又不肯怕；想着父母，头一仰，把掩着右眼的黑发——卷得像葡萄蔓上的嫩须——撩上去，就手儿把父母忘掉，甚至于有点反抗的决心。端起双肩，又爱又怕又虑又要反抗的叹了一口气，无聊，可是痛快了些。热气从红唇中逃出，似乎空虚，能脸对脸的，另有些热气吻到自己的唇上，和电影世界里的男女一个样，多么有趣！是，有趣！没有别的！一个热吻，生命的溪流中起了个小水花，不过如此，没别的。放出自己一点香味，接收一点男性的热力，至多是搂着吻一下，痛快一下，没别的。别的女友不就是这样么？小说里不是为接吻而设下绿草地与小树林么？电影里不是赤发女郎被吻过而给男人一个嘴巴么？不怕！看着自己的大脚，舒展，可爱，有力气，有什么可怕？

　　每次由学校回家的时候，总有些破学生在身后追着，破学生，袜子拧着花，一脖子泥！他和破学生不同了，多么有趣，什么也知道，也干净，告诉我多少事！况且，他还和善呢，救出哥哥来，必是哥哥的好朋友。可怜的天真哥哥，在狱里，洋服都破了，没有香烟吸，可怜！他的女朋友到狱里看过他没有？又想起一篇电影，天真在屋里，女的在外边，握着手狠命的吻手背！有趣！

　　"秀真妹，笛耳！"小赵的脑门与下巴挤到一块，只剩下两只耳朵没有完全扁了，用力纵着鼻子，所以眼珠没有掉出去。"我可以叫你笛耳吧？"

　　"随便，"秀真笑涡上那块红扩大了一些，撩了一下头发，看了松树上的山喜鹊一眼，向小赵一笑。

"那么，我就再叫一声，"小赵的唇在她耳前腮上那溜儿动，热气吹着了她的笑涡，"笛耳！"

她眼珠横走，打在他的鼻尖上，向自己一笑。

小赵知道不少英国字，在火车饭厅里时常和摆台的讨教，黄油，苏打水，冰激凌等都能不用中国话而要了来。"不用留洋去喝洋墨水，咱也会外国话！"他常向同事们这样说。他的穿西服，吃洋饭，也下过一番工夫，"你必得下工夫，"他劝告四十以上的人们，"连跳舞也得学着，这是学问！现在连军官里都有留学欧美的，不会还行？！"他所以胜过张大哥就在这一点上。张大哥并不比小赵笨，只是差着这么点新场面。张大哥会的小赵也会，小赵会的张大哥不会。张大哥没有前途，而小赵正自前程远大。秀真虽然不懂什么，也能看到这个：在家里，一切都守旧，拘束，虽然父亲给预备下新留声机片，可是不准跳舞；连买双皮鞋都得闹一场气。小赵呢，新旧都懂，什么事也知道。小赵接过她的小伞，两人并肩沿着"海"岸往北走。秀真的梦实现了一半。还想不到结婚，可是假如能和小赵结婚，大概也不错，什么都懂，多么会说话，笑得多么到家！有点贫气；可是看惯了或者也就觉不出来了。

秀真和小赵的身量差不多，或者还许比他高一点。从身体上看，他是年青的老头儿，她是个身体比年岁大的孩子。秀真还没有长成一定的模像，可是自己愿意显出成年的样子。圆脸，大眼睛，唇和笑涡显出无意的肉感的诱感。四肢都很大，微微驼着背，大概是怕被人说个子太高。旗袍是按着胡蝶①扮演阔小姐时那种风格作的；大扁皮鞋保持着中学生的样子。腿很粗，长于打篮球。头发烫成卷毛鸡，留下一大缕长的挡着右眼。设若天真是女的，秀真是男的，张大哥或者更满意一些。

---

① 胡蝶，当时的女电影明星。

"天真几时能出来？"她问。

"快，我已经给说妥了；公事不能十分快了，可是也慢不了。他太大意了，为人总得谨慎一点！"小赵郑重的说："你看我，笛耳，自幼没人管，可是我始终没有堕落，也没给过人机会陷害我，虽然受苦与困难是免不了的。"他眼中含着泪。"少年要浪漫，也要老成。咱们的家庭都是旧式的，咱们自己又都是摩登的，我们就得设法调和这个，该浪漫的浪漫，该谨慎的谨慎，这才能有成功的希望，有真正的快乐。笛耳，以你说吧，还在求学时期，何必穿高跟鞋？你不穿，我一看就明白你有尺寸有见识。我自己，何必说我自己呢，以后你自会知道。"

秀真找不到话讲了，心里只剩了佩服小赵。想起接到男学生们的信，真是可笑，一脖子泥的小鬼们！不讲别的，只夸我几句，然后没结没完的述说他们自己，老说反抗家庭，其实没见过世面！看这个人，新的懂，旧的懂，受过苦，而没堕落！不，她不仅想和他游戏游戏了，她本能的觉到姑娘必有朝一日变成妇人，必定结婚。设若自己想结婚，必是要这么一个可靠的人，不要那一脖子泥专写情书的学生们。她越发觉得自己的大脚可爱了，他说这扁鞋好吗！他多么明白！但是不要和他往下说这个，说不过他；自己连世界上的最简单的事也不知道！学校里学过的功课，怎好说，一点意思也没有。家中的事，又不大知道。没的可说；他大概什么也会说！自己是个会打篮球的学生，他是个人物！呕，还说天真吧。"我不能再去看哥哥一回呀？"

"上次咱们去已经招他们不愿意，再去，不大合适，反正他快出来了。"

"我想给他送点口香糖去！"

"我设法给他送进去就是了，口香糖，"小赵向天想了想，"再添上点水果？都交给我了，我想法子找人送进去，咱们自己不便于再去。"

二

坐在五龙亭的西头那一间里。小赵要了汽水，鲜藕，鲜核桃。秀真不好意思吃，除了有时吃女同学们的水果，还没吃过男朋友的东西。写情书的小泥鬼们只能送给一个书签，或是把一朵干花夹在信里；没这么大大方方坐在一处过，所以又觉得不好意思不吃。虽然和父母逛过北海，喝过茶，可是那是什么味，这是什么味？这一次的吃东西似乎是有无穷无尽的意味，由这一次也许引起一百次，一千次，一辈子，在一块吃喝说笑！平日逛北海，就不愿意到五龙亭来，西边的破大殿里的破神像多么可怕！今天坐在这里也不觉得那么可怕了；赵先生多么殷勤可喜，和他在一块什么也不可怕。捏起块雪白的嫩藕，放在唇边，向他笑了笑，没的可说。

小赵给她个机会："学校快考试了吧？我现在要是在学校里，要命也考不上；功课全忘了！"

她心里舒服了，他也有比不上我的地方！他的功课都忘了，我在这一点上比他强。她说起学校的事来，一边说一边吃东西，顺手的往口中放，也不觉得不好意思了。他又要点心；不，不能再吃点心；应当请一请他；请他什么呢？不知道，也不好开口。不吃点心，不饿！况且，也该回学校了，快考试了！被熟人看见，再说，也不好意思。可是，他是我父亲的好朋友，我来是和他商议天真的事，就是被父母看见，也有的说。又舍不得走了，呆呆的坐着，脸上不由的发热。看着水边上的小蜻蜓，飞了飞，落在莲花瓣上；落了会儿，又飞起来。南边的大桥上，来来往往不断的人马，像张活动的图画。桥下有几只小船，男的穿白，一躬一躬的摇桨，女的藏在小花伞下面，安静，浪漫；一阵风带着荷香，从面上吹过。她收回神来，看他一眼，他的眼正钉着她的笑涡，两人的眼遇到一块，定了一定，轻轻的移开，茶房来收拾汽水瓶子。

"我们划船去？"

"我该回去了！"

"咱们不租这小破船，上董事会去借好的！"

她未置可否，可是由他拿着小伞。

船停在柳荫下，她还打着小伞，看水中的倒影，正在自己的面部上浮着几个小鱼。

船上玩了半天，决定回学校去，可是小赵拦住她，非去一同吃饭不可。不好意思。可是赵先生决不拿自己当个小学生看，而是用成人对成人的那种客气劝留，所用的话正是父亲留客吃饭时用的那些。又不好意拒绝。人家拿成人待我，怎好和人家耍孩子脾气。去吧。

要菜要饭，给饭钱与小账，小赵的神气与态度都那么老到，自然：决不像中学生那样羞羞愧愧的从小口袋里掏钱。秀真觉得处处比不上他，他懂得一切。吃完饭，无论怎样该回学校了，赵先生也不再拦阻，并且依着她的主张，二人在园内就分了手，她往南，他往北；他没坚决的要求陪她一同出去。大方，体谅。

一离开他，秀真觉得身上轻了好些，走得很快，似乎由成人又回到欢蹦乱跳打篮球的女学生。可是心里并没忘了他，有点怕他，又说不上他的毛病在哪块。一块儿吃汽水，划船，吃饭，一个梦境的实现，心里确是受了刺动。他不可怕，为什么怕他呢！他没说一句错话，他没偷偷的拉我的手，他不是坏人。他多么温柔！一边走一边思索，走着走着忽然立住，恍忽似乎丢了什么东西。摸了摸身上，想了想，什么也没丢，水里的影儿现出自己的伞：蹲下照了照脸，还是那样，胖胖的，笑涡旋着点红色。跟他在一块是没危险的。妈妈老嘱咐小心男人，那要看是哪个男人。跟好男人一块玩玩，有什么损害呢？立起来，向后撩了撩头发。身后走着一对夫妇，男的比女的大着许多，男的抱着个七八个月大的胖娃娃。秀真爱这个胖娃娃，愿意过去把娃娃接过来，抱一会儿。结婚一定是很有趣的。看了看那个女的，不见得比自己岁数大，小细手腕，可是乳部鼓鼓着；小妈妈，胖娃娃，好玩！胖娃娃转过脸向秀真笑了笑，跟着嘴里"不，不，"了两声。她又不好意思了，向前抢球似的跑了几步。跑到白塔的土基上，找了块大石，坐下，心里直跳，也有点乱。口中发渴，跑下来，喝了两碗酸梅汤。

三

小赵心中也没闲着，眼珠在心上炒豆儿似的直跳，觉得自己的那颗心确是有用，眼力也不差！"老眼，赶明儿真该给你配副眼镜，真有你的！"可是，"太嫩！恐怕中看不中吃！"管它呢，先玩一玩！买熟货起码就得二百出头，还得费工夫调教。这个货太嫩点，可是只费两瓶汽水与一顿饭呢！不用训练，自来美。时代是他妈的变了，女学生是比陈货鲜明：无论妓女怎打扮也赛不过学生们去。白布小衫也好，旗袍也好，总比窑姐儿们好看。小赵你得尝口鲜的，不要落伍，不要辜负了时代！衙门中那群玩艺，哪懂得这个？！小赵你是聪明，凡事无师自通，买陈货，吊姨太太，你会；玩女学生，你也会了！谁教给你的？妈的，赶明儿不上交民巷钓个洋妞才怪！用心，没有不成的事！

叫老吴玩那个破货去，小子，至多再叫你玩上一月，我要不把你送到五殿阎王那儿去，我是头蒜！我叫你先和方墩离了婚，然后再把那个破货弄回来，卖出去，哪怕赔几块钱卖呢，赌得是口气！你等着，小子，不叫你家破人亡连根儿烂，算小赵白活！

至于老李那小子，比吴太极更厉害点：可是你还能比小赵霸道，我的笛耳？我叫你不和赵先生，赵老爷，赵大人，合作！敢和我碰碰？真，瞎了你的狗眼！敢不在赵科员面前打招呼，而想在财政所作事？真！临完还成心找寻我，不许我弄张秀真？我看看你的！秀真笛耳，已经到了手；你的二百五十元，咱正花着；张大哥的房子，不久也过来！你？叫你吃不了兜着走！先叫方墩上衙门跟你闹个底儿掉，然后叫她上你那儿住个一年半载。你有所长的门子，哼，咱

350

看看到底谁行。等你免了职，咱才和秀真结婚，给你个请帖！跟小赵叫劲？不知好歹！你知道小赵，赵老爷，将来有什么发展哪？就凭秀真一个人，我就能作所长，你大概不信？那么，你也许不知道，市长凭着什么作市长？你哪能知道，我的宝贝！你等着看小赵一手吧！谢谢你的二百五十块钱，专等再谢谢你来送婚礼，别只写副喜联呀，伙计！

小赵去吃了两杯冰激凌，心里和冰一样舒服。

第十六

一

老李带着英在外面足玩了半日，心中很痛快。也没向衙门里请假，也不惦记着家里，只顾和英各处玩耍。他看明白了：在这个社会里只能敷衍，而且要毫没出息的敷衍，连张大哥那种郑重其事的敷衍都走不通。他决定不管一切，只想和英痛快的玩半天。吃过了晚饭，英已累得睁不开眼。老李不想回家，可是又没法安置英；回去，她爱怎闹怎闹；把小孩子放在家里再说；闹得太不像样，我还可以出来，住旅馆去；没关系。

马少奶奶拉着菱在门口立着呢。太阳落后的余光把她的脸照得分外的亮，她穿着件长白布衫，拉着菱，菱穿着个小红短袖褂子。像一朵白莲带着个小红莲苞，老李心里说。菱跑过来拉爸，英扑过马婶去。"你们上哪儿啦，一去不回头？"她问英，自然也是问老李。他抱起菱来，"我们玩去了；家里不平安，就上外面玩去。"他的语气中所要表示的"我才不在乎"都被眼睛给破坏了。她正看着他的眼睛，他的眼神决不与语气一致。他也承认了这个，不行，不会对生命嬉皮笑脸；想敷衍，不在乎，不会！他知道她也明白这个。"菱，妈妈还闹不闹了？"他问，勉强的笑着，极难堪。

"妈嘴肿，不吃饭饭！"菱用小手打了爸脸两下："打爸！菱不气妈，爸气妈！臭爸！臭呕——"菱用小手捂上鼻子。

老李又笑了，可是不好意进街门。

"您进去吧，没事啦。"马少奶奶淘气的一笑，好像逗着老李玩呢。

老李出了汗，恨不能把孩子放下，自己跑三天三夜去，跑到座荒山去当野人。可是抱着菱进了门。英也跟进来，剩下马婶自己在门外立着。老李回头看了一眼，她脑后的小辫不见了，头发剪得很齐，更好看了些。

李太太在屋里躺着呢。英进去报告一切，妈也不答理。

"爸，你给我买好吃没有？"菱审问着爸。

爸忘了。忽然的想起来："菱你等着，爸给买好吃去。"放下菱，跑出来。跑到门洞，马少奶奶把门对好，正往里走。

"您又上哪儿？"她往旁边一躲。

"我出去住两天，等她不犯病了我再回来。受不了这个！"

"这才瞎闹呢。"

"怎么？！"他的声音很低，可是带着怒气，好像要和她打架似的。

她楞了一会，"为我，您也别走。"

"怎么？"这个比它的前人柔和着多少倍。

"马有信来，说，快回来了。一定得吵。"

"怎么？"

"他一定带回那个女的来。"

"信上说着？"

"不是。"

"你——您怎么知道？"

"我心里觉出来，他必把她带回来；还不得吵？"门洞虽然黑，可是看见她笑了——也不十分自然。

"我不走好了，我专等和谁打一通呢！你不用怕。"

"我有什么可怕的？不过院里有个男的，或者不至于由着马的性儿反。"

"他很能闹事？"

她点了点头。"好吧，您还出去不？"

"出去给菱买点吃的，就回来。"他开开门，进了些日落后的软光。门外变了样，世界变了样，空气中含着浪漫的颜色与味道。

二

财政所来了位堂客，身子是方块，项上顶着个白球，像刚由石灰水里捞出来。要见所长。传达处的工友问什么事，白球不出声。工友拒绝代为通报，脸上挨了个嘴巴。工友捂着脸去找所长，所长转开了眼珠："叫巡警把她撵开！"继而一想，男女平权的时代，不宜得罪女人，况且知道她是谁？"请赵科员代见。"小赵很高兴的来到会客厅，接见女客，美差？及至女客进来，他瞪了眼，吴太太！

"好了，你叫我来闹，我来了，怎么闹吧？你说！"方墩太太坐下了。工友为是保护科员，在一旁侍立，全听了去。

"李顺，走！"赵科员发了令。

"喳！"李顺很不愿意出去，可是不敢违抗命令。

"大姐，你算糟到家了！"小赵把李顺送了出去，关上门，对方墩说："不是叫你见所长吗？"

"他不见我，我有什么法儿呢？"

"不见你，你就在门口嚷啊。姓李的，你出来！你把吴科员顶下去，一人吃两份薪水！还叫我们离婚！我跟你见个高低！就这么嚷呀。嚷完，往门框上就拴绳子，上吊！就是所长不见你，你这么一嚷还传不到他耳里去？他知道了，全所的人都知道了；就是所长不免他的职，他自己还不滚蛋？你算糟透了；见我干吗呀？！"

"我没要见你呀！你干吗出来？"

"嘿！糟心！你赶紧走，我另想办法。反正有咱们，没老李；有他，没咱们！走吧。家中等我去。"

小赵笑着，规规矩矩把方墩太太送到大门，极官派的鞠躬："再会，吴太太；回来我和所长详说，就是。"转过脸来："李顺，这儿来！

你敢走漏一个字，我要你的命！"

小赵非常的悲观。成败倒不算什么，可气的是人们怎这么饭桶。拿方墩说，就连衙门外嚷嚷一阵都不会，怎么长那身方肉来着呢！头一炮就没响。要不怎么这群人不会成功呢，把着手儿教，到时候还弄砸了锅。小赵很愿意想出一种新教育来，给这群糟蛋一些新的训练。"你等着，"他告诉自己，"等小赵作了教育总长再说！"

三

老李和太太没正式宣战而断绝了国交。三天，谁也没理谁。他心中，可是，并没和太太叫劲。他一心一意的希望着马先生快回来，看看人家这会浪漫的到底是长着几个鼻子；心中有所盼望，所以不说话也不觉得特别的寂寞。除了这件事，他还惦记着张大哥。到底小赵是卖什么药呢？天真还没有放出来！张大哥太可怜了，整天际把生命放在手里捧着，临完会像水似的从指缝间漏下去！单单的捉去他的儿子；哪怕一把火烧了他的房呢，连硬木椅子都烧成焦炭呢，张大哥还能立起来，哪怕是穿着旧布衫在街上去算命合婚呢，他还能那么干净和气，还能再买上一座小房；儿子，另一回事。奇怪，那么个儿子会使张大哥跌倒不想往起爬！假如英丢失了，我怎样？老李问自己。难过是当然的，想不出什么超于难过的事。时代的关系？夫妻间的爱不够？张大哥比我更布尔乔亚？算了吧，看看张大哥去。

自迁都后，西单牌楼渐渐成了繁闹的所在，虽然在实力上还远不及东安市场一带。东安市场一带是暗中被洋布尔乔亚气充满，几乎可以够上贵族的风味。西单，在另一方面，是国产布尔乔亚，有些地方——像烙饼摊子与大碗芝麻酱面等——还是普罗的。因此，在普通人们看，它更足以使人舒服，因为多着些本地风光。它还没梦想到有个北京饭店，或是乌利文洋行。咖啡馆的女招待，百货店的日本货，戴一顶新草帽或穿一双白帆布鞋就可以出些风头的男女学生，各色的青菜瓜果，便宜坊的烤鸭，羊肉馅包子，插瓶的美人蕉与晚香玉，都奇妙的调和在一处，乱而舒服，热闹而不太奢华，浪漫而又平凡。特别是夕阳擦山的前后，姑娘们都穿出夏日最得意的花衫，卖酸梅汤的冰盏敲得轻脆而紧张，西瓜的吆喝长而多颤；偶尔有一阵凉风；天上的余光未退，铺中的电灯已亮；人气车声汗味中裹着点香粉或花露水味，使人迷惘而高兴，袋中没有一文钱也可以享受一些什么。真正有钱的人们只能坐着车由马路中心，擦着满是汗味的电车，向长安街的沥青大路驰去，响着车铃或喇叭。

老李永不会欣赏这个。他最讨厌中等阶级的无聊与热闹。可是在他的灵魂的深处，他有点贵族气。他沿着马路边儿走，不肯和两旁的人群去挤。快到了堂子胡同，他的右臂被人抓住。丁二爷。

"啊，李先生——"丁二爷的舌头似乎不大利落，脸上通红，抓住老李的右臂还晃了两晃，"李先生，我又在这儿遛酒味呢！又喝了点，又喝了点。李先生，上次你请我喝酒，我谢谢你！这是第二次，记得清楚，很清楚。还能再喝点呢，有事，心中有事。"他指了指胸口。

老李直觉的嗅出一点奇异的味道，他半拉半扯的把丁二爷架到一个小饭铺。

又喝了两盅，丁二爷的神色与往日决不相同了，他居然会立起眉毛来。"李先生，秀真！"他把嘴放在老李的耳边，可是声音并没放低，震得老李的耳朵直嗡嗡。"秀真！"

"她怎么了？"老李就势往后撤了撤身子，躲开丁二爷的嘴。

"我懂得妇女，很懂得。我和你说过我自己的事？"

老李点了点头。

"我会看她们的眼睛，和走路的神气，很会看。"他急忙吞了一口酒。"秀真回来了，今天。眼睛，神气，我看明白了。姑娘们等着出阁是一样，要私自闹事又是一个样，我看得出。秀真，小丫头，我把她抱大了的，现在——"丁二爷点着头，不言语了，似乎是追想昔年的事。

"现在怎样？"老李急于往下听。

"哎！"丁二爷的叹气与酒盅一齐由唇上落下。"哎！她一进门，我就看出来，有点不对，不对。她不走，往前摆，看着自己的大脚微笑！不对！我的小鸟们也看出来了，忽然一齐叫了一阵，忽然的！我把秀真叫到我的屋里；多少日子她没到过我屋里了！小的时候，一天到晚找丁叔，小丫头！我盘问她，用着好话：她说了，她和小赵！"

"和小赵怎着？"老李的大眼似乎永远不会瞪圆，居然瞪圆了。

"一块出去过，不止一次了，不止。"

"没别的事？"

"还没；也快！秀真还斗得过他？"

"嘿！"

"哎！妇女，"丁二爷摇着头，"妇女太容易，也太难。容易，容易得像个熟瓜，一摸就破；难，比上天还难！我就常想，左不没事吧，没事我就常想，我的小鸟们也帮着我想，非到有朝一日，有朝一日男女完全随便，男女的事儿不能消停了。一个守一个，非捣乱不可。我就常这么想。"

老李很佩服丁二爷，可是顾不及去讨论这个。"怎办呢？"

"怎办？丁二有主意，不然，丁二还想不起喝酒。咱们现在男女还不能敞开儿随便：儿女一随便，父母就受不了。咱们得帮帮张大哥。我准知道，秀真要是跟小赵跑了，张大哥必得疯了，必得！我有主意，揍小赵！他要是个好小子，那就另一回事了，秀真跟他就跟他。女的要看上个男的，劝不来，劝不来，我经验过！不过，秀真还太小，她对我说，她觉得小赵好玩。好玩？小赵？我揍他！廿年前我自己那一回事，是我的错，不敢揍！我吃了张大哥快廿年了，得报答报答他，很得！我揍小赵！"

"揍完了呢？"老李问。

"揍就把他揍死呀！他带着口气还行，你越揍他，秀真越爱他，妇女吗！一揍把他揍回老家去，秀真姑娘过个十天半月也就忘了他，顶好的法儿，顶好！劝，劝不来！"

"你自己呢？"老李很关切的问。

"他死，我还想活着？活着有什么味！没味，很没味！这廿年已经是多活，没意思。喝一盅，李先生，这是我最后的一盅，和知己的朋友一块儿喝，请！"

老李陪了他一盅。

"好了，李先生，我该走了。"丁二爷可是没动，手按着酒盅想了会儿："啊，我那几个小黄鸟。等我——的时候，李先生，把它们给英养着玩吧。没别的事了。"

老李想和他用力的握握手，可是楞在那里，没动。

丁二爷晃出两步去，又退回来："李先生，李先生，"脸更红了，"李先生，借给我俩钱，万一得买把家伙呢。"

四

老李不想去看张大哥了；丁二爷的言语像胶在他的脑中，他不知道是钦佩丁二爷好，还是可怜他好。可是他始终没想起去拦阻丁二爷，好像有人能去惩治小赵是世上最好的一件事。他觉得有点惭愧，为什么自己不去和小赵干？唯一的回答似乎是——有家小的吃累，不能舍命，不是不敢。但是，就凭那样一位夫人，也值得牺牲了自己，一生作个没起色，没豪气的平常人？自己远不如丁二爷，自己才是带着口气的活废物。什么也不敢得罪，连小赵都不敢得罪，只为那个破家，三天没和太太说话！他越看不起自己，越觉得不认识自己，"到底会干些什么？"他问自己。什么也不会。学问，和生活似乎没多大关系。在衙门里作事用不着学问。思想，没有行动，思想只足以使人迷惘。最足以自慰的是自己的心好，可是心好有什么标准？有什么用处？好心要是使自己懦弱，随俗，敷衍，还不如坏心。他低着头在暮色中慢慢的走，街上的一切声音动作只是嘈杂紊乱，没有半点意义。一直走到北城根，看见了黑糊糊的城墙，才知道他是活着，而且是走到了"此路不通"的所在。他立住，抬头看着城墙上的星们。四外没有什么人声了，连灯光也不多。垂柳似乎要睡，星非常的明。他入了另一个世界。一个没有人，没有无聊的争执，连无聊的诗歌也没有的世界：只有绿柳伴着明星，轻风吹着小萍，到静到连莲花都懒得放香味的时候，才从远处来一两声鸡鸣，或一两点由星光降下的雨点，叫世界都入了个朦胧的状态。呆立了许久，他似乎醒过来。叹了口气，坐在地上。

地上还有些未散尽的热气，坐着不甚舒服，可是他懒得动。南边的天上一团红雾，亮而阴惨。远处，似乎是由那团红雾里，来的一些声音，沙沙的分辨不清是什么，只是沙沙的，像宇宙磨着点儿什么东西，使人烦恼而又有些希冀，一些在生死之间的响声。他低下头不再看。想起幼年在乡间的光景。麦秋后的夏晚，他抱着本书在屋中念，小灯四围多少小虫，绿的，黄的，土色的，还有一两个带花斑的蛾子，向灯罩进攻。别人都在门外树下乘凉。"学生"，人们不提他的名字，对他表示着敬意。十四五岁进城去读书，自觉的是"学生"了，家族，甚至全国全世界的光荣，都在他的书本上；多识一个字便离家庭的人们更远一些，可是和世界接近一点。读了些剑侠小说也没把他的"学生"的希冀忘掉了，虽然在必不得已的时候也摩仿着剑侠和同学打一架，甚至于被校长给记过一次，"学生"的耻辱。

到北平去！头一次见着北平就远远看见那么一团红雾，好像这个大城是在云间，自己是往天上飞。大学生，还是学生，可是在云里，是将来社会国家的天使，从云中飞降下来，把人们都提起，离开那污浊的尘土。结了婚：本想反抗父母，不回家结婚，可又不肯，大学生的力量是伟大的，可以改革一切：一个乡下女子到自己手里至少也会变成仙女，一同到云中去。毕了业，戴上方帽子照了相，嘴角上有点笑意，只是眼睛有点发呆。找事作了，什么也可以作，凭着良心作，总会有益于人的。只是不能回乡间去种地，高粱与玉米至高不过几尺高，而自己是要登云路的。有机会去革命，但是近于破坏；流血也显着太不人情，虽然极看不起社会上的一切。我不入地狱？谁入地狱？于是入了地狱，至今也没得出来，鬼是越来越多，自己的脸皮也烧得乌黑。非打破地狱不可！可是想打破地狱的大有人在，而且全是带走一批黑鬼，过了些日子又依旧回来，比原先还黑了三倍，再也不想出去。管自己吧，和张大哥学。张大哥是地狱中最安分的笑脸鬼。接来家眷，神差鬼使的把她接来，有了女鬼，地狱更透着黑暗，三天谁也不理谁！就着鬼世界的一切去浪漫吧，胆子不知为什那么样小，或者是傲慢不屑？谁知道！又看见了那团红雾，北平没在天上，原来；是地狱的阴火，沙沙的，烧着活鬼，有皮有肉的活鬼，有的还很胖，方墩，举个例说。

不敢再想！没有将来，想它作甚？将来至好不过像张大哥——闭门家中坐，祸从天上来。地狱的生活本是惩罚。小赵应当得意；丁二爷是多事，以鬼杀鬼，钢刀怎会见血？！自己抓不到任何东西，眼前是那团红雾，背后是城墙；幸而天上有星——最没用的大萤火虫们！好像听见父亲叱牛的声音。父亲抓住了一块地，把一生的汗都滴在那里。可是父亲那块地也保不住，假如世界是地狱的话。收庄稼的时候，地狱的火会烧得更痛快，忽，一阵风，十里百里一会儿燎尽！连根麦秆也剩不下！

极慢的立起来，四围没有一个人，低着头走。向东沿着河沿走，地上很湿软，垂柳像摇篮似的轻摆，似乎要把全城摇入梦境。柳树后出来一个黑影，极轻快的贴住他的肩，一股贱而难过的香味。"家去坐坐，不远；茶钱随意。"一个女的声音，可是干裂，难听，像是伤风刚好的样子。老李本能的躲了躲，她紧往前跟。他摸了摸袋中，只剩了几角钱的票子，抓了出来，塞在她的手中。"不家去呀？"她说着把手放下去。他的嗓中堵块石子，深一脚浅一脚的快走。又找到大街，他放慢了脚步。"地狱里的规矩人！"他叫着自己。回去，她一定还没走呢，把手表也给了她。没敢回去。一个手表救不了任何人。借着路灯看了看，已经十二点半。

五

他两天没到衙门去，一来是为在家中等着那个浪漫的马先生，二来是打不起精神去作事。连丁二爷都能成个英雄，而老李是完全被"科员"给拿住，好像在笼里住惯的小鸟，打开笼门也不敢往出飞；硬不去两天试试，散了就散了，没关系！在他心的深处，他似乎很怕变成张大哥第二——"科员"了一辈子，以至于对自己的事都一点也不敢豪横，正像住惯了笼子的鸟，遇到危险便闭目受死，连叫一声也不敢；平日的歌叫只为讨人们的欢心。他怕这个。他知道他已经被北平给捆起来，应当设法把翅膀抽出来，到空中飞一会儿。绝对的否认北平是文化的中心，虽然北平确是有许多可爱的地方。设若一种文化能使人沉醉，还不如使人觉到危险。老李不喜欢喝咖啡，一小杯咖啡便叫他一夜不能睡好。现在他决定要些生命的咖啡，苦涩，深黑，会踢动神经。北平太像牛乳，而且已经有点发酸。

跟太太还不过话，没关系。"科员化"的家庭，吵嘴都应低声的；不出一声岂不更好？心中越难过，越觉得太太讨厌。她不出声，正好，省得时时刻刻觉到她的存在。将来死了埋在一处，也不过是如此，一直到俩人的棺材烂了，骨头挨着骨头，还是相对无言，至于永久；好吧，先在活着的时候练习练习这个。就怕有朋友来，被人家看破，不好意思，"科员"！管它呢，谁爱来谁来，说不定连朋友也骂一顿；有什么可敷衍的？

邱太太来了。纸板似的，好像专会往别人家的苦恼里挤。老李想把她撵出去，可是不敢：得陪着说话，无论如何无聊！

"李先生，我来问你，你看邱真有意学学吴先生吗？"两槽牙全露出来。

"不知道。"

"哼！你们男人都互相的帮忙，有团体！我才不怕，离婚，正好！"

"干吗再说，那么？"老李心中说。

邱太太到屋里去找李太太。老李看出，自己应该出去遛遛；科员不便和另一科员的太太起什么冲突。拉着英出去了。

上哪儿去？想起北城根那个女人。哪能那么巧又遇上她。遇上，也不认识呀；在半夜里遇见的。可怜的姑娘，也许是个媳妇。她为什么不跳在河沟里？谁肯！老李你自己肯把生命卖给那个怪物衙门，她为什么不可以卖？焉知她不是为奉养一个老母亲，或是供给一个读书的弟弟？善心与黑暗遇上便是悲剧。

找张大哥去？不愿意去，也不好意思去，天真还没出来。到底小赵是怎回事？为什么不去提着小赵的耳朵，把实话揍出来？饭桶，糟蛋，老李！

买了个极大的三白香瓜，堵上英的嘴，没目的而又非走不可的瞎走。

第十七

一

半夜里，张大哥把大嫂推醒，"我作了个梦，我作了个梦。"他说了两遍，为是等她醒明白了再往下说。

"什么梦？"她打了个哈欠。

"梦见天真回来了。"

"梦是心头想。"

张大哥愣了一会儿。"梦见他回来了，顶喜欢的。待了一会儿，秀真也来了。秀真该来了，不是应当放暑假了吗？"

"七月一号才完事呢，还有两三天了。"

"啊！我梦见她回来了，也挺喜欢的。待了一会儿，仿佛咱们是办喜事，院子里搭起席棚，上着喜字的玻璃，厨子王二来了，亲友也来了，还送来不少汽水。秀真出门子，给的是谁？你猜！"

"我怎会猜着你的梦？"

张大哥又愣了一会儿。"小赵！给的是小赵！他穿着西服，胸前挂着大红花，来迎亲。我恍忽似乎看见吴太极，邱先生，孙先生们都在西屋外边立着，吸着烟卷。他们的眼睛，我记得清楚极了，都钉着我，好像在万牲园里看猴子那样，脸上都带着点轻视我的笑意。我看见小赵进来，又看见他们大家那样笑我，我的心要裂了。我回头看了看，秀真在堂屋立着呢，没有打扮起来，还穿着学校的制服。她不哭也不笑，就是在那儿立着，像傀儡戏里的那个配角，立在一旁，一点动作没有。我找你，也找不到。我转了好几个圈。你记得

363

咱们那条老黄狗？不是到夏天自己咬不着身上的狗蝇就转圈，又急又没办法？我就是那个样。我想揍小赵；一生没打过架，胳臂抬也抬不起，净剩了哆嗦了。小赵向我笑了。我就往后退，挡住了秀真。我想拉起她往外跑，小赵正堵住门。吴太极们都在他身后指着我笑。我拉着她往后退。正在这个当儿，门外咚——响了一声，震天震地的，像一个霹雳。我就醒了。什么意思呢？什么意思呢？"

"没事！横是天真快出来了。我明个早晨给他的屋子收拾出来。"张大嫂安慰着丈夫，同时也安慰着自己。

"梦来得奇怪，我不放心秀真！"

"她，没事！在学校里正考书，还能有什么事？"大嫂很坚决的说，可是自己也不相信这些话。

张大哥不言语了。帐子外边有个蚊子飞来飞去的响着。待了好大半天，他问："你还醒着哪？"

"睡不着了；蚊子也不是在帐子里边不是？"

他顾不到蚊子的问题。"我说，万一小赵非要秀真不可呢？"

"何必信梦话呢！不是老李和他说好了吗？"

"梦不梦的，万一呢！老李这两天也没来！"

"衙门也许事儿忙，这两天。"

"也许。我问你，万一小赵非那么办不可，你怎着？"

"我？我不能把秀儿给他！"

"不给他，天真就出不来呢？"张大哥紧了一句。

"那——"

"哎！"张大哥又不言语了。

夫妻俩全思索着，蚊子在帐子外飞来飞去的响。

大嫂先说了话："我的女儿不能给他！"

"儿子可以不要了？"

"我也不是不爱儿子，可是——"

"他要是明媒正娶的办；自然这口气不好受，可是——"

"命中没儿子就是没儿子；女儿是可以不——"

"不用说了，"张大哥有点带怒了，"不用说了！命该如此就结了！我姓张的算完了；拿刀剁小赵个兔崽子！"

多少多少年了，张大哥没用过"兔崽子"。"拿刀剁"？只能说说。他不能再睡。往事一片一片的落在眼前。自己少年时的努力，家庭的建设，朋友的交往，生儿女的欣喜，作媒的成功，对社会规法的履行，财产购置……无缘无故的祸从天降！自从幼年，经过多少次变乱，多少回革命，自己总没跌倒，财产也没损失，连北京改成北平那么大的变动都没影响到自己，现在？北京改名北平的时节，他以为世界到了末日，可是个人的生活并没有摇动。现在！不明白，什么也不明白；小赵比他小着二十多岁。小赵是飞机，张大哥是骡车；骡车本不想去追飞机，可是飞机掷下的炸弹是没眼睛的。骡车被炸得粉碎。他想起前二年在顺治门里，一辆汽车碰死一匹老驴。汽车来到跟前，老驴双腿跪下了，瘫了，两只大眼睛看着车轮轧在自己的头上，一汪血，动也没动，眼还睁着！那匹老驴也许是在妙峰山的香会上，白云观神路上，戴着串铃，新鞍鞋，毛像缎子似的，鼻孔张着，飞走，踢起轻松的尘沙，博得游人的彩声。汽车来了，瞪着眼，瘫在那里！张大哥听见远处的鸡鸣，窗纸微微发青，不能睡，不能！自己是那个老驴，跪到小赵的身前，求他抬手，饶了他；必不得已，连秀真饶上也可以；儿子的价值比女儿高。大嫂也没睡。

二

大嫂来找老李，到底小赵是怎回事？她拿出有小赵签字的纸条，告诉老李，张大哥作了个恶梦。

李太太看见亲家来了，不得不和丈夫一同接见。丈夫的眼神非常的可怕，像看见老鼠的猫，全身的力量都运到眼上。老李还不出话来。大嫂的脸，虽然勉强笑着，分明带着隔夜的泪痕。她不但关

365

心天真，而且问老李："秀儿是不是准没危险？"老李回答不出。他的唇白了，脑门上出了热汗，眼睛极可怕。生平不爱管闲事，虽然心中愿意打个抱不平；一旦自动的给人帮忙，原来连半点本领也没有，叫小赵由着性戏弄；自己是天生来的糟蛋！什么事都由着别人，自己就没个主张？穿衣服，结婚，接家眷，生，死，都听别人的。连和太太大声嚷几句都不敢。地道糟蛋。只顾了想自己的事，张大嫂又说了什么，没听见。自己要说点什么，说不出，嘴唇只管自张自闭，像浅木盆里的挣扎性命的鱼！

大嫂还勉强笑着逗一逗干女儿，摸着菱的胖葫芦脸。摸着摸着哭起来，想起秀真幼时的光景。李太太也陪着落泪，自己一肚子的冤屈还没和大嫂诉说。丈夫的眼神非常的可怕，不敢多哭，而且得劝住张大嫂。

正在这个时节，吴太太来了，进了屋门就哭。方墩的脸上青了好几块，右眼上一个大黑圈。"我活不成了，活不成了！"看见张大嫂也在这里，更觉得势力雄厚些："老李，你不叫我活着，我也叫你平安不了。吴小子虽然厉害，向来没打过我；现在，你看看，看看！"她指着脸上的伤。"都是你，你把他顶下来，你叫他和我离婚：今天就是今天了，咱们俩上当街说去！"

李太太为这个自己打过一顿嘴巴，可是始终没和丈夫闹破。自然哪，丈夫心里有病；不说，他自己还不明白？他心里明白，假装胡涂，好几天不理我？吴太太来得好，跟他闹，看他怎样！白给小赵二百五十块钱，够买两三亩地的！

老李莫名其妙。一句话没有。嘴一张一闭，汗衫贴在背上，像刚被雨淋过的。

张大嫂问了方墩几句。把自己的委屈暂放在下层，打住了泪，为老李辩护。"这是小赵写的，我不都认识，我明白其中的意思。老李为我们给了他二百五十块钱。为我们把他自己押给小赵。老李会顶了吴先生？老李会叫吴先生跟你离婚？我家里闹了事，你们连问也不问，就是老李是个好人，我告诉你吴太太！买房子？老李买我们的房子？小赵要的报酬！小赵是你们家的人，不是个东西！"大嫂把几个月的怨气恨不能都照顾了方墩，心中痛快了些。

方墩不言语了。可是泪更多了："反正我挨了打！"心里头说："不能这么白挨！"

李太太瞪了眼，幸而没向大嫂说这回事。丈夫的眼神非常的可怕，吴先生可以揍吴太太，焉知老李不拿我杀气？

老李一声也不响，虽然大嫂把方墩说得闭口无言，可是心中越发觉得无聊。这群妇人们，小赵！自己是好人，没用！

张大嫂又给方墩出了主意，"找小赵去！跟他拚命，你要是治服了他，吴先生再也不敢打你。我的当家子的也把差事搁下了，难道也是老李的坏？"

"小赵还叫我上衙门闹去呢！"方墩心里说。待了会儿对两位太太说："我谁也不怨，只怨我不该留下那个小妖精！我没挨过打，没挨过！"她觉得一世的英名付于流水。"没完，我家去，我死给他们看看，我谁也不怨，"她设法张开带黑圈的眼看了老李一下，似乎是道歉，"我走了。我死后，只求你姐们给我烧张纸去！"

方墩走后，李太太乘着张大嫂没走，设法和丈夫说话，打开僵局。有客人在座，比较的容易些，可是老李还是没理她。

三

小赵第一没有任何宗教信仰，第二没有道德观念，第三不信什么主义，第四不承认人应有良心，第五不向任何人负任何责任，按说他可以完全无忧无虑，而一人有钱，天下太平了。不过，人心总是肉长的，小赵的心不幸也是肉长的，这真叫他无可如何的自怜自叹自恨。对于秀真，他居然有一点为难！本来早就可以把她诱到个地方，使她变成个妇人；可是不知为了什么，他还没下手。人的心不能使人成为超人；小赵恨自己。她比别的妇人都容易弄到手，别的妇女得花钱，定计，写契证；她完全白来，一瓶汽水，几声笛耳，带她看了趟天真，行了。可是他不敢下手，他不认识了自己。

他向来不为难，定计策是纯粹理智的，用不着感情：成功与失败是凭用计的详密活动与否，也不受良心的责备与监视。成功便得点便宜，失败就损失点；失败了再干，用不着为难。秀真有点与众不同，简单得像个大布娃娃，不用小赵费半点思想。也许是理智清闲起来，感情就来作怪，小赵像拿惯了老鼠的猫，这回捉住了个小的，不肯一口吞下，而想逗弄着玩，明知道这是不妥，甚至于是不对，可是不肯下手。假如这么软弱下去，将来也许有失去捕鼠能力的可能！小赵没了主意。她的眼睛鼻子笑涡，连那双大脚，都叫他想到是个"女子"，不是"货物"。他常想他的母亲和他的父亲也不过是那么一回事，但是他不肯随便骂自己的亲娘。对于秀真也有这么点。他觉得秀真应当和他有点人与人的关系，不是人与货物的关系。一向他拿女的当作机器，或是与对不很贵的磁瓶有同等的作用与价值。秀真会使他的心动了动。他非常奇怪的发现了自己身上有种比猫捕鼠玄虚一些的东西。他要留着秀真，永远满足他的肉欲，而不随手的扔了她。这便奇怪的很。这是要由小赵而变成张大哥——张大哥有什么出息？！这是要由享受而去负责任，由充分的自由而改成有家有室，将来还要生儿养女。因此得留着秀真的身子，因为小赵是要为自己娶太太。他觉着非常的可笑，同时又觉着其中或者另有滋味，她确是与众不同。但是，为了这点玄虚的东西而牺牲了个人的事业，上算不上算？把秀真送出去，至少来几千，先不用说升官。小赵为了难。思想还是清楚的，不过这一回每当一思索就有点别的东西来裹乱。性欲的问题，在小赵本不成问题。现在生要为这个问题而永远管一个女子叫笛耳，太不上算；吃着他，喝着他，养了孩子他喂着，还得天天陪上几声笛耳，胡涂！可是秀真有股子奇怪的劲，叫他想到，老管她叫笛耳是件舒服事，有一个半个小小赵，她养的，也许有趣味。他是上了当。不该勾搭这么个小妖精。后悔也不行，他极愿意去和她一块走走逛逛，看看她的一双大脚。那双大脚踩住了他的命，仿佛是。妇女本来都是抽象的，现在有一个成为具体的，有一定的笑涡，大脚，香气，贴在他的心上，好像那年他害肚子疼贴的那张回春膏。虽然贴着有些麻烦，可是还不能不承认那是自己身上的一部分，它叫肚皮发痒，给内部一些热气；一贴膏药叫人相信自己的肚子有了依靠。一块钱一贴；在肚子上值一万金子，特别肚子正疼的时候。秀真是张贴心房的膏药。可是小赵不承认心中有什么病。为难！

丁二爷找到小赵。

"赵先生，"丁二爷叫，仿佛称呼别人"先生"是件极体面的事，"赵先生！"

"丁二吗？有什么事？"小赵是有分寸的，丁二爷只是"丁二"，无须加以客气的称呼。

"秀姑娘叫我来的。"

"什么？"

"秀姑娘叫我来的。"

"哪个秀姑娘？"小赵的眼珠没练习着跳高，而是死鱼似的瞪着丁二爷。他最讨厌别人知道了自己的事。

"秀真，秀真，我的侄女秀真。"丁二爷好像故意的讨厌。

"你的侄女？"小赵真似乎把秀真忘了，丁二的侄女，哼！

"我把她抱大了的，真的，一点不假。我的事她知道，她的事我知道。您和她的事我也知道。她叫我找您来了。"

小赵非常的不得劲，很有意把丁二枪毙了，以绝后患。"找我干吗？啊，别人知道不知道？"

"别人怎能知道，她就是和我说知心话，我的嘴严，很严，像个石头子。"

"不要你的命，你敢和别人说！"

"决不说，决不说，丁二都仗着你们老爷维持。那回您不是赏了我一块钱？忘不了，老记着。"

"快说，到底有什么事？"小赵减了些猜疑，可是增加了些不耐烦；丁二是到梆到底的讨厌鬼。

"是这么回事！"

"快着，三言两语，别拉锯，赵先生没工夫！"

"秀真一半天就搬回家来，出入可就不大方便了，叫您快想主意。她说，顶好您设法先把天真放出来，然后您向张大哥要求这回婚事。成也得成，不成也得成。秀姑娘说了，她自己也和父亲母亲要求；父母不答应，她就上吊。可是天真得先出来，不然她没话向父母说。"

"好啦，去你的，我快着办。给你这块钱，"小赵把张钱票扔在地上。"留神你的命，自要你一跟别人提这个，噗，一刀两断，听见没有？"

丁二爷把票子拾了起来。"谢谢，赵先生，谢谢！决不对别人说！您可快着点！秀姑娘真不坏，真不坏。郎才女貌！赵先生，丁二等吃喜酒！以后您有什么信传给秀姑娘，找我丁二，妥当，准保妥当！"

小赵心里怎么也不是味。不肯承认自己是落在情网中；赵先生被个蜘蛛拿住？赵先生像小绿蝇似的在蛛网上挣扎？没有的事！可是丁二的末几句话使他心中痒了痒——吃喜酒，郎才女貌！人还不易逃出人类的通病，小赵恨自己太软弱。可是洞房花烛夜，吻着那双大脚，准保没被别人吻过的；她脸上红着，两个笑涡像两朵小海棠花！以前经历过的女人都像木板似的，压在她们身上都觉不出一点弹性！小赵没办法，没法把心掏出来，换上块又硬又光的大石卵。

四

丁二爷一辈子没撒过谎，这是头一次。他非常的兴奋。说了谎，而且是对大家所不敢惹的小赵说的！还白捡了一块钱，生命确是有趣的。大概把小赵揍死，也许什么事没有？谁知道！天下的事只怕没人作；作出来不一定准好或是准坏，就怕不作。丁二爷想起过去的事；假如少年的时候，遇上事敢作，也许不至成为废物？他有点后悔。好吧，现在拿小赵试试手。小赵一点也没看起咱，给他个冷不防！丁二爷没想到自己是要作个英雄，他自己知道自己，英雄与丁二联不到一处。只是要试试手，试好了便算附带的酬报了张大哥，试不好——谁知道怎样呢！过去是一片雾，将来是一片雾，现在，只有现在，似乎在哪儿有点阳光。秀真，小丫头，也确是可爱！要是自己的儿子还跟着自己，大概还许和她定婚呢！儿子哪儿去了？那个老婆哪儿去了？他看着街上的邮差；终年的送信，只是没有丁二的！去喝两盅，谁叫白来一块钱呢！

第十八

一

老李的苦痛是在有苦而没地方去说。李太太不是个特别泼辣的妇人，比上方墩与邱太太，她还许是好一些的。可是她不能明白老李。而老李确又不是容易明白的人。他不是个诗人，没有对美的狂喜；在他的心中，可是，常有些轮廓不大清楚的景物：一块麦田，一片小山，山后挂着五月的初月。或是一条小溪，岸上有些花草，偶然听见蛙跳入水中的响声……这些画境都不大清楚，颜色不大浓厚，只是时时浮在他眼前。他没有相当的言语把它们表现出来。大概他管这些零碎的风景叫作美。对于妇女，他也是这样，他有个不甚清楚的理想女子，形容不出她的模样，可是确有些基本的条件。"诗意"，他告诉过张大哥。大概他要是有朝一日能找到一个妇女，合了这"诗意"的基本条件，他就能像个女神似的供养着她，到那时候他或者能明明白白的告诉人——这就是我所谓的诗意。李太太离这个还太远。

那些基本条件，正如他心中那些美景，是朴素，安静，独立，能像明月或浮云那样的来去没有痕迹，换句话说，就是不讨厌，不碍事，而能不言不语的明白他。不笑话他的迟笨，而了解他没说出的那些话。他的理想女子不一定美，而是使人舒适的一朵微有香味的花，不必是牡丹芍药；梨花或是秋葵就正好。多咱他遇上这个花，他觉得他就会充分的浪漫——"他"心中那点浪漫——就会通身都发笑，或是心中蓄满了泪而轻轻的流出，一滴一滴的滴在那朵花的瓣上。到了这种境界，他才能觉到生命，才能哭能笑，才会反抗，才会努力去作爱作的事。就是社会黑得像个老烟筒，他也能快活，奋斗，努力，改造；只要有这么个妇女在他的身旁。他不愿只解决性欲，他要个无论什么时候都合成一体的伴侣。不必一定同床，而俩人的呼吸能一致的在同一梦境——一条小溪上，比如说——里呼吸着。不必说话，而两颗心相对微笑。

现在，他和太太什么也不能说。几天没说话，他并不发怒，只觉得寂寞，可不是因为不和"她"说笑而寂寞。她不是个十分胡涂的妇人；反之，她确是要老大姐似的保护着他，监督着他，像孤儿院里的老婆婆。他不能受。她的心中蓄满了问题，都是实际的，实际得使人恶心要吐。她的美的理想是梳上俩小辫，多擦上点粉，给菱作花衣裳。她的丈夫会挣钱，不娶姨太太，到时候就回家。她得给这么个男人洗衣服，作有肉的菜。有客人来她能鞠躬，会陪着说话，送到院中，过几天买点礼物去回拜，她觉得在北平真学了些本事。跟丈夫吵不起来的时候自己打嘴巴，孩子太闹或是自己心中不痛快，打英的屁股；不好意思多打菱，菱是姑娘，急了的时候只能用手指戳脑门子。她的一切都要是具体的。老李偏爱作梦。她可是能从原谅中找到安慰：丈夫不爱说话，太累了；丈夫的脸像黑云似的垂着，不理他。老李得不到半点安慰。越要原谅太太越觉得苦恼，他恨自己太自私，可是心中告诉自己——老李你已经是太宽容，你是整个的牺牲了自己。

马少奶奶有些合于他的条件，虽然不完全相合；她至少是安静，独立，不讨厌。她的可怜的境遇补上她的缺欠。可是她也太实际，她只把老李看成李太太的丈夫。老李已经把心中的那点"诗意"要在她的身上具体化了，她像门外小贩似的，卖什么吆喝什么，把他的梦打碎。无论怎么说，可是老李不能完全忘了她，她至少是可以和他来得及的。

老李专等着看看她怎样对付那位逃走的马先生。衙门不想去，随便，免职就免职，没关系！张家的事，想管，可是不起劲，随便，大家都在地狱里，谁也救不了谁。

李太太有点吃不住了。丈夫三四天不上衙门，莫非是……自己不对，不该把事不问清楚了就和丈夫吵架。她又是怕，又是惭愧，决定要扯着羞脸安慰他，劝告他。

"今天还不上衙门呀？"好像前两天不去的理由她晓得似的。"放假吧？"把事情放得宽宽的说，为是不着痕迹。

他哼了一声。

二

下了大雨。不知哪儿的一块海被谁搬到空中，底儿朝上放着。老李的屋子漏得像漏勺，菱和英头上蒙着机器面口袋皮，四下里和雨点玩捉迷藏，非常的有趣。刚找着块干松地方，头上吧哒一响，赶紧另找地方；最后，藏桌儿底下，雨点敲着桌上的铜茶盘，很好听，可是打不到他们的头上。"爸！这儿来吧！"爸的身量过大，桌下容不开。

一阵，院中已积满了水。忽然一个大雷，由南而北的咕隆隆，云也跟着往北跑。一会儿，南边已露出蓝天；北边的黑云堆成了多少座黑山，远处打着闪。跑在后边的黑云，失望了似的不再跑，在空中犹疑不定的东探探头，西伸伸脚，身子的四围渐渐由黑而灰而白，甚至于有的变成一缕白气无目的的在天上伸缩不定。

院中换了一种空气，瓦上的阳光像鲜鱼出水的鳞色，又亮又润又有闪光。不知道哪儿来的这么些蜻蜓，黄而小的在树梢上结了阵，大蓝绿的肆意的擦着水皮硬折硬拐的乱飞。马奶奶的几盆花草的叶子，都像刚琢过的翡翠。在窗上避雨的大白蛾也扑拉开雪翅，在蓝而亮的空中缓缓的飞。墙根的蜗牛开始露出头角向高处缓进，似乎要爬到墙头去看看天色。来了一阵风，树上又落了一阵雨，把积水打得直冒泡儿；摇了几次，叶上的水已不多，枝子开始抬起头来，笑着似的在阳光中摆动。英和菱从桌下爬出来，向院中的积水眨巴眼——呕！

并没有商议，二位的小手碰到一处，好像小蚁在路上相遇那么一触，心中都明白了。拉着手，二位一齐下了海。英唱开了"水牛，水牛，先出犄角后出头。"菱看天上的白云好像一群羊，也唱着"羊，羊，跳花墙……"把水踢起很高。英的大拇指和二指一捻，能叫水"花啦"轻响一声，凑巧了还弄起个水泡。菱也得那么弄，胖脚离了水皮，预备捻脚趾头；立着的那只脚好像有人一推，出溜——脊背也擦了水皮；英拉不住她，爽性撒了手，菱的胖脊背找着了地，只剩了脑袋在外边，"妈！"英拚命的喊。菱要张口，水就在唇边，一大阵眼泪都流入海里。"妈！妈——"

全院下了总动员令。爸先出来了，妈在后边。东屋大婶是东路司令，西路马奶奶也开开了门。爸把小葫芦捞出来，像个穿着衣服的小海狗。大红兜肚直往下流水，脊背上贴了几块泥。脸也吓白，葫芦嘴撇得很宽，可是看着妈妈，不敢马上就哭出声来。"不要紧的，菱，快擦擦去！"马奶奶知道菱是不敢哭，不是不想哭。马婶也赶紧的说："不要紧的，菱！"菱知道是不能挨打了，指着红兜肚，"新都都，新都都！"哭起来，似乎新兜肚比什么也重要。或者是因为这样引咎自责可以减少妈妈的怒气。妈妈没生气，可是也没笑着，"看看，摔着了没有吧！"菱有了主心骨，话立刻多了："没摔着！菱没动，水推菱，吧唧！"她笑了，大家都笑了。妈把菱接过去。英早躲到南墙去，直到妈进了屋才敢过来，拉住了马婶，一劲的嘻嘻，他的裤子已湿了半截。

马奶奶夸奖雨是好雨，老李想起乡下——是，好雨；可是暴雨浇热地，瓜受不了。马婶不晓得瓜也是庄稼，她总以为菜园子才种瓜呢，可是不便露怯，没言语。老李想起些雨后农家的光景，有的地方很脏，有的地方很美，雨后到日落的时候，在田边一伸手就可以捏着个蜻蜓。

"英，咱们出西直门看看去！"很想闻闻城外雨后新洗过的空气，可是没说，因为英正和马婶在墙根找蜗牛。马婶没穿着袜子，赤足穿着双小胶皮靴，看不见脚，可是露着些腿腕。阳光正照着她的头发，水影在她头上的窗纸上摇着点金光，很像西洋画中的圣母像。英不怕晒，她也似乎不怕，跟着英在阶上循着墙根找蜗牛，蹲着身，白腿腕一动一动往前轻移。马奶奶进了屋。老李放胆的看着她的背影，她的白腿腕，她的头发，她头上的水光。他心中的雨后村景和她联在一气，晴美，新鲜，安静，天真，他找到了那个"诗意"。

菱换好了干衣服，出来拉住爸的手，"英，给我一水牛！"英没答应。菱看了看爸的鞋，"爸，鞋湿！爸鞋湿！"爸始终也没觉鞋湿，笑了笑，进屋去换鞋。

三

院中的水稍微下去了些，风一点也没有了，到处蒸热，蝉像锥子似的刺人耳鼓。屋中的潮味特别难闻，似乎不是屋子了，而像雨天的磨房，在哪儿有些潮马粪似的。老李想出去走走，又怕街上的泥多。正在这个当儿，英和菱又全下了水，因为在阶上看见丁二爷进来，俩孩子在水中把他截住，一边一个拉住他的手。丁二爷的脚上粘着不晓得有几斤泥，旧夏布大衫用泥点堆起满身的花，破草帽也冒着蒸气，好像刚从水里捞出来。他拉着两个孩子一直的蹚进来，仿佛是在海岸避暑的贵人们在水边上游戏呢。

"李先生，李先生，"丁二爷顾不得摘帽子，也不管鞋上带进来多少水。"天真回来了，天真回来了！张大哥找你呢！"他十分的兴奋，每个字仿佛是由脚根底下拔起来的，把鞋上的水挤出，在地上成了个小小的湖。

老李本想替张大哥喜欢喜欢，可是不知道为什么非常的冷淡，好像天真出来与否没有半点意义。

"李先生，去吧，街上不很难走！"丁二爷诚恳的劝驾。

老李只好答应着，"就去。"

英看出了破绽："二大，街上不难走？你看看！"指着地上的小湖。

"呕，马路当中很好走；我是喜欢得没顾挑着路走，我一直的蹚，花啦，花啦！"丁二爷非常的得意，似乎是作下一件极浪漫的事。

"二大，"英的冒险心被丁二大爷激动起，"带我上街蹚水去！咱们都脱了光脚鸭？"

"今天可不行，丁二还有事呢，还得找小赵去呢！"他十二分抱歉，所以对英自称"丁二"。

英撅了嘴。老李接过来问："找他干吗？"

"请他到张家吃饭，明天；明天张大哥大请客。"

"啊，"老李看出来，张大哥复活了。可是丁二爷有些神秘，他不是要揍小赵吗？他的神气一点不像去揍人的，难道……管他们呢，一群糟蛋；没再往下问。

丁二爷往外走，孩子们都要哭，明知丁二大爷是蹚水玩去，不带他们去！

"英，我带你们去！"爸说了话。

"脱了袜子？"英问。

"脱！"爸自己先解开了皮鞋。

"脱鸭鸭来脱鸭鸭，"英唱着，"菱，你不脱肥鸭？"

"妈——菱脱鸭鸭！"

老李一手拉着一个，六只大小不等的光脚蹚了出去，大家都觉得痛快，特别是老李。

四

第二天早晨，天晴得好像要过度了似的。个个树叶绿到最绿的程度，朝阳似洗过澡在蓝海边上晒着自己。蓝海上什么也没有，只浮着几缕极薄极白的白气。有些小风，吹着空地的积水，蜻蜓们闪着丝织的薄翅在水上看自己的影儿。燕子飞得极高，在蓝空中变成些小黑点。墙头上的牵牛花打开各色的喇叭，承受着与小风同来的阳光。街上的道路虽有泥，可是墙壁与屋顶都刷得极干净，庙宇的红墙都加深了些颜色。街上人人显着利落，轻松，连洋车的胶皮带都特别的鼓涨，发着深灰色。刚由园子里割下的韭菜，小白菜，带着些泥上了市，可是不显着脏，叶上都挂着水珠。

老李上衙门去。在街上他又觉出点渺茫的诗意，和乡下那些美景差不多，虽然不同类。时间还早，他进了西安门，看看西什库的教堂，图书馆，中北海。他说不上是乡间美呢，还是北平美。北平的雨后使人只想北平，不想那些人马住家与一切的无聊，北平变成个抽象的——人类美的建设与美的欣赏能力的表现。只想到过去人们的审美力与现在心中的舒适，不想别的。自己是对着一张，极大的一张，工笔画，楼阁与莲花全画得一笔不苟，楼外有一抹青山，莲花瓣上有个小蜻蜓。乡间的美是写意的，更多着一些力量，可是看不出多少人工，看不见多少历史。御河桥是北平的象征，两旁都是荷花，中间来往着人马；人工与自然合成一气，人工的不显着局促，自然的不显着荒野。一张古画，颜色像刚染上的，就是北平，特别是在雨后。

老李又忘了乡间，他愿完全降服给北平。可是到了衙门，他的心意又变了。为什么北平必须有这样怪物衙门呢？想想看，假如北京饭店里净是臭虫与泔水桶！中山公园的大殿里是厕所！老李讨厌这个衙门。他不能怨北平把他的生命染成灰色；是这个衙门与衙门中的无聊把他弄成半死不活——连打小赵一个嘴巴，或少请一回客，都不敢，可怜！

同事们逐渐的来到，张大哥在他们的唇上复活了。张家已不是共产的窝穴，已不是使人血凝结上的恐怖。大家接到了张大哥的请帖——天真原来不是共产党。大家开始讨论怎样给大哥买礼物压惊，好像几个月里他没惊过一回似的。买礼物总得讨论，讨论好大半天，一个人独自行动是可怕的，一定要大家合作，买些最没有用的东西，有实用的东西便显着不官样，不客气：礼物庄上的装着线似的半根挂面的锦匣，和只有点杏仁粉味儿而无论如何也看不见一钉星杏仁粉的花盒子，都是理想的礼品。讨论完礼物，大家开始猜测张大哥能否官复原职。意见极不一致。张大哥，有的说，到处有人，不必一定吃财政所。可是，另一位提出驳议，不回到财政所来，为什么请财政所的人们吃饭？那是因为小赵是首座，不能不请旧同事作陪，第三位自觉的道出惊人的消息。假如，假如他回来，是回原缺呢，还是怎样？讨论的热烈至此稍为低减。人人心中有句："可别硬把我顶了呀！"不能，不能再回财政所，也许到公安局去，张大哥的交往是宽的。这样决定，大家都心中平静了些。

老李听着他们咕唧，好像听着一个臭水坑冒泡，心中觉得恶心。

孙先生过来问："老李儿呀，给张大哥送点什么礼物儿呢？想不起，压根儿的！"

"我不送！"老李回答。

"呕！"孙先生似乎把官话完全忘了，一句话没再说，走了出去。

老李心中痛快了些。

五

儿子到了家。张大哥死而复活，世界还是个最甜蜜的世界，人类还是万物之灵，因为会请客。请客，一定要请客。小赵是最值得感激的人，虽然不能把秀真给他，可是只就天真的事说，他是天下最好的人。请小赵自然得请同事们作陪。他们都没看过他一趟，可是不便记恨他们，人缘总要维持的；况且，也难怪他们，设若他们家中有共产党，张大哥自己也要躲得远远的，是不是？无论怎说吧，儿子是回来了，不许再和任何人为难作对，儿子是一切，四万万同胞一齐没儿子，中国马上就会亡的。

几个月的愁苦使张大哥变了样，头发白了许多，脸上灰黄，连背也躬了些。可是一见儿子，心力复原了，张大哥还是张大哥，身体上的小变动没关系；人总是要老的，只怕老年没儿子；很想就此机会留下胡子。灰黄的脸上起了红色，背躬着，可是走得更快，更有派儿，赶紧找出官纱大衫，福建漆的扇子，上街去定菜。还得把二妹妹找来帮忙：前者得罪了她，没关系，给她点好饭吃，交情立刻能恢复的。天气多么晴，云多么蓝！作买卖的多么和气！北平又是张大哥的宝贝了。定了菜，买了一挑子鲜花，给儿子加细的挑了几个蜜桃，女儿也回来了，也得给她买些好吃的，鲜藕和鲜核桃吧，女儿爱吃零碎儿。没有儿子，女儿好像不存在；有了儿子，儿女是该平等待遇的。回到家中，官纱大衫已湿了一大块，天气热得可以；老没出去，腿也觉得累得慌，可是心中有劲，像故宫里的大楠木柱子，油漆就是剥落了些，到底内里不会长虫。叫理发的，父子全修容理发，女儿也得烫头。花吧，有能力再挣去：挣钱为谁，假如没有儿子？剪下的头发有不少白的，没关系；作大官的多半是白胡子老头。天真将来结了婚，有了子女，难道作祖父不该是个慈眉善目的白发翁？

二妹妹来了，欢迎。"大哥您这场——可够瞧的！"

"也没什么！"张大哥觉得受了几个月的难，居然能没死，自己必是超群出众："二兄弟呢？"

"我上次不是找您来吗，您不是——正——没见我吗？"二妹妹试着步说，"他出来是出来了，可是不能再行医，巡警倒没大管哪，病人不来，干脆不来。您说叫他改行吧，他又手不能提篮，肩不能担担，作个小买卖都不会，这不是眼看着挨饿吗？他净要来瞧您，求求您，又拉不下脸来。大哥，您好歹给他凑合个事儿，别这么大睁白眼的挨饿呀！您看，他急得直张着大嘴的哭！"二妹妹的眼泪在眼眶里转。

"二妹您不用着急，咱们有办法；有人就有事。我说，您的小孩呢？正闹着天真的事，我也没给您道喜去！"

"两多月了，奶不够吃的，哎！"

张大哥看了看她，她瘦了许多：没饭吃怎能有奶？没奶吃怎能养得起儿子？决定给二兄弟找个事作；不看二兄弟，还不看那个吃奶的孩子？

"好吧，二妹妹，您先上厨房吧。"结束了二妹妹。

几个月的工夫耽误了多少事？春际结婚的都没去贺，甚至于由自己为媒的也没大管，太对不起人了！逐家得道歉去。不过，这是后话，先收拾院子，石榴会死了两棵！新买来的花草摆上，死了的搬开，院子又像个样子了，可惜没有莲花，现种是来不及了，买现成的盆莲又太贵；算了吧，明年再说，明年的夏天必是个极美的，至少要有三五盆佛座莲！

六

西房的阴影铺满了半院。院中的夜来香和刚买来的晚香玉放着香味，招来几个长鼻子的蜂，在花上颤着翅儿。天很高，蝉声随着小风忽远忽近。斜阳在柳梢上摆动着绿色的金光。西房前设备好圆桌，铺着雪白的桌布。方桌上放着美丽烟，黑头火柴，汽水瓶；桌下两三个大长西瓜，擦得像刚用绿油漆过的。秀真拿着绿纱的蝇拍，大手大脚的在四处瞎拍打，虽不一定打着苍蝇，可确有打翻茶杯的危险。她的脸特别的红，常把瓜子放在唇边想着点什么，鼻子上的汗珠继续把香粉冲开，于是继续扑扑的去拍，拍的时候特意用小圆镜多照一会儿笑涡——向左偏偏脸，向右偏偏脸，自己笑了。

张大哥躬着点背，一趟八趟的跑厨房，嘱咐了又嘱咐，把厨子都嘱咐得手发颤。外面叫来的菜，即使菜都新鲜，都好，也不能随便的饶了厨子。自己打来的"竹叶青"，又便宜又地道，看着茶房往壶里倒；不能大意，生活是要有板有眼，一步不可放松的：多省一个便多给儿子留下一个。沏上了"碧螺春"，放在冰箱里镇着，又香又清又凉，省得客人由性开汽水：汽水两毛一瓶，碧螺春，喝得过的，才两毛一两：一两茶叶能沏五六壶！汽水，开瓶时的响声就听着不自然！

张大嫂的夏布半大衫儿贴在了脊背上，眼圈还发红，想起儿子所受的委屈，还一阵阵的伤心；可是看着丈夫由复活而加紧的工作，自己也不愿落后，虽然很想坐在没人的地方再痛哭一场。女儿大手大脚的只会东一拍西一拍的找寻苍蝇，别的什么也不能帮忙；谁叫女儿是女学生呢；女学生的父母就该永远受累的，没法子，而且也不肯抱怨；不为儿女奔，为谁？姑娘的头烫了一点半钟，右眼上还掩着一块，大热的天；时兴，姑娘岂可打扮得像老太太。幸而有二妹妹来帮忙，可是二妹妹似乎只顾发牢骚，干事有些心不在焉；没法子，求人是不能完全如意的；二妹妹也的确是可怜，有上顿没下顿的，还奶着个孩子！偷偷的给了二妹妹一块钱，希望孩子赶快长大，能孝顺父母，好像一块钱能养起个孩子似的。

客人来了。都早想来看张大哥，可是……都觉得张大哥太客气，又请客，可是……都觉得买来的礼物太轻，可是……都看出张大哥改了样，可是……结果：张大哥到底是张大哥，得吃他，得求他作点事，有用的人，值得一交往，况且天真不是共产党。瓜子的皮打着砖地，汽水扑扑的响着，香烟烧起几股蓝烟，一直升到房檐那溜儿，把蚊阵冲散。讲论着天气，心中比较彼此的衣料价格，偷眼看秀真的胳臂。

孙先生许久没和张大哥学习官话，一见面特别的亲热，报告孙太太大概又有了，没办法；生育节制压根儿是"破表，没准儿！"

邱先生报告吴太极近来穷得要命，很想把方墩太太撵出去，以便省些粮食。十三妹还好，一心一意的跟老吴，就是有一样毛病，敢情吃白面！关于邱先生自己，语气之中带出已经不怕牙科展览的

382

太太，而她反有点怕他。自然邱先生的话不免有些夸大，可是有旁人作证，他确是另有了个人，而邱太太以离婚恫嚇他，她自己又真怕离婚；恐怕要出事，大家表面上都夸赞邱科员的乾纲大振，可是暗中替他担忧。大家摇头，家庭是不好随便拆散的，不好意思！

其他的朋友陆续来到，都偷眼看着天真，可是不便问他究竟为什么被捕，不好意思。

天真很瘦，对大家没话可讲，勉强板着脸笑，自以为是个英雄，坐过狱。就凭这坐过一次狱，白吃父亲一辈子总可以说得下去了。为什么被捕？不晓得。为什么被释？不知道。可怕是真的。五花大绑捆了走！真可怕；可是对这群人应当骄傲，他们要是五花大绑捆了走，说不定到不了狱里就会吓死。不过，自己也真得小心点，暂时先不要出去；五花大绑可别次数多了。父母看着好似老了许多，算了吧，也不用挤钱留学去了，留着钱在北平花也不坏。父亲一定是有不少财产，还把房子送给小赵一所呢！对父亲得顺从一些，这回误被当作共产党拿去，大概是平日想共父亲的产的报应。摩登孝子也许和"妹妹我爱你"可以联成一气的。想法得讨老头——把资本老头的"资本"特意的免去，表示自己决非共产党——的欢心，好死吃他一口。当着父亲把桌上的空汽水瓶挪开了两个，表示极愿和父亲合作。对妹妹也和气了许多，哥哥坐过狱，妹妹懂得什么，所以得格外的善待她。

大家都到齐，只短小赵和老李，大家心中觉得不安。小赵是首座，大家理当耐心的等着：老李怎么也不来？凭什么不来？近来大家对老李很不满意，于是借着机会来讨论他，嘴都有些撇着。

"老李儿是不想来的，"孙先生撇着嘴说。"昨天我对他讲，送张大哥什么礼物，哎呀，'我不送！'他说的。狂，狂得不成样儿！莫名其妙！"

张大哥想叫丁二爷去请他们，丁二爷也不见了。

第十九

一

政治的变动，对于科员们，是饭碗又要碎破的意思；无力制止，可是听着头疼。也有喜欢换一换局面的，假如风儿是向着自己吹来，而且吹得带着喜气，可是这究竟是极少数的。小赵是永远察看风向的人。但是每逢他特别的喜欢，别人不免就害头疼。

他两天没露面，大家心中又打开了鼓。"小赵上哪儿啦？张大哥请客他都没到！"大家不但心中这么嘀咕着，也彼此的探问。有的更进一步的猜测："听说市长又要换人。小赵准是又上了天津。说不定，他还许来个局长呢！"老李也许晓得，问他去。"老李，张大哥请客怎么没去？小赵也没去！"给老李一个暗示。自从吴太极免职，老李和小赵很那个。老李没说什么，大家越觉得他知道；好厉害的老李，嘴和蛤壳似的那么严紧！

小赵没影儿了，可是有人看见张大哥上科长家里去。大家又有点不安。所里是没有缺的，张大哥回来就得有人出去。大家都很不满意那个顶了张大哥的人。张大哥到底是老资格；那个新来的科员懂得什么？可是他既能顶了张大哥，他的力量一定不小；张大哥未必就能再顶下他去；那么，不定谁被顶呢！

张大哥确是下了决心恢复地位，自己定好期限，一个月内要接到委任状。好吗，丢了一所房子，不赶紧抓弄抓弄还行？对于媒人的事业也开始张罗着，男人当娶，女的当聘，不然便没有人生。再说，张大哥要是放弃说媒的工作，不亚于把自己告下来——张某不行了，头发白了，没用了！这根本和谋差事有关系，被人认为老朽无能还能找到差事？不，张大哥不能服这口气——"叫你们看看姓张的，至少还能再跳动二十来年！"去看看老李，请吃饭他怎没来呢？老李是好人；够个朋友，不过，对于谋差事，老李并没有多少用处。老李都好，就是差事当得太死板，太死板。也别说，他升了头等科员，大概也有点劲，可是，别人要是有他那点学问，那笔文章，还早作了科长呢；到底是太死板。

老李没在家，张大哥和李太太谈起来，婆婆慢慢的谈得十分相投，张大哥仿佛是有点女性。李太太自从自己打了顿嘴巴之后，脸上由肿而削瘦，心里老憋着一大下子眼泪。见了张大哥好像见了叔公，把委屈都倒了出来。张大哥像慰劳前线将士似的，只夸奖她的好处，并不提老李有什么缺欠。激起她的勇气比咒骂敌人强的多。李太太的来到北平，原是张大哥的力量与主张，自然不能因为帮助李太太而说老李不好；老李要真是不好，张大哥岂不担着把她接到虎口里来的"不是"？李太太听了一片奖励自己的话，不由的高兴起来，觉得自己到底是比丈夫大着两岁，应当容让他，虽然想起丈夫的一天到晚撅着嘴，徐庶入曹营一语不发，也确是心里堵得慌。李太太决定留张大哥吃饭；张大哥决定不吃，可是觉得李太太已经受了"教育"，北平的力量！

二

羊肉西葫芦馅的饺子，李太太原想用以款待张大哥。大哥不肯赏脸，李太太有点失望。可是大哥刚走了不大一会儿，丁二爷来了。三句话过去，李太太抓住吃饺子的主儿。

"很好，很好，丁二爷最爱吃羊肉馅！"说着，他脱了那件不大有灵魂的夏布衫，就要去和面。

当然不能叫客人去和面，李太太拦住了他，两个孩子也抱住他的腿。他把夏布衫很郑重的又穿上，然后举了菱高高，给他们开始说他早年的故事，两个孩子对这个故事已能答对如流。

"听着，英，我从头儿说。"

"打摔碗说吧，什么碗来着？"英问。

"子孙饽饽的碗，就由这儿说吧。她一下轿子就嫌我，很嫌我！给她个下马威；哼！她——"

"她连子孙饽饽的碗都摔了！"英接了下去。

"拍，摔了！"菱的嘴慢，赶不上英，只好给找补上点形容，俩手拍了一下。

"闹吧，很闹了一场；归齐，是我算底；丁二——"

"是老实人，很老实！"因为句子简单，这回菱也赶上了。

"你们说的一点也不错，真对！"丁二爷以为英们非常的聪明。"丁二是老实人——"

英们极注意的等插嘴的机会，忽然丁二爷加了一个旁笔，"我说，英，有酒没有哇？要是没有，叫妈妈给咱们钱，咱们打点去。喝点酒，我能说得更好听！"

英和妈要来一毛钱；丁二爷挑了个大茶杯，"咱们走呀！"一齐上了街。

一出胡同东口，遇上了老李，英晃着手里的毛钱票儿喊："爸，我们打酒去，跟妈要的一毛钱。"

老李笑了。丁二爷拉着菱，拿着茶碗，黑小子拿着一毛钱，不知为什么很可笑。

"我正给他们讲故事，想喝点酒——"

英又接了过去，"喝完了酒，讲得更好听。我们刚说到摔了——什么饽饽来着？"他拉了丁二爷夏布衫一下。

老李不笑了。他觉得他也须喝点酒。他跟着他们走，到了油酒店，他拦住了英，"上那边买去。"

进了姜店，他买了一瓶莲花白，几个桃，和两把极绿可是没很长足的莲蓬。把酒交给丁二爷。菱看准了莲蓬，非抱着不可。英没张罗着拿什么，只看着手里的一毛钱。出了店门，他奔了香瓜挑子去："拿一毛钱的香瓜，要好的！"蹲下了，大黑眼珠围着瓜们乱转。老李过去挑了三个，又添了一毛钱，英乐得不知怎好，又拉了丁二爷一把："二大，我也得喝点酒。"

妈妈看见大家都拿着东西回来，乐了，加劲的包饺子。菱无论如何也不放下莲蓬，谁要也不给。老李出了主意，趴在菱的耳根说了些话。菱还是不放手，可是忽然似乎明白过来，放下一把，告诉英："别动菱绿——"说不上这些绿玩艺叫什么。然后抱着一把儿，鼓着肚子走了。一出屋门："马婶——给你这绿——"马婶跑出来，"给我送来的，菱？"

"爸说给婶这绿——"还抱着不肯放手。

"留着给菱吃吧。婶不要。"马婶笑着。

菱眨巴了半天眼睛，又把莲蓬抱回来了。

全院的人忽然的都笑了，只有李太太在厨房里不知怎回事。老李已把瓜洗了一个，给菱一大块，算是把"绿——"换过来。他拿着莲蓬出来，马老太太也在屋门口笑呢。他左右看了看，心中一狠，还是送到东边去，马婶笑着接了过去。马老太太发了话："留着给孩子们吃吧！"老李答了句："还有呢。"彼此都笑着。他心中十二分痛快。

"你们喝酒吧，饺子就得。"李太太也很喜欢，看着她创造的那群白饺子，好像一群吃圆了肚子的小白猫。

英和菱拿着瓜，和妈要了块生面，一边吃瓜一边捏小鸡玩。

老李和丁二爷喝着酒，丁二爷的夏布衫还不肯脱。老李还没喝多少，脸已经红了，头上一劲儿冒汗。丁二爷喝过了三杯，嘴唇哆嗦上了，咽了好几口气才说上话来：

"李先生，李先生，事情办妥了，敢情很容易，很容易！李先生，原来事情就怕办，一办也不见得准不成。"

老李猜出是什么事，他看看丁二爷，那件夏布大衫好像忽然变得洁白发光。"原来事情就怕办"这几个字在他耳中继续的响着，轻脆有力，像岩石往深潭里落的水珠。小赵是生是死，他倒不大注意，他只觉出丁二爷是个奇迹。连丁二爷都能作出点异于吃饭喝茶上衙门的事！他拿起酒杯来，本想大大的吞一口，不行，还是呷了一点在嗓子上贴住不往下走！

　　"李先生，"丁二爷的手伸入夏布大衫，摸了半天，手有点颤，摸出张折着的厚桑皮纸，递给老李："这是那张房契。张大哥不容易，很不容易，请你交给他吧。咱们喝一杯；小赵打算娶秀姑娘，得下辈子了！请！"

　　老李看着丁二爷灌下一杯去，自己只举了举盅儿。

　　丁二爷辣得直仰脖子，可是似乎非常的得意："小赵算完了。您看，很容易。我约他上后海，说秀姑娘在那儿等他。他来了，不用提多么喜欢了。妇人有多么大能力！我懂得。天并不十分黑，可巧四下就会没一个人。我早在苇子里藏好了，蚊子真多，咬得我身上全是大包，我一动也不敢动。他来了，越走越近，嘿，我的心要跳出来，真的！容他走过一步去，我就像拉替身的鬼，双手对准他的脖子一锁。我似乎要昏过去，我只知道我有两只手，没有别的。他，我听见了，听得真真的，小狗睡着了有时候呕呕两声，他就是那么呕了两声。没有别的。他连踢踢土都没顾得，很老实,比丁二还老实！我一拉，就把他拉进苇子里去。搜了搜他身上搜到这张房契；钱包，表，我没敢动。完了事，我软了，不敢出来了。连迈步都不能了。他仰着身，虽然看不清他的脸，可是我知道他是看着我呢，怕极了！苇叶一动，我一惊，以为有人来掐我的脖子！"丁二爷又吞了一口酒，摸了摸脖子，似乎很怀疑脖子的完整。"一耗，耗了一个多钟头，身上就像水洗过的一样，汗很多。我急了，往外迈了一步，正迈在他的腿上！我跳了，什么也不顾了，跳出来，头也没回，我一直走到天桥！为什么？不知道！天桥是枪毙人的地方。枪毙丁二，我似乎听见！在天坛的墙根我忍了一夜，没睡，一会儿没睡，星星一劲儿对我眨巴眼，好像是说，明天就枪毙丁二！"他又端起酒盅来。

李太太把饺子端来，两大盘，油汤挂水的冒着热气。他们俩都没动筷子。

三

市长换了。各局各所的空气异常紧张。市长就职宣言，不换人，不用私人。各局各所的空气更加紧张。谁都知道市长是对报纸说的那几句话；"一朝天子一朝臣"是永不能改的真言。第二天，教育局换了局长，连听差的一律更换。财政所的胖所长十万火急的找小赵，秘书科长们找小赵，科员们找小赵，夫役们找小赵，找不到。大家因急而疑，暗中嘀咕：莫非小赵要把胖所长顶了？这一嘀咕，小赵的价值增高了十倍。在另一方面，就是所长最亲信的人也觉得倒戈的必要。于是大家分头去奔走，没有两个人守一路战线的，全是各自为战，能保持住个人的地位什么事也可以作。老李是大家的眼中钉。只有他，不慌不忙，好像心中有个小冰箱——"这小子真他妈的有准！"大家不能不骂了。孙先生虽然心里也吃了凉柿子似的，可是不招大家妒恨，人家孙先生走哪路门子，自己就和大家声明，不像老李那么骄傲厉害，听人家孙先生："哎呀，新市长儿是乡亲哟！老孙是猪八戒掉在泔水桶里，得其所哉！说不定，还来个秘书儿当当。"孙先生多么直爽可爱！孙宅接到了多少礼物，单说果藕和莲花就是三挑子！

小赵尸身被个粪夫找到了。报纸上用小碟子大小的字登出来，把尸身的臭味如何强烈都加细的描写。疑案。因为是疑案，所以人们各尽想象的所能猜测与拟构其中的故典。财政所的人们立刻也运用想象，而且神速的想出：政治作用。小赵，据他们想，是要顶胖所长的，所以他必定与新任市长有深切的关系。市长到任声言不更动各局的人，可是教育局连个夫役也没留下。小赵必定已经运动好重要的地位，自然另一批人又要失业，所以……这个逻辑的推断在科员们看是极合理而大快人心的。科员们杀只鸡都要打哆嗦，现在居然有位剑侠——至少会飞檐走壁的——把要使一批人失业的小赵杀死！小赵活着的时候是个人物，可是这一死使他的价值减到零度。因为这样的推测，慢慢的胖所长变成了谋杀的主使人。虽然没人敢明说，可是意思是那样。说到归齐，大家谁不晓得所长太太与小赵的关系，谁不知道所长是又倚仗而又怕小赵，谁看不出小赵要是不谋阔事则已，要是想干的话能不谋财政……越想越对！大家这样想，慢慢的思想也不知怎么在言语上表现出来，虽然都不敢首先这样宣传。及至说出来了，正是英雄所见略同，于是在低声交换意见的工夫，已像千真万确的果有其事，成了政界一段最惊人最有色彩的历史。一个衙门里这样相信，别的衙门里也跟着低声的吵吵。这一吵吵使新任的教育局长将已免职的陈人又叫回来几个；因为事情闹到局长们的耳朵里，杀人的已不是剑侠或刺客，而是有组织的暗杀团。局长们身高树影儿大，不能不谨慎一些，明哲保身是必须遵守的古训。消息传到市长的耳朵里，暗杀团不但是有组织，而且里面有日本浪人。市长太太登时上了天津。一来是为避难，二来是为跳舞去。市长没法不和各局所的长官妥协了：市长交派下一批人，由各局所分用，不便全体更动。各局所的领袖暂不更换，可是市长给大家一个暗示——接任的花销太大。于是各局所的经费收支报告又都改造了一次。

张大哥的奔走，连天真都动了心："得包个车吧？天太热！"张大哥很感激儿子，儿子自从狱里出来确是明白多了。可是，"包车干吗？走得差不离，再搭点脚，一天我也花不过八十子儿的车钱！"张大哥大概至死也想不起论"毛"雇车的。他的奔走确是不善，可是已经有了眉目：新市长手下一位秘书先前与他同过事，而且这位秘书的弟妇是张大哥给说的，秘书不但答应了给他帮忙，而且问他愿到哪个机关去。平日维持人，好交往，你看到时候有多大用处，多大面子，由自己指定机关！张大哥几乎得意的要落泪。自要家里不出共产党，事情是不难的。人心不古，谁说的？秘书叫我自己挑定机关！到底哪个机关好呢？这倒为了难。在哪儿作事也是一样，事在人为；不过，既有自选的机会，也别辜负了人家秘书的善意。闭死了左眼，吸了两袋烟，决定了，还是回财政所。人熟地灵，衙门又比较的阔绰。

张大哥随着一批新人，回了财政所，所里的陈人其实是没有什么变动，因为所长是讲面子的人，而且各位都有人给说情，所以旧人没十分动，而硬添上一批新人；羊毛出在羊身上，有的是老百姓纳供，多开点薪水也用不着所长自己掏腰包。况且，市长与局长们的妥协究竟是暂时的，知道哪时就搁车，干吗裁员得罪人！于是所里十分热闹，新旧交欢，完全是太平景象。连夫役也又添了两名，因为打手巾把和沏茶的呼唤接二联三，已无法应付。张大哥利用机会把爱用石膏的二兄弟荐上，暂时当着夫役，等空气变换了些再去行医；不过，再行医的话可千万"少"下——不是不可以下——石膏。此外，张大哥对于新到的一群山南海北的科员们特别的照应：有的不会讲官话，张大哥教。有的不会吃西餐，张大哥带着去练习。有的要娶亲，张大哥吃了蜜。

四

老李又没被撤差，他自己也笑了。衙门更像怪物了；他想逃都逃不了。混吧！大家都是混，不过别人混得兴高彩烈，他混得孤寂无聊。对新同事他不大招呼；旧同事们对他非常不满意，孙先生已经把刚学来的一句加在老李的身上——"乡下人不认识仙人掌，青饼子！"

把房契给张大哥送了去。张大哥楞了。老李想吓嚇张大哥一下；

不好意思，没说什么。张大哥似乎不大敢收那张契纸；看见它，也就看见了小赵，这是玩的？！

"大哥把它收起来好了，没事！"

张大哥想起《七侠五义》来；没有除暴安良的侠义英雄，这是不可能的！

"把丁二爷那笼子小鸟给我吧，"老李岔开了话。

"丁二在哪儿呢，好几天没见他的面，家里越忙，他越会耍玄虚，真正的废物！"张大哥不满意丁二爷。

"他在我那儿呢，啊——帮几天忙。"老李没敢说丁二爷天天梦见天桥枪毙人，不敢出来。

"呕，在你那儿呢，那我就放心啦。"张大哥为客气起见，软和了许多；可是丁二在老李家帮什么忙呢？

老李提着一笼破黄鸟走了。张大哥看着房契出神，怎回事呢？

第二十

一

老李唯一值得活着的事是天天能遇到机会看一眼东屋那点"诗意"。他不能不承认他"是"迷住了，虽然他的理智还强有力的管束着一切行动。既不敢——往好了说，是不肯——纯任感情的进攻，他只希望那位马先生回来，看她到底怎样办，那时候他或者可以决定他自己的态度。设若他不愿再欺哄自己的话，他实在是希冀着——马回来，和她吵了；老李便可以与她一同逃走。逃出这个臭家庭，逃出那个怪物衙门；一直逃到香浓色烈的南洋，赤裸裸的在赤道边上的丛林中酣睡，作着各种颜色的热梦！带着丁二爷。丁二爷天生来的宜于在热带懒散着。说真的，也确是得给丁二爷想主意——他一天到晚怕枪毙，不定哪天他会喝两盅酒到巡警局去自首！带他上哪儿？似乎只有南洋合适。他与她，带着个怕枪毙的丁二爷，在椰树下，何等的浪漫！

"小鸟儿，叫吧！你们一叫，就没人枪毙我了！"丁二爷又对着笼子低声的问卜呢！

逃，逃，逃，老李心里跳着这一个字。逃，连小鸟儿也放开，叫它们也飞，飞，飞，一直飞过绿海，飞到有各色鹦鹉的林中，饮着有各色游鱼的溪水。

他笑这个社会。小赵被杀会保全住不少人的饭碗，多么滑稽！

二

正是个礼拜天，蝉由天亮就叫起来，早晨屋子里就到了八十七度，英和菱的头上胸前眼看着长一片一片的痱子。没有一点风，整个的北平像个闷炉子，城墙上很可以烤焦了烧饼。丁二爷的夏布衫无论如何也穿不住了；英和菱热得像急了的狗，捉着东西就咬。院子里的砖地起着些颤动的光波，花草全低了头，麻雀在墙根张着小嘴喘气，已有些发呆。没人想吃饭，卖冰的声音好像是天上降下的福音。老李连袜也不穿，一劲儿扑打蒲扇。只剩了苍蝇还活动，其余的都入了半死的状态。街上电车铃的响声像是催命的咒语，响得使人心焦。

为自己，为别人，夏天顶好不去拜访亲友，特别是胖人。可是吴太太必须出来寻亲问友，好像只为给人家屋里增加些温度。

老李赶紧穿袜子，找汗衫，胳臂肘上往下大股的流汗。

方墩太太眼睛上的黑圈已退，可是腮上又加上了花彩，一大条伤痕被汗淹得并不上口，跟着一小队苍蝇。

"李先生，我来给你道歉，"方墩的腮部自己弹动，为是惊走苍蝇。"我都明白了，小赵死后，事情都清楚了。我来道歉！还有一件事，我得告诉你。吴先生又找着事了。不是新换了市长吗，他托了个人情，进了教育局。他虽是军队出身，可是现在他很认识些个字了；近来还有人托他写扇面呢。好歹的混去吧，咱们还闲得起吗？"

老李为显着和气，问了句极不客气的，"那么你也不离婚了？"

方墩摇摇头，"哎，说着容易呀；吃谁去？我也想开了，左不是混吧，何必呢！你看，"她指着腮上的伤痕，"这是那个小老婆抓的！自然我也没饶了她，她不行；我把她的脸撕得紫里套青！跟吴先生讲和了，单跟这个小老婆干，看谁成？我不把她打跑了才怪！我走了，乘着早半天，还得再看一家儿呢。"她仿佛是练着寒暑不侵的工夫，专为利用暑天锻炼腿脚。

老李把她送出去，心里说，"有一个不离婚的了！"

刚脱了汗衫，擦着胸前的汗，邱太太到了；连她像纸板那样扁，头上也居然出着汗珠。

"不算十分热，不算，"她首先声明，以表示个性强。"李先生，我来问你点事，邱先生新弄的那个人儿在哪里住？"

"我不知道，"他的确不知道。

"你们男人都不说实话，"邱太太指着老李说，勉强的一笑。"告诉我，不要紧。我也想开了，大家混吧，不必叫真了，不必。只要他闹得不太离格，我就不深究；这还不行？"

"那么你也不离婚了？"老李把个"也"字说得很用力。

"何必呢，"邱太太勉强的笑，"他是科员，我跟他一吵；不能吵，简直的不能吵，科员！你真不知道他那个——"

老李不知道。

"好啦，乘着早半天，我再到别处打听打听去。"她仿佛是正练着寒暑不侵的工夫，利用暑天锻炼着腿脚。

老李把她送出去，心里说，"又一个不离婚的！"

他刚要转身进来，张大哥到了，拿着一大篮子水果。

"给干女儿买了点果子来；天热得够瞧的！"随说随往院里走。

丁二爷听见张大哥的语声，慌忙藏在里屋去出白毛汗。

"我说老李，"张大哥擦着头上的汗，"到底那张房契和丁二是怎回事？我心里七上八下的不得劲，你看！"

老李明知道张大哥是怕这件事与小赵的死有关系，既舍不得房契，又怕闹出事来。他想了想，还是不便实话实说；大热的天，把张大哥吓晕去才糟！"你自管放心吧，准保没事，我还能冤你？"

张大哥的左眼开闭了好几次，好像困乏了的老马。他还是不十分相信老李的话，可是也看出老李是决定不愿把真情告诉他："老李，天真可是刚出来不久，别又——"

老李明白张大哥；张大哥，方墩，邱太太，和……都怕一样事，怕打官司。他们极愿把家庭的丑恶用白粉刷抹上，敷衍一下；就是别打破了脸，使大家没面子。天真虽然出来，到底张大哥觉得这是个家庭的污点，白粉刷得越厚越好；由这事再引起别的事儿，叫大家都知道了，最难堪；张大哥没有力量再去抵挡一阵。你叫张大哥像老驴似乎戴上"遮眼"去转十年二十年的磨，他甘心去转；叫他在大路上痛痛快快的跑几步，他必定要落泪。"大哥，你要是不放心的话，我给你拿着那张契纸，凡事都朝着我说，好不好？"

"那——那也倒不必，"张大哥笑得很勉强，"老李你别多心！我是，是，小心点好！"

"准保没错！丁二爷一半天就回去，你放心吧！"

"好，那么我回去了，还有人找我商议点婚事呢。明天见，老李。"

老李把张大哥送出去，热得要咬谁几口才好。

丁二爷顶着一头白毛汗从里间逃出来："李先生，我可不能回张家去呀！张大哥要是一盘问我，我非说了不可，非说了不可！"

"我是那么说，好把他对付走；谁叫你回张家去？"老李觉得这样保护丁二爷是极有意义，又极没有意义，莫名其妙。

三

张大哥走了不到五分钟，进来一男一女，开开老李的屋门便往里走。老李刚又脱了袜子与汗衫。

"不动，不动！"那个男的看见老李四下找汗衫，"千万不要动，同志！马克同，马克司的弟弟。这是，"他介绍那位女的"高同志，与马同志同居。记得这屋是妈同志的，同志你为何在此？"

老李楞了。

马同志提着个皮包，高同志提着个小竹筐，一齐放在地上，马同志坐在皮包上，高同志自己找了把椅子坐下。

老李明白过来了，这是马老太太的儿子。他看着他们。

马同志也就是三十多岁，身量不高，穿着黄短裤，翻领短袖汗衫，白帆布鞋。脸上神气十足，一条眉毛挑着天，一条眉毛指着地，一只眼望着莫斯克，一只眼瞭着罗马。鼻孔用力的撑着，像跑欢了的马那样撑着，嘴顺势也往上兜着，似乎老对自己发笑，而心里说着，"你看我！"

高同志也就是三十多岁，身量不高。光脚穿着大扁白鞋，上身除了件短袖白夏布衫，大概没什么别的东西，露着一身的黑肉。脸上五官俱全，嘴特别的大，不大有精神，皱着眉，似乎是有点头疼。

丁二爷，李太太，英，菱都来参观，把两位同志围得风雨不透。马同志顺手把丁二爷的芭蕉扇夺过去扇着，高同志拿起桌上一个青苹果——张大哥刚给送来的——刚要放嘴里送，被英一把抢回去。

"看这个小布尔乔亚。"马克同指着英说，"世界还没多大希望！"

李太太看丈夫不言语，挂了气："我说，你们俩是干吗的呀？"

"我俩是同志；你们是干吗的？"马同志反攻。

李太太回答不出。有心要给他个嘴巴，又不肯下手。

屋门开了，马老太太进来："快走，上咱们屋去！"

"妈同志！"马克同立起来，拉住老太太的手，"就在这儿吧，这儿还凉快些。"

马太太的泪在眼里转，用力支持着，"这是李先生的屋子！"然后向老李，"李先生，不用计较他，他就是这么疯疯颠颠的。走！"他朝着高同志，"你也走！"

马同志很不愿意走，被马老太太给扯出来。丁二爷给提着皮箱。高同志皱着眉也跟出来。老李看见马少奶奶立在阶前，毒花花的太阳晒着她的脸，没有一点血色。

四

大家谁也没吃午饭，只喝了些绿豆汤。老李把感情似乎都由汗中发泄出来，一声不出，一劲儿流汗。他的耳朵专听着东屋。东屋一声也没有；他佩服马婶，豪横！因为替她使劲，自己的汗越发川流不息。他想象得到她是多么难堪，可是依然一声不出。

丁二爷以为马同志是小赵第二，非和李太太借棒槌去揍他不可，她也觉得他该揍，可是没敢把棒槌借给丁二爷。

英偷偷的上东屋看马婶，门倒锁着呢，推不开，叫马婶，也不答应。英又急了一身的痱子。

西屋里喀啰喀啰的成了小茶馆，高声的是马同志，低声的是老太太，不大听见高同志出声。

马老太太是在光绪末年就讲维新的人，可是她的维新的观念只限于那时候的一些，"五四"以后的事儿她便不大懂了。她明白，开通，相当的精明，有的地方比革命的青年还见得透彻，有的地方她毫不退步的守旧。对于儿女，她尽心的教育，同时又很放任。马与黄的自由结婚，她没加半点干涉。她非常疼爱马少奶奶。可是，儿子又和高同志同居了，老太太不能再原谅。她正和马同志谈这个。儿子要是非要高同志不可呢，老太太愿意自己搬出去另住；马少奶奶愿跟着丈夫或婆婆，随便，儿子要是可以牺牲了高同志呢，高同志马上请出。老太太的话虽然多，可是立意如是，而且很坚决。

马同志是个不得意的人，心中并没有多少主意，可是非常的自傲。他愿意作马克司的弟弟，可是他的革命思想与动机完全是为成就他自己。对于富人他由自傲而轻视他们，想把他们由天上拉到尘土上来，用脚踩住他们的脸。对于穷人他由自傲而要对他们慈善，他并不了解他们，看不出为他们而革命的意义。他那最好的梦是他自己成为革命伟人，所以脸上老画着那个"你看我！"他没有任何的成功。对于妇女，他要故意的浪漫，妇女的美与妇女的特性一样的使他发迷。对于黄女士，他爱她的美；可是她太老实，太安静，他渐渐的不满意了。对于高女士，他爱她的性格活泼好动敢冒险；可是她又太不美了，太男性了，他渐渐的不满意了。可是，他不能决定要哪个好，他自己说，"我掉在两块钢板中间！"他也不要解决这个，他以为一男多妻，或是一妻多男，都是可以的，任凭个人的自由，旁人不必过问。况且他既摆脱不开已婚的黄女士，又摆脱不开同居的高同志，而她们俩又似乎不愿遵行他的一男多妻的办法，就是想解决也解决不了。他没主意。

他还有个梦想——现在已证实了是个梦想：他以为有了心爱的女子在一块，能使他的事业成功。娶了一个自己心爱的，没用。再去弄个性格强而好动的，还是没用。他以为女子是男人成功的助手；结果，男人没成功，而女子推不开撵不掉，死吃他一口。不错，高女士能自己挣饭吃；可是自己挣饭与帮助他成功离得还很远。况且两个常吵架，她有时候故意气他。自从与她同居，他确是受了许多苦处，他不甘于受苦。根本就没想到受苦。他总以为革命者只须坐汽车到处跑跑，演说几套，喝不少瓶啤酒，而后自己就成了高高在上的同志。结果，有时候连电车也坐不上。由失望而有些疯狂，他只能用些使普通人们打哆嗦的字句吓唬人了，自傲使他不甘心失败。"你看我！到底比你强点！四十以上的都要杀掉！"使老实人们听着打战，好像淘气的孩子故意吓唬狗玩。

西屋的会议开了两点多钟。马克同没办法。老太太不能留高同志。最后，高同志提起小竹筐，往外走。马同志并没往外送她。

老太太上了东屋。东屋的门还倒锁着。"开开吧，别叫我着急了！"老太太说。屋门开了，老太太进去。

老太太进了东屋，马同志遛达到北屋来。英与菱热得没办法，都睡了觉。三个大人都在堂屋坐着，静听东西屋的动静。马同志自己笑了笑。"你们得马上搬家呀，这儿住不了啊！你革过命没有？"他问老李。"你革过命没有？"他问丁二爷。"你革过命没有？"他问李太太。

大家都没言语。

"啊！"马同志笑了。"看你们的脑袋就不像革命的！我革过命，我得住上房，你们赶快滚！"

李太太的真正乡下气上来了，好像是给耕牛拍苍蝇，给了马同志的笑脸一个顶革命的嘴巴——就恨有俩媳妇的人！

"好！很好！"丁二爷在一旁喝彩。

马同志捂着脸，回头就走，似乎决定不反抗。

五

李太太的施威，丁二爷的助威，马同志的惨败，都被老李看见了，可是他又似乎没看见。他的心没在这个上。他只想着东屋：她怎样了？马老太太和她说了什么？那个高同志能不能就这么善罢甘休？他觉不到天气的热了，心中颤着等看个水落石出。马同志的行为已经使他的心凉了些，原来浪漫的人也不过如此。浪漫的人是以个人为宇宙中心的，可是马同志并没把自己浪漫到什么地方去，还是回到家来叫老母亲伤心，有什么意义？自然，浪漫本是随时的游戏，最好是只管享受片刻，不要结果，更不管结果。可是，老李不能想到一件无结果的事。结果要是使老母亲伤心，不能干！

到了吃晚饭的时候，他的心已凉了一半：马少奶奶到西屋去吃饭！虽然没听见她说话，可是她确是和马家母子同桌吃的！

到了夜晚，他的心完全凉了：马同志到东屋去睡觉！老李的世界变成了个破瓦盆，从半空中落下来，摔了个粉碎。"诗意"？世界上并没有这么个东西，静美，独立，什么也没有了。生命只是妥协，敷衍，和理想完全相反的鬼混。别人还可以，她！她也是这样！或者在她眼中，马同志是可爱的，为什么？忌妒常使人问呆傻的问题。

起初，只听见马同志说话，她一声不出。后来，她慢慢的答应一两声。最后，一答一和的说起来。静寂。到夜间一点多钟——老李始终想不起去睡——两个人又说起来，先是低声的，渐渐的语声越来越高，最后，吵起来。老李高兴了些，吵，吵，妥协的结果——假如不是报应——必是吵！可是他还是希望她与他吵散了——老李好还有点机会。不大的工夫，他们又没声了。老李替她想出她的将来。高同志一定会回来的。马少奶奶既然投降了丈夫，就会再投降给高同志，说不定马少奶奶还会被驱逐出去。他看见一朵鲜花逐渐的落瓣，直到连叶子也全落净。恨她呢，还是可怜她呢？老李不能决定。世界是个实际的，没有永远开着的花，诗中的花是幻象！

老李的希望完了，世界只剩了一团黑气，没有半点光亮。他不能再继续住在这里，这个院子与那个怪物衙门一样的无聊，没意义。他叫醒了丁二爷，把心中那些不十分清楚而确是美的乡间风景告诉了丁二爷。

"好，我跟你到乡下去，很好！在北平，早晚是枪毙了我！"丁二爷开始收拾东西。

六

张大哥刚要上衙门，门外有人送来一车桌椅，还有副没上款的对联，和一封信。

他到了衙门，同事们都兴奋得了不的，好像白天见了鬼："老李这家伙是疯了，疯了！辞了职！辞！"这个决想不到的"辞"字贴在大家的口腔中，几乎使他们闭住了气。

"已经走了。下乡了，奇怪！"张大哥出乎诚心的为老李难过。"太可惜了！"太可惜的当然是头等科员，不便于明说。

"莫名其妙！难道是另有高就？"大家猜测着。不能，乡下还能给他预备着科员的职位？

"丁二也跟了他去。"张大哥贡献了一点新材料。

"丁二是谁？"大家争着问。

张大哥把丁二爷的历史详述了一遍。最后，他说："丁二是个废物！不过老李太可惜了。可是，老李不久就得跑回来，你们看着吧！他还能忘了北平？"

＊一九三三年八月上海良友图书印刷公司出版单行本。

图书在版编目(CIP)数据

  骆驼祥子/老舍著；吴福辉选编.-海口：南海
出版公司，2010.1
  ISBN 978-7-5442-4627-9

  Ⅰ.①骆… Ⅱ.①老…②吴… Ⅲ.①长篇小说-作
品集-中国-现代 Ⅳ.I246.5

  中国版本图书馆CIP数据核字(2009)第236824号

骆驼祥子

老舍 著

吴福辉 选编

出　　版　南海出版公司　　(0898)66568511
　　　　　　海口市海秀中路51号星华大厦五楼　　邮编 570206
发　　行　新经典发行有限公司
　　　　　　电话(010)68423599　　邮箱 editor@readinglife.com
经　　销　新华书店

责任编辑　黄宁群
封面绘图　王晶华
装帧设计　金　山
内文制作　王春雪

印　　刷　北京天宇万达印刷有限公司
开　　本　890毫米×1270毫米　1/32
印　　张　12.75
字　　数　319千
版　　次　2010年3月第1版
印　　次　2016年12月第47次印刷
书　　号　ISBN 978-7-5442-4627-9
定　　价　25.00元